China in der nahen Zukunft: Dem alten Schriftsteller Lao Chen geht es wie vielen seiner Landsleute: Man wohnt in Happy Village-Siedlungen, trinkt Longjingtee-Latte bei Starbucks, das inzwischen Want Want heißt, und ist zufrieden. Das rauschhafte Leben im Land der Weltmacht Nummer eins könnte so schön sein, wären da nur nicht Laos Freunde, die sich einer Verschwörung auf der Spur wähnen und behaupten, ein ganzer Monat sei aus Chinas Geschichtsschreibung verschwunden … Eine wahnwitzige Tour de Force, ein furioser Roman, in dem Chan Koonchung der Frage auf den Grund geht, wie golden die fetten Jahre einer Weltmacht sein können, solange sie sich ihrer Vergangenheit nicht stellt.

Chan Koonchung wurde 1952 in Shanghai geboren und wuchs in Hongkong auf. Er hat als Journalist und Filmproduzent gearbeitet, ist Vorstandsmitglied bei Greenpeace und zog 2000 nach Peking, um für seinen Roman zu recherchieren. Er ist einer der wenigen chinesischen Intellektuellen, die nicht ausgewandert sind.

Chan Koonchung

Die fetten Jahre

Roman aus der chinesischen Zukunft

Aus dem Chinesischen
von Johannes Fiederling

FISCHER Taschenbuch

Erschienen bei FISCHER Taschenbuch
Frankfurt am Main, August 2013

Lizenzausgabe mit freundlicher Genehmigung
des Eichborn Verlags in der Bastei Lübbe GmbH, Köln
Die Originalausgabe erschien 2009 unter dem Titel
›Shengshi Zhongguo 2013‹ bei OUP, Hong Kong 2009

Druck und Bindung: CPI – Clausen & Bosse, Leck
Printed in Germany
ISBN 978-3-596-19122-2

Erster Teil

I. In naher Zukunft

Lange nicht gesehen, die Erste

Ein Monat fehlt. Ich meine, ein ganzer Monat – weg, verschwunden, unauffindbar. Nach Januar kommt Februar, nach Februar März, nach März April – sollte man meinen. Aber stell dir vor, nach Januar wäre auf einmal März oder nach Februar plötzlich April. Ein Monat wird einfach übersprungen, wenn du verstehst, was ich meine.

Vergiss es einfach, habe ich zu Fang Caodi gesagt. Lass die Sucherei nach diesem Monat gut sein, das bringt doch eh nichts. Das Leben ist kurz, genieß es!

Aber ganz gleich, wie sehr man sich auch bemühte – Fang machte sowieso immer, was er wollte. Andererseits: Wenn man sich ernsthaft auf die Suche machen wollte, dann war er der richtige Mann. In seinem Leben gab es sicher einige Monate, die verschwunden oder unauffindbar waren, deren Existenz oder Nichtexistenz auf dasselbe hinauslief; sein Leben schien aus vielen aneinandergereihten Bruchstücken zu bestehen, die sich nicht zu einer zusammenhängenden Geschichte verbinden ließen; er erschien schon immer zur ungewöhnlichsten Zeit an den abwegigsten Orten, verschwand zeitweise einfach völlig von der Bildfläche, um im Sinne von Nietzsches »ewiger Wiederkehr« genau dann aufzutauchen, wenn man es am wenigsten erwartete. Jemand wie er bringt es durchaus fertig, gegen den Zeitgeist zu arbeiten – beispielsweise, indem er sich auf die Suche nach einem verschollenen Monat macht.

Es war nämlich so, dass ich selbst gar nichts vom Abhandenkommen dieses Monats gemerkt hatte. Es gab zwar Leute, die darüber redeten, aber ich nahm sie nicht ernst. Ich las jeden Tag Zeitung, überflog die Nachrichtenportale im Internet, sah abends CCTV und Phoenix Television, verkehrte mit durchweg intelligenten und gut informierten Menschen. Ich glaubte nicht, dass mir ein wichtiges Ereignis einfach entgehen konnte. Ich hatte Vertrauen in mich, in mein Wissen, meinen Verstand, mein unabhängiges Urteilsvermögen.

Es war der achte Tag nach Chinesisch-Neujahr, nachmittags. Ich hatte mich gerade von meiner in der Happy-Village-II-Siedlung gelegenen Wohnung aus auf den Weg gemacht, um wie üblich einen kleinen Spaziergang zu Starbucks im nahegelegenen Pacific Century Place Building zu machen, als plötzlich ein Jogger geradewegs auf mich zukam, direkt vor mir stehen blieb und rief: »Meister Chen! Meister Chen! Ein Monat fehlt! Auf den Tag genau seit zwei Jahren!«

Der Mann trug eine tief ins Gesicht gezogene Baseball-Mütze, sodass ich ihn nicht gleich erkannte.

»Fang Caodi … Fang Caodi …«, wiederholte er und nahm die Mütze ab. Zum Vorschein kam eine schon recht ausgedünnte Haarpracht, hinten am Kopf zu einem kleinen Pferdeschwanz zusammengebunden.

»Huch! Du bist das, Fang! Jetzt machst selbst du schon einen ›Meister‹ aus mir!«

»Ein Monat fehlt!« Er wiederholte diesen Satz, so als ginge es um etwas von größter Wichtigkeit. »Meister Chen, was sollen wir bloß tun? Was sollen wir bloß tun?«

»Ist doch bestimmt schon länger als einen Monat her, dass wir uns gesehen haben.«

»Jaja, länger, länger. Meister Chen, ein Monat ist verschwunden! Das wissen Sie doch! Es ist schlimm! Was sollen wir tun?«

Es war schon immer etwas anstrengend gewesen, sich mit Fang Caodi zu unterhalten. »Seit wann bist du wieder in Peking?«, fragte ich ihn.

Er nieste.

»Jetzt erkälte dich bloß nicht.« Ich reichte ihm meine Visitenkarte. »Ist kühl heute, sieh lieber zu, dass du schnell nach Hause kommst. Wir können uns ein andermal unterhalten, meine Handynummer und meine E-Mailadresse stehen da drauf.«

Er setzte seine Mütze auf, nahm die Karte und sagte: »Jaja, wann immer es Ihnen passt. Wir machen uns gemeinsam auf die Suche!«

Ich sah hinter ihm her, wie er in Richtung des Botschaftsviertels an der Dazhimenwai Road davonlief. Erst da bemerkte ich, dass er gar nicht als Jogger unterwegs war. Er hatte es wohl nur eilig gehabt.

Lange nicht gesehen, die Zweite

Ein paar Tage später machte ich mich auf in den ersten Stock des großen Buchladens von *SDX Joint Publishing* an der Yishuguandong Road. Das *Dushu*-Literaturmagazin veranstaltete dort seinen alljährlichen Tee-Empfang. Anfang der Neunziger hatte ich vereinzelt schon ein paar Mal daran teilgenommen und seit meinem Umzug nach Peking 2004 schaute ich alle zwei Jahre dort vorbei, um ein bisschen mit den alten Redakteuren und Autoren zu plaudern. So ließ ich den Kulturbetrieb wissen, dass es mich noch gab. Was die neue Generation von Redakteuren und Autoren anging – ich kannte sie nicht, und sie sahen keine Notwendigkeit darin, mich kennenzulernen.

An diesem Tag war die Atmosphäre anders als bei den früheren Empfängen. Alle Anwesenden waren blendender Laune. Während der vergangenen zwei Jahre hatte mich selbst des Öfteren eine eigenartige Euphorie überkommen, doch die Bombenstimmung dort befremdete mich dennoch ein wenig. Die Verleger, Redakteure und Autoren hier hatten sicherlich alle ihre leidenschaftliche Seite, aber bei gesellschaftlichen Anlässen wie diesem legten sie selten einen derartigen Überschwang an den Tag. Es war, als hätten sie alle zwei Runden *Erguotou* intus, regelrecht *high* waren sie.

Der Herausgeber von *Dushu* – was soviel heißt wie ›lesen‹–, der alte Zhuang Zizhong, nahm eigentlich schon lange nicht mehr an diesen Empfängen teil; an jenem Tag jedoch erschien er, im Rollstuhl sitzend, aber sonst augenscheinlich kerngesund. Wie ein vertrockneter Baum, der mit einem Mal wieder Blüten treibt. Ich hätte ihn begrüßt, aber er war die ganze Zeit von einer Menschentraube umringt, also ließ ich es. Auch alle wichtigen Leute aus den Chefetagen von *SDX* und *Dushu* – Parteisekretäre, General Manager, Chefredakteure und ihre Stellvertreter –, kurz: alles, was Rang und Namen hatte, hatte sich eingefunden. Es war eine kleine Sensation; in all den Jahren hatte es nie ein derart rauschendes Fest gegeben. Ich hatte immer einen eher zynischen Blick auf die menschliche Natur gehabt und glaubte eigentlich nicht daran, dass es innerhalb einer Institution so vollkommen harmonisch zugehen konnte – insbesondere nicht hier auf dem Festland und schon gar nicht in einem staatlichen Unternehmen, den Kultursektor eingeschlossen.

An jenem Tag grüßten mich alle, die mich kannten, mit übermäßiger Herzlichkeit. Aber jedes Mal, wenn ich gerade zu plaudern beginnen wollte, war die Aufmerksamkeit meines Gegenübers schon abgeschweift, so sehr war man damit beschäftigt, sich der allgemeinen Hochstimmung hinzugeben. Auf solchen Empfängen und Partys passiert einem so etwas natürlich immer mal – vor allem, wenn man keine wichtige Rolle spielt. Aber nachdem es sich zum dritten oder vierten Mal wiederholt hatte, zog ich mich in eine ruhige Ecke zurück. Ich nahm wieder die Haltung ein, die mir in all den Jahren immer die vertrauteste gewesen war: die eines unbeteiligten Beobachters. Ich muss zugeben, dass ich ergriffen war von dem Bild, das sich mir bot: eine so große Zahl bekannter Persönlichkeiten der intellektuellen Elite, alle durchweg verschieden und doch harmonisch vereint, einen Ausdruck ehrlicher Freude auf den Gesichtern, verbunden durch ein gemeinsames Hochgefühl; es schien wahrhaftig ein Goldenes Zeitalter des Friedens und des Wohlstands angebrochen zu sein.

Obwohl ich bestens gelaunt war, verspürte ich auf einmal den unerklärlichen Wunsch, die Szene zu verlassen. Ich entfernte mich von der Feier und beschloss, die Gelegenheit zu nutzen und mich noch ein wenig nach Büchern umzusehen. Ich warf einen halbherzigen Blick in die Kunstabteilung im ersten Stock, um dann kurz nach den Bestsellern, Unternehmensratgebern und Reiseführern im Erdgeschoss zu sehen. Im Laden herrschte ein großer Andrang. Schön, dass sich so viele Leute noch für Bücher interessierten! Das geflügelte Wort vom »Duft der Bücher« kam mir in den Sinn. Vom Erdgeschoss aus ging ich weiter ins Untergeschoss. Die Treppe war auf beiden Seiten mit in Bücher vertieften Schülern und Jugendlichen besetzt, ich hatte Mühe durchzukommen. Beinahe so, als wollten sie einen daran hindern, in die unten gelegenen Abteilungen zu gehen. Gerührt von ihrer Leselust, schob ich mich behutsam an ihnen vorbei zu meinem eigentlichen Ziel. Wenn ich hierherkam, dann vor allem, um die Regale für Literatur, Geschichte, Philosophie, Politik und andere Geisteswissenschaften zu durchstöbern, die den größten Teil des Kellergeschosses ausmachten. Dass diese Sorte Bücher hier so angemessen großzügig präsentiert wurde, war einer der Gründe gewesen, die mich zum Umzug nach Peking bewegt hatten. Eine Stadt, die solche Bücher las, verdiente Anerkennung.

An jenem Tag aber lag das Untergeschoss ziemlich leer da. Oder besser gesagt: völlig verlassen. Es war merkwürdig, ich hatte plötzlich gar keine Lust mehr, mich länger hier umzusehen. Ich wollte nur noch schnell das Buch holen, das ich suchte, und dann gleich wieder gehen. Aber der Titel des Buches war mir auf einmal komplett entfallen. Ich ging weiter an den Regalen entlang, in der vagen Hoffnung, dass er mir vielleicht wieder einfallen würde, wenn ich das Buch sah. Ich hatte die Philosophie-Sektion hinter mir gelassen und war gerade in Richtung der Bereiche Politik und Geschichte abgebogen, als mich mit einem Mal akute Beklemmung überkam. War vielleicht die Luft hier unten daran schuld?

Ich ging schnellen Schrittes zur Treppe zurück und schlängelte mich zwischen den lesenden Jugendlichen hindurch nach oben, vorsichtig darauf bedacht, niemanden anzurempeln. Plötzlich packte mich jemand am Hosenbein. Völlig perplex schaute ich nach unten, wo mich ein starrer Blick traf. Die Hand, die mich gepackt hatte, gehörte zu keinem der Jugendlichen, sondern zu einer Frau mittleren Alters.

»Chen!«, sagte sie, mich unverwandt ansehend.

»Xiaoxi?«, fragte ich. Sie ist ganz schön gealtert, ging es mir durch den Kopf; viel mehr graue Haare als noch vor ein paar Jahren, als wir uns das letzte Mal gesehen hatten.

»Ich hab dich runtergehen sehen, war mir aber nicht sicher, ob du es wirklich bist!« Es hörte sich an, als wäre die Begegnung mit mir ein überaus bedeutendes Ereignis.

»Warst du nicht beim *Dushu*-Empfang?«, fragte ich.

»Nein, ich … ich hab gerade erst davon erfahren … Hast du ein wenig Zeit?« Sie sah mich flehentlich an, so als wäre meine Antwort ihre letzte Hoffnung.

»Ja, sicher. Komm, ich lade dich auf einen Kaffee ein!«

Sie zögerte einen Moment, dann sagte sie: »Lass uns einfach ein Stück zusammen gehen«, und ließ endlich mein Hosenbein los.

Wir verließen den Buchladen und spazierten in Richtung des Kunstmuseums. Ich ging neben ihr her und wartete darauf, dass sie etwas sagte. Als sie weiter schwieg, ergriff ich schließlich die Initiative:

»Wie geht es Madame Song?«

»Gut.«
»Sie muss inzwischen an die achtzig sein.«
»Mhm.«
»Und deinem Sohn?«
»Mhm?«
»Wie alt ist er jetzt?«
»Über zwanzig.«
»Tatsächlich?«
»Mhm.«
»Studiert er noch oder arbeitet er etwa schon?«
»Er studiert noch. Aber lass uns nicht von ihm reden.«

Ich stutzte, erinnerte ich mich doch noch genau daran, wie sehr sie ihren Sohn früher vergöttert hatte. »Wie wäre es mit einem Kaffee im Prime Hotel?«, fragte ich.

»Gehen wir lieber einfach hier hinein.«

Wir betraten den kleinen Park neben dem Museum.

Sie blieb stehen und fragte mich: »Chen, spürst du es?« Sichtlich gespannt wartete sie auf meine Antwort.

Ich wusste nicht, was ich sagen sollte, vermutete aber, dass ein aufrichtiges »Was denn?« wohl nicht angebracht war. Die Frage schien eine Art Test zu sein, wie die nach einem geheimen Code. Wenn ich etwas Falsches sagte, würde sie mir ihr Herz nicht öffnen. Als Schriftsteller hörte ich gerne, was die Menschen auf dem Herzen hatten. Und als Mann verlangte es mich danach, dass Xiaoxi sich mir anvertraute.

Ich druckste gekonnt eine Weile herum, bis sie schließlich herausplatzte: »Es lässt sich nur schwer in Worte fassen, nicht wahr?«

Ich nickte vorsichtig. Mir war es schon oft passiert, dass mich jemand nach meinen Eindruck von einem Kunstwerk oder Konzert fragte, das bei mir keinerlei Emotionen freigesetzt hatte. Ich hasste dieses Gefühl des Kein-Gefühl-Habens; durch langjähriges Training war ich jedoch ziemlich gut darin geworden, mich mit Herumgedruckse durchzumogeln.

»Ich freue mich so, dass du es auch spürst!«, fuhr sie fort. »Als ich dich ins Untergeschoss gehen sah, da wusste ich: Chen nimmt es sicher auch wahr. Also habe ich auf der Treppe auf dich gewartet.«

Allem Anschein nach war ich in Xiaoxis Augen ein überaus gebildeter und verständnisvoller Mann. Es freute mich, wenn ich bei anderen diesen Eindruck erweckte.

Ich deutete auf eine Parkbank: »Komm, setzen wir uns doch eine Weile.«

Ein guter Vorschlag. Sie schien sich zu entspannen, schloss die Augen und seufzte: »Endlich, endlich.«

Sie war einmal genau der Typ Frau gewesen, der mich anzog. Die Konturen ihres Gesichts und die Rundungen ihres Körpers waren unverändert, trotz der langen Zeit, die wir uns nicht gesehen hatten. Ihre Haut hingegen war gealtert, sie hatte viele neue Fältchen im Gesicht. Und ihr Haar hatte eine Färbung nötig, man sah schon eine Menge weißer Strähnen. Das alles ließ sie ein wenig melancholisch wirken.

Sie hielt ihre Augen geschlossen, als wolle sie sich ausruhen. Versonnen sah ich sie an. Mir wurde plötzlich klar, dass ich noch immer etwas für diese Frau empfand. Ich mochte melancholische Frauen.

»Es gibt niemanden mehr, mit dem ich reden kann. Es gibt immer weniger Menschen wie uns. So wenige, dass sich das Weiterleben kaum noch lohnt«, sagte sie, die Augen immer noch geschlossen.

»Ach, sag doch nicht so was! Jeder fühlt sich mal einsam. Wie groß die Einsamkeit manchmal auch sein mag – das Leben geht weiter!«

Sie schien sich nicht an meinen abgedroschenen Phrasen zu stören: »Niemand außer mir erinnert sich. Niemand außer mir spricht davon. Bin ich vielleicht verrückt? Die Spuren sind beseitigt, die Beweise vernichtet. Niemanden kümmert es noch.«

Ich mochte ihren Pekinger Akzent.

Die Augen nach wie vor geschlossenen, fragte sie: »Sag mal, wir sind doch alte Freunde, nicht wahr? Wie kommt es, dass wir uns so viele Jahre nicht gesehen haben?«

»Ich dachte, du seiest im Ausland.«

»Bin ich nicht.«

»Gut so. Nichts geht über China, das sagen doch jetzt alle.«

Sie schlug die Augen auf und fixierte mich. Ich wusste nicht, was das zu bedeuten hatte, und machte ein möglichst unschuldiges Gesicht. Langsam breitete sich ein Lächeln über ihr Gesicht aus: »Du alter Scherzkeks! Du willst mich doch bloß reinlegen!«

Was für ein Scherz?, dachte ich, setzte aber ebenfalls schnell ein Lächeln auf.

»Fast hätte ich geglaubt, es wäre mein Sohn, der da spricht.«

»Dein Sohn – warum wolltest du eigentlich eben nicht von ihm sprechen? Ist ihm etwas passiert?«

Sie antwortete mit einem merkwürdigen Unterton in der Stimme: »Ach wo, dem geht es blendend! Studiert Jura an der PU. Ist in die Partei eingetreten.«

»Oh, das ist doch toll! So findet er später sicher einen guten Job«, sagte ich, so zweideutig wie möglich.

»Er will in die Zentrale Propagandaabteilung.«

Im ersten Moment dachte ich, ich hätte mich verhört. Sie hatte doch sicher *China Mobile, Sinopec, Bank of China* oder *Citic* gemeint! »Die Zentrale Propagandaabteilung?«

Xiaoxi nickte.

»Kann man sich denn da einfach so bewerben?«

»Er sagt, dort reinzukommen sei sein Lebensziel. Er habe Großes vor! Ich ertrage es kaum. Wir haben uns nichts mehr zu sagen. Wenn du ihn hören könntest, würdest du verstehen, was ich meine.«

Ich genoss es, so neben ihr zu sitzen. Ein Glücksgefühl durchströmte mich. Es war ein herrlicher Nachmittag im noch jungen Frühling und die warmen Sonnenstrahlen hatten einige alte Ehepaare aus ihren Häusern gelockt, die sich nun hier im Park die

Zeit vertrieben. Ein paar Raucher waren da und frönten ihrem Laster … Raucher? Zwei von ihnen standen einige Meter entfernt von uns und qualmten eine Zigarette nach der anderen. Ich hatte ein Faible für Kriminalgeschichten, hatte mich sogar selbst mal daran versucht. Wie die Zwei dort standen und rauchten, regte meine Fantasie an. Sie könnten zum Beispiel dabei sein, jemanden zu observieren. Aber in der realen Welt saß hier bloß ein den schönen Dingen des Lebens zugeneigter, in sentimentalen Gefühlen schwelgender Autor einiger weniger Bestseller, ohne jeglichen Observationswert. Wo Menschen waren, da waren in China auch Raucher, völlig normal.

»Macht mich das zur Unruhestifterin?«, beklagte sich Xiaoxi gerade bei mir. »Zu einem Hindernis für das Fortschreiten der Nation? Ja, es geht mich nichts an, aber man kann doch nicht einfach so tun, als wäre nie etwas passiert! Einfach einen Schalter umlegen und alles vergessen! Ich kann so was nicht verstehen! Ich halte das nicht aus!« Was erregt sie bloß so?, fragte ich mich. War es ihr Sohn? Oder waren es ihre albtraumhaften Erlebnisse in der Vergangenheit, die plötzlich wieder hochkamen?

Sie sah mich an. »Ich war mal mit einem deiner Landsleute auf einem arrangierten Date in irgendeinem kleinen Restaurant in Lanqiying. Ein Unternehmer, macht Geschäfte hier auf dem Festland. Hat mir den ganzen Abend Vorträge gehalten, von Astrologie und Geographie, über Medizin, Wahrsagerei und Astronomie, bis hin zum internationalen Finanzwesen und zum weltweiten Investitionsklima. Es wollte gar kein Ende nehmen. Er hatte zu allem und jedem seinen Senf abzugeben. Hat mich zu Tode gelangweilt. Aber als ich dann ein paar Versäumnisse der Regierung angesprochen habe, hat er mich sofort zurechtgestutzt. Ich hätte ja keine Ahnung und solle lieber dankbar sein! Ich hätte platzen können vor Wut. Am liebsten hätte ich ihm eine verpasst! So ein Ekel!«

»Nicht alle Taiwaner sind so.« Ich fühlte mich verpflichtet, ein gutes Wort für uns taiwanische Männer einzulegen. Dann fragte ich neugierig: »Was ist denn nun aus euch beiden geworden?« Sie schmunzelte. »Er war so eifrig dabei, mich zu belehren, dass er ganz an die Kante seines Stuhls gerückt war. Ein groß gewachsener, gut gebauter junger Kerl vom Nebentisch stieß beim Verlassen des Lokals einmal kräftig dagegen und – Rums! – schon landete er auf dem Boden.«

»Ein junger Kerl?«, fragte ich.

»Fast noch ein Kind!«

»Hat er etwas gesagt?«

»Nein, nichts. Ist einfach gegangen! Ich hab mich fast totgelacht.«

»Kanntest du ihn?«

»Nein. Aber ich würde ihn gerne kennenlernen!«

Ich war ein wenig eifersüchtig. »Tatsächlich? Für mich klingt das nach einem ungezogenen Rüpel!«

»Ich finde das toll! Heutzutage habe ich auch ständig Lust, Leute zu ohrfeigen!«

Das wunderte mich nicht – Xiaoxi hatte selbst eine Menge Gewalt mit ansehen müssen in ihrem Leben. Ich erinnerte mich jetzt wieder, warum ich mich damals nicht getraut hatte, ihr näher zu kommen. »Wie hat denn der Taiwaner reagiert?«, fragte ich.

»Er rappelte sich wutentbrannt hoch, es war aber niemand mehr da, den er hätte beschimpfen können. Also fluchte er bloß über das ganze ›unzivilisierte Pack‹. Da siehst du mal, wie ihr Taiwaner immer noch auf uns herabblickt!«

»Ach was! Wie kämen wir denn jetzt noch dazu?« Früher hatten alle ihre Vorurteile über ›die anderen‹ gehabt, ob nun auf dem Festland, in Taiwan, Hongkong oder Macao. Aber heutzutage war das doch alles anders.

»Aus dem Date ist dann wohl nichts weiter geworden?«, wollte ich wissen.

»Er hat sich nach was Jüngerem umgesehen.«

Frauen sollten sich eben doch besser die Haare färben, dachte ich.

»Und sonst? Geht es dir gut?«, fragte ich sie.

Xiaoxi zog nachdenklich die Stirn zusammen und kräuselte die Lippen. Im hellen Sonnenschein traten ihre Fältchen so noch deutlicher hervor. »Ich komme zurecht. Aber die Menschen um mich herum haben sich verändert. Es macht mich traurig. Mich mit dir zu unterhalten hat mir gut getan. Ich hab schon lange mit niemandem mehr so geplaudert …«

Sie verstummte abrupt und blickte abwesend vor sich auf den Boden. Ich folgte ihrem Blick, unschlüssig, ob nun das vielschichtige Muster aus Licht und Schatten, welches die schräg durch die kahlen Baumwipfel einfallenden Sonnenstrahlen auf die Erde warfen, ihre Aufmerksamkeit auf sich gezogen hatte, oder ob sie einfach nur ins Grübeln verfallen war. Ein paar Augenblicke später kam sie wieder zu sich. »Ach, ich muss los. Gleich beginnt die Rushhour.«

Ich gab ihr meine Visitenkarte. »Lass uns mal zusammen essen gehen, wir beide, deine Mutter und dein Sohn!«

»Mal sehen«, sagte sie sanft. Dann stand sie auf, sagte: »Ich geh dann« – und ging.

Sie marschierte mit schnellen Schritten davon. Ich sah ihr ungehörig lange nach. Von hinten betrachtet bot sie noch immer einen reizenden Anblick. Ihre Figur, die Art, wie sie sich bewegte – es sah sehr jugendlich aus. Als sie den Ausgang an der Südseite des Parks erreicht hatte, begann ich, beschwingt in Richtung des östlichen Tores zu schlendern. Da fielen mir plötzlich die zwei Kettenraucher wieder ein. Als ich mich umdrehte, hatten die beiden gerade das Südtor erreicht, ich sah noch, wie Xiaoxi sich nach rechts wandte, in Richtung des Museums, dann verlor ich sie aus den Augen; die beiden Kettenraucher warteten einen Moment, dann schlugen sie ebenfalls die Richtung des Museums ein.

Goldene Zeiten in Sanlitun

Mir war nicht danach, schon nach Hause zu fahren, also nahm ich ein Taxi zu Starbucks in Sanlitun. Seit die Kette vom taiwanischen Konzern Want-Want Holdings aufgekauft worden war, hatten ein paar chinesische Getränke Einzug in ihre weltweite Produktpalette gehalten. Der Longjingtee-Latte mit Lychee-Aroma, den ich mir bestellte, war ein wohlschmeckendes Beispiel. In Bagdad, Beirut, Kabul und anderen wieder aufgebauten Städten der islamischen Welt fand er dem Vernehmen nach reißenden Absatz. Selbst in Luanda, Khartum und Daressalam gab es inzwischen erste Filialen von Want-Want-Starbucks – ein neuer Markt, den Want-Want in Kooperation mit einer chinesischen Firma namens *EURAFLA Friendly Investment* zu erschließen begonnen hatte. Überall dort auf der Welt, wo es Chinesen gab, würde es in Zukunft auch Want-Want-Starbucks geben. Dass man im globalen Handel die eigene Kultur nicht vergaß, war gewissermaßen auch Teil der chinesischen *Soft Power*.

Hierherzukommen war eine gute Entscheidung gewesen. Meine Laune besserte sich augenblicklich und das eigenartige Glücksgefühl, das mich in der letzten Zeit so oft überkam, stellte sich wieder ein. Wie lebendig diese Stadt doch war, all die hippen jungen Leute und dazu die vielen Expatriates und Touristen aus aller Herren Länder! Was für eine Metropole! Und alle kauften, was das Zeug hielt, kurbelten die Inlandsnachfrage an, zum Wohle der Allgemeinheit. Ich erinnerte mich an den Anruf einer Freundin vor ein paar Monaten. Sie forschte über Dorfkultur im ländlichen China an der Akademie der Sozialwissenschaften. Ihre Nichte aus der Provinz war über die Winterferien bei ihr in Peking und wollte unbedingt zu *Y-3*, um sich neu einzukleiden. Was das denn sei, *Y-3*, fragte sie mich. Einem weltfremden Bücherwurm wie ihr verlangt eine simple Internetsuche wohl schon zu viel ab!, dachte ich genervt. *Y-3* war ein Modelabel, das *Adidas* zusammen mit dem japanischen Designer Yohji Yamamoto kreiert hatte. *Y* stand für Yamamoto, *3* für das Markenzeichen von Adidas, die drei schrägen Streifen. *Y-3* war in China von Anfang an ein Riesenerfolg gewesen, der chinesische Markt inzwischen der umsatzstärkste weltweit. Die größte *Y-3*-Filiale in Peking hatte ich direkt vor Augen, sie lag schräg gegenüber des Sanlituner Want-Want-Starbucks. Als *Adidas* hier kurz vor der Olympiade 2008 seinen Flagshipstore eröffnet hatte, war *Y-3* gerade einmal ein Drittel der Verkaufsfläche in der obersten Etage des vierstöckigen Ladens eingeräumt worden; heute belegte das Label das gesamte Erdgeschoss. Zudem hatte *Adidas* durch die Übernahme des ehemaligen *Nike*-Gebäudes sein Areal insgesamt ausgedehnt. Dem war die Fusion von *Adidas* mit dem chinesischen Sportwarenhersteller *Li Ning* vorausgegangen, die wiederum der neuen Politik der Regierung zu verdanken war: Jedes Unternehmen, das am chinesischen Markt teilhaben wollte, musste nun über mindestens fünfundzwanzig Prozent chinesisches Kapital verfügen; bei mehr als fünfzig Prozent gab es allerlei Vergünstigungen. Wer in Shanghai an die Börse wollte, hatte außerdem eine Reihe weiterer Auflagen zu erfüllen. Wenn eine ausländische Firma diesen Anforderungen nicht gerecht wurde, benötigte sie eine Sondergenehmigung des Wirtschaftsministeriums. Und wer die nicht bekam, dem blieb nichts anderes übrig, als sich vom chinesischen Markt mit seinen 1,35 Milliarden potenziellen Kunden zu verabschieden.

In Taiwan und Hongkong, wo ich den größten Teil meines Lebens verbracht hatte, war man immer der festen Überzeugung gewesen: ohne Export keine Entwicklung. Wer reich werden wollte, musste sich die erste Million mühsam vom Leibe absparen. Erst heute verstehen wir, wie wichtig Inlandsnachfrage und -konsum sind. Die Kauflust der Chinesen konnte zwar nicht die ganze Welt aus der Misere ziehen, aber sie hielt wenigstens China weiter auf Erfolgskurs. Und sie allein hatte ausgereicht, um die

Weichen für die Zukunft zu stellen. Der Inlandskonsum war von fünfunddreißig Prozent innerhalb weniger Jahre auf gut fünfzig

Prozent angestiegen. Auch wenn er sich mittlerweile auf diesem Niveau eingependelt hatte und kaum weiteres Wachstum verzeichnete, so war das dennoch eine in jeder Hinsicht überaus beeindruckende Leistung.

Das war keine blinde Prahlerei meinerseits, mir war bewusst, dass Chinas Probleme damit noch längst nicht alle gelöst waren. Aber wir hatten den selbst herbeigeführten Kollaps der kapitalistischen Welt, allen voran der USA, dem Hauptverursacher der Katastrophe, als einzige Nation unbeschadet überstanden. Nach dem Finanz-Tsunami im Jahr 2008 hatte es nur eine kurze Erholungsphase gegeben, bevor sich erneut Stagflation breitgemacht hatte. Die Krise hat die Welt bis heute fest im Griff und nur China hat es vermocht, sich ihr zu entziehen. Wo andere Nationen ihr Engagement zurückfuhren, bauten die Chinesen ihre Position aus und ließen die Wachstumszahlen im Reich der Mitte in ungeahnte Höhen schießen. Die Inlandsnachfrage ersetzte den schwindenden Export, souveräner Wohlstand trat an die Stelle des sich verflüchtigenden ausländischen Kapitals. Ersten Schätzungen zufolge würde das Wirtschaftswachstum zum dritten Mal in Folge die Fünfzehn-Prozent-Marke übersteigen. China hatte nicht nur die Spielregeln der Weltwirtschaft neu definiert – die gesamte westliche Ökonomik musste umgeschrieben werden. Doch was am meisten zählte: All das hatte China erreicht, ohne im gesellschaftlichen Chaos zu versinken. Im Gegenteil, die soziale Harmonie war größer als jemals zuvor. Angesichts einer solchen Meisterleistung musste auch ich voller Bewunderung den Hut ziehen, es war schlicht überwältigend ... Bei diesen Gedanken überkam mich wieder einmal eine starke Ergriffenheit. Das passierte mir in letzter Zeit ständig. Ich wurde schneller sentimental als früher. Oft standen mir vor lauter Rührung plötzlich Tränen in den Augen. Ich musste an Xiaoxi denken und die Melancholie, die sie umgeben hatte. Sie tat mir leid. Rings herum genossen die Menschen das Leben, nur sie schien immer bedrückter zu werden. Ich atmete einmal tief durch, um einen verstärkten Anflug von Rührseligkeit zu unterdrücken. Ich war eigentlich immer ziemlich abgeklärt gewesen, warum wurde ich neuerdings bei jeder Kleinigkeit gleich so emotional?

Unbemerkt war mir eine Träne über die Wange gelaufen und in meinen halbvollen Becher Longjing-Latte getropft. Eilig wischte ich mir mit einer Serviette die Augen und verließ das Lokal.

Ein zukünftiger Protagonist

Seit Pekings führender geisteswissenschaftlicher Buchladen, der *All Sages Bookstore,* endgültig seine Tore geschlossen hatte, kam ich nur noch selten ins Universitätsviertel Haidian im Nordwesten der Stadt. Ein paar Tage nach dem Frühjahrsempfang bei *SDX* machte ich mich aber auf den Weg dorthin. Die ganze Woche über fühlte ich mich bestens. Ich hatte wie immer jeden Tag die Zeitung gelesen, im Internet gesurft und die Fernsehnachrichten verfolgt. Kein Tag war vergangen, an dem ich mich nicht darüber gefreut hätte, hier in China zu leben, und hin und wieder hatte ich ein paar Tränen der Glückseligkeit vergossen. Zunächst hatte mich die Begegnung mit Xiaoxi nicht weiter beschäftigt, zu weit schien sie mir in ihrer Verfassung von meinem Leben und meiner eigenen Gemütslage entfernt. Doch dann passierte es mir mehrere Nächte nacheinander, dass ich morgens nass geschwitzt und erregt aufwachte, im Kopf noch die Reste eines frühmorgendlichen Traums von Xiaoxi. Wahrscheinlich schlief ich schon zu lange ohne eine Frau neben mir. Einmal träumte ich sogar von Fang Caodi. Es war einer von diesen unangenehmen Träumen, in denen man ständig im Kreis läuft, ohne wirklich voranzukommen. Ich bereute ein wenig, dass ich die beiden nicht nach ihren Handynummern gefragt hatte, denn keiner von ihnen meldete sich bei mir. Ich war ihnen wohl doch nicht so wichtig. Ich hatte keine Ahnung, wie ich Fang Caodi hätte aufspüren sollen, hatte aber auch kein wirkliches Interesse, ihn zu sehen. Zu Xiaoxi hatte ich jedoch einen Anhaltspunkt. Er war auch der Grund, der mich hierher, in die Gegend hinter dem Ost-Campus der Peking-Universität, führte.

Ende der achtziger Jahre hatten Xiaoxi und ihre Mutter sich selbstständig gemacht und in einer der illegalen Flachbauten vor den Wohnhäusern hinter der PU ihr eigenes kleines Restaurant eröffnet. Sie nannten es *Die Fünf Aromen*. Xiaoxis Mutter, Madame Song, bereitete eine passable Ente nach Guizhou-Art zu, die zum guten Ruf des Ladens beitrug. Der eigentliche Gästemagnet waren jedoch Xiaoxi und ihre Freunde, die man zu jeder beliebigen Tageszeit dort antraf. Einmal mit ihnen ins Gespräch gekommen, blieb man meist bis spät in die Nacht und die *Fünf Aromen* avancierten schnell zum Salon der Ausländer und Intellektuellen von Haidian. Später wurde das Restaurant für ein paar Jahre geschlossen, aber kurz nach Deng Xiaopings Südinspektion 1992 fand es ganz in der Nähe eine neue Heimat und wurde wiedereröffnet. Jedes Mal, wenn ich nach Peking kam, verbrachte ich zumindest einen Abend dort. Mein letzter Besuch lag nun schon einige Jahre zurück und ich war nicht sicher, ob das Restaurant überhaupt noch existierte. Meine Hoffnung erstarb, als ich hinter dem Ost-Campus einbog. Die alten Wohnhäuser mit ihren flachen Anbauten waren allesamt abgerissen worden, von den kleinen Läden und Restaurants war nichts mehr übrig. *Die Fünf Aromen* existierte nicht mehr und *All Sages* war ebenfalls Geschichte, ich hatte hier also nichts mehr verloren. Ungerührt beschloss ich, zu Fuß zum O_2 *Sun* Buchladen in Wudaokou zu spazieren, immer noch besser, als gleich wieder heimzufahren. Im Anschluss daran bot sich ein Kaffee im *Sculpting Time Café* an. Diese Gegend war früher das Epizentrum der Rockmusik im Westen Pekings gewesen, mit vielen kleinen Clubs. Ob es sie noch gab, wusste ich nicht – ich hatte die Szene in den letzten Jahren nicht mehr verfolgt. Ich lief die Chengfu Road entlang und war schon fast in Wudaokou angelangt, als ich stutzte. Über einem wenig ansprechend dekorierten Ladeneingang prangte der Schriftzug *Fünf Aromen*. Ohne Zusatz wie *Restaurant, Westliche Küche, Club* oder Ähnliches. Ich starrte das Schild einen Moment lang ratlos an, dann trat ich ein.

Die Inneneinrichtung war ebenso geschmacklos wie der Eingang, mit ein paar einfachen Tischen und Stühlen von der billigsten Sorte, dazu eine kleine Bühne, auf der gerade so eine vierköpfige Band Platz gehabt hätte. Der Raum war menschenleer, aber aus einem Hinterzimmer drang laut und deutlich eine mir vertraute Stimme. Ich schob den Türvorhang zur Seite und rief: »Madame Song!«

Xiaoxis Mutter erkannte mich auf Anhieb: »Chen!«

»Wollte mal sehen, wie es Ihnen so geht!«, behauptete ich scheinheilig.

»Wie schön, dich zu sehen!«, rief sie. »Was für ein seltener Gast!«

Sie griff eine ungekühlte Flasche Yanjing-Bier und schob mich hinaus zu einem Tisch im Gastraum. »Ich freue mich so, dass du gekommen bist, Chen. Hab mich schon gefragt, was wohl aus dir geworden ist.«

Ich schämte mich ein wenig. In all den Jahren seit meinem Umzug nach Peking war es mir nie in den Sinn gekommen, einmal nach der alten Dame zu sehen. »Ich habe neulich Xiaoxi getroffen«, sagte ich.

Madame Song senkte mit einem Mal die Stimme: »Bitte, bring du sie doch wieder zur Vernunft!«

»Ach, wir sind uns nur zufällig bei *SDX* über den Weg gelaufen. Kommt sie heute noch vorbei?«, fragte ich, ihre Bitte ignorierend.

»Sicher nicht.«

»Haben Sie vielleicht ihre Handynummer? Ich würde sie gerne mal anrufen.« Ihre Nummer war alles, was mich interessierte.

»Sie hat kein Handy.« Madame Song sah die ganze Zeit besorgt nach draußen. »Aber sie schreibt viele Mails und streitet sich den ganzen Tag im Internet mit irgendwelchen Leuten, deshalb wechselt sie ständig ihre Mailadresse. Bitte, bring du sie wieder zur Vernunft!«

Besser eine Mailadresse als gar nichts, dachte ich mir.

Madame Song stand auf: »Ich geh schnell und suche ihre neue Adresse heraus.«

»Ach, das eilt doch nicht!«, heuchelte ich.

»Lieber jetzt gleich, eh ich es vergesse«, sagte sie und verschwand eilig im Hinterzimmer.

Wie herzlich sie doch war, dachte ich, wirklich noch vom alten Schlag.

In diesem Moment betrat ein junger Mann das Lokal, hoch gewachsen und ausgesprochen gut aussehend, einer von der Sorte, der den Mädchen reihenweise den Kopf verdreht. Und sportlich war er obendrein. Seine knöchelhohen weißen Turnschuhe fielen mir besonders ins Auge; in ganz Peking gab es kaum Männer, die weiße Turnschuhe trugen. Er musterte mich neugierig. Sein Blick verriet großes Selbstvertrauen. »Guten Tag«, grüßte er höflich. »Sie sind …?«

»Ich … Ein alter Bekannter von Madame Song.« Plötzlich begriff ich: »Und du bist …« … Xiaoxis Sohn, wollte ich sagen, aber aus einem unerklärlichen Grund zögerte ich, es auszusprechen.

»Hallo Großmutter!«, begrüßte der junge Mann Madame Song, die gerade aus dem Hinterzimmer zurückkam.

»Ah, du bist es! Herr Chen – mein Enkel«, stellte sie uns vor.

Ich tat überrascht: »Ihr Enkel?«

»Freut mich, Sie kennenzulernen. Ich heiße Wei Guo.«

»Die Freude ist ganz meinerseits! Zu so einem Nachwuchs kann man nur gratulieren!« Wir schüttelten einander die Hand. Vor über zehn Jahren mussten wir uns schon einmal begegnet sein. Xiaoxi hatte damals erwähnt, dass er ihren Nachnamen trug.

»Herr Chen kommt aus Taiwan, er ist einer unserer alten Stammgäste«, erklärte Madame Song. Ihre Wortwahl schmeichelte mir.

»Ich glaube, ich habe Sie hier noch nie gesehen«, sagte Wei Guo, an mich gewandt.

»Das war noch im alten Lokal«, erläuterte Madame Song, »Herr Chen war lange nicht mehr in der Stadt.«

»Nun ja – ich wohne jetzt in Peking«, sagte ich. Sicher wunderte sie sich, warum ich mich dann seit Jahren nicht mehr hatte blicken lassen.

Anstatt mich zu fragen, wie lange ich nun schon hier lebte oder in welchem Stadtteil ich wohnte, wollte Wei Guo gleich wissen, was ich beruflich machte.

»Ich bin Schriftsteller.«

»Was schreiben Sie denn?« Sein Interesse an mir schien zu wachsen.

»Alles Mögliche. Romane, Kritiken ...«

»Was kritisieren Sie denn so?«

»Essen, Trinken und sonstige Unterhaltung, Kultur und Medien, Unternehmensführung ...«

»Was halten Sie von der gegenwärtigen Situation in China?«

»Bleiben Sie doch zum Abendessen!«, schlug Madame Song vor.

»Das geht heute leider nicht. Aber ich komme gerne ein anderes Mal wieder. Wir unterhalten uns noch kurz, dann muss ich los.«

»Dann plaudert ihr mal«, sagte sie und verschwand wieder im Hinterzimmer.

Wei Guo sah mich mit festem Blick an. Er strahlte eine Autorität aus, wie man sie bei jungen Leuten äußerst selten findet.

Ich wollte herausfinden, warum Xiaoxi und ihr Sohn sich nichts mehr zu sagen hatten, also antwortete ich mit Bedacht: »Nichts geht über China, das sagen doch jetzt alle.« Dieser Satz klang wie von ihrem Sohn, hatte Xiaoxi gesagt.

»Da haben Sie recht, genauso ist es. Wie Ji Xianlin schon gesagt hat: Das einundzwanzigste Jahrhundert ist das Jahrhundert der Chinesen. Niemand kann uns aufhalten!«

»Und welche Rolle willst du im Chinesischen Jahrhundert spielen?«, wollte ich wissen.

Die meisten jungen Leute hätten bei dieser Frage wohl eher schüchtern reagiert. Nicht so Wei Guo: »Momentan studiere ich Jura an der PU. Nach dem Abschluss werde ich mich für die Aufnahme in den Staatsdienst bewerben.«

»Du willst Beamter werden?«

»Das Land und die Partei brauchen die hellsten Köpfe.«

Er wollte in die Propagandaabteilung, hatte Xiaoxi erwähnt. Ich fragte trotzdem: »Wei Guo, wenn du frei wählen könntest, für welchen Bereich würdest du dich entscheiden?«

»Die Zentrale Propagandaabteilung!«, sagte er ohne Umschweife, als hätte er auf diese Frage gewartet.

Mit solcher Offenheit hatte ich nicht gerechnet.

»Natürlich kann man sich das nicht einfach so aussuchen, aber jedenfalls ist das gegenwärtig mein höchstes Ziel«, fügte er hinzu.

»Warum gerade die Propagandaabteilung?«, fragte ich.

»Eine Nation, ein Volk, braucht mehr als rein materielle Macht, es muss auch geistig stark sein. Nur so stehen die Menschen geeint zusammen. Ökonomische und militärische Stärke sind unentbehrlich, aber *Soft Power,* weiche Macht, ist ebenso wichtig. Die Zentrale Propagandaabteilung ist deswegen von größter Bedeutung. Aber ich finde, sie macht ihre Sache noch nicht gut genug. Das lässt sich noch optimieren.«

»In welcher Hinsicht?«, fragte ich.

Auf diese Frage war er scheinbar bestens vorbereitet: »Es mangelt dort beispielsweise noch an Wissen über das Internet und seine User. Ebenso wenig versteht man, was die jungen Leute heutzutage bewegt. Ich kann helfen, das zu ändern. Mit meinem Jurastudium kann ich für jede Entscheidung der Abteilung eine solide gesetzliche Grundlage liefern, ganz im Sinne des rechtsstaatlichen Regierungsprinzips. Und natürlich bin ich als junger Mensch nicht frei von Romantik. Ich stelle es mir sehr romantisch vor, in der ZPA zu arbeiten.« Bei diesen Worten zeigte sich schließlich doch noch ein Hauch von jugendlicher Verschämtheit.

»Romantisch? Inwiefern denn?«

»Als Schriftsteller können Sie das sicher gut nachvollziehen. Romantik entsteht im Geist. Und die Zentrale Propagandaabteilung ist verantwortlich für das geistige Leben der gesamten Nation.«

Ich hatte keine Lust, weiter über die Propagandaabteilung zu reden, daher deutete ich auf die Bühne und fragte: »Habt ihr hier oft Konzerte?«

»Ja, jeden Abend. Ein paar junge Bands und Studenten aus der Gegend spielen hier. Das war meine Idee. Die unterschiedlichsten Gruppierungen kommen hierher, und das ist gut für meine Beobachtungen. Ich will verstehen, wie sie denken und was sie bewegt. Ohne Feldforschung keine Zielgruppenkenntnis, und ohne Zielgruppenkenntnis kein Mitspracherecht, nicht wahr?«

»Aber so ein Lokal zu führen, mit zum Teil sicher durchaus, nun ja, politisch fragwürdiger Kundschaft – bringt das nicht die Karriere in Gefahr?«, fragte ich scheinheilig.

Er hielt die Frage offensichtlich für naiv: »Da unterschätzen Sie die Partei und unsere Regierung aber! Sie haben alles unter Kontrolle. Dort weiß man über alles Bescheid.«

Ich hatte keine Lust mehr, diese Unterhaltung weiterzuführen: »Nett, sich mit dir zu unterhalten, Wei Guo. Es war sehr interessant, aber ich muss jetzt leider los.«

»Genießen Sie Ihre Zeit in Peking! Schreiben Sie über Chinas wahres Gesicht. Erinnern Sie die Brüder und Schwestern auf der Insel daran, dass man nicht einfach alles glauben darf, was die westlichen Medien berichten!«

Ich wollte ihn gerade bitten, mich bei seiner Großmutter zu entschuldigen, als Madame Song wieder hereinkam und rief: »Ach wie schade, Sie müssen schon gehen?«

»Ja, leider. Ich muss am anderen Ende der Stadt noch etwas

erledigen. Wenn ich jetzt nicht gehe, komme ich mitten in den Berufsverkehr.«

»Kommen Sie doch mal wieder vorbei, meine Guizhou-Ente wartet auf Sie!«

»Ganz bestimmt. Bleiben Sie gesund, Madame Song.« Sie reichte mir zum Abschied die Hand. Ich ergriff sie und nahm schnell den Zettel entgegen, den sie darin verborgen hielt.

Das Lebewohl fiel uns beiden schwerer als gedacht.

Ich war schon beinahe zur Tür hinaus, da hielt mich Wei Guo zurück: »Herr Chen! Haben Sie zufällig in letzter Zeit meine Mutter gesehen?« Seine Stimme verriet keinerlei Emotion.

»Nein«, log ich intuitiv.

Höflich wünschte er mir einen guten Tag.

Ich nickte nur. Ich konnte es mir nicht verkneifen, verstohlen einen letzten Blick auf seine schneeweißen Turnschuhe zu werfen.

Chens Schicksalsjahr

Es war das Jahr meines Tierkreiszeichens, und also war mit merkwürdigen Vorkommnissen zu rechnen. So besagte es zumindest ein besonders hartnäckiger chinesischer Aberglaube. Die nicht erklärbare Emotionalität, die mich in jüngster Zeit so oft überkam, das Auftauchen Xiaoxis und Fang Caodis so kurz hintereinander – all das gab mir das vage Gefühl, dass sich irgendetwas zusammenbraute.

Mir war schon lange niemand mehr begegnet, der sich so wenig von der allgemeinen Hochstimmung anstecken ließ wie Xiaoxi und Fang. Natürlich gab es in einem so großen Land wie China die unterschiedlichsten Typen, und seit meinem ersten Aufenthalt Mitte der achtziger Jahre bis in die jüngste Vergangenheit hinein hatte ich eine ganze Reihe solcher Anachronisten getroffen, in den letzten Jahren waren es jedoch immer weniger geworden. Insbesondere seit dem Anbruch des Goldenen Zeitalters in China, parallel zur weltweiten wirtschaftlichen Eiszeit, fand sich in meinem sozialen Umfeld niemand mehr, der sich dem Zeitgeist derart widersetzte.

In meinem Umfeld gab es drei Arten von Menschen: Zur ersten Sorte gehörten meine Putzfrauen. Ich beschäftigte ausschließlich Rentnerinnen mit Wohnsitz und Familie hier in Peking. Da ich selten zu Hause war, fühlte ich mich so sicherer. Meine derzeitige Putzfrau hatte eine Akademikerin zur Tochter, die in einem ausländischen Unternehmen arbeitete; sie putzte also nur, um in Bewegung zu bleiben und nicht untätig herumzusitzen. Während der Arbeit breitete sie meist allerlei Belanglosigkeiten aus dem Leben ihrer Tochter aus: wie viel Geld diese für ihre Dauerwelle ausgegeben hatte oder dass ihr Freund vielleicht bald nach Shanghai ziehen musste. Außerdem erzählte sie mir Neuigkeiten über Taiwan, die sie im Satellitenfernsehen aus Fujian aufschnappte. Währenddessen saß ich zumeist am Computer und hörte ihr nur mit halbem Ohr zu. An manchen Tagen ging sie mir auf die Nerven, dann wieder war ich dankbar für die Einblicke in die Lebenswelt der Durchschnittsbevölkerung.

Die zweite Kategorie bestand aus Journalisten der Mainstream-Medien, meist jung, voller Elan und mittendrin im Geschehen. Sie wussten Bescheid über alle wichtigen Themen: wer gerade angesagt war und wer nicht, welche Clubs *in* waren und welche *out*, welches die Tops und welches die Flops unter den Neujahrskomödien waren und wohin man dieses Jahr verreiste, wenn man hip sein wollte. Egal worüber sie gerade schrieben – immer dann, wenn eine Meinung *von außen* gefragt war, standen die Chancen gut, dass ihnen dieser taiwanische Bestsellerautor einfiel, der praktischerweise hier in Peking residierte. Bei der Unmenge von Medien in der Hauptstadt kamen jeden Monat ein paar Journalisten mit Interviewanfragen auf mich zu. Ein kleiner Plausch mit ihnen war mir immer willkommen, denn so blieb ich auf dem Laufenden über die aktuellen Trends.

Die dritte Gruppe bildeten Verlagslektoren. Ein paar meiner Bücher waren auf dem Festland erschienen und verkauften sich recht gut, deshalb bekam ich des Öfteren Besuch von Lektoren, die weitere Bücher mit mir machen wollten. Das Problem war nur, dass mir das Schreiben in den letzten Jahren nicht so richtig gelingen wollte, sodass ich lediglich ein paar meiner älteren, bisher nur in Taiwan erschienenen Werke wiederverwertete. Zwei meiner Bücher standen – in neuer Ausstattung – tatsächlich gerade kurz vor einer Neuauflage. Manchmal stellte mich einer der Lektoren seinem Verleger vor. Oft genug waren das alte Bekannte, die eine steile Karriere hingelegt hatten. Früher nur ein unbedeutendes Rädchen im Getriebe, waren sie plötzlich Geschäftsführer irgendeiner Verlagsgruppe geworden. Meist interessierten sie sich nicht für meine Bücher, sondern referierten lieber über den Börsengang ihres Konzerns. Von Zeit zu Zeit hatte ich – als ortsansässiger Kulturschaffender aus Taiwan – auch Gelegenheit, Funktionäre des Amts für Presse- und Publikationswesen, des Kultusministeriums, des Büros für Taiwan-Angelegenheiten oder der Chinesischen Einheitsfront zu treffen. Funktionärsposten waren heutzutage begehrter denn je. Wer einen ergattert hatte, legte daher ein entsprechend unbescheidenes Gebaren an den Tag – ganz gleich, um was für einen Posten es sich handelte. Solange man ihre Vormachtstellung nicht in Frage stellte, waren diese Funktionäre dem *kleinen Bruder* Taiwan durchaus wohlgesonnen.

Ich bin zwar in Hongkong geboren und in Rennie's Mill zur Grundschule gegangen, bevor ich mit meinen Eltern nach Taiwan zog, aber ich habe mich selbst immer als Taiwaner betrachtet. Schon als Kind las ich für mein Leben gern, und während meiner Highschool-Zeit fasste ich den Entschluss, Schriftsteller zu werden. Als der Wechsel an die Universität anstand, fiel meine erste Wahl auf ein Studium der Literaturwissenschaft an der renommierten *National Taiwan University*, schließlich hatten dort schon Größen wie Bai Xianyong studiert. Alternativ kam auch

Anglistik in Frage, denn die hatte immerhin Lin Wenyue hervorgebracht. Meine Noten reichten jedoch weder für das eine noch für das andere, und so landete ich am Institut für Journalistik der *Chinese Culture University*. Im zweiten Jahr dort schrieb ich eine Kurzgeschichte mit dem Titel *Frühling in Rennie's Mill* und gewann damit den zweiten Platz beim Literaturwettbewerb der *Central Daily News*, der damals größten Tageszeitung Taiwans. Mir war klar, dass ich den ersten Platz nur deswegen nicht bekam, weil ich an keiner der Eliteunis studierte.

Also machte ich es wie Chen Yingzhen und verarbeitete meine Frustration zu einer satirischen Erzählung, in der ich mit den herrschenden Verhältnissen ins Gericht ging. Sie hieß *Ich wandere aus!* und kam unter meinen Kommilitonen ziemlich gut an, insbesondere beim weiblichen Publikum. Wegen ihres kritischen Inhalts wagte ich jedoch nicht, sie zu publizieren. Die sich gerade formierende politische Opposition hielt mich nun für einen der Ihrigen und hätte mich gerne für ihre Zwecke eingespannt. Das schmeichelte mir zwar, aber ich lehnte ab – meine Eltern hatten hart gearbeitet, um mir das Studium zu ermöglichen; ich durfte meinen Studienplatz nicht aufs Spiel setzen. Ich musste an meine Zukunft denken. Als meine Geschichte dann 1988 – nach der Aufhebung des Zeitungsverbots – doch noch in der *New Life Evening Post* erschien, war ihre Halbwertszeit längst überschritten. Die jungen Leute verstanden nicht mehr, was ich darin eigentlich kritisierte.

Nach meinem Abschluss zog es mich in die USA, an eine der bekannten Journalistenschmieden wie die *University of Missouri* oder die *Columbia University*, doch meine Bewerbungen dort blieben erfolglos. Und selbst wenn man mich genommen hätte – ohne ein Stipendium hätte ich mir das Studium im Ausland ohnehin nicht leisten können. Doch ich hatte Glück: Meine Mutter hatte damals in Rennie's Mill bei der örtlichen Kirchengemeinde als Köchin gearbeitet. Der Benediktinerpriester dieser Gemeinde besuchte uns während eines Aufenthalts in Taiwan. Er arbeitete inzwischen an der *St. John's Catholic University* – einer Hochschule im Mittleren Westen der USA – als Leiter des Studentenbüros. Es war nicht schwer für ihn, für meine Aufnahme in den Masterstudiengang Literaturwissenschaft zu sorgen, inklusive Stipendium. Umgeben von endlosen Maisfeldern und Kuhweiden paukte ich also Englisch und las Romane. Ich verschlang die *Hardboiled*-Detektivgeschichten von Raymond Chandler und Dashiell Hammett und schrieb meine Abschlussarbeit über die Figur des Charlie Chan von Earl Derr Biggers und die Logik des Kriminalromans in Ost und in West. Ich arbeitete ein ganzes Jahr daran, verließ kaum die Bibliothek und machte die Sommerferien durch, bis ich endlich mein Examenszeugnis in Händen hielt.

Als ich in der Universitätsbibliothek zufällig einmal in einer Ausgabe der Hongkonger Zeitung *The Star* blätterte, erfuhr ich von einem chinesischen Unternehmer, der in New York eine Zeitung für die chinesischsprachige Bevölkerung herausbringen wollte. Sein Assistent war damals in der Jury des Literaturwettbewerbs gewesen, bei dem ich den zweiten Platz belegt hatte. Ich machte ihn ausfindig, rief an, und er stellte mich noch am Telefon ein. So verließ ich Amerika und kam nach New York.

Die *Overseas Chinese Gazette* hatte nur eine winzige Auflage und war außerhalb von Chinatown gar nicht zu bekommen. Ich blieb ihr mehrere Jahre treu, wurde dabei jedoch mit der Zeit immer frustrierter. Schließlich fühlte ich mich so miserabel, dass ich wieder mit dem Schreiben anfing. Das Ergebnis war mein Studentenroman *Mit dem letzten Greyhound aus Manhattan*, der mir unverhofften Erfolg bescherte. Ich benutze darin die Erzähltechnik des *Stream of consciousness*, und ich weiß beim besten Willen nicht mehr, wie ich das damals eigentlich zustande gebracht habe. Taiwan ist schon eine Klasse für sich; dass dort so viele Menschen mein Buch lesen würden, damit hätte ich nie gerechnet. Kaum jemand weiß, dass es sich dort über die Jahre hinweg bis heute gut einhunderttausend Mal verkauft hat. Es macht sich ja leider niemand die Mühe, eine ewige Bestsellerliste für Taiwan aufzustellen.

Während meiner Zeit in New York bereiste der Großmeister des chinesischen Kung-Fu-Romans, Louis Cha, die USA und ich interviewte ihn für die *Gazette*. Zu meinem Glück waren seine Bücher kurz zuvor in Taiwan vom Index genommen worden, sein Name war nun in den Medien nicht länger tabu. Die *United Daily News*, eine der größten Tageszeitungen, druckte mein Interview ebenfalls und erntete viel Zuspruch dafür; im Zuge dessen wurde auch mein Name ein Begriff.

Auch Cha gefiel das Interview. Er wusste, dass ich in Hongkong geboren war und Kantonesisch sprach. Er bot mir eine Stelle bei *Ming Pao* an, dem von ihm gegründeten Zeitungsverlag. Ich gab meinen Job in den USA auf und ging nach Hongkong, wo man mich mit der Chinaberichterstattung für das Kulturmagazin von *Ming Pao* betraute. Ab Mitte der achtziger Jahre bis Anfang der Neunziger interviewte ich eine ganze Reihe chinesischer Künstler und Autoren der alten Garde und baute gute Kontakte in die Kulturszene des Festlands auf. Es waren eine Menge äußerst bemerkenswerte Begegnungen darunter und ich lernte viele kostbare Lektionen über dieses Land. 1992 zog sich Louis Cha aus dem Geschäftsleben zurück. Zur selben Zeit suchte die *United Daily News* einen neuen Redakteur für den Festlandteil. Außerdem teilte mir meine aus Peking stammende Freundin mit, dass sie ins Ausland gehen würde, was so viel bedeutete wie: Sie wollte sich von mir trennen. Ich entschloss mich zur Rückkehr nach Taiwan.

Während meiner Zeit bei *United Daily News* ging ich meine bisher veröffentlichten Artikel durch und ordnete sie. Ich hatte vor, eine Interviewsammlung mit den Kulturgrößen Chinas herauszubringen. Es wäre – so glaubte ich damals – das wichtigste Werk meines Lebens. Ein Großteil der Interviewten war schon hoch betagt, viele von ihnen lebten nicht mehr, sodass meine Interviews mit ihnen als ihr Schwanengesang gelten konnten, dessen

Wert über die bloßen Worte hinausging. Vielleicht war ich einfach zu langsam. Als ich mit meiner Überarbeitung fertig war und *Für die Nachwelt: Einsichten der großen Künstler Chinas* endlich erschien, hatte es seine Zeit bereits verpasst. Das gesellschaftliche Klima in Taiwan hatte sich verändert; selbst bei *Kingstone, dem* geisteswissenschaftlichen Buchladen des Landes, verkaufte sich der Titel nur mäßig. In der *United Daily News* gab es eine kurze Rezension, dann wurde es still um das Buch. Mit Lee Teng-huis Amtsantritt als Präsident 1988 begann das immer heftigere Ringen um die nationale Identität, und die Taiwaner sorgten sich eher um einen möglichen Krieg mit dem Festland als um dessen kulturelles Erbe.

In Verlagskreisen festigte ich mit dem Buch meinen Ruf als Chinaexperte, als Autorität in Sachen Festland, als Fachmann fürs Reich der Mitte. Kurz gesagt: Kein Mensch interessierte sich für mich.

Ich fühlte mich in meinem Stolz verletzt. Das Desinteresse ringsum wurde zu meinem Ansporn, es allen zu zeigen. Wenn es mir nicht vergönnt sein sollte, einen Klassiker zu schaffen, dann würde ich eben Bestseller produzieren! Damals waren gerade Analysen eines möglichen Krieges in der Taiwanstraße gefragt, und so begann ich mit der Recherche über das chinesische und taiwanische Militär und überlegte mir, welche Perspektive ich anbieten sollte. Doch nach einer Weile wurde mir klar, dass es zwecklos war. Es gab schon zu viele Bücher, die auf derselben Welle mitschwammen. Damals lernte ich jedoch eines: Wer den Zeitgeist für sich nutzen will, muss schneller sein als die anderen.

Leicht verunsichert schrieb ich dennoch, was das Zeug hielt.

Der dreizehnte Mond, ein Krimi, blieb ohne jede Resonanz.

Als ein Kollege mit seinen Lebensweisheiten einen Volltreffer landete, tat ich es ihm nach. Ohne Erfolg.

Dann kamen Management-Ratgeber in Mode. Ich schrieb gleich mehrere Bücher über die richtige Strategie am Arbeitsplatz, geheime Erfolgsrezepte für jedermann. Der Durchbruch ließ weiter auf sich warten.

Lebensweisheiten, Unternehmensratgeber – das war purer Opportunismus, keine Frage. Wenn sich das nicht verkaufte, dann konnte ich damit leben. Aber es schmerzte mich, dass *Der dreizehnte Mond* einfach so in der Versenkung verschwunden war. Er war, wie ich fand, ein Meisterstück der taiwanischen Kriminalliteratur, nur waren die taiwanischen Leser nun mal japanische Krimis und Detektivgeschichten im Stile Agatha Christies gewöhnt, bei denen der Mörder bis zuletzt im Dunkeln bleibt. Den coolen Humor und die lakonische Erzählweise des amerikanischen *Hardboiled*-Genres wussten meine Landsleute einfach nicht zu schätzen, und auch die Kritiker begriffen nicht, wie intensiv ich mich damit auseinandergesetzt hatte. Mag sein, dass ich kein erstklassiger Schriftsteller war, aber ich versuchte, mir die Worte William Somerset Maughams zu Herzen zu nehmen: »Unter den Zweitklassigen stehe ich in der ersten Reihe.«

Tatsächlich reichte es bei mir noch nicht einmal zur Zweitklassigkeit. Auch nach etlichen Anläufen ernteten meine Bücher weder Lob, noch ließ sich mit ihnen Geld verdienen, und eine Zeit lang war ich deswegen ziemlich niedergeschlagen.

Doch schließlich witterte ich meine Chance: Im Ausland kam der Begriff des EQ und der *Emotionalen Intelligenz* auf, und die chinesischen Übersetzungen dieser Bücher fanden auch in Taiwan reißenden Absatz. Also verarbeitete ich all das Wissen, das ich in den vergangenen Jahren gesammelt hatte – von chinesischer Kultur über Lebensweisheiten bis hin zu Management-Strategien, und innerhalb kürzester Zeit entstand *Der chinesische EQ*.

Ich hatte zunächst noch überlegt, mit einem Illustrator zusammenzuarbeiten, um das Buch durch Abbildungen attraktiver zu machen, diese Idee dann glücklicherweise aber wieder verworfen und mich stattdessen für die schnellstmögliche Veröffentlichung entschieden. Das Buch hielt sich sechs Wochen auf der Bestsellerliste bei *Kingstone* und schaffte es zeitweilig sogar bis auf Rang zwei. Auf Platz eins der übersetzten Bücher stand da noch immer die chinesische Version von *EQ*. Es war ein zutiefst befriedigendes Gefühl, mein eigenes Buch bei *Eslite* und *Kingstone* in der vordersten Auslage liegen zu sehen.

In den darauf folgenden Jahren schrieb ich eine Serie ähnlicher Bücher über dieses und jenes den Chinesen eigenes Wissen, die sich allesamt nicht schlecht verkauften, bis schließlich Bücher mit *chinesisch* im Titel bei den taiwanischen Lesern nicht mehr besonders gefragt waren.

Doch da war ich bereits ein bekannter Journalist, Romancier, Chinakenner, Motivationsexperte und Bestsellerautor – wobei die übrigen Titel durch den letztgenannten gewaltig an Bedeutung gewannen. Die meisten Leute, denen ich begegnete, hatten meine Bücher nie gelesen und auch keine Ahnung, was ich sonst noch alles geschrieben hatte; sie wussten nur, dass ich ein Bestsellerautor war. Im Taiwan der neunziger Jahre war man als Bestsellerautor noch ziemlich angesehen.

Meine Glückssträhne hielt noch weiter an: Nach der Jahrtausendwende erschienen meine Bücher eins nach dem anderen auch auf dem Festland.

Mit dem letzten Greyhound aus New York wurde in *Ein Chinese in New York* umbenannt und lief mit zufriedenstellendem Erfolg. Scheinbar las zwar niemand das Buch je zu Ende, aber in den chinesischen Medien hatte ich es nun zum »Avantgardisten aus Taiwan« gebracht.

Für die Nachwelt erschien in drei Bänden: *Literatur für die Nachwelt, Kunst für die Nachwelt* und *Gedanken für die Nachwelt,* die sich eher durchschnittlich verkauften, aber immerhin vom *New Weekly Magazine* für ihr gelungenes Design ausgezeichnet wurden.

Der chinesische EQ und die übrigen Bücher dieser Reihe brachten mir kaum etwas ein, aber – die illegalen Nachdrucke mitgerechnet – verkauften sich wohl ganz ordentlich.

So hatte ich mir nun auch auf dem Festland einen Namen gemacht.

Nach der Wiederwahl Chen Shui-bians zum Präsidenten Taiwans im Jahr 2004 schrumpfte der Festlandteil der *United Daily*

News unaufhaltsam. Um Personal abzubauen, bot der Verlag älteren Mitarbeitern den vorgezogenen Ruhestand an. Ich war so taktvoll, das Angebot anzunehmen, bekam meine Pension ausgezahlt und zog als freier Autor nach Peking.

Anfangs verspürte ich noch einen gewissen Schaffensdrang und stürzte mich auf sämtliche Aufträge. Für chinesische Zeitschriften schrieb ich über die Kulturszene Hongkongs und Taiwans und für die Medien von dort über Peking und Shanghai. Ich hatte gut zu tun: Zeitschriften gab es auf dem Festland en masse und in Hongkong und Taiwan bekam man nicht genug von den großen chinesischen Boomtowns. Pünktlich zur Olympiade erschien dann zudem mein kultureller Reiseführer *Eintauchen ins alte Peking,* der sich zwar in Taiwan und Hongkong eher mittelmäßig, auf dem Festland jedoch bestens verkaufte und ein großes Medienecho hervorrief. Mir wurde sogar die Anerkennung der Partei zuteil: Ein Abteilungsleiter vom Amt für Presse und Publikationen, der sich auch in der taiwanischen Kulturszene auskannte, schlug mich mit Erfolg für den Staatspreis zweiter Klasse für kulturelle Veröffentlichungen vor, was mir wiederum einige Interviews im Staatsfernsehen einbrachte.

Ich hatte alles erreicht, was ich mir zum Ziel gesetzt hatte. Jetzt blieb nur noch eines: gemütlich einen schönen, großen Roman zu schreiben, meinen *Ulysses,* mein *Auf der Suche nach der verlorenen Zeit.* In diesem Zeitalter mangelnder Erstklassigkeit wollte ich beweisen, dass ich unter den Zweitklassigen der Beste war. Ich nahm keine weiteren Aufträge mehr an, um mich voll und ganz diesem Werk widmen zu können.

Ich brachte nicht eine Zeile zu Papier.

Wovon ich lebte? Ist doch unwichtig. Nur so viel: Um meinen Lebensunterhalt brauchte ich mir keine Sorgen zu machen. In der westlichen Philosophie heißt es, Glück und Geld sei eines gemeinsam: Von beidem sollte man nicht zu wenig, aber auch nicht zu viel haben. Ich lebte nicht etwa von meinen Autorenhonoraren und Tantiemen – denn viel kam dabei eh nicht zusammen. Zu Geld war ich auf ganz andere, unerwartete Weise gekommen: Anfang der neunziger Jahre, als ich noch bei der *Ming Pao* arbeitete, hatte ich eine Zeit lang vorgehabt, meine damalige Freundin zu heiraten, und deshalb eine Neunzig-Quadratmeter-Wohnung in Kornhill gekauft. Sie aber ließ mich sitzen, ging nach Deutschland und heiratete einen anderen, während ich die Wohnung vermietete und nach Taipeh zurückkehrte. In den darauf folgenden Jahren stellte ich bei der Verlängerung des Mietvertrags jedes Mal erstaunt fest, dass Immobilienpreise und Mieten in Hongkong unaufhaltsam in die Höhe schossen. 1997, kurz vor der Rückgabe Hongkongs an China, verkaufte ich die Wohnung. Ihr Wert hatte sich innerhalb weniger Jahre beinahe verzehnfacht. Diese Wohnung brachte mir auf einen Schlag mehr ein als mein ganzes bisheriges Berufsleben. Als kurz darauf während der Asienkrise der Taiwan-Dollar auf Talfahrt ging, lag mein Vermögen sicher bei einer Hongkonger Bank. Als ich 2004 nach Peking zog, kaufte ich drei kleine Appartements im Happy Village II, wenige Monate, bevor es Ausländern, einschließlich Taiwanern, gesetzlich verboten wurde, im Inland mehr als eine Wohnung zu erwerben. Eines der Appartements bewohnte ich selbst, die beiden anderen hatte ich vermietet. Die Miete ging in *Renminbi* auf mein Konto und ich profitierte sogar noch von der ständigen Wertsteigerung der chinesischen Währung. So hatte ich auch in Krisenzeiten ein sorgenfreies Auskommen.

Das erklärt freilich alles noch nicht, warum ich in den vergangenen zwei Jahren nicht einen Satz zu Papier gebracht hatte. Als ich 2004 nach Peking kam, ging es mir wirtschaftlich bereits sehr gut, und dennoch schrieb ich, wann immer sich die Gelegenheit bot. Der Grund, warum ich damit aufhörte, war ein anderer: Ich hatte das Gefühl dafür verloren. Ungefähr mit dem Beginn der Feuer-und-Eis-Periode der Weltwirtschaft, wie diese Zeit offiziell genannt wurde, und dem Anbruch des Goldenen Zeitalters in China, also seit etwas mehr als zwei Jahren. In Peking und überall sonst im Land sah man auf einmal nur noch glückliche Menschen, und auch ich selbst war erfüllt von tiefer Zufriedenheit und einer Leichtigkeit sondergleichen. Ich war noch nie so rundum glücklich gewesen. Es war dieses Glücksgefühl, das mich am Schreiben hinderte.

Ein schlafloser Staatsmann

Seit fast zwei Jahren besuchte ich an jedem ersten Sonntagabend im Monat Jian Lin in seiner Firma, Neujahr und andere Feiertage ausgenommen. In einem kleinen Sitzungsraum nahmen wir ein einfaches Abendessen zu uns, tranken Rotwein und sahen uns alte Filme an. Jian Lin ist Eigentümer von *Beijing BOBO Real Estate* und gehört zu den drei Jahrgängen, die zwischen 1966 und 1968 ihren Schulabschluss gemacht hatten. Während der Kulturrevolution hatte man sie als junge Intellektuelle aufs Land geschickt. Obwohl sie nach dem Ende des zehnjährigen Kulturkampfes eigentlich das Hochschulalter überschritten hatten, durften sie, nachdem 1977 die Universitäten ihre Zulassungsprüfungen wieder aufnahmen, dennoch studieren. Jian Lin hatte nach seinem Abschluss einen Beamtenposten bekommen. Schon als Student hatte er den Umgang mit Künstlern und Literaten gepflegt. Später war er nach Hainan gegangen und hatte sich dort selbstständig gemacht. Wie aus ihm ein Immobilienmagnat wurde, weiß ich nicht, aber auf jeden Fall hatte er sich seine Liebe zur Kultur bewahrt und hob sich dadurch von anderen Wirtschaftsmenschen ab. Er sprach gerne über Themen von nationaler Bedeutung und schickte Freunden und Geschäftspartnern zu Neujahr selbstverfasste Gedichte. 2008 stand seine Firma kurz vor dem Börsengang, den die globale Finanzkrise jedoch zunichte machte. Mit einem Mal taten sich Löcher in der Kapitalkette auf und das Unternehmen stand kurz vor dem Bankrott und einer Übernahme durch die Konkurrenz. Irgendwie schaffte es Jian Lin jedoch, im letzten Moment das Ruder herumzureißen. Inzwischen brummte der Laden besser denn je. Jian Lin war schon immer ein Arbeitstier gewesen, dennoch hatte er es sich zur Gewohnheit gemacht, an jedem ersten Sonntag im Monat zusammen mit Familie und Freunden und bei schlichter Verpflegung alte chinesische Filme vorzuführen. Anfangs kamen immer eine Menge Leute, aber dann blieben mit der Zeit seine Verwandten weg und auch die Freunde kamen nur noch, wenn ihnen das Programm besonders zusagte. Im Winter war ich oft sein einziger Gast. Seit mich ein Freund einmal mitgenommen hatte, waren die Abende dort schnell zu einem fixen Termin geworden. Zum einen hatte ich viel Zeit, zum anderen wohnte ich in der Nähe und drittens interessierten mich diese uralten Filme aus den Anfangsjahren der Volksrepublik, denn in Hongkong und Taiwan waren sie nie gelaufen. Ich war ein treuer Gast und es bestanden keine Abhängigkeiten zwischen uns, ich wollte nichts von ihm und war noch dazu politisch völlig unbedeutend, er brauchte mir gegenüber also nicht ständig wachsam zu sein. Eine gute Grundlage für eine Freundschaft. Wenn wenig Gäste kamen oder – wie so oft im Winter – das Publikum nur aus uns beiden bestand, holte er zuweilen einen seiner besten Tropfen hervor, '82er, '85er oder '89er Bordeaux erster Güte, die wir dann gemeinsam leerten, manchmal zwei Flaschen an einem Abend. Da Taiwan in Sachen Rotweinverköstigung gegenüber dem Festland gute fünfzehn Jahre Vorsprung hatte, verstand ich es, seine exquisiten Weine zu würdigen und darüber hinaus bereitwillig zuzuhören, wenn er seine angelesenen Weinkenntnisse zum Besten gab. Ich war sein idealer Trinkkumpan und genoss eine besondere Stellung, was sich auch darin deutlich zeigte, dass er anderen Gästen gegenüber mit seinen teuren Weinen geizte.

Das Einzige, was mir nicht behagte, war die Tatsache, dass ich mich bisher noch nicht für seine Gastfreundschaft hatte revanchieren können. Irgendwann würde es noch so aussehen, als wäre ich bloß der Gratisverköstigung wegen hier. Ein Literat, der sich umsonst durchfraß. Hatte ich das nötig?

Wir tranken viel Bordeaux, jedoch nie Burgunder. Nach einer kurzen Internetrecherche sprach ich ihn auf das Thema an und fand ihn sehr interessiert, aber offenkundig noch weitgehend unbedarft. Es war also beschlossene Sache: Während meines Neujahrstrips nach Taipeh suchte ich meinen alten Schulkameraden A-yuan auf, um ihm zwei Flaschen Burgunder abzunötigen.

Ein Großteil des weltweiten Angebots an Scannern war einmal aus A-yuans Elektronikfabrik in Hsinchu gekommen, gleichzeitig besaß er die wahrscheinlich größte Sammlung an Burgunderweinen in ganz Taiwan, die sich nicht vor den Kellern namhafter Weinexperten in Hongkong zu verstecken brauchte. Die Wirtschaftskrise hatte zwar sein Vermögen schrumpfen lassen, nicht jedoch seine Weinvorräte. Ich hatte A-yuan noch nie um einen Gefallen ersucht; dieses Mal bat ich ihn unumwunden um zwei Flaschen seines besten Burgunders. Höchst erfreut fragte er mich, ob ich nicht gleich ein paar Flaschen mehr mitnehmen wolle. Angesichts der zu erwartenden Zollgebühren lehnte ich dankend ab. Eine Flasche Weißer, eine Flasche Roter, das musste reichen.

Dann schrieb ich Jian Lin eine SMS: »Wie steht es mit der Sonntagsvorführung? Ich bringe zwei Freunde mit: Bâtard Montrachet 1989 und Romanée-Conti 1999.«

Am Sonntag rückte ich mit den beiden Weinflaschen an und blieb wie vermutet Jian Lins einziger Gast an diesem Abend. Er besah sich die Etiketten sehr genau, unablässig Worte des Lobes murmelnd. Am besten gleich öffnen und etwas ziehen lassen, schlug er vor.

Während er den Wein behutsam in kristallene Karaffen füllte, fragte ich ihn, welchen Film es heute gab. *Vergiss niemals* aus dem Jahr 1964, antwortete er und wollte wissen, ob ich diesen Film schon gesehen hatte.

»Wohl kaum. Dafür hätten sie uns unter Chiang Kai-shek direkt an die Wand gestellt.«

Jian Lin erklärte, dass 1964 ein gutes Jahr gewesen sei: Die drei Katastrophenjahre waren vorüber, die Menschen hatten wieder etwas zu essen und die Kulturrevolution hatte noch nicht begonnen. 1959 war Mao vom Amt des Staatspräsidenten zurückgetreten. Um seinen Einfluss aufrechtzuerhalten, hatte er jedoch die Parole ausgegeben, »den Klassenkampf niemals zu vergessen«. Ganz im Geiste dieses Aufrufs erinnerte der Film die Menschen daran, dass es unter ihnen noch immer verdeckte Klassenfeinde gab, die es zu entlarven galt. Ein Vorgeschmack auf die *Kampagne der Vier Reinigungen* in Politik, Wirtschaft, Organisation und Ideologie, die später folgen sollte, und letztlich auch ein Vorgeschmack auf die Kulturrevolution.

Beim Abendessen kündigte Jian Lin an, dass sein Cousin gleich kommen würde, um mit uns den Film anzusehen und meinen hervorragenden Wein zu probieren.

Ich konnte mich nicht entsinnen, seinem Cousin schon einmal begegnet zu sein, und war nicht sehr erfreut bei dem Gedanken, dass noch jemand kam und uns meinen Wein wegtrank.

In diesem Moment betrat ein blässlicher Mann mit schütterem Haar den Raum und warf Jian Lin einen familiären Gruß zu.

»Das ist mein jüngerer Cousin Dongsheng – Herr Chen, ein alter Freund aus Taiwan«, stellte Jian Lin uns einander vor.

»Wir sind uns bereits begegnet«, sagte ich, während wir uns die Hände schüttelten. »Im Xinghua-Camp '92 in Macao. He Dongsheng, nicht wahr? Sie waren damals Hochschuldozent, soweit ich mich erinnere.«

»Richtig, ja«, erwiderte He Dongsheng matt.

Jian Lin war dafür umso mehr erstaunt: »Ihr beiden kennt euch?«

He Dongsheng antwortete mit demselben kraftlosen »Richtig, ja«.

Es folgte eine peinliche Stille. Ich sagte nur: »Ist schon zwanzig Jahre her.«

Damals, in jenem Camp für junge Intellektuelle, war Dongsheng nur ein Nachwuchsakademiker gewesen und kaum sonderlich aufgefallen. Inzwischen war er ein hohes Tier in der Kommunistischen Partei.

Jian Lin schenkte He Dongsheng ein und ließ ihn kosten: »Ein feiner Tropfen, nicht wahr?«

He Dongsheng murmelte zustimmend.

»Den hat Herr Chen extra aus Taiwan eingeflogen.«

Freundlich, aber kraftlos, hob He Dongsheng sein Glas ein wenig an, um mir zuzuprosten, was ich erwiderte.

Während des Films sprachen wir kaum. Ich blickte ein paar Mal zu He Dongsheng hinüber, der scheinbar eingeschlafen war, während Jian Lin intensiv das Geschehen auf der Leinwand verfolgte. Er mag diese alten Propagandafilme wirklich, dachte ich bei mir.

Die Handlung von *Vergiss niemals* spielte in einer Fabrik für Haushaltsgeräte, irgendwo in den alten Industriezentren an der Nordostküste. Die Arbeiter waren alle hoch motiviert und produzierten fleißig, bis einer von ihnen eine Frau aus dem wohlhabenden Mittelstand heiratete. Erst überredete sie ihn, sich eine Jacke aus teurem Stoff zu kaufen, für ganze 148 Yuan, dann brachte seine Schwiegermutter den jungen Arbeiter dazu, in seiner freien Zeit Wildenten zu jagen und die Beute auf dem Schwarzmarkt zu verkaufen. Nach mehreren Verwicklungen führte dies schließlich zu einer Krise in der Fabrik und schadete durch den Produktionsausfall dem gesamten Vaterland – nur weil die revolutionäre Wachsamkeit verloren gegangen und der Klassenkampf in Vergessenheit geraten war. Der Film endete mit den in blutroter Farbe auf die Leinwand geworfenen Worten: »Vergiss niemals!«

»Nicht schlecht«, sagte ich. »Sehr interessant. Wenn die jungen Leute heutzutage so etwas sehen, werden sie es allerdings kaum noch verstehen können, ohne dass es ihnen jemand erklärt.«

Da meldete sich auf einmal He Dongsheng zu Wort: »Die acht Stunden auf der Arbeit sind nicht das Problem. Aber was die Leute in der übrigen Zeit treiben, ist schwer in den Griff zu bekommen. Mao hatte darauf keine Antwort.«

Ich war überrascht, dass er so salopp über den *Großen Vorsitzenden* sprach.

»Nach Beginn der Öffnungspolitik gab es in Tianjin eine Zeitschrift, die *Nach der Arbeit* hieß, wussten Sie das?«, fuhr He Dongsheng fort. »Acht Stunden am Tag gehören der Arbeit, aber damals wusste niemand, was er in der ganzen übrigen Zeit mit sich anfangen sollte. Der Sozialismus hatte die acht Arbeitsstunden geregelt, aber für die restliche Zeit hatte er kein Rezept ...«

»Soll sich doch der Kapitalismus um die Freizeit kümmern!«, warf Jian Lin ein.

Vielleicht lag es am Alkohol, auf jeden Fall entgegnete He Dongsheng spürbar erregt: »Ach was! Der alte Mao hat wirklich gedacht, er könnte die Leute vierundzwanzig Stunden am Tag mit Revolution und Produktionssteigerung beschäftigen! Man muss die Leute auch mal nach Hause lassen, ihnen was Vernünftiges zu beißen geben und ihnen erlauben, sich ein paar schicke Klamotten zu kaufen! Gönn' ihnen doch ruhig das bisschen Bourgeoisie! Wenn das Volk das will, dann kannst du es ihm nicht einfach vorenthalten. Wer ist denn sonst noch bereit, für dich zu schuften? Die Leute wollen bloß ein angenehmes Leben haben, das ist doch nicht zu viel verlangt! Acht Stunden sollen sie tüchtig ackern, aber du musst dafür sorgen, dass sie es die übrige Zeit schön gemütlich haben!«

Keinen der vielen Funktionäre, die ich kannte, hatte ich jemals so reden hören. Aus deren Mündern vernahm man immer nur die üblichen offiziellen Floskeln, He Dongsheng hingegen redete wie ein ganz normaler Mensch. Das machte ihn mir sympathisch.

Nach seinem plötzlichen Ausbruch fiel er wieder in sich

zusammen wie ein luftleerer Ballon, und nippte stumm an seinem Weinglas. Wir taten es ihm nach.

Nach einer Weile ließ Jian Lin erneut sein Lob vernehmen: »Ein wirklich guter Tropfen ist das! Jetzt, wo das Aroma sich voll entfaltet hat, schmeckt er noch besser. Und das, obwohl wir abwechselnd Weißen und Roten trinken!«

Dann herrschte wieder eine Weile Stille. Ich hatte eigentlich damit gerechnet, dass He Dongsheng nach dem Film nach Hause gehen würde, aber er blieb einfach sitzen. Also saßen wir weiter zusammen, schweigend. He Dongsheng rührte die Snacks auf dem Tisch nicht an, trank nur still seinen Wein. Jian Lin bot uns Zigarren an. Wir lehnten beide ab, und alleine zu rauchen war ihm unangenehm.

Als der Wein ausgetrunken war, kochte Jian Lin einen erlesenen Schwarztee, den He Dongsheng jedoch ebenfalls nicht anrührte. Erst als es schon bald Mitternacht war, stand er auf, um zur Toilette zu gehen.

Jian Lin beugte sich zu mir und flüsterte: »Er kann nachts nicht schlafen und geht deshalb gar nicht erst ins Bett. Was, wenn er ewig hier sitzen bleibt? Ich schaffe das nicht, die ganze Nacht durchzumachen! Normalerweise geh ich schon früh schlafen …«

»Ich will auch nicht die ganze Nacht hier verbringen«, sagte ich. Ich musste daran denken, dass He Dongsheng schon während des Films geschlafen hatte.

Als He Dongsheng von der Toilette zurückkam, fragte er, ob er mich nach Hause fahren solle.

»Nicht nötig, ich wohne ganz in der Nähe, ich kann zu Fuß gehen«, winkte ich ab. Überflüssigerweise fragte ich noch, ob sein Fahrer unten warte. Zu spät fiel mir ein, dass er ein hoher Funktionär war. Natürlich wartete sein Fahrer auf ihn.

Doch wider Erwarten sagte er: »Nachts fahre ich immer selbst. Ich mag es, Auto zu fahren. Manchmal fahre ich einfach herum, bis es hell wird. Wenn ich müde werde, mache ich im Auto ein

Nickerchen.« Er fand wohl, dass er genug geredet hatte, murmelte ein undeutliches »Also, ich gehe dann« – und ging.

Ich bereute es ein wenig, sein Angebot ausgeschlagen zu haben, denn so nah gelegen war meine Wohnung auch wieder nicht. Am helllichten Tag ließ sich die Strecke gut zu Fuß bewältigen, aber jetzt, mitten in der Nacht, nahm ich doch lieber ein Taxi. Jian Lin unterdessen hatte es wirklich nicht weit, er wohnte im obersten Stock eines der anderen Häuser der Siedlung.

»Ich habe He Dongsheng schon lange nicht mehr gesehen«, erklärte er. »Er ist zu beschäftigt. Als wir uns neulich auf der Beerdigung meiner Tante getroffen haben, habe ich ihn spontan zum Filmabend eingeladen.«

»Ihr seid doch Cousins väterlicherseits, nicht wahr? Warum habt ihr dann nicht denselben Familiennamen? …«

»Mein Vater hatte zwei jüngere Brüder. Als Zeichen ihrer revolutionären Gesinnung änderten beide ihren Familiennamen. Sonst würde Dongsheng auch Jian heißen.«

Davon hatte ich gehört. Innerhalb alter Revolutionärsfamilien der zweiten Generation war es nicht ungewöhnlich, dass selbst leibliche Brüder unterschiedliche Familiennamen trugen.

»Was ist mit der Familie deines anderen Onkels?«, fragte ich.

»Wir haben keinen Kontakt«, antwortete Jian Lin kurz angebunden.

Mein Taktgefühl reichte aus, um nicht weiter nachzufragen. »Dass du und He Dongsheng verwandt seid, ist wirklich eine Überraschung. Wie ›wichtig‹ ist er denn inzwischen?«

»Was heißt hier ›wichtig‹? Er ist Mitglied im Politbüro! Da kommen normalerweise nur altgediente Funktionäre rein, das schafft nicht jeder!«

»Einer von den Staatslenkern?«

»Genauer gesagt müsste es heißen: Lenker von Partei *und* Staat. Ab Ebene des Sekretariats gehört man schon zu dieser Kategorie, ganz zu schweigen vom Politbüro. Aber Dongsheng ist eine Ausnahme, er ist zwar im Büro, hat aber keinen Posten im Sekretariat. Trotzdem: man kann ihn wohl zu den Staatslenkern zählen.«

»Oho! Dann habe ich jetzt schon zwei wichtigen Staatsmännern die Hand geschüttelt, einmal deinem Cousin und davor schon mal Dong Jianhua, dem Stellvertretenden Vorsitzenden der Politischen Konsultativkonferenz!«

Normalerweise hatten Staatslenker allesamt volles, pechschwarzes Haar, das zur immergleichen Betonfrisur gekämmt war. Üblicherweise trugen sie zudem eine gesunde Röte im Gesicht und wirkten energiegeladen und voller Tatendrang. Ich hätte niemals gedacht, dass ich einmal ein so spärlich behaartes, aschfahles und schlafloses Exemplar eines Staatsmannes kennenlernen würde.

Durchwachte Frühlingsnacht

In der lauen Frühlingsnacht wartete ich auf mein Taxi. Die weinselige Schläfrigkeit, die ich nach dem Film verspürt hatte, war mit einem Mal wie weggeblasen. Ich wählte die Nummer einer Bekannten und ließ mich zu ihr nach Hause fahren. Wir hatten uns vor über zehn Jahren kennengelernt, als sie noch im *Heaven & Earth Nightclub* arbeitete. Auch ein ausgeglichener Mann wie ich hatte manchmal seine Bedürfnisse und dann rief ich sie an. Wenn ich es mir recht überlegte, hatte ich sie schon ganze zwei Jahre nicht mehr besucht; nicht mal an sie gedacht hatte ich. Bis heute.

Als ich im Morgengrauen schließlich nach Hause kam, konnte ich immer noch nicht schlafen. Was für eine rastlose Frühlingsnacht. Ich lag im Bett und grübelte über die eine Frage, die mich seit Tagen beschäftigte: Sollte ich Xiaoxi eine E-Mail schreiben oder nicht? Laut Madame Song wechselte sie häufig ihre Adresse. Wenn ich ihr nicht schrieb, würde ich sie vielleicht nicht mehr erreichen, falls ich es mir später doch anders überlegte. Aber wenn ich ihr schrieb, war es gut möglich, dass es mich in Schwierigkeiten bringen würde.

Xiaoxi hatte immer eine besondere Anziehung auf mich ausgeübt. Wir kannten uns seit zwanzig Jahren, und in all den Jahren war nie etwas zwischen uns passiert, nicht einmal geflirtet hatten wir. Doch schon damals, als sie noch in ihrem Restaurant arbeitete, hatte sie mir den Kopf verdreht. Einer Menge ihrer Gäste ging es ähnlich. Sie war ständig von Männern umgeben: Busenfreunde und Verehrer – und ehemalige Verehrer, die mangels Erfolg ebenfalls zu Busenfreunden geworden waren. Sie war eine dieser Frauen, die am besten mit Männern auskommen und kaum Freundinnen haben. Gleichzeitig war sie sich jedoch ihrer besonderen Anziehungskraft auf das andere Geschlecht nicht bewusst, sondern sah in ihren männlichen Freunden tatsächlich nur das: Freunde. Ich hatte ihr nie entschlossen Avancen gemacht und von ihr kam ebenfalls nie ein Signal. Sie hatte mich immer nur wie einen Freund behandelt. Später hieß es, sie wolle einen Ausländer heiraten und mit ihm nach England gehen. Daraus war offensichtlich nichts geworden. Umso mehr fragte ich mich nun, warum wir dann sieben oder acht Jahre lang keinen Kontakt mehr gehabt hatten.

Ein weiterer Grund, der mich damals schon hatte zögern lassen, war ihre Tendenz, sich in Schwierigkeiten zu bringen. Sie gehörte nicht zum Typus der intellektuellen Dissidentin, doch in den vergangenen dreißig Jahren war sie immer wieder angeeckt. Sie war einfach zu aufrichtig, zu stur und hatte ein zu starkes Unrechtsbewusstsein, um sich schweigend anzupassen. Früher war stets jemand zur Stelle gewesen, um sie vor Schlimmerem zu bewahren, oftmals waren es ausländische Bekannte, die ihr zu Hilfe kamen. Doch solche Ausländer gab es nicht mehr. Heutzutage ging niemand das Risiko ein, es sich mit der KP zu verscherzen. Und wer dazu bereit war, bekam erst gar kein Einreisevisum. Den Menschen um sie herum ging es prächtig, niemandem war danach, unbequeme Fragen zu stellen. Ich konnte mir vorstellen, dass die meisten Menschen jemandem wie Xiaoxi aus dem Weg gingen. Das meinte sie wohl, als sie zu mir sagte, die Menschen um sie herum hätten sich verändert.

Nach der Begegnung mit Madame Song und Wei Guo war ich sicher, dass sie sich einmal mehr in Schwierigkeiten manövriert hatte. Und jetzt war mir auch klar, dass sie in dem kleinen Park beim Kunstmuseum tatsächlich beschattet worden war.

Wenn ich mich ihr näherte, würden ihre Probleme womöglich bald meine eigenen werden … Ich führte ein angenehmes Leben, ruhig, stabil, glücklich. Warum ein solches Risiko eingehen? Doch ich wusste, wenn wir uns treffen würden, bräuchte sie nur ein wenig Interesse an mir zu zeigen, und es wäre um mich geschehen. Auch wenn sie gealtert war, mehr Falten und graue Haare hatte als früher: Sie zog mich unvermindert an, auch in sexueller Hinsicht. Das verunsicherte mich. Ich hatte mich schon sehr lange nicht mehr so nach einer Frau gesehnt wie nach ihr. Doch angenommen, wir würden in einem Anflug stürmischer Leidenschaft tatsächlich ein Paar – es könnte gar nicht lange gut gehen. Sie sah in mir den Mann von vor zehn Jahren, der ihr gleich gesinnt und vertraut war. Doch in Wirklichkeit war ich auch bloß einer der »Veränderten«, von denen sie gesprochen hatte. Wir lebten in völlig verschiedenen Welten und sahen die Dinge aus gänzlich unterschiedlichen Blickwinkeln. Wir würden uns bestimmt kaum unterhalten können und auf keinen gemeinsamen Nenner kommen. Ich musste an Taiwan denken, an damals, als Chen Shui-bian zweimal nacheinander die Präsidentschaftswahlen gewonnen hatte. In meinem Freundeskreis hatte es einige Ehen gegeben, die an politischen Differenzen zerbrochen waren.

Ich saß vor dem Computer und starrte auf den Zettel, den Madame Song mir gegeben hatte. Unvermittelt kam mir ein Gedanke: Was war aus dem Roman geworden, den ich zu meinen Lebzeiten unbedingt noch schreiben wollte? Gab es etwas, was mir mehr bedeutete? Wie kam es dann, dass ich seit so langer Zeit nicht einen Satz zu Papier gebracht hatte? Mein Leben war zu ruhig, zu angenehm, zu sorgenfrei, oder anders gesagt: Ich war *zu* glücklich. Und wer konnte mich aus diesem Glückstaumel herausholen? Ganz offensichtlich Xiaoxi.

Auf dem Zettel stand ihre Adresse:

nurernstgemeintesOK@yahoo.com.

II. Gegen das Vergessen

Xiaoxi

Mein Name ist Wei Xihong, aber alle nennen mich Xiaoxi.

Ich weiß nicht recht, wo ich anfangen soll. Warum ist die Welt bloß so geworden, wie sie ist? Ich habe Angst, dass ich die Einzelheiten mit der Zeit vergesse, deshalb schreibe ich alles auf, woran ich mich erinnere, und speichere es in diesem Google-Dokument.

Ich werde beschattet. Warum verfolgt man mich? Was habe ich getan?

Gehen vielleicht bloß meine Nerven mit mir durch, und ich bilde mir das alles nur ein?

Aber falls nicht, dann steckt mit Sicherheit Wei Guo dahinter. Wie habe ich bloß einen solchen Teufel in die Welt setzen können?

Schon als Kind war er mir unheimlich. Ein Gesicht wie ein Engel, aber er log, wenn er nur den Mund aufmachte. Schmeichelte sich bei den Lehrern ein und umgarnte jeden, der ihm nützlich erschien, während er all diejenigen tyrannisierte, die schwächer waren als er. Seine Boshaftigkeit steckte bereits bei seiner Geburt in ihm, da bin ich sicher. Ja, er war von klein auf so. Heute denunziert er seine Kommilitonen, erschleicht sich ihr Vertrauen und hintergeht sie. Er macht anderen Menschen das

Leben zur Hölle und tut dabei so, als würde er einem höheren Ideal dienen.

Mein Sohn steht für alles, was ich mein Leben lang verabscheut habe.

Sind es die Gene seines Vaters? Sind es meine? Hat das Erbe seines Großvaters eine Generation übersprungen? Oder vereint er gar die schlimmsten Eigenschaften mehrerer Generationen und Familienzweige in sich?

Er nimmt mir übel, dass ich ihm nie verraten habe, wer sein Vater ist. Das kann ich verstehen. In seinen Augen sind die Künstler und Literaten aus meinem ehemaligen Freundeskreis nichtsnutziger Abschaum, eine Gefahr für seine Karriere. Er verhöhnt mich, weil ich damals meine Richterlaufbahn hingeschmissen habe. Eine so dumme Mutter passe nicht zu ihm, sagt er.

Wahrscheinlich wäre ich heute immer noch Teil des totalitären Systems aus Polizei und Justizbehörden, wenn es die landesweite Anti-Kriminalitätskampagne von 1983 nicht gegeben hätte. Durch sie wurde mir überdeutlich bewusst, dass ich nicht für diesen Beruf geschaffen war. Ich sträube mich grundsätzlich dagegen, mich in ein solches System einzufügen. Mein Jurastudium war lediglich ein Versuch, die Zuneigung meines Vaters zu gewinnen.

Er zählte zur ersten Generation von Richtern des Neuen China und hatte in den fünfziger Jahren die Verfassung der Volksrepublik mit ausgearbeitet. Ich erinnere mich, dass meine Mutter uns Kinder dazu ermahnte, artig zu sein und keinen Lärm zu machen, wenn Vater von der Arbeit nach Hause kam. Wir hatten alle Angst vor ihm. Er hat mich nie in den Arm genommen. Doch am meisten fürchtete meine Mutter sich vor ihm, in meiner Erinnerung war in seiner Gegenwart nie ein Lächeln auf ihrem Gesicht zu sehen. Nach seinem Tod war sie wie ausgewechselt. Sie blühte wieder auf, selbst ihre Stimme klang mit einem Mal anders, kräftiger. Sie spricht fast nie von meinem Vater, aber sie muss sehr unter ihm gelitten haben.

Während der Kulturrevolution wurde auch er an den Pranger gestellt, ins Gefängnis geworfen und erst wieder frei gelassen, als er bereits schwer krank war. Ich machte 1979 meinen Abschluss an der *101*, der ältesten und renommiertesten Eliteschule Pekings. Im selben Jahr nahmen die Universitäten die Zulassungsprüfungen wieder auf und ich entschied mich – dem Willen meines Vaters folgend – für ein Jurastudium an der Pekinger Hochschule für Politik- und Rechtswissenschaften, die auch damals schon eine der besten war. Mein innigster Wunsch war es, ebenfalls als Richterin der Republik zu dienen. Ich glaubte, ich hätte ebenso das Zeug dazu wie mein Vater.

Ich weiß noch, wie meine Mutter versuchte, mich davon abzubringen. Als wir einmal alleine waren, sagte sie mir, dass Jura nicht zu mir passe, und dass ich besser Naturwissenschaften studieren solle. Ein Jurastudium würde mich bloß in Schwierigkeiten bringen. Ich schenkte ihrem Rat keine Beachtung, stattdessen nahm ich ihr die Einmischung übel. Meinen Vater stolz zu machen, war mir das Wichtigste, die Einwände meiner Mutter waren für mich bloß die Bedenken einer kleingeistigen Hausfrau. Sind wir Menschen nicht merkwürdig? Wir kämpfen um die Anerkennung von denjenigen, die nichts von uns wissen wollen, und kümmern uns nicht um die, die es gut mit uns meinen. Wie blind und kaltherzig wir doch sein können!

Zusammen mit meinem Vater verfolgte ich 1980 im Fernsehen den Prozess gegen die *Viererbande* um Maos Witwe Jiang Qing, die man für das Chaos der Kulturrevolution verantwortlich machte. Die Kulturrevolution hatte den Jähzorn meines Vaters noch verschlimmert, seine ständigen Wutausbrüche und üblen Beschimpfungen waren kaum zu ertragen. Auch das Alter hatte ihn nicht milder gemacht. Er starb als verbitterter, hasserfüllter Mann.

Während meiner Zeit an der Uni wurden die »Rechtsabweichler« rehabilitiert, die Willkürurteile aus der Zeit der Kulturrevolution aufgehoben, und selbst die *Viererbande* bekam bei ihrem

Prozess vom Staat einen Verteidiger gestellt. Ich glaubte an eine bessere Zukunft, hatte festes Vertrauen in die Gesetze und den Willen der Partei, einen Rechtsstaat aufzubauen.

1983 beendete ich mein Studium und wurde als Protokollantin an ein Kreisgericht in der Nähe von Peking geschickt. Dort begann mein Albtraum.

Ich war gerade zweiundzwanzig geworden und erreichte die mir zugeteilte Arbeitsstelle Ende August. Meine neuen Kollegen hatten soeben den »Beschluss über hartes Vorgehen gegen kriminelle Aktivitäten« erhalten und studiert. Man erläuterte mir den Tenor des Dokuments, dann ging es an die Arbeit. Ich habe von jeher einen starken Gerechtigkeitssinn und verabscheue nichts mehr, als wenn die Bösen ungeschoren davonkommen, während den Guten Unrecht widerfährt. So war ich überzeugt, die Direktive von Partei und Regierung, schwere Vergehen vorrangig, schnell und nach den Regeln des Gesetzes abzuhandeln, sei absolut richtig. Ich wollte hart urteilen und keine Schwäche zeigen. Ich ahnte noch nicht, wie weit meine Vorstellung von *vorrangig, schnell* und *nach dem Gesetz* von der Realität entfernt war. Mag sein, dass ich zu ungeduldig war. Vielleicht war auch mein Begriff von Rechtsstaatlichkeit einfach zu idealistisch und hielt der Realität zwangsläufig nicht stand. Vom ersten Tag an gab es Probleme.

Normalerweise lief es so, dass das Amt für Öffentliche Sicherheit, also die Polizei, jemanden festnahm, bevor die Staatsanwaltschaft Anklage erhob, und das Gericht schließlich ein Urteil fällte. Um das Ganze zu beschleunigen, wurden unter der neuen Direktive jeweils zwei Vertreter der Staatsanwaltschaft und des Gerichtes direkt ins Polizeipräsidium entsandt, wo man zusammen mit zwei Polizisten im Anschluss an die Verhaftung in einem Zug Beweisaufnahme, Anklage und Verurteilung abhandelte. Damals hatte niemand eine Ahnung, was eigentlich Aufgabe der Staatsanwaltschaft war, und das Gericht hatte lediglich zwei einfache Protokollanten entsandt, einen pensionierten Soldaten, politisch verhärtet, ohne jegliche juristische Ausbildung, und mich, gerade frisch von der Universität und noch dazu eine Frau. Es waren der örtliche Polizeichef und sein Stellvertreter, die den Ton angaben.

Bereits am ersten Tag war ich kurz vor dem Zusammenbruch. Alle Angeklagten bekamen die Todesstrafe, unabhängig von der Schwere ihres Vergehens; nicht einer von ihnen hatte einen Mord verübt. Raub, Diebstahl, Betrug – alles wurde mit dem Tod bestraft. Die Verurteilten mochten noch so verzweifelt protestieren oder gar Beweise für ihre Unschuld vorbringen, niemand scherte sich darum.

Der Fall eines jungen Mannes kam an die Reihe, der wegen Körperverletzung und Vandalismus angeklagt war. Er hatte mit einem Mädchen aus einer Nachbarsfamilie geschlafen; die Familie des Mädchens stellte ihn zur Rede, es kam es zu einer Schlägerei und der Junge wurde verhaftet. Seine Familie wusste, dass die Partei gerade ein härteres Durchgreifen der Justizbehörden angeordnet hatte und bekniete die Familie des Mädchens – im wahrsten Sinne des Wortes –, die Anzeige zurückzuziehen. Vergeblich. Also wurde der Fall unserem sechsköpfigen Justizgremium vorgelegt.

»Was gibt es für Körperverletzung?«, begann der Polizeipräfekt die Verhandlung.

»Ein Todesurteil ist nicht gerechtfertigt«, warf ich hastig ein.

Die anderen fünf Mitglieder des Gremiums sahen mich an, in ihren Blicken ein unausgesprochener Vorwurf. Doch aufgrund meines Einwands wurde der Angeklagte am Ende für unbestimmte Zeit in ein Umerziehungslager in Xinjiang geschickt und nicht hingerichtet. Als alle Verhandlungen des Tages abgeschlossen waren, holte der Vize-Polizeichef einen Bericht hervor.

»Schaut euch das an! Woanders erschießen sie jedes Mal zig Verbrecher auf einen Schlag! Hier, nehmen wir mal Henan: Zhengzhou, Kaifeng, Luoyang – vierzig bis fünfzig pro Hinrichtung. Selbst in einem Kaff wie Jiaozuo kommen sie noch auf dreißig und mehr! Und wir? Wir sind nicht mal im zweistelligen

Bereich! Wie soll das denn weitergehen, frage ich euch?« Offensichtlich standen alle unter großem Druck.

Der andere Protokollant, den man zusammen mit mir hergeschickt hatte, meldete sich zu Wort. Bei dem Fall mit der Körperverletzung hätte man härter urteilen müssen, schließlich habe der Kerl böswillig andere Menschen verletzt. Ein so mildes Urteil sei nicht im Sinne der Direktive.

»Dann wandeln wir es eben in Todesstrafe um«, schlug der Polizeipräfekt vor. »Besser spät als gar nicht.« Die anderen stimmten zu. Ich wollte gerade den Mund aufmachen, um zu widersprechen, da fiel mir der Präfekt ins Wort: »Frau Genossin, Sie haben lange genug hier rumgezimpert!« Seine Zurechtweisung verschlug mir die Sprache. Was war ich doch für ein Schwächling!

Am Ende jener Woche wurden zehn Todesurteile vollstreckt. Ich bereute meine Schwäche und hasste mich für meine Nachgiebigkeit. Was nutzten hier denn schon Gesetze? Wollte das etwa ein Rechtsstaat sein? Als ich an jenem Tag den Hinrichtungsplatz verließ, war ich bereits unumkehrbar auf Kollisionskurs mit dem Schicksal. Bei meinem zweiten Einsatz wurden mein Kollege und ich direkt zur örtlichen Streifenpolizei beordert, wo wir vor Ort parallel zu den Verhaftungen mit der Dokumentation der verschiedenen Fälle begannen, um sie anschließend in der für den jeweiligen Kreis zuständigen Polizeizentrale in einem Rutsch abzuhandeln. Ich hatte den festen Entschluss gefasst, meinen Einspruch zu Protokoll zu geben, sobald ein Angeklagter die Todesstrafe nicht verdiente. In den Akten wurde vermerkt, dass einer der beiden Gerichtsvertreter gegen die Todesstrafe gestimmt hatte, und damit war sie von den anderen kaum noch durchsetzbar. Sie musste durch eine weniger harte Strafe ersetzt werden. So sank allerdings die Zahl der Hinrichtungen; Kritik von oben drohte. Mein Vorgesetzter rief an und schlug vor, mich durch jemand anderen ersetzen zu lassen. Ich ging nicht darauf ein.

Erst später erfuhr ich, dass zu diesem Zeitpunkt meine Versetzung längst beantragt war. Das schien manchem jedoch nicht genug zu sein: Am Abend nach dem Anruf wurde ich auf offener Straße von einem Militärfahrzeug angefahren. Wenn auf dem Land ein Zivilist durch ein Militärfahrzeug verletzt wurde oder zu Tode kam, hatte das üblicherweise keine Konsequenzen. Wenn es sich jedoch um einen Justizbeamten handelte, war zumindest ein langwieriges Hin und Her von Schuldzuweisungen die Folge. Doch in meinem Fall brachte mich das Militär direkt ins Krankenhaus *301*, wo ich medizinisch versorgt wurde. Mehr geschah nicht. Auch von Seiten meiner Arbeitsstelle wurden keine weiteren Nachforschungen angestellt.

Gleich nach meiner Entlassung aus dem Krankenhaus reichte ich meine Kündigung ein. Meine Mutter machte mir nicht den geringsten Vorwurf.

Gemeinsam machten wir uns selbstständig und eröffneten ein kleines Restaurant gleich hinter dem östlichen Campus der Peking-Universität. Unsere Spezialität war Ente nach Guizhou-Art. Peking war in den achtziger Jahren eine Stadt, die Sehnsüchte weckte, in einer Zeit, in der alles möglich zu werden schien. Unsere Stammkundschaft bestand anfangs vor allem aus Studenten, Künstlern und Literaten aus Guizhou. Diese brachten wiederum Pekinger Autoren, Kunstschaffende und Akademiker und auch ihre ausländischen Freunde zum Essen und Debattieren mit. Meine Mutter liebte es, Gäste zu bewirten, und ich liebte es, mich unter die Gäste zu mischen wie die Betreiberin eines vornehmen Salons. Je mehr Leute kamen, desto wohler fühlte ich mich. Alle riefen mich bloß bei meinem Kosenamen, Xiaoxi. Bald schon mussten wir anbauen. Mit der Erweiterung bekam unser Restaurant auch einen neuen Namen: *Die Fünf Aromen*. Im Herbst '88 lernte ich Shi Ping kennen und verliebte mich in ihn.

Er war Dichter, ich eine Frau ohne jegliche poetische Ader, doch uns war beiden das Talent eigen, Menschen zusammenzubringen. Gemeinsam träumten wir davon, wie er eines Tages den

Literaturnobelpreis bekommen würde. Ich wollte mit zur Preisverleihung nach Stockholm fahren. Es waren die glücklichsten Monate meines Lebens.

Allerdings hatten wir nur wenig Zeit für uns alleine, denn Shi Ping liebte es, mit seinen Dichter- und Künstlerfreunden zusammen zu sein. Es waren auch immer viele Frauen mit von der Partie, aber ich dachte mir nichts dabei.

Das Restaurant war jeden Abend voll besetzt, es wurden Diskussionen geführt und Debatten entfacht, Manifeste aufgesetzt und Unterschriften gesammelt, dazu gab es Eifersüchteleien, Rausch und Randale. Regelmäßig stand die Polizei vor der Tür, doch meiner Mutter gelang es jedes Mal, sie wieder loszuwerden.

Zusammen mit einer Gruppe von Freunden fuhren wir für ein paar Tage an den Baiyangdian-See, wo Shi Ping und ein paar seiner Freunde während ihrer kulturrevolutionären Landverschickung gelebt hatten. Ich blieb nur kurz und fuhr alleine nach Peking zurück. Ich spürte, dass zwischen Shi Ping und einer der anderen Frauen etwas war, das über bloße Freundschaft hinausging, also reiste ich unter irgendeinem Vorwand ab, um einer Auseinandersetzung aus dem Weg zu gehen. An jenem Abend wurde das Restaurant von der Polizei geschlossen. Vor Kurzem hätten hier ein paar Akademiker in Anwesenheit ausländischer Journalisten ein Manifest verfasst, hieß es.

Ich weiß nicht mehr, was ich mir damals dabei dachte, aber ich lief sofort zu Bancuntou, dem Rasenmäherkopf. Bancuntou war einer meiner Kommilitonen von der Uni. Er stammte aus einer einflussreichen Familie, kommunistischer Politadel, wenn man so will. Hatte sich immer so benommen, als ob das Land ihm gehörte, denn schließlich hatte sein Vater es ja erobert. Typen wie ihn gab es in den gehobenen Kreisen Pekings zuhauf. Von meinen Kommilitonen hatte er die einflussreichste Position inne, hatte ich gehört, daher hoffte ich, dass er vielleicht etwas bewirken konnte. Aber es gab noch einen anderen Grund: Während unserer Zeit an der Uni hatte er mir unverhohlen Avancen gemacht. Er hielt sich für unwiderstehlich, doch mich hatte seine überhebliche Art eher abgestoßen. Durcheinander wie ich war, glaubte ich wohl, ich könnte seine Gefühle für mich wieder entfachen und ihn dazu bringen, das Restaurant zu retten.

Ich fühlte mich ohnehin schon miserabel, zudem überschätzte ich auch noch meine Trinkfestigkeit. Durch die Arbeit im Restaurant vertrug ich zwar einiges, aber an jenem Abend tranken wir keinen Erguotou, sondern Remy Martin. Ich trank zu viel und der ungewohnte westliche Alkohol tat sein Übriges. Es dauerte nicht lange und ich war völlig benebelt. Ich erinnere mich nur noch, dass im Fernsehen von Gorbatschows Besuch berichtet wurde, und Bancuntou mich fragte: »Was hältst du von ihm?«

Als ich wieder zu mir kam, lag ich in seinem Bett. Bancuntou saß auf dem Sofa und las Zeitung, nur mit einer Unterhose bekleidet. Ich wusste, wir hatten miteinander geschlafen. Hatte ich mich an Shi Ping rächen wollen? Nein, das war nicht meine Art. Bancuntou hatte mich absichtlich betrunken gemacht! Als er sah, dass ich wach war, bemerkte er höhnisch: »Also, du hast es diesmal aber wirklich wissen wollen …«

Wütend erwiderte ich: »Du Mistkerl!«

»Hey, du bist auch nicht gerade die Jungfrau von Orléans.« Typen wie er waren immer schlagfertig, das wusste ich spätestens seit meiner Studienzeit. Also presste ich die Lippen zusammen und ging, meine starken Kopfschmerzen ignorierend, auf die Toilette, wo ich verzweifelt meinen Unterleib auswusch. Dann zog ich mich an und ging, ohne ein weiteres Wort zu verlieren.

Es folgte die Zeit, in der alle Welt sich auf *dem Platz* versammelte; Shi Ping las seine neuen Gedichte und solidarisierte sich mit den Studenten; wir beide taten so, als sei nichts gewesen, unser Verhältnis war aber merklich abgekühlt.

Dann fielen die Schüsse, Shi Ping und ich wurden getrennt.

Zehn Tage später verhafteten sie mich. Als sie jedoch feststellten, dass ich schwanger war, ließen sie mich wieder laufen.

Ich war bereits im dritten Monat. Während der Wochen vor dem 4. Juni hatte mich das Geschehen auf dem Platz so gefesselt, dass ich meine Schwangerschaft gar nicht bemerkt hatte. Ich glaubte anfangs noch, es sei Shi Pings Kind, doch je länger ich darüber nachdachte, desto größer wurden meine Zweifel.

Im alten Haus meiner Mutter trug ich meinen Sohn aus. Es lag um einen Hof mit mehreren angrenzenden Häusern, in denen größtenteils Funktionäre aus Politik und Gerichtsbarkeit lebten. Alle wussten von meiner Situation, wir mussten viele kritische Blicke und Kommentare ertragen. Zum Glück vereinte damals alle das Gefühl, haarscharf am Abgrund vorbeigeschlittert zu sein, sodass niemand ernsthaft versuchte, sich einzumischen.

Ich wartete sehr lange auf Nachricht von Shi Ping. Erst Jahre später erfuhr ich, dass er von der *Operation Yellowbird* nach Hongkong und von dort aus nach Frankreich geschleust worden war, wo er eine Französin geheiratet hatte. Er hat mir nie ein Zeichen gegeben, dass er in Sicherheit war.

Mein Sohn bekam meinen Familiennamen. Mit Vornamen nannte ich ihn Min, was *Volk* bedeutet. Mit zwanzig ließ er seinen Namen in Guo, *Staat*, ändern.

Das Restaurant blieb nach den Ereignissen auf dem Platz anderthalb Jahre geschlossen. Dann, im Herbst des zweiten Jahres, bekamen wir Bescheid: Wir konnten wiedereröffnen. Hatte sich Bancuntou für uns eingesetzt? Eher nicht.

Eilig machten wir uns an die Arbeit, um wieder etwas Geld zu verdienen. Anfangs lief das Geschäft alles andere als gut. Das Land befand sich in einer Wirtschaftskrise, in Peking griff die Arbeitslosigkeit um sich, und Jiang Zemin hatte der Schattenwirtschaft den Kampf angesagt. Die meisten unserer ehemaligen Stammgäste waren bei der Überprüfung ihrer Gesinnung aufgefallen und hatten ihre Anstellung verloren, sodass sie es sich weder leisten konnten noch in der Stimmung dazu waren, bei uns essen zu gehen. Die ausländischen Gäste hatten allesamt das

Land verlassen und waren noch nicht wieder zurückgekehrt. Der Winter '91 war hart.

Nach Deng Xiaopings Reise in den Süden im Jahr darauf begann sich die Lage in der Hauptstadt allmählich zu bessern. Wir konzentrierten uns voll aufs Geschäft, die Salonzeiten von früher waren passé. Zusammen mit meiner Mutter probierte ich neue Gerichte aus, verschönerte die Einrichtung des Ladens, suchte neue Köche aus Guizhou und lernte sie an. Nach und nach lief der Laden wieder, doch es war beileibe nicht leicht. Meine Mutter übernahm die Mittagsschicht, ich kümmerte mich tagsüber um meinen Sohn und abends um die Gäste. Einige unserer alten Stammkunden kamen nach und nach wieder und hatten viel zu erzählen. Oft kamen sie um halb sechs und blieben bis Mitternacht. Manchmal setzte ich mich dazu, aber Punkt zwölf wurde der Laden dicht gemacht, durchgemachte Nächte gab es nicht mehr. Mitte der neunziger Jahre kehrte auch die Redefreiheit wieder an die Tafel zurück. Aus den Worten der Gäste und einigen aus Hongkong eingeschmuggelten verbotenen Büchern erschloss sich mir nach und nach das wahre Antlitz der jüngeren chinesischen Geschichte, insbesondere die Zeit, die meine Eltern noch miterlebt hatten.

Auch die Gäste aus Hongkong und Taiwan und unsere ausländische Kundschaft kamen nun wieder. Peter – ich nannte ihn Pete – stieß um die Zeit der Rückgabe Hongkongs an China zu unserem Kreis dazu. Pete arbeitete bei einer ausländischen Nachrichtenagentur, war etwas jünger als ich und ein wenig schüchtern. Er hörte aufmerksam zu, wenn ich von den Geschehnissen '89 erzählte. Wir kannten uns etwa zwei Jahre, als er mich förmlich fragte, ob ich mit ihm zusammen sein wolle. Er war sehr nett und zu jener Zeit gab es auch sonst keinen, der mir seine Liebe offenbart hätte, also willigte ich ein. Mir war bewusst, dass wir nicht bis ans Ende unserer Tage zusammenbleiben würden – dafür waren meine Gefühle für ihn einfach nicht stark genug. Deshalb zog ich auch nicht zu ihm, und als er vor seiner Abreise um meine Hand anhielt, lehnte ich ab und blieb in Peking zurück.

Damals liebten es meine Freunde, das politische Geschehen zu diskutieren und Kritik an der Regierung zu üben. Deswegen kann ich mich auch einfach nicht daran gewöhnen, dass seit zwei Jahren, seit dem Ausbruch des sogenannten Goldenen Zeitalters in China, alle plötzlich rundum zufrieden sind mit dem Status quo. Kritische Worte findet längst keiner mehr. Wie es eigentlich dazu kam, weiß ich nicht mehr genau, weil ich lange in der Psychiatrie und so vollgepumpt mit Medikamenten war, dass ich mich nur noch verschwommen an diese Zeit erinnern kann.

Laut meiner Mutter war ich eines Tages nach Hause gekommen und hatte bloß noch »Es geht wieder los! Es geht wieder los!« gerufen. Sie sagt, ich hätte die ganze Nacht nicht geschlafen, nur unablässig vor mich hingemurmelt. Im Morgengrauen hätte ich mich dann in den Hof gestellt und laut auf die Partei, die Regierung, die Nachbarn und die hundsgemeinen Gerichte geflucht. Und das in einer Siedlung, in der fast nur Angehörige eben dieses Rechtssystems leben! Nach einer Weile bin ich wohl ohnmächtig geworden. Als ich zu mir kam, war ich bereits in der Klapse. Er habe das veranlasst, sagte mir Wei Guo später. Mit der Einweisung habe er mich vor Schlimmerem bewahrt, so konnte ich nicht mehr in aller Öffentlichkeit solchen Unsinn von mir geben. Sonst hätte man mich womöglich gleich an die Wand gestellt, als die Kampagne anlief.

Als ich entlassen wurde, waren die Menschen um mich herum nicht mehr dieselben. Ich fragte sie, was während meiner Zeit in der Anstalt passiert war, aber niemand konnte mich aufklären. So ist das bis heute. Entweder geben sie nur vor, sich nicht zu erinnern, oder sie haben es wirklich komplett vergessen. Schwer zu sagen. Wenn ich die Vergangenheit anspreche, insbesondere die Ereignisse vom 4. Juni '89, stoße ich auf völliges Desinteresse oder ernte gar nur verständnislose Blicke. Von der Kulturrevolution sind bloß noch ein paar lustige Anekdoten aus der Zeit der

Landverschickung präsent, kaum mehr als eine Ansammlung romantisch verklärter Kindheitserinnerungen, nicht der geringste Kontrast zum dunklen Geschehen ringsum. Es ist, als sei ein Teil der kollektiven Erinnerung in ein tiefes Loch gefallen, aus dem sie niemand mehr hervorholt. Ich verstehe die Welt nicht mehr. Haben die anderen sich verändert oder stimmt mit mir etwas nicht?

Vielleicht ist meine Verwirrung auch nur eine Nebenwirkung der vielen Psychopharmaka, die ich bekommen habe.

Ich verbringe jetzt meine Tage im Internet und fange unter verschiedenen Pseudonymen Streit mit anderen Usern an.

Viele der »jungen Patrioten«, die das Vaterland im Netz vehement gegen alles und jeden verteidigen, sind in Wirklichkeit gar nicht mehr so jung. Es sind auch fünfzig- und sechzigjährige Kinder der Kulturrevolution darunter, die sich die alte Parole von Mao, nach der die Angelegenheiten des Staates auch die der Jugend sein sollten, scheinbar sehr zu Herzen genommen haben und immer noch gerne die Staatsgeschäfte kommentieren. Sie haben nicht studiert und ihr Leben lang immer nur die Drecksarbeit für den Rest der Gesellschaft gemacht, sie gehören nicht zu den Profiteuren der Wirtschaftsreformen und der Öffnung des Landes. Inzwischen sind sie in Rente und haben das Internet entdeckt, um sich mit Gleichgesinnten auszutauschen und sich Luft zu machen. Sie bedienen sich der revolutionären Rhetorik der Kulturrevolution, verehren Mao Zedong wie einen Gott, betonen ihre Vaterlandsliebe und halten fest am alten Feindbild USA, oftmals mit unverhohlener Kriegslust. Die kulturelle Aufklärung der Achtziger und die ideologischen Debatten der Neunziger sind spurlos an ihnen vorbeigegangen. In ihren Köpfen dominiert ungebrochen die kommunistische Weltsicht. Mit ihnen streite ich mich am liebsten. Ich mische mich in ihre patriotischen Online-Foren und die Chat-Rooms ihrer Klassenverbände, konfrontiere sie mit Fakten und mit ihnen verhassten Standpunkten, am liebsten aber mit Auszügen aus der Verfassung. Das macht sie rasend, und sie überziehen mich geschlossen mit ihren Verbalattacken.

Mir geht es darum, ihnen und der Welt zu sagen: Vergesst niemals! Die Kommunistische Partei ist nicht so großartig, glanzvoll und ewig gerecht, wie sie sich selbst propagiert.

Aber vor allem will ich damit meine eigene Erinnerung wachhalten.

Meine Beiträge werden natürlich immer schnell gelöscht oder lassen sich erst gar nicht posten. Um das, was die anderen schreiben, kümmert sich hingegen keiner.

Bestimmt hat Wei Guo von meiner Rumtreiberei im Netz Wind bekommen und mich wieder mal angezeigt, sodass man mich seit einiger Zeit überwacht.

Ich fühle mich einsam. Außer meiner Mutter kann ich niemandem trauen. Kürzlich habe ich im *SDX*-Buchladen Chen getroffen, einen alten Bekannten. Er war früher oft bei uns im Restaurant und wir haben uns viel unterhalten. Ich habe ihn immer als einen von uns angesehen, und außerdem ist er Taiwaner, also habe ich mich an ihn geklammert und ihm alles Mögliche erzählt. Bis mir irgendwann bewusst wurde, dass wir uns zehn Jahre nicht mehr gesehen haben und er vielleicht gar nicht mehr der Chen von damals ist. Die Taiwaner und Hongkonger heute sind nicht mehr die Taiwaner und Hongkonger von früher, denn auch dort hat sich einiges geändert. Ich habe dann lieber den Mund gehalten und mich unter irgendeinem Vorwand schnell verabschiedet.

Ich hätte nicht gedacht, dass er bei meiner Mutter im Restaurant auftauchen würde – leider ausgerechnet zu einem Zeitpunkt, als Wei Guo gerade da war. Meine Mutter hat ihm sogar meine E-Mailadresse zugesteckt. Sie hofft wahrscheinlich immer noch, dass ich einen Mann finde, der mich »wieder zur Besinnung« bringt. Sie glaubt, dass ich unter den Festlandchinesen niemals einen Mann finden werde, der mit mir auskommt, deshalb stellt sie mir jeden Kerl aus Taiwan oder Hongkong vor, den sie trifft. Wie könnte ich es ihr verübeln? Eine Tochter wie ich, die ihr immer noch auf der Tasche liegt. Und die Ärmste muss täglich mit Wei Guo umgehen und sich an meiner Stelle um ihn kümmern. Seinetwegen traut sie sich nicht einmal, mir vom Computer im Restaurant aus zu mailen, sondern rennt jedes Mal in ein anderes Internetcafé, damit er meinen Aufenthaltsort nicht herausfindet. Sie würde niemals einen Menschen, den sie liebt, aufgeben. Wenn an mir etwas Gutes ist, dann habe ich das allein von ihr.

Soll ich das Risiko eingehen und auf Chens Mail antworten? Ich sehne mich so sehr danach, jemanden zu haben, mit dem ich von Angesicht zu Angesicht sprechen kann. Aber in den letzten zwei Jahren gab es nur Enttäuschungen. Mit niemandem, den ich getroffen habe, kam ich auf einen gemeinsamen Nenner. Sollte Chen vielleicht die große Ausnahme sein?

Zhang Dou

Ich bin Zhang Dou, zweiundzwanzig Jahre alt.

Ich nehme das hier in Miaomiaos Wohnung auf, im Bezirk Huairou, Peking.

Ich komme ursprünglich aus Henan, meine Eltern waren Bauern. Seit meiner Kindheit habe ich Asthma – dafür bin ich aber ziemlich groß gewachsen. Schon mit dreizehn sah ich aus wie sechzehn. Am Bahnhof haben sie mich angesprochen und weggelockt. Sie haben mich nach Shanxi gebracht, in eine illegale Ziegelei, wo ich drei Jahre lang Bauziegel machen musste. Ein paar Mal war mein Asthma so schlimm, dass ich fast dran gestorben wäre. Einmal habe ich versucht abzuhauen. Ein Mann gabelte mich auf und wollte mir helfen, er brachte mich zur Arbeitsverwaltung, aber die haben mich dann nur an eine andere Ziegelei weiterverkauft. Vor sechs oder sieben Jahre haben dann die Medien von den illegalen Ziegeleien in der Region berichtet, und man hat viele davon geschlossen und die Kinder dort befreit. Die meisten waren etwa so alt wie ich und hatten ähnliche Schicksale, alle waren seit Jahren als vermisst gemeldet. Ich habe viele Journalisten kennengelernt, darunter auch Miaomiao, in deren Wohnung ich jetzt gerade sitze. Wir haben uns sehr gut verstanden und sie wollte, dass ich einen Bericht über meine Erlebnisse schreibe. Das habe ich gemacht, fand ihn aber nicht besonders. Miaomiao fand ihn gut und wollte ihn für mich veröffentlichen lassen. Man brachte mich wieder nach Hause, aber meine Mutter war längst tot und mein Vater auf der Suche nach Arbeit in den Süden gegangen. Ich kam wieder in die Schule, musste aber zurück in die erste Klasse der Mittelstufe.

Nach einem Jahr bekam ich einen Brief von Miaomiao. Sie erzählte mir, dass die Medien Anweisung bekommen hatten, nicht mehr über die illegalen Ziegeleien zu berichten, um dem Ansehen des Landes nicht zu schaden. Mein Bericht konnte deswegen nicht abgedruckt werden, aber sie hat ihn in den Foren der *Tianya Club*-Website veröffentlicht – dort schrieben viele Leute über uns Kindersklaven. Er wurde viel von den anderen Usern kommentiert und erst nach einer Woche »wegharmonisiert«. Im Brief stand auch ihre E-Mailadresse. Ich fuhr in die nächstgrößere Stadt, ging in ein Internetcafé und schrieb ihr, dass ich keine Lust mehr auf die Schule hatte, dass ich allein auf mich gestellt war und lieber arbeiten gehen wolle. Miaomiao antwortete, ich solle zu ihr nach Peking kommen. Sie stammt von dort. Sie hatte ihre Stelle bei dem Magazin aus Guangzhou, bei dem sie gearbeitet hatte, gekündigt und war wieder dorthin zurückgezogen. Die Realität da draußen ist zu schrecklich für sie, und der Druck war zu groß, deshalb arbeitete sie lieber von Zuhause aus als freie Autorin.

Kurz nach meinem siebzehnten Geburtstag kam ich in Peking an. Miaomiao wohnt in Huairou, hier ist es eigentlich fast wie auf dem Land.

Sie hat mich bei sich aufgenommen, mir das Gitarrespielen
beigebracht – und mich außerdem in ein paar andere schöne

Dinge eingeführt … Außerdem kann sie sehr gut kochen und auch Kuchen und Kekse und so was backen. Ihre drei Katzen und drei Hunde hat sie alle irgendwo auf der Straße aufgelesen. Wegen der Olympiade damals wurden in Peking viele Häuser abgerissen, sehr viele Leute mussten umziehen und haben ihre Haustiere einfach dagelassen, deswegen gibt es hier so viele streunende Hunde und Katzen, sagt Miaomiao.

Mich hat sie auch aufgelesen. Jetzt habe ich nicht mehr solche Angst, wenn ich wieder Asthmaanfälle kriege.

Anfangs haben wir von dem Geld gelebt, das Miaomiao mit Artikeln und Fernseh-Drehbüchern verdient hat, und ich habe ab und zu in einer Tierarztpraxis in der Nähe ausgeholfen. Ich war selbst so oft mit unseren Katzen und Hunden dort, dass ich mich mit dem Arzt und den Sprechstundenhilfen angefreundet habe. Miaomiao hat einem Bauern sein kleines Haus abgekauft. Es hat einen kleinen Hof, drei nach Norden ausgerichtete Zimmer, eine abgetrennte Küche und ein Bad mit Dusche. Ein Jahr und drei Monate lang hatten wir zusammen mit unseren Hunden und Katzen eine sehr schöne Zeit hier. Damals war Miaomiao gerade zweiunddreißig geworden.

Dann hörten wir von den Unruhen, die überall im Land ausbrachen. Ganz Peking war in Angst, und wir horteten alles an Tierfutter, was wir bekommen konnten. Es hat gerade so gereicht. Dann wurde die Anti-Kriminalitätskampagne ausgerufen, und die Lage beruhigte sich. Miaomiao hatte aber Angst, dass man mich festnehmen würde, und ließ mich nicht aus dem Haus gehen. Also verbrachte ich einen ganzen Monat nur hier drinnen. Es gab immer noch nicht genug zu essen und viele Leute setzten ihre Haustiere aus. Jedes Mal, wenn Miaomiao nach Hause kam, brachte sie noch einen Hund oder eine Katze mit. Ein paar davon waren krank oder verkrüppelt. Deswegen ist unser Haus jetzt randvoll mit Tieren. Ich habe gelernt, wie man sie versorgt.

Im darauf folgenden Frühjahr brach dann der allgemeine Wohlstand aus und seitdem sieht man überall nur noch fröhliche

Gesichter. Aber mit Miaomiao ist etwas Merkwürdiges passiert. Sie erkennt mich plötzlich nicht mehr. Sie erkennt überhaupt niemanden mehr, lächelt nur stumm vor sich hin. Sie füttert regelmäßig die Tiere und backt alle paar Tage Kekse ohne Zucker drin, aber sie schreibt nicht mehr, spielt nicht mehr auf ihrer Gitarre und verlässt das Haus nicht mehr. Wir machen noch Liebe, wenn sie Lust dazu hat, aber sie unterhält sich nicht mehr mit mir; sie ist völlig verstummt.

Die ganze Zeit, die ich hier in Peking bin, hat sie irgendwas eingenommen, wenn sie dachte, ich sehe gerade nicht hin. Sie schien danach immer ganz abwesend, so als ob ihr Geist kurzzeitig den Körper verlassen hätte, aber es dauerte nie länger als eine halbe Stunde, dann kam sie wieder zu sich. Diesmal kam sie nicht zurück.

Ich wusste, jetzt war es an mir, mich um sie zu kümmern. Aber das bisschen Geld, das ich mit Gelegenheitsarbeiten verdienen konnte, würde nicht reichen, um über die Runden zu kommen. Ich hoffe, Miaomiao kann mir verzeihen, was ich stattdessen getan habe: Ich habe angefangen, unsere Tiere zu verkaufen, vor allem Hunde- und Katzenbabys. Nicht an Fleischlieferanten, nein, nur an Privatleute. Mit der Wirtschaft geht es aufwärts und viele Leute halten jetzt wieder Haustiere. Ich bin schon ziemlich gut im Ausbilden der Tiere und auch in der Zucht. Wenn ein Wurf geboren wird, ist ein anderer schon fertig zum Verkauf. Wir haben immer genug Welpen und kleine Katzen, und zum Glück hat Miaomiao sie alle gleich gern und bemerkt den Unterschied nicht. Sie füttert einfach die, die gerade da sind.

Ich habe jeden Tag drei Stunden Gitarre geübt. An manchen Abenden sagte ich Miaomiao, dass ich in die Stadt gehen würde, um mir Bands anzuhören. Sie reagierte nicht darauf. Mit dem Fernbus bin ich dann nach Wudaokou in einen der Clubs gefahren, die Miaomiao mir früher gezeigt hat und wo es Livemusik gibt. Ohne Musik hätte ich es nicht ausgehalten. Ich traf dort immer ein paar bekannte Gesichter, andere Musiker, mit denen ich ein bisschen gejammt habe. Meine spanische Gitarre gefiel ihnen gut. Sie versprachen, mir Bescheid zu geben, wenn sie mal einen Gitarristen brauchen sollten. In Erwartung meines ersten Auftritts habe ich wie besessen geprobt. Alle Techniken, die du mir gezeigt hast, Miaomiao, ich habe sie bis zum Umfallen geübt.

Ich konnte ja nicht ahnen, was an jenem Abend passieren würde.

Der Anruf kam: Ich sollte spielen. Nachdem ich euer Abendessen vorbereitet hatte, verabschiedete ich mich von dir und setzte mich in den Fünf-Uhr-Bus nach Wudaokou. Die Konzerte dauerten meistens zu lange, als dass noch ein Bus zurückfuhr, deshalb würde ich mir wieder irgendwo ein Plätzchen zum Schlafen suchen und am nächsten Morgen den ersten Bus nehmen. Als ich in der Stadt ankam, ging ich erstmal in eines der kleinen Restaurants in Lanqiying und aß zu Abend. Es war ziemlich eng und ziemlich voll. Am Tisch nebenan saßen ein Mann und eine Frau. Der Typ klang wie einer von den Moderatoren dieser taiwanischen Unterhaltungssendungen im Fernsehen und redete ununterbrochen auf die Frau ein. Ich bekam nicht ganz mit, worum es ging. Aber dann fing auf einmal die Frau an zu reden – sie war eindeutig aus Peking – und auf die Regierung zu schimpfen!

Mir ist aufgefallen, dass man seit dem Eintritt Chinas in sein Goldenes Zeitalter vor jetzt etwas mehr als zwei Jahren eigentlich nur noch fröhliche Menschen trifft. Es wird auch nicht mehr über Missstände oder andere unerfreuliche Themen geredet. Irgendwie kamen mir die Leute schon alle ein bisschen komisch vor, aber ich hatte keine Ahnung, woran es lag, also habe ich einfach so getan, als würde es mir genauso gut gehen wie allen anderen. Deswegen war es ein besonderes Gefühl, als ich die Frau über die Regierung herziehen hörte. Aber der Typ mit dem taiwanischen Akzent stauchte die Frau doch echt zusammen: »Eure Regierung macht ihre Sache großartig! Sie tut, was für euch am besten ist, ihr solltet gefälligst dankbar sein! Ist nicht so einfach, dreizehn Milliarden Mäuler zu stopfen! Wer seid ihr denn, die Regierung zu kritisieren? Und ihr Frauen habt sowieso keine Ahnung!« … Vielleicht war es, weil er die ganze Zeit »ihr« und »euch« sagte, auf jeden Fall ging der Typ mir ziemlich auf den Zeiger. Ich stand auf und zahlte. Da sah ich, dass er nur noch mit einem Fünftel seines Hinterns auf dem Stuhl saß. Ohne nachzudenken trat ich beim Rausgehen einmal heftig dagegen, sodass er prompt auf dem Boden landete. Eilig verließ ich das Restaurant, ohne mich noch einmal umzudrehen. Es schien mir aber auch keiner hinterherzurennen.

Das Konzert war in einem Club namens *Die Fünf Aromen*. Wir spielten nicht schlecht zusammen, die Stimmung war super und ich bekam zweihundert Yuan Gage. Die Leute aus der Band nahmen mich mit auf ein Bier, um mein erstes richtiges Konzert gebührend zu feiern. Das ging dann ungefähr bis nachts um zwei.

Nachdem wir uns verabschiedet hatten, wollte ich eigentlich bis zum Morgen durchhalten, aber der Alkohol machte mich so schläfrig, dass ich mich in der Nähe des Busbahnhofs abseits der Straße in eine Nische kauerte, um ein wenig zu schlafen.

Ich hatte mich kaum hingesetzt und die Augen zugemacht, da tauchten plötzlich wie aus dem Nichts fünf, sechs Typen auf und prügelten ohne Vorwarnung mit Stöcken auf mich ein. Ich hatte keine Chance aufzustehen, geschweige denn mich zu wehren. Hatte der Typ mit dem taiwanischen Akzent die Kerle auf mich gehetzt? Ich bin zwar kräftig gebaut, aber so heftige Schläge hätte ich nicht lange ausgehalten. Dann ließen die Typen plötzlich von mir ab und rannten davon. Ich bekam keine Luft. Meine linke Hand schien gebrochen zu sein, die rechte war unter mir eingeklemmt. Das Asthmaspray in meiner Hosentasche war unerreichbar. Irgendjemand beugte sich über mich, doch ich brachte keinen Laut hervor. Ich zuckte verzweifelt mit der Hand in Richtung meiner Hosentasche, aber der Mann verstand nicht, was ich von ihm wollte. Ich werde sterben, dachte ich.

Wer würde sich dann um dich kümmern, Miaomiao? Das war mein einziger Gedanke. Was wird aus dir und den Tieren? Verzeih mir, Miaomiao, ich hätte nicht so leichtsinnig sein dürfen, diesen Typen anzurempeln. Wer sollte jetzt für euch sorgen?

Plötzlich spürte ich, wie sich meine Lungen mit dem Spray füllten und entkrampften. Ich konnte wieder atmen. Ich wusste, ich war stark und würde überleben. Die Prügel konnten mich nicht umbringen.

Im Krankenhaus kam ich wieder zu mir. Die Schwester rief jemandem zu: »He, der Junge, den Sie hergebracht haben, wacht gerade auf!« Ein älterer Mann, den ich nicht kannte, kam zu mir ans Bett. Ich nahm all meine Kraft zusammen und sagte: »Hose … Meine Hose …« Er brachte sie mir und ich ließ ihn fünfhundert Yuan aus der Tasche nehmen. Dann diktierte ich ihm Miaomiaos Adresse, die Sorte und die Menge von Tierfutter, die wir brauchten, bat ihn, etwas Mehl und Eier zu kaufen und alles zusammen für mich nach Huairou zu bringen. Ich konnte nicht wissen, ob er mein Geld nicht einfach nehmen und auf Nimmerwiedersehen verschwinden würde, oder ob er wirklich bereit war, nach Huairou zu fahren. Ich wusste nicht einmal, warum er im Krankenhaus gewartet hatte. Aber ich war nicht in der Lage, mir über solche Sachen groß Gedanken zu machen. Das Einzige, woran ich dachte, war, dass euch bald das Essen ausgehen würde.

Am Morgen des zweiten Tages kam der Mann zurück. Er sagte, dass alles abgeliefert sei und eine Frau die Sachen in Empfang genommen habe. Als er ihr gesagt habe, dass ich im Krankenhaus lag, habe sie bloß gelächelt und es mit einem Nicken zur Kenntnis genommen. Dann habe sie ihm ein ungezuckertes Plätzchen angeboten. Und da seien wirklich eine ganze Menge Hunde und Katzen gewesen. Als ich das hörte, war ich beruhigt.

Nachmittags sah er wieder nach mir. Ich fragte ihn, warum er sich so um mich kümmerte. Er sagte, als er mich so daliegen gesehen habe, die Hand zuckend auf der Hosentasche, da habe er gewusst, dass ich Asthmatiker bin, genau wie er, ebenso abhängig von seinem Spray. Er hat meins dann tatsächlich gefunden und mir in den Mund gesprüht.

Als er mich inhalieren sah, da habe er plötzlich wissen wollen, wie ich als Leidensgenosse so mit dem Medikament zurechtkam.

»Wozu?«, fragte ich.

»Wollte wissen, ob dir die Leute um dich herum irgendwie anders vorkommen als du.«

»Klar sind sie anders. Sie haben kein Asthma.«

»Sie sind *glücklich*?«

Die Frage elektrisierte mich. Nicht, dass ich unglücklich gewesen wäre. Seit fünf Jahren war ich mit Miaomiao zusammen und es ging uns gut miteinander. Sie sprach nicht mehr, aber deswegen waren wir noch lange nicht unglücklich. Doch in den letzten zwei Jahren waren mir die Leute, denen ich begegnet bin, irgendwie verändert vorgekommen. Ich konnte es nicht genau festmachen, aber eines war sicher: Sie schienen allesamt ausgesprochen glücklich zu sein. Im Grunde war ich es, der sich deswegen anders vorkam. Ich war zwar glücklich, aber es war eine andere Art Glück.

Der Mann sah mich gespannt an. Ich nickte.

Er freute sich, als hätte er im Lotto gewonnen. Dann blickte er sich vorsichtig nach allen Seiten um, als befürchtete er, jemand könnte uns beobachten.

Er rückte etwas näher heran und sagte: »Endlich habe ich die Antwort! Es ist unser Asthmaspray. Deswegen werden wir nicht *high*, so wie alle anderen. Das ist unser Geheimnis!«

Ich hatte keine Ahnung, wovon er redete.

»Niemand um dich herum erinnert sich an diesen einen Monat, nicht wahr?«

»Welchen Monat?«

»Na, den nach dem Beginn der Feuer-und-Eis-Periode.«

Ich verstand noch immer nicht.

»Diese beiden Ereignisse gingen nicht einfach ineinander über, so wie alle sagen. Es lag ein Monat dazwischen. Um genau zu sein achtundzwanzig Tage, vom ersten Arbeitstag nach Neujahr an gerechnet.«

Als ich immer noch keine Reaktion zeigte, fuhr er fort: »Wenn du mit jemandem über die Unruhen sprechen willst, die im ganzen Land ausbrachen, über die Panikkäufe, das Einrücken der Armee in die Städte, das harte Vorgehen der Sicherheitsbehörden, die Vogelgrippeimpfung ... Niemand erinnert sich daran, stimmt's?«

Tatsächlich sprach nie jemand von diesen Ereignissen, dachte ich. Es konnte einem fast so vorkommen, als wären sie nie passiert. Aber ob die Leute sie wirklich komplett vergessen hatten, wusste ich nicht. Ich hatte ja nie jemanden danach gefragt.

Er deutete mein Schweigen wohl als Verneinung. Mit einem Mal war die Euphorie von eben verflogen und Niedergeschlagenheit machte sich in seinem Gesicht breit. »Du erinnerst dich auch nicht. Ich war zu voreilig, hab es mir zu sehr gewünscht«, sagte er leise.

»Ich erinnere mich.«

»Du erinnerst dich?«

»Ich erinnere mich an alles, was damals passiert ist.«

Noch lag Misstrauen in seinem Blick.

»Wir haben Hunde- und Katzenfutter gehortet und uns während der Anti-Kriminalitätskampagne im Haus verschanzt ...«

»Dem Himmel sei dank! Endlich habe ich einen Bruder im Geiste gefunden! Wie ist dein Name?«

»Ich heiße Zhang Dou.«

»Bruder Zhang, du kannst mich Fang nennen. Ab jetzt sind wir Brüder. Ich werde noch brüderlicher zu dir sein als zu einem echten Bruder, denn außer mir du bist der einzige Mensch, den ich kenne, der sich an den fraglichen Monat erinnert. Du darfst niemals vergessen. Zusammen müssen wir diesen Monat wieder in die Köpfe der Menschen zurückholen!«

Er hat uns gerettet. Mich, dich, Miaomiao, und die Tiere. Ich hätte alles getan, was er wollte. Ebenso, wie ich für dich alles tun würde, Miaomiao. Niemand war je so gut zu mir wie du. Das werde ich dir nie vergessen!

Wei Guo

Ich bin Wei Guo, vierundzwanzig.

Es ist schon lange her, dass ich Tagebuch geschrieben habe, aber dieser historische Tag muss für die Nachwelt festgehalten werden.

Heute bin ich meinem Lebensziel einen Schritt näher gekommen, denn seit heute bin ich offiziell Mitglied des *Doppel-S-Studienzirkels*. Es erfüllt mich mit Stolz, das jüngste Mitglied dieser Gruppe zu sein.

Doppel-S vereint Wissenschaft, Politik und Wirtschaft und setzt sich zusammen aus Offiziellen der Ministerialebene, der Kommandanturebene der Armee, der Führungsriege der staatlichen Großkonzerne und Investmentfonds sowie Topmanagern der *Fortune One Hundred*. Hinzu kommen noch ein paar Dekane und Professoren der Akademie für Sozialwissenschaften und verschiedener Elite-Universitäten. Wir haben direkte Verbindungen bis nach ganz oben.

Wir sind keine Bücher fressenden Fachidioten, wir beschäftigen uns mit Politik und Recht, mit Machtstrategien und Staatskunst. Unser Motto lautet: »Wissen und Mut vereint« – wir stehen für Kriegergeist, für Heldentum und Männlichkeit. Wir sind eine Gemeinschaft von Menschen mit Sendungsbewusstsein. In einer Zeit, die der Mittelmäßigkeit anheimzufallen droht, einer Zeit ohne jegliches Ehrgefühl, haben wir den Mut zu erkennen: Wir sind die wahre geistige Elite des Goldenen Chinesischen Zeitalters!

Nicht alle unsere Mitglieder sind Kinder der Revolution – es gibt ein paar mit zivilem oder intellektuellem Hintergrund –, aber zum überwiegenden Teil schon. Meine Herkunft als Enkel eines Richters der Republik, der in einer Wohnsiedlung für Gerichtsangehörige aufgewachsen ist, ist hier eher unspektakulär.

Ich bin meinen Professoren, X, Y und Z – vor allem Professor

X – zu Dank verpflichtet, denn sie haben mich vor einem Jahr als Anwärter vorgeschlagen, und nur so konnte ich heute zum Vollmitglied aufsteigen. Professor X rühmt sich oft damit, mich entdeckt und gefördert zu haben. Soll er das von mir aus ruhig glauben. In Wirklichkeit habe ich mir schon im ersten Jahr an der Uni alle Professoren genau angesehen und analysiert, wer von ihnen die größte politische Karriere vor sich hatte, es wie schnell wie weit bringen würde. *Ich* war es, der *ihn* ausgesucht hat.

Eine gute Wahl: X, Y und Z haben Doppel-S initiiert. Ihr Leitgedanke: die richtigen Ideen mit echter Macht zu vereinen, für ein noch stärkeres China. Offiziell befasst sich der Studienzirkel mit dem Kanon der westlichen wie der chinesischen Staatsleere und zieht so hohe Beamte, Generäle und politisch denkende Unternehmer an. XYZ wollen Lehrmeister des Staates werden und sind überzeugt, dass die Geschicke des Landes binnen zehn Jahren nach Maßgabe ihrer Ideen gelenkt werden. Was hervorragend zu meinem eigenen Zehnjahresplan passt.

X kontrolliert die wichtigsten akademischen Journale und verfügt über die weitreichendsten Beziehungen der drei. Er hat den besten Draht zu den Medien, reißt allerdings auch den Mund am weitesten auf. In akademischen Kreisen geht das Gerücht, er habe Verbindungen zum Staatsschutz. Y genießt das größte Ansehen als Wissenschaftler. Er gilt als Kapazität auf seinem Gebiet, leitet ein erst jüngst etabliertes Institut an einer Schwerpunktuniversität im Süden und ist auch im Ausland kein Unbekannter. Z hält Vorlesungen über Strategien der Nationalen Sicherheit an der *National Defense University*, die der Volksbefreiungsarmee untersteht. Militär und Lokalregierungen haben das Vorlesungsprogramm gemeinsam ins Leben gerufen, sein Publikum dort besteht aus hochrangigen Vertretern beider Seiten.

Z ist sehr reflektiert, denkt weit voraus. Er versteht mich am besten. In der letzten Erweiterungsrunde des Studienzirkels war er es auch, der sich dafür einsetzte, mich per Ausnahmeentscheidung zum Vollmitglied zu machen, bevor ich auch nur meinen

Master in der Tasche habe. X will im Nachhinein auch etwas vom Ruhm abhaben und behauptet deshalb, er habe sich mit Z zusammen für meine Aufnahme stark gemacht, die andernfalls noch weitere drei bis fünf Jahre Anwartschaft erfordert hätte.

Meine Jugend ist wertvoll. Wie könnte ich zulassen, dass sie so sinnlos vergeudet wird? Zuweilen muss man eben etwas nachhelfen, um seine Ziele zu erreichen. Ich hatte erkannt, dass Z die eigentliche Schlüsselfigur war, denn er ist auf Augenhöhe mit einem Mann, den alle im Zirkel nur den »Rasenmäherkopf« nennen. Er gehört zum echten Roten Adel. Für Außenstehende verdient er sein Geld mit Auslandsinvestitionen, aber Insider wissen, dass seine Beziehungen über Partei und Regierung bis hin zu Armee, Polizei und Unterwelt reichen. Er ist bis ganz nach oben vernetzt. Meiner Einschätzung nach wird er einmal auf der Kandidatenliste für eines der höchsten Staatsämter stehen. Im Studienzirkel ist einiges an Macht und Einfluss konzentriert, aber Rasenmäherkopf flößt allen gehörigen Respekt ein. Er und Z sind die eigentliche Seele der Gruppe – obwohl ich natürlich nicht an so etwas Irrational-esoterisches wie *Seele* glaube. An Rasenmäherkopf heranzukommen ist sehr schwierig, bis heute habe ich keinen Weg gefunden, ihn auf mich aufmerksam zu machen, also konzentriere ich mich fürs Erste weiter auf Z. Für ihn und XY habe ich schon im Grundstudium alles Mögliche erledigt. Die drei haben verschiedene Organisationen an der Hand und verfügen über beträchtliche finanzielle Mittel. Beispielsweise beantragen sie staatliche Projektgelder, die sie dann an Akademiker verteilen, die bereit sind, sich unseren Reihen anzuschließen. Mit dem Geld reicher Stiftungen werden hochkarätige Konferenzen abgehalten und Weggefährten im In- und Ausland unterstützt, um eine gemeinsame Front aufzubauen. Auch um die zukünftige akademische Elite kümmern sie sich. Zweimal im Jahr veranstalten sie ein Studienlager für chinesische Nachwuchsakademiker weltweit, zu dem die besten Studenten der Kultur- und Sozialwissenschaften kostenlos eingeflogen werden. Das Sommercamp findet in Peking oder Shanghai, das Wintercamp in Hongkong oder Macao statt. Die Teilnehmer werden nicht nur mit reichlich gutem Essen und reichlich Begleitprogramm versorgt, sondern auch intellektuell intensiv bearbeitet – man könnte durchaus von Gehirnwäsche sprechen. Deswegen nennt man die Lager auch »Monstercamps« oder – in Anlehnung an die berühmte Militärakademie, die Chiang Kaishek während des Krieges mit Nachwuchs für die Offiziersränge belieferte – manchmal auch »New Whampoa Academy«. Bei so vielen Veranstaltungen ist eine strikte Arbeitsteilung erforderlich. Y und Z halten beispielsweise auf den Monstercamps nur Vorträge, während X sich ums Organisatorische kümmert, selbst aber nicht in Erscheinung tritt, denn offiziell lädt Q die Teilnehmer ein. Q versteht sich am besten darauf, junge Menschen zu manipulieren, besonders vor Patriotismus sprühende Masterstudenten mit gesunder Halbbildung. Q ist von sich selbst sehr eingenommen, möchte auch einmal Lehrmeister der Herrschenden sein. X, Y und Z können darüber nur die Nase rümpfen, sie bemängeln sein akademisches Resümee, seine zu geringe Zahl an Veröffentlichungen und seine ständig wechselnden Standpunkte. Wenn sie unter sich sind, nennen sie Q »den Rattenfänger«. Denn ihnen ist völlig klar, dass bei einer geistigen Revolution – und genau das ist es, worauf Doppel-S abzielt – die Rollen je nach der individuellen Stärke des Einzelnen unterschiedlich verteilt werden. Die des Kinderfängers darf dabei nicht fehlen.

Das erste Mal, als ich mich Z öffnete, erzählte ich ihm, wie ich den Lehrsatz, dass Politik in der Unterscheidung von Freund und Feind bestehe, praktisch umzusetzen gedachte. Schon im zweiten Studienjahr habe ich begonnen, Mitstudenten zur systematischen Suche nach reaktionären Meinungsäußerungen im Internet anzuleiten, diesen entgegenzutreten und reaktionäre Websites zu melden. Später sind wir von der virtuellen in die reale Welt übergegangen. Professoren, die offen westlich-liberale Wertvorstellungen vertraten, wurden durch uns umgehend beim Präsidenten oder beim Parteisekretär der Universität angezeigt. Unser Modell funktioniert wie ein Franchising-Unternehmen und es gibt mittlerweile Ableger an einigen weiteren Hochschulen. Ich wollte damit meinen Handlungswillen verdeutlichen und Z darauf aufmerksam machen, dass eine große Zahl von Studenten auf meine Anweisungen hört, ja, mich regelrecht verehrt. Ich bin ein charismatischer Anführer der jungen Generation.

Z äußerte sich nicht weiter dazu, aber als er kurz darauf fragte, ob ich schon mal einen Kurs bei diesem Professor Gong belegt hätte, wusste ich, dass er genau zugehört hatte. Ich verstand seinen Fingerzeig und machte mich sogleich an die Arbeit. Meine Nachforschungen ergaben, dass dieser Kerl namens Gong in seinen Seminaren Kritik an den autokratischen Implikationen des politischen Konfuzianismus geäußert hatte. Ich sorgte dafür, dass einige seiner Studenten zum Präsidenten gingen und sich über Gongs Verunglimpfung chinesischen Kulturguts beschwerten. Dazu starteten wir noch eine Online-Petition, die eine detaillierte Aufklärung des Vorfalls und den Ausschluss Gongs aus dem Lehrbetrieb forderte. Die Sache läuft zwar noch, aber Gongs Ansehen haben wir damit bereits jetzt übel ramponiert. Ich denke, Z war mit dieser Vorstellung sehr zufrieden.

Was ich ihm nicht erzählt habe, ist, dass der Staat inzwischen ebenfalls Anerkennung für meine langjährige Informantentätigkeit gezeigt hat. Die Abteilung für Internetkontrolle der Polizei sowie die Staatssicherheit haben kurz nacheinander offiziell Kontakt zu mir aufgenommen. Ich bin jetzt also Auge und Ohr der höchsten Sicherheitsbehörden im Land. Davon habe ich weder Z noch den anderen im Studienzirkel etwas erzählt, um ihr Vertrauen zu mir nicht zu gefährden. Wenn ich denen da oben berichte, dass ich in den inneren Kreis des Doppel-S-Studienzirkels aufgenommen wurde, werden sie noch mehr Verwendung für mich haben.

Die zweite Sache, von der ich Z erzählte, war folgende: Vor einem halben Jahr, als ich gerade Anwärter von Doppel-S geworden war, hörte ich einen öffentlichen Vortrag von Z über *Liebe und das Goldene Zeitalter Chinas.* Darin sagte er: »Unsere Gesellschaft heute ist von ›Liebe‹ erfüllt. Die Medien propagieren Liebe, Brüderlichkeit und Altruismus. Die Menschen fühlen sich wohl, tragen diese ›Liebe‹ in ihren Herzen. Jeder ist glücklich und zufrieden und überall im Land herrscht nichts als Harmonie. Gewaltdelikte gehen zurück, selbst häusliche Gewalt gibt es kaum noch. ›Liebe‹ ist etwas sehr Mächtiges.« Jedes Mal, wenn Z das Wort »Liebe« gebrauchte, setzte er es mit einer Geste in Anführungszeichen.

Sein Vortrag begeisterte mich nicht sonderlich, denn er enthielt kaum irgendetwas Neues. Doch gegen Ende horchte ich plötzlich auf. Wie beiläufig ließ Z folgende Sätze fallen: »Wir sind alle damit beschäftigt, zu ›lieben‹, es gibt keinen Kriegergeist mehr, da es keine Feinde mehr gibt. Wir können gar nicht mehr hassen …« Ich saß da wie vom Donner gerührt. Welch sorgfältige und subtile Argumentationsführung! Was für ein Genie!

Ich erinnere mich, wie Y einmal sagte: »Nur wenige Menschen auf der Welt haben eine philosophische Ausbildung genossen. Deshalb mangelt es ihnen an Einsicht. Wenn wir Philosophen sie mit der Wahrheit konfrontieren, gehen sie auf uns los – so, wie sie damals Sokrates umgebracht haben.« Ein weiser Philosoph sagt daher in der Öffentlichkeit nur Dinge, die der Masse genehm sind und ihrer Unterhaltung dienen. Aber er wird hier oder da eine winzige Andeutung machen, in der sich für Eingeweihte seine tatsächliche, große Absicht offenbart.

Z und Y hatten sich derselben Sache verschrieben, also verbarg sich auch hinter Zs Worten weitaus mehr, als es den Anschein hatte.

Das Thema *Liebe* war für die Masse bestimmt, die seinen Vortrag als Plädoyer für dieses Gefühl verstehen würde, oder als Rechtfertigung ihrer Notwendigkeit in Chinas Goldenem Zeitalter. Doch tatsächlich beschrieb Zs Vortrag lediglich die Auswirkungen des allgemeinen Liebestaumels. Das Entscheidende war seine Feststellung, es gebe »keinen Kriegergeist« mehr. Damit wurde all das Gerede über Liebe schlagartig relativiert. Diese versteckte Botschaft war für Eingeweihte wie mich bestimmt – denn *Kriegergeist* ist eine der großen Tugenden, der sich die Mitglieder von Doppel-S verschrieben haben, so auch Z. Wenn Kriegergeist aber etwas Positives war, dann konnte sein Fehlen nur negativ bewertet werden. Und das war überall dort der Fall, wo die Liebe dominierte. Menschen mit philosophischer Bildung, wie ich, begriffen schnell, dass *Liebe* hier auch Aspekte wie Brüderlichkeit und Altruismus mit einschloss. Diese aber ersticken jeglichen Kriegergeist schon im Keim – denn Hass und Feindschaft treiben den Krieger an. Z ging es also darum, eine Liebe abzulehnen, die selbst den Feind mit einschließt. Ja, er bedeutete uns gar, dass es notwendig sei, uns Feindbilder zu suchen und Hass zu entwickeln, um den Kriegergeist in uns zu entfalten. Ich hatte ihn verstanden.

Dies war der Schlüssel, mit dem ich später sein Vertrauen gewann. Unverzüglich wählte ich sechs Kommilitonen aus, die mir ihre Treue versichert hatten, und begann mit dem Kampftraining. Die Studenten von heute haben keinen Mumm, ihnen fehlt jeglicher Killerinstinkt. Die gefühlsduselige Atmosphäre unserer Gesellschaft hat auch sie geprägt und völlig verweichlicht. Manchmal frage ich mich, ob ich selbst nicht auch schon zu viel davon abbekommen habe, zu zaghaft geworden bin, um noch Großes zu vollbringen.

Ich musste also ihren Killerinstinkt wecken, ihnen einschärfen, dass wir nicht verlernen dürfen zu hassen, eine Trennlinie zu ziehen zwischen uns und unseren Feinden. Wir sahen uns Dokumentarfilme über das Massaker von Nanjing, die Vernichtungslager der Nazis und ähnliche Themen an. Danach sollten sie sich vorstellen, wie sie beispielsweise systematisch Rache an den Japanern nahmen. Einmal während eines Camping-Ausflugs kam uns die Idee, zur Abhärtung zwei streunende Hunde zu töten, aber die Mistviecher entkamen ihnen. Was für unfähige Schwachköpfe die Studenten heutzutage doch sind.

Ich musste lange warten, doch schließlich fand ich die passende Gelegenheit für ihr Initiationsritual.

Im *Fünf Aromen*, dem heruntergekommenen Restaurant in Wudaokou, das meine Großmutter führt, haben wir jeden Abend Konzerte mit junger Folkmusik. Für mich ist es eine Beobachtungsplattform, mittels derer ich mich in die Psyche der chinesischen Jugend einfühlen kann. Eines Abends saß ich dort mit meinen Getreuen, die Truppenmoral war schlecht, und es blieb nur der Blick in die Flasche. Vielleicht lag es am Alkohol, auf jeden Fall zeigte einer meiner Begleiter, Student an der Qinghua, auf den groß gewachsenen Gitarristen der Band, die gerade spielte und meinte:

»Seht euch den Typen mit der Gitarre an. Man sieht doch auf den ersten Blick, dass der vom Land kommt.«

Der das sagte, stammte selbst aus einer Bauernfamilie, hatte aber nichts als Verachtung für die bäuerliche Klasse übrig. Bauern waren für ihn Parias, die nicht das geringste Mitleid verdienten. Die Armen hassen sich untereinander; Bauern verachten Bauern, Kinder schikanieren am liebsten andere Kinder, das habe ich schon vor Jahren erkannt.

Er redete weiter: »Seht euch das an, ein Berg aus Bauernfleisch, echt widerlich!«

»Der Kraftprotz spielt aber gar nicht schlecht«, warf ein anderer ein, erntete jedoch umgehend Widerspruch von einem dritten: »Du brauchst bloß auf seine Körpersprache zu achten, total plump. Und seine Hände sind so groß wie Mistschaufeln. Wie kommt der Scheißkerl überhaupt dazu, Gitarre zu spielen?!« »Ist eben ein dreckiger Bauer!«, knurrte der Getreue von der Qinghua grimmig. Alle warfen dem muskelbepackten Gitarristen hasserfüllte Blicke zu. Da kam mir plötzlich die Idee: »Warum nicht heute Abend, hier und jetzt …?« Die Jungs verstanden mich sofort. Einer von ihnen knurrte: »Wir holen unser Werkzeug.«

Wir warteten vor dem Laden. Der Gitarrenprotz spielte und trank bis spät in die Nacht mit den anderen Musikern, was unseren Hass nur noch zusätzlich schürte. Als er schließlich herauskam, folgten wir ihm, auf der Suche nach der geeigneten Gelegenheit, um zuzuschlagen. Er lief zu Fuß zu einer Bushaltestelle, und dort setzte sich der Idiot doch wirklich an einem geschützten Platz an einer Hauswand zum Schlafen hin. Meine Getreuen fielen aus dem Nichts über ihn her und ließen ihre Stöcke so lange auf ihn niederregnen, bis er sich nicht mehr rührte. Ich sah aus einiger Entfernung zu und dachte: Gut so, Jungs. Der entkommt uns nicht lebend! Doch da kam auf einmal ein Jeep Cherokee angefahren, und wir machten uns aus dem Staub.

Ich habe lange überlegt, ob ich Z von dieser Sache erzählen sollte, denn es gab nur zwei mögliche Reaktionen: großes Lob oder strengsten Tadel. X wäre schockiert, wenn er von dieser Sache erführe, Y würde mich dafür sogar aufs Schärfste verurteilen, Z hingegen mochte mich nach einer solchen Offenbarung durchaus in einem ganz neuen Licht sehen. Ich entschied mich, das Risiko einzugehen und erzählte Z, welch augenöffnende Wirkung sein Vortrag über »Liebe« auf mich gehabt hatte, dass mir seine Implikationen klar waren und ich sie auch in die Tat umzusetzen wusste. Denn um Großes zu bewegen, braucht es die nötige Portion Hass. Meine unausgesprochene Botschaft an ihn lautete: Ich übernehme die Drecksarbeit für dich, wenn es nötig ist. Wie gewohnt hörte er mir zu, ohne die geringste Regung zu zeigen, und dann passierte tagelang erst einmal nichts. Doch zum Glück erwies sich einmal mehr, dass ich ein sicheres Gespür für Menschen habe. Meine Beförderung zum Vollmitglied von Doppel-S heute ist der Beweis, dass ich aufs richtige Pferd gesetzt habe.

Ich bin jetzt vierundzwanzig. Der Plan, den ich mir mit zwanzig zurechtgelegt habe, geht nach und nach auf. Aber jetzt ist nicht die Zeit, mich entspannt zurückzulehnen Wo war der Vorsitzende Mao mit dreißig? Er saß im Zentralkomitee der Partei, zusammen mit nur vier anderen Mitgliedern. So betrachtet muss ich mich noch sehr viel mehr ins Zeug legen.

Nachtrag: Doppel-S setzt sich zusammen aus den Anfangsbuchstaben der Nachnamen zweier Deutscher – auch wenn einer von ihnen Jude war –, deren politische Theologie und philosophische Abhandlungen anfangs Studiengegenstand unseres Zirkels waren. Inzwischen spielt es schon keine Rolle mehr, um wen es sich dabei handelte.

Nachtrag II: Es gibt ein Detail, das mir Sorgen bereitet, und das ist die Tatsache, dass Wei Xihong meine Mutter ist. Sie ist ein Risikofaktor für meine Karrierepläne. Ich muss diese Unwägbarkeit ausräumen. Zu Maos Zeiten wäre sie schon lange als Konterrevolutionärin verurteilt worden, heutzutage ist der Staat einfach zu tolerant. Ich habe versucht, meinen Verbindungsmann beim Staatsschutz einzuschalten, damit man sie in einer Klinik langfristig ruhig stellt, erhielt aber die Antwort, das eile nicht; man habe alles unter Kontrolle und wolle sie erst noch eine Weile herumstreunen lassen, um zu sehen, mit wem sie sich so trifft. Mir bleibt nichts anderes übrig, als abzuwarten.

Auf der Suche nach dem verlorenen Monat

Audionotiz von Fang Caodi.

Ich habe endlich einen Bruder gefunden. Er heißt Zhang Dou, zählt ganze zweiundzwanzig Lenze, kommt aus Henan und wohnt abseits von Peking in Huairou. In Anbetracht der Tatsache, dass ich bereits mehr als fünfundsechzig Jahre auf dem Buckel habe, sei mir erlaubt, ihn meinen kleinen Bruder zu nennen. Haha!

Wie ich besitzt er noch die volle Erinnerung an den verschwundenen Monat, jene achtundzwanzig Tage zwischen dem Beginn der Feuer-und-Eis-Periode und dem Anbruch des Goldenen Zeitalters. Er hat sie zwar nur in einer abgelegenen Ecke in

Huairou erlebt, aber er hat sie nicht vergessen. Er erinnert sich an alles, was damals passiert ist, genau wie ich. Zwei Jahre des Suchens haben mir gezeigt, wie überaus selten, ja einmalig, das ist.

Genau wie ich ist er Asthmatiker und nimmt seit Jahren Kortisonspray. Daraus schließe ich, dass unser fehlender Gedächtnisverlust mit der Verwendung des Sprays zusammenhängen könnte. Ha! Was für eine großartige Neuigkeit! Das bedeutet, dass es unter den Asthmatikern im Land noch viele geben muss, die wie wir ihre Erinnerung bewahrt haben, nur wissen sie nichts von der Existenz der anderen. Wenn es mir gelingt, ein paar hundert von ihnen zu finden, dann werden wir dem restlichen Volk schon beweisen, dass dieser Monat tatsächlich existiert hat. Das wäre ja gelacht!

Letzten Freitag besuchte ich einen Bekannten in Wudaokou. Im Erdgeschoss seines Hauses ist ein Geschäft für Outdoor-Bedarf, und weil ich nun schon mal da war, sah ich mir die aktuellen Sonderangebote an. Dabei entdeckte ich unter einem Warenstapel eine Seite der *Southern Weekend* aus dem verschwundenen Monat, aus einer der letzten Ausgaben dieser Zeitschrift, bevor sie eingestellt wurde! Es war, als hätte ich einen Schatz gehoben. Ich kaufte irgendetwas und nahm heimlich auch die Zeitungsseite mit. Am nächsten Tag ging ich in einem kleinen Café neben dem Yongle-Tempel ins Internet und verglich meinen Glücksfund mit der elektronischen Version im Zeitungsarchiv. In der Tat gab es gewaltige Unterschiede. Ein Artikel über die Anti-Kriminalitätskampagne war komplett verschwunden, stattdessen fand sich in der elektronischen Version ein Beitrag mit dem Titel: »Warum die westlich-universellen Werte nicht zu China passen«. Als ich der offensichtlichen Verfälschung von Tatsachen gewahr wurde, dank der die als liberal bekannte *Southern Weekend* mit einem Mal gegen universelle Werte wetterte, vergaß ich für einen Moment, dass in dem Café noch andere Gäste saßen, und lachte laut auf.

Diese Zeitungsseite ist Beweisstück Nummer 71 in meiner Sammlung, in der ich die wahren Ereignisse, ja überhaupt die Existenz dieses Monats, dokumentiere.

Einen noch größeren Glückstreffer landete ich, als ich am frühen Morgen mit dem Auto die Wohnsiedlung verließ, in der das Appartement meines Bekannten liegt. Schon nach der zweiten Kreuzung kam ich an einer Gruppe von fünf, sechs jungen Männern vorbei, die mit Stöcken auf eine am Boden liegende Person einprügelten. Als ich mich mit meinem Wagen näherte, ließen sie von ihm ab und waren im Nu auf und davon. Ich hielt an, zögerte jedoch auszusteigen. Die Vernunft gebot mir, mich nicht in anderer Leute Angelegenheiten zu mischen. Doch dann wurde ich gewahr, dass der Mann am Boden verzweifelt nach Luft zu ringen schien. Das war mir vertraut. Ich stieg aus und ging auf ihn zu, sah seine Hand auf seiner Hosentasche zucken und verstand augenblicklich. Ich durchsuchte seine Taschen, und tatsächlich fand ich darin eine Dose Asthmaspray, das ich ihm sofort verabreichte. Es wirkte, und seine Verkrampfung ließ nach.

Hatte ich damit nicht meine Schuldigkeit getan? Aber mit einem Mal überkam mich die Neugier zu wissen, wie es diesem jungen Mann, der dieselben Medikamente nehmen musste wie ich, im Leben sonst so erging. Diese unbändige Neugier verspürte ich nicht zum ersten Mal. Man könnte sagen, dass mein gesamter Lebensweg davon geprägt ist. Ich beschloss, mich um diesen Menschen zu kümmern.

Ein Berg von Mensch! Ich zog, zerrte und schob mit all meiner Kraft, bekam ihn schließlich in meinen Wagen und brachte ihn ins *Peking University Third Hospital*. Ich befürchtete, er könnte ohne mein Wissen entlassen werden und auf Nimmerwiedersehen verschwinden, daher besuchte ich ihn am nächsten Morgen gleich wieder, doch er war noch immer nicht bei Bewusstsein.

Als er am Nachmittag zu sich kam, bat er mich mit mühsam hervorgepressten Worten, für ihn ein paar Einkäufe zu tätigen und sie zu seinem Haus in Huairou zu bringen. Offenbar kam es ihm gar nicht in den Sinn, dass ich mich mit dem Geld aus dem Staub machen könnte. Ich beschloss, zu tun, wie mir geheißen, und wie bei einer Partie Stud Poker einfach die nächsten Karten abzuwarten. Erst am dritten Tag war ich mir sicher: Ich hatte recht gehabt. Er erinnerte sich! Zhang Dou, den ich als Bruder behandeln will, und noch brüderlicher als einen leiblichen Bruder, ist der erste mir verwandte Mensch, denn ich in zwei Jahren der Suche finden konnte. Alle anderen sind nicht wie ich.

Anfangs dachte ich, sie wollten einfach nicht über diesen Monat reden. Später stellte ich fest, dass sie sich ganz falsch an die Geschehnisse erinnerten, nichts stimmte mit meinen Erinnerungen überein. Noch etwas später kam ich zu dem Schluss, dass in ihrem Gedächtnis schlicht achtundzwanzig Tage fehlten. Um mir zu beweisen, dass nicht ich, sondern sie sich irrten, suchte ich in Bibliotheken nach Zeitungen und Nachrichtenmagazinen aus jener Zeit – nur um festzustellen, dass diese nur noch in elektronischer Form zur Verfügung standen und nicht mehr als Printausgabe. Die Berichte aus dem elektronischen Archiv passten überhaupt nicht zu meiner Erinnerung. Dort schien der Ausbruch der großen Weltwirtschaftskrise und der Beginn des Goldenen Zeitalters in China lückenlos ineinander überzugehen, ohne jegliche Spur dieses einen, schrecklichen Monats dazwischen.

Ich habe immer geglaubt, dass das Volk nicht vergessen würde, ganz gleich, welche Taschenspielertricks von offizieller Seite auch angewandt wurden. Nun musste ich jedoch erkennen, dass diesmal eine umfassende und gründliche kollektive Amnesie herrschte. Ich vermute, die groß angelegte Vogelgrippe-Impfung im Frühjahr jenes Jahres könnte etwas damit zu tun haben, aber Beweise dafür habe ich nicht.

Ich begann, Antiquariate und Secondhand-Buchläden zu durchstöbern, auf der Suche nach Berichten aus jener Zeit, aber alles, was ich finden konnte, waren Staatsblätter und Klatschmagazine, keine zuverlässigen Quellen.

Ich kaufte mir einen Jeep Cherokee aus Pekinger Produktion und machte mich auf gen Süden, um weiter im Inland nach Beweisen zu suchen. Nur an ein paar entlegenen Orten wurde ich fündig. So zum Beispiel in einer Pension am Fuße des Huang Shan, des *Gelben Berges*, wo ich eine im Ganzen erhaltene Ausgabe von *Caijing* entdeckte, einem bekannten Finanzmagazin, mit Berichten über die neue Weltwirtschaftskrise und wie sie dabei war, auf China überzugreifen. In einem Hotel des Filmparks *Hengdian Movie World* in Zhejiang fand ich eine Ausgabe des Hongkonger Magazins *Asia Weekly*, das über Panikkäufe und Lebensmittelknappheit berichtete; im Universitätsviertel von Wuhan fand ich eine zerrissene Seite der *China Youth Daily* mit der Schlagzeile: »Der Leviathan ist da!«; es ging um Thomas Hobbes, der einmal gesagt hat, dass Menschen, vor die Wahl gestellt zwischen Anarchie und Tyrannei, sich für Letzteres entscheiden; ein anderer Artikel befasste sich mit den Massenausschreitungen in Weng'an 2008 und dem Totalversagen der Lokalregierung; in Hunan, im Gebiet der Tujia-Minderheit, fand ich einen Ausschnitt aus *Southern Weekend* mit Werbung für einen Radioempfänger Made in China; damals ging die Angst vor Stromausfällen um und die Leute kauften massenhaft Radios, um nicht von der Außenwelt abgeschnitten zu werden. Auf der Rückseite war ein Artikel über die Anti-Kriminalitätskampagne von 1983.

Nach und nach wurde es immer schwieriger, solche Zeitdokumente aufzustöbern, daher war ich ganz außer mir vor Freude, als ich in Wudaokou die Februarausgabe der *Southern Weekend* fand.

Doch was ich eigentlich noch dringlicher suchte, waren Menschen wie mich. Ich habe eine Liste aller Leute aufgestellt, die ich kenne, und daraus dann eine mit denen, die mir stets vernünftig und klar im Kopf erschienen waren. Ich nenne sie *Klardenker*. Einen nach dem anderen habe ich sie aufgesucht, wurde jedoch ein ums andere Mal enttäuscht. Es war wie in einem dieser Katastrophenfilme: Ich schien der letzte meiner Art zu sein. Aber in solchen Filmen stößt der Held am Ende immer noch auf andere Überlebende. Dieser Gedanke ließ mich durchhalten.

Und dann, endlich, fand ich Zhang Dou. Wir glauben fest daran, dass dies erst der Anfang ist. Unter den 1,3 Milliarden Chinesen muss es noch mehr von uns geben.

Ich habe Zhang Dou erzählt, dass mir sein Zuhause immer besser gefällt. Ich fahre jeden Tag hin, um zu sehen, ob der stets sanft lächelnden Miaomiao und ihren vielen Tieren etwas fehlt. Zhang Dou sagt, wenn er entlassen wird, kann ich gerne zu ihnen ziehen. Das ist großartig! Ich brauche einen sicheren Aufbewahrungsort für meine Beweisstücke. Ich kann seine Entlassung kaum erwarten!

Eine ergänzende Aufnahme: Habe, eine Krankheit vortäuschend, zwei Tage im Krankenhaus damit verbracht, Kontakt zu weiteren Asthmatikern aufzunehmen. Dabei habe ich stets wie beiläufig den verschwundenen Monat angesprochen – aber keiner von ihnen konnte sich an ihn erinnern. Ich bin sehr enttäuscht. Dann muss ich meine Theorie wohl fallen lassen. Ich stehe wieder ganz am Anfang.

Noch eine Notiz als Erinnerung: Letzte Woche bin ich auf der Xingdong Road Meister Chen von der *Ming Pao Monthly* beziehungsweise der *United Daily News* begegnet. Ich hatte ganz vergessen, dass er auch immer ein Klardenker war; hat mir einmal einen großen Gefallen getan. Ob er jetzt einer von denen ist? An seinem Blick konnte ich erkennen, dass die Chance, in ihm einen von uns zu finden, nicht besonders groß ist. Aber man sollte keine Gelegenheit ungenutzt lassen! Ich werde ihm beizeiten einen Besuch abstatten.

Chens Notizen über Fang Caodi

Xiaoxi beziehungsweise *nurernstgemeintesOK* antwortete nicht. Stattdessen bekam ich eine Mail von Fang Caodi, der sich mit mir treffen wollte. Ich schrieb nicht gleich zurück.

In letzter Zeit drehten sich all meine Gedanken um Xiaoxi, die Begegnung mit ihr ließ mich einfach nicht los. Doch merkwürdigerweise folgte auf die Erinnerung an Xiaoxi häufig die an die Begegnung mit Fang Caodi vor dem Happy Village II und an das wirre Zeug, das er dabei von sich gegeben hatte. Wir kannten uns schon so viele Jahre, in denen ich für ihn immer bloß »Herr Chen« gewesen war. Und jetzt sprach er mich auf einmal mit »Meister Chen« an. Ich wurde das Gefühl nicht los, dass es irgendeine Gemeinsamkeit zwischen seinem Verhalten und dem Xiaoxis gab, die ich jedoch nicht recht in Worte zu fassen vermochte.

Ich öffnete einen der Kartons, die seit meinem Umzug ins Happy Village II unberührt geblieben waren, und sah die darin verstauten Notizbücher durch. Eines davon enthielt meine alten Aufzeichnungen zu Fang Caodi.

Fang Caodis Geburtsname war Fang Lijun. Seinen Namen hatte er erst nach dem kometenhaften Aufstieg eines gleichnamigen Malers in Fang Caodi ändern lassen.

Ich lernte ihn während meiner Zeit als Redakteur beim Hongkonger Magazin *Ming Pao Monthly* kennen. Damals bekam ich häufig Post von einem Leser aus den USA, der sich schlicht Fang nannte. Oft korrigierte er lediglich die Fakten und Argumente in meinen Artikeln, weitaus häufiger jedoch schickte er mir eine Menge weiterführendes Material zu meinen Reportagen, das leider meistens zu detailliert war, als das ich es hätte verwenden können. Aber es zeigte, dass dieser Fang sehr gut über das China der Gegenwart informiert war und viel von den Dingen wusste, die nicht Teil der offiziellen Landeschronik waren. Schließlich bat ich ihn per Annonce darum, mir seinen vollständigen

Namen und seine Anschrift mitzuteilen. Wenig später erhielt ich tatsächlich Antwort und schrieb ihm einen Brief, in dem ich ihm für seine Unterstützung dankte.

Er schien meine Arbeit genauestens zu verfolgen: Selbst Artikel, die ich unter Pseudonym in der Festlandausgabe der *Ming Pao* veröffentlichte, entgingen ihm nicht. Heutzutage würde man jemanden wie ihn wohl als meinen *Fan* bezeichnen.

Im Sommer '89 trafen wir uns dann in Hongkong zum ersten Mal. Er war auf dem Weg zurück aufs Festland, was mir durchaus bemerkenswert erschien, denn damals wollten eigentlich alle raus aus China. Er fragte mich, ob ich Kontakte zu einer der Rettungsorganisationen für die Anführer der Studentenproteste hätte, und ich verwies ihn an die *Hongkonger Allianz zur Unterstützung der Patriotischen Demokratiebewegung in China.* Ich wusste damals noch nichts von der *Operation Yellowbird,* die verfolgte Studentenführer aus China herausschleuste.

Die Lebensgeschichte dieses Mannes war so außergewöhnlich, dass ich mich am darauf folgenden Tag erneut mit ihm traf und unser Gespräch in meinem Notizbuch festhielt.

Fang Lijuns Familie stammte aus Shandong, er selbst wurde 1947 in Peking geboren, das damals noch Beiping, *nördlicher Friede,* hieß. Sein Vater war im Gefolge des nordchinesischen Kriegsherren Sheng Shicai in Xingjiang zunächst der sowjetischen KP beigetreten, hatte jedoch wie dieser später die Seiten gewechselt und sich den Nationalisten angeschlossen. Kurz vor der Einnahme Beipings durch die Volksbefreiungsarmee 1949 floh er mit dem Flugzeug nach Qingdao und setzte sich von dort per Schiff nach Taiwan ab. Seine blutjunge dritte Ehefrau ließ er zurück, zusammen mit seinem jüngsten Sohn, Fang Lijun.

Die Kommunisten, denen sich Sheng Shicai kurzzeitig anschloss, hatten nicht viel mit der KP unter Mao Zedong und Zhu De gemein – eines ihrer erklärten Ziele war sogar die Abspaltung Xinjiangs von China. Doch Fangs Vater hatte nicht nur die KP verraten, indem er zur Kuomintang übergelaufen war.

Er hatte auch enge Verbindungen zur Unterwelt Nordwestchinas und war darüber hinaus mit einem Programm betraut gewesen, das die Ausbildung einer Spezialeinheit mit übersinnlichen Kräften zum Ziel hatte. Das wurde auch Fang bereits in die Wiege gelegt: Er kam in einem altehrwürdigen daoistischen Tempel östlich der Stadt zur Welt, dessen oberste Priesterin seine Mutter war. Nach dem Sieg der Kommunisten wurde das Kloster dem Verteidigungsministerium unterstellt und nicht etwa der Religionsbehörde, offenbar waren der KP die daoistischen Geheimlehren nicht ganz geheuer.

Nach der landesweiten Machtübernahme begann die Kampagne gegen Konterrevolutionäre, gegen nationalistische Agenten, Gangster und Geheimlehren, der jeder zum Opfer fallen konnte, der eine Kampfkunst oder irgendein anderes körperliches oder mentales Training praktizierte. Maos Feststellung zufolge machten Konterrevolutionäre ein Tausendstel der Bevölkerung aus und als erster Schritt war die Hälfte von ihnen hinzurichten. Ehemalige Staatsbedienstete der Nationalregierung, die sich den Kommunisten ergeben hatten, wurden massenhaft umgebracht, unter den Ermordeten auch viele Mitglieder des kommunistischen Untergrunds und einige bekannte Schriftsteller. Nach dem Ende der Kampagne war die Macht der Triaden auf dem Festland ebenso gebrochen wie die jahrtausendealte Tradition der chinesischen Geheimlehren. Nur wenige Anführer und Eingeweihte entkamen ins Exil nach Taiwan oder Hongkong. So auch Fangs Vater: Da er in jede nur erdenkliche konterrevolutionäre Aktivität involviert war, setzte er sich auch auf die Insel ab. Fangs Mutter, der daoistischen Hohepriesterin, war dieses Glück nicht beschieden; sie starb in einem Gefängnis in Peking.

Fang, Nachkomme eines republikanischen Agenten, kriminellen Unterweltlers und konterrevolutionären Geheimbündlers, wuchs in einem von der Öffentlichkeit abgeschirmten, entspiritualisierten daoistischen Tempel auf, zu dem der Zutritt nur einem kleinen Personenkreis gestattet war. Einer der Wachmänner hatte sich des Jungen angenommen. Er zog ihn auf, lehrte ihn die unterschiedlichsten Arbeiten im Tempel und schickte ihn zur Schule.

Obwohl Fang einen passablen Abschluss machte, war aufgrund seines familiären Hintergrunds nicht an ein Studium zu denken. Weil er ein paar Monate zu alt war, wurde er nicht – wie die anderen Jugendlichen – aus der Stadt aufs Land verschickt, und blieb auch bei der Bildung der Roten Garden außen vor. Er sollte Grundschullehrer in Mentougou werden, einem jenseits der alten Stadtmauern gelegenen Vorort im Westen Pekings; doch noch vor Beginn des neuen Schuljahres eskalierte die Kulturevolution, und statt in der Schule Kinder zu unterrichten, musste er mehrere Jahre in einem nahegelegenen Kohlebergwerk schuften. Eines Tages im Jahr '71 – ganz plötzlich, wie er mir erzählte – überkam ihn der Drang, sich den kaiserlichen Sommerpalast anzusehen, von dem er zwar schon viel gehört, aber noch nichts gesehen hatte. Jetzt oder nie, dachte er. Doch an dem Tag, als er sich auf den Weg machte, stieß er nach kurzer Zeit auf eine Straßensperre. Nicht weit entfernt lag Yuquanshan, ein militärisches Sperrgebiet, und es sah ganz so aus, als wäre die dort stationierte Garnison in Alarmbereitschaft versetzt worden oder hätte gar den Marschbefehl erhalten. Zurück im Bergarbeiterwohnheim sagte er zu seinen Kumpel: Es ist etwas Großes im Gange. Er behielt recht. Wenig später kam die schockierende Nachricht von Lin Biaos Verrat und dem heimlichen Fluchtversuch des designierten Mao-Nachfolgers, der mit dem Absturz seiner Maschine in der äußeren Mongolei geendet hatte. Von diesem Tag an verweigerte Fang den Arbeitsdienst. Damals sah er »das Ende der Geschichte« gekommen, erzählte er mir. Er schrieb einen Zettel, den er in eine Spalte in einem der weißen Marmorpfeiler der großen Brücke steckte, die von der verbotenen Stadt über die Seen des Pekinger Beihei-Parks zum Regierungsviertel Zhongnanhai führt: »Die Geschichte wurde angehalten, jedes Fortschreiten unmöglich, jede neue Revolution nur Konterrevolution. Ich lasse mich nicht weiter belügen! Wer gibt euch das Recht, mich ins Bergwerk zu stecken?«

Er blieb mit schweren Asthmaanfällen im Wohnheim und weigerte sich, wieder in die Grube zu fahren. Ganz gleich, wie sehr man ihm auch drohte.

Es war entweder während einem der beiden Besuche Kissingers '71 oder ein Jahr später beim Besuch Nixons, dass jemand der chinesischen Führung eine Liste mit den Namen von Angehörigen chinesischstämmiger US-Bürger überreichte, für die man eine Ausreiseerlaubnis erbat. Eine dramatische Wende in den sino-amerikanischen Beziehungen bahnte sich an, und die chinesische Seite demonstrierte ihr Wohlwollen, indem sie einem Teil der genannten Personen genehmigte, das Land zu verlassen. Unter ihnen war auch Fang. Sein Vater war bei der Kuomintang-Regierung in Ungnade gefallen, und die USA hatten ihm politisches Asyl gewährt.

Fang wurde benachrichtigt und bekam von der Polizeibehörde einen Passierschein ausgestellt. Er nahm sich Zeit, besichtigte vor der Abreise noch den Sommerpalast und stattete auch dem Tempel, in dem er aufgewachsen war, einen Besuch ab, um dem alten Wachmann Lebewohl zu sagen. Was Fang um Himmels Willen dann noch hier wolle, rief der, als er die Neuigkeiten hörte. Was, wenn die Politiker es sich wieder anders überlegten? Fang solle sofort den Zug nach Hongkong nehmen, drängte er. Dann holte er aus einem Versteck im hintersten Winkel des Tempels ein paar Streifen Blattgold hervor, die er vor langer Zeit bei Restaurierungsarbeiten abgezweigt hatte, verkaufte sie und gab Fang das Geld mit auf die Reise. Fangs Mutter habe ihr Leben für den Tempel gegeben, sagte er. Bis zuletzt habe sie darauf bestanden, dass er ein rein spiritueller Ort sei und es dort keine reaktionären Aktivitäten gegeben habe. Ihr allein sei es zu verdanken, dass der Tempel mitsamt seiner siebenhundertjährigen Geschichte heute noch existierte. Indem er Fang half, ehrte er das Opfer der Hohepriesterin. Es war Fangs Glück, dass er das Geld bei sich hatte. Auf die tagelange Zugfahrt folgte eine Woche des Wartens in Kanton, bis Hongkong endlich bereit war, ein weiteres Kontingent an Menschen aufzunehmen. Noch zwei Tage in Shenzhen, dann wurde er an die Grenze bei Lo-Wu vorgelassen. Fang hatte weder einen Pass noch sonstige Ausweispapiere dabei, lediglich den zerknitterten Passierschein mit seinem Namen, doch nach Abgleich mit ihrer Liste ließen ihn die Grenzer tatsächlich durch. So gelangte Fang nach Hongkong.

Als er in der amerikanischen Vertretung sein Visum abholen wollte, gab es jedoch ein Problem: Fang hatte China nicht auf illegalem Weg verlassen, sondern ganz regulär mit Passierschein. Somit galt er nicht als politischer Flüchtling und durfte daher nicht gleich in die USA weiterreisen, sondern musste erst einen offiziellen Antrag auf Familienzusammenführung stellen.

Fang nahm sich ein Zimmer in einer billigen Absteige in den *Chungking Mansions* in Tsim Sha Tsui, wo er letztendlich gut ein halbes Jahr auf sein Visum wartete. Die Erlebnisse und Bekanntschaften an diesem legendären Ort eröffneten ihm den Blick in eine völlig neue Welt. Er lernte Geschäftsleute und Backpacker aus über fünfzig Ländern der Erde kennen, darunter auch einen Hippie aus Amerika, der viele Jahre im indischen Goa verbracht hatte. Ein müder Vogel weiß, wann die Zeit zur Rückkehr gekommen ist, heißt es in China – und dieser Vogel erzählte dem staunenden Fang von einer autarken Hippiekommune in den Staaten, in der er weiter ein Leben in absoluter Freiheit führen wollte. Fang beneidete ihn darum.

Schließlich reiste Fang nach Kalifornien. In Monterey Park traf er seinen mittlerweile hochbetagten Vater, den er seit seiner frühesten Kindheit nicht mehr gesehen hatte. Da er sich seinerzeit viele Feinde gemacht hatte, lebte Fangs Vater in ständiger Angst vor Vergeltung. Er verließ so gut wie nie sein Anwesen, das nach allen Seiten von hohen Mauern umgeben war; selbst sein Schlafzimmer war mit einer Stahltür gesichert. Er hatte noch einmal geheiratet. Fang blieb einen knappen Monat bei ihm. Sein

Vater schickte ihn nach Houston, Texas, wo einer seiner ehemaligen Untergebenen Fang aufnahm. Der Alte betrieb in Chinatown ein Geschäft für antike Möbel und sonstigen Krimskrams, über dem er mit seiner Familie auch wohnte. Er hatte eine Tochter im Teenageralter und beide Seiten kamen überein, dass es am besten sei, wenn Fang sie heiratete. Die völlig verwestlichte Tochter war jedoch alles andere als erfreut über die Pläne ihrer Eltern und weigerte sich, mit Fang auch nur am selben Tisch zu essen. So nahm er seine Mahlzeiten alleine in einem Lagerraum hinter dem Laden ein. Das Leben in Chinatown entsprach nicht dem Bild, das Fang sich von den Vereinigten Staaten gemacht hatte.

Nach ein paar Monaten nahm er Kontakt zu seinem Hippiefreund aus Hongkong auf, verließ Houston und schloss sich der Kommune in New Mexico an. Es war ein Stück Ackerland inmitten der Einöde, auf dem die Kommunarden selbst Bio-Gemüse, Obst und Kräuter anpflanzten, Kleider nähten und Honig, Marmelade und Kerzen herstellten. Das gab ihnen das Gefühl, autark zu sein, aber in Wirklichkeit kauften sie Getreide, Material und Maschinen, moderne Konsumgüter und Medizin in der Stadt, einschließlich Fangs Asthmaspray. Aber auch wenn es keine echte Subsistenzwirtschaft war, so erforderte das Leben auf dem Lande doch einiges an körperlicher Arbeit. Die Hippies stammten hauptsächlich aus der weißen städtischen Mittelschicht und waren damit ziemlich überfordert. Fang hingegen hatte in China gelernt anzupacken, hatte ein gutes Händchen für alle Arten von Reparaturen und redete nicht viel, was ihm zusammengenommen zu großer Beliebtheit in der Kommune verhalf. Er verbrachte einige glückliche Jahre dort, bis die Gemeinschaft sich zerstritt und mehr und mehr auseinanderbrach. Die Hippiebewegung ebbte langsam ab und ihren Kommunen schwanden die Mitglieder dahin, bis schließlich nach dem Ende des Vietnamkriegs der größte Teil von ihnen vor dem Aus stand. Auch Fangs Kommune bildete da keine Ausnahme. Es kamen keine neuen Leute nach, viele der alten Mitglieder verließen die Gemeinschaft, einige wenige kamen zurück, blieben eine Weile und gingen schließlich doch wieder. Am Ende waren nur noch Fang und eine Frau mittleren Alters übrig, die alle immer bloß »Mama« genannt hatten. Mama wollte die Stellung halten, Fang ebenfalls. So lebten die beiden zu zweit zusammen, Jahr um Jahr, bis sich ihr Verhältnis kaum noch von einer herkömmlichen Paarbeziehung unterschied.

Schließlich, es war Anfang der achtziger Jahre, kam der Tag, an dem Mama Fang erklärte, sie sei zu alt fürs Hippiedasein. Sie wolle nach Hause an die Ostküste, um bei ihrer Tochter zu leben. Also stellten sie Wasser und Strom ab, vernagelten die Türen und Fenster der Farm und fuhren mit dem Auto quer durch die USA nach Maryland, wo sie sich Lebewohl sagten. Fang fuhr alleine weiter gen Norden, über New York und Philadelphia bis nach Boston, wo er erneut Fuß fasste. Er fand Arbeit in einem Chop-Suey-Restaurant im örtlichen Chinatown, dessen Besitzer ihn sehr schätzte, und so blieb er für einige Jahre dort.

Eines Tages hatte er den spontanen Einfall, in die *Harvard-Yenching-Library* zu fahren. Einmal damit angefangen, gab es für ihn kein Halten mehr, er übernahm nur noch die Abendschicht im Restaurant und joggte jeden Tag vom Bostoner Chinatown mit kleinen Schritten zu dieser in Cambridge gelegenen Bibliothek, wo er sich in chinesischen Büchern und Zeitschriften vergrub. Damals begann er, Leserbriefe an die Redaktion der *Ming Pao Weekly* zu schreiben.

In meiner Zeit in Hongkong interviewte ich hauptsächlich die kulturellen Größen Chinas. Fangs Lebensgeschichte fand ich zwar interessant; für ein Porträt oder Interview reichte es jedoch noch nicht. Es vergingen einige Jahre, bis ich mir im Jahr 2006 das zweite Mal Aufzeichnungen zu ihm machte. Nach diesem Treffen stand ich kurz davor, sein Leben zu einem Roman zu verarbeiten, denn Fang hatte die Gabe, sich zur ungewöhnlichsten Zeit an den ausgefallensten Orten herumzutreiben.

So war er ’89 wirklich nach China zurückgekehrt, hatte das Land jedoch 1992 nach Deng Xiaopings Südinspektion wieder verlassen, also stets genau entgegen dem allgemeinen Trend. Zurück in den USA schrieb er mir einen Brief, in dem er mir erzählte, wie er sich im New Yorker Chinatown mit allen möglichen Gelegenheitsarbeiten über Wasser hielt. Das weckte mein Mitleid. Ich arbeitete damals gerade in Taiwan bei der *United Daily News* und wusste, dass das Nachrichtenmagazin der befreundeten *China Post* ein Büro in New York unterhielt, also empfahl ich den Kollegen dort Fang als neuen Mitarbeiter. Wider Erwarten wurde er tatsächlich als Aushilfe eingestellt und stieg schon nach kurzer Zeit zum Hilfsredakteur auf. Ich erhielt einen überschwänglichen Dankesbrief und war überhaupt sehr zufrieden mit mir, denn Fang war ein Mann mit viel Welterfahrung sowie passablen sprachlichen Fähigkeiten und damit bestens geeignet für die Arbeit bei einem Nachrichtenmagazin. Dass es wenig später eingestellt werden würde, konnte ja niemand vorhersehen.

Als ich das nächste Mal Post von ihm erhielt, war er gerade in Nigeria. Ein nigerianischer Freund hatte ihn dorthin eingeladen. Sie kannten sich aus gemeinsamen Zeiten in den Chungking Mansions, und Fang hatte all die Jahre Kontakt zu ihm gehalten. In seiner Jugend hatte er sich ausgemalt, wie er einmal nach Ghana, Sambia, Tansania oder in einen anderen befreundeten Staat der Volksrepublik reisen und humanitäre Hilfe leisten würde, also hatte er nicht einen Moment gezögert, sondern hatte sogleich den Flug gebucht, als die Einladung kam. Tatsächlich wollte der Bekannte in den Chinahandel einsteigen, mit Fang als Geschäftspartner. Fang hatte die Idee, in China große Mengen der dort allgegenwärtigen riesigen weiß-rot-blauen Allzweck-Plastiktragetaschen einzukaufen und ganz Mittel- und Westafrika damit zu beliefern.

Die Taschen kamen bei den Afrikanern gut an, sodass Fang und sein Geschäftspartner in Lagos eine eigene Fabrik aufmachten. Es war ein einträgliches Geschäft und so hatte Fang inzwischen auch Ghana, Sambia und Tansania bereist. Da er seinen Lebensabend aber nicht in Afrika verbringen wollte, entschloss er sich zur Rückkehr nach China. Fang plante, in Lijiang einen kantonesischen Imbiss aufzumachen, doch glücklicherweise hatte er es damit nicht eilig und verpasste so das große Beben von 1996, das weite Teile der Stadt dem Erdboden gleichmachte und auch seine Imbisspläne vereitelte. Fang bekümmerte das nicht, er begann stattdessen den Westen Chinas zu bereisen, bevor dieser von Touristenmassen überrannt würde, wie er sagte. Ich erinnere mich genau an seine geradezu prophetischen Worte: »Wenn die Chinesen erst einmal anfangen zu reisen, dann ist die Überfüllung vorprogrammiert, historische Sehenswürdigkeiten werden dann schnell ihren Reiz verlieren.«

Im Nu gingen sieben oder acht Jahre ins Land, die ihn nach Xinjiang, Tibet, die innere Mongolei, Qinghai, Yunnan, Guizhou, Hunan und Sichuan führten. Zu Fuß, im Zug, per Überlandbus oder Anhalter – Fang probierte jede Art der Fortbewegung aus, einmal nahm ihn sogar ein Transportflugzeug der Armee mit. Er konnte jede Minderheit an den Farben und Mustern ihrer Kleidung erkennen, wusste sofort, ob es sich um Zhuang, Yao, Miao oder sonst einen Volksstamm handelte und wo er angesiedelt war. Wenn das Geld knapp wurde, verdingte er sich an einem der Touristenmagneten als Koch, arbeitete am Fuße des Wutai-Gebirges und der Emei-Berge, bei den Yangshuo-Höhlen in Guilin und den Miao-Dörfern in Guizhou. Touristen kamen immer nur einmal, daher ließ sich mit ihnen ähnlich leicht Geld machen wie mit der ausländischen Kundschaft in Chinatown, die das verwestlichte Essen dort tatsächlich für echt chinesische Küche hielt.

2006 kam er nach Peking, um als Freiwilliger bei der Olympiade mitzuarbeiten. Als wir uns damals wiedertrafen, erfuhr ich, dass er schon vor Jahren seinen Namen geändert hatte: Aus Fang Lijun war Fang Caodi geworden. Er war einmal an der *Fangcaodi*

Primary School in Peking vorbeigekommen, als gerade eine Menge Eltern ihre Kinder vom Unterricht abholten. Da hatte er beschlossen, seinen Namen in Fang Caodi zu ändern, was soviel wie *Wiese* oder *Grasland* bedeutet. Das ist Fangs Logik. Eine ohne Logik auskommende Logik. Ob seine Bewerbung als Freiwilliger angesichts seines fortgeschrittenen Alters und verschlungenen Lebenslaufes am Ende erfolgreich war, weiß ich nicht.

Nach *Eintauchen ins alte Peking*, das noch vor der Olympiade erschien, wollte ich ja endlich meinen großen Roman schreiben; meine Aufzeichnungen über Fang blieben jedoch weiter unangetastet. Um ehrlich zu sein, hatte ich das Interesse am China vor 2008 verloren, ich wollte Geschichten von heute erzählen, aus dem Goldenen Zeitalter Chinas. Den alten Kram wollte ich mir nicht mal anschauen. Bürgerkrieg, Landreform, Kampagne gegen Konterrevolutionäre, Drei-Anti- und Fünf-Anti-Kampagne, Kampf gegen Rechtsabweichler, Invasion Tibets, »Großer Sprung nach vorn« mit dreißig Millionen Hungertoten, die Vier Säuberungen, Kulturrevolution, Anti-Kriminalitätskampagne '83, Niederschlagung der Studentenproteste am 4. Juni '89, Unterdrückung der *Falun-Gong*-Bewegung '99 ... Es gab viele Dinge, die ich lieber vergaß. Erst wenn ich vergessen hatte, würde ich die neuen Themen und Anregungen finden, über die ich schreiben wollte. Ich glaubte auch nicht, dass die neue Lesergeneration sich noch für die Wundmale der vergangenen sechzig Jahre interessierte.

Auf Fangs Mail reagierte ich zunächst nicht. Das hatte keine Eile.

III. Frühsommer

Französischer Kristallleuchter

Xiaoxi antwortete nicht. Mein glückerfülltes Leben konnte weitergehen.

Ich fuhr nach *798*, der *Kunstfabrik* Pekings, und besuchte eine Vernissage. Installationskunst, Scherenschnitte von Künstlerinnen aus dem Nordwesten. Eingeladen hatte die neu gegründete Stiftung *Wiedergeburt Chinesischer Kulturschätze*, die *International Folk Arts Association* und die UNESCO. Meine Freundin Hu Yan von der Akademie der Sozialwissenschaften war wissenschaftliche Kuratorin der Ausstellung und hatte mich gebeten, als einer von zehn Rednern eine kurze Eröffnungsrede zu halten. Ich sprach kurz über die *Neue-Gemeinden*-Bewegung im Taiwan der neunziger Jahre, den Zusammenschluss von Künstlern aus Taipeh mit Kunsthandwerkern auf dem Land, und wie dies dem Kunstgewerbe neues Leben eingehaucht hatte. Meine eigenen Worte rührten mich. Und nicht nur mich: Auch für Hu waren die Werke Ausdruck der Lebenskraft der chinesischen Zivilgesellschaft. Wir alle fühlten uns in einem Rausch der Einheit und Harmonie verbunden.

Beim anschließenden gemeinsamen Mittagessen im nahegelegenen *Golden South Restaurant* saß ich mit den Leuten der *Kulturschätze*-Stiftung am Tisch. Der stellvertretende Geschäftsführer sprach über die wichtigsten Projekte der Stiftung, die es sich zur Aufgabe gemacht hatte, Kulturschätze aus dem Alten Sommerpalast und anderen geplünderten Kulturstätten zurück in die Heimat zu holen. Abgesehen davon setzte sie sich im ganzen Land dafür ein, traditionelle chinesische Riten wiederzubeleben. Die Stiftung forderte gar, einige alte Rituale und Bräuche an den Schulen – wie beispielsweise das Niederknien vor dem Lehrer zu Beginn des Unterrichts – gesetzlich vorzuschreiben.

Nach dem Hauptgang verschwand ich auf die Toilette. Als ich wiederkam, hatten sich noch mehr Leute an unserem Tisch versammelt, um den Ausführungen des Stiftungsvertreters zu lauschen. Mein Platz war inzwischen besetzt, ich musste an einen der anderen Tische ausweichen.

Hu Yan saß mit einer französischen Vertreterin der UNESCO und einem Thailänder von der *Folk Arts Association* zusammen. Sie unterhielten sich auf Englisch, was mir zu anstrengend erschien, also ging ich weiter. Am Tisch mit den Künstlerinnen waren reichlich Plätze frei, denn die anwesenden Journalisten hatten sich inzwischen alle um den Stiftungsvertreter versammelt und die drei schon recht betagten Meisterinnen des Scherenschnitts mit zwei Dorfvorsteherinnen und der Vize-Kulturbeauftragten einer Kleinstadt aus der Region allein am Tisch zurückgelassen. Die Gesichter der drei älteren Damen waren freundlich und aufgeschlossen. Ich setzte mich zu ihnen und kam mit der Vize-Kulturbeauftragten, die direkt neben mir saß, ins Gespräch. Sie sprach sehr laut, brüllte mir fast ins Ohr; aber das, was sie sagte, war logisch und nachvollziehbar. Sie kam aus einem Ort namens Dingxi in der Provinz Gansu. Früher war das eine der ärmsten Regionen des Landes gewesen, doch nach Beginn der Wirtschaftsreformen '78 hatte man es durch jahrelange unermüdliche Anstrengungen schließlich geschafft, der Armut zu entkommen. Sie erzählte mir, wie die Bauern auf Anregung der Lokalregierung vor ein paar Jahren begonnen hatten, sich in professionellen Kooperativen zusammenzuschließen und auf den Anbau einiger bestimmter Pflanzensorten zu spezialisieren. Das Konzept war ein großer Erfolg: Dingxi war inzwischen zu einem der wichtigsten Anbaugebiete für Kartoffeln geworden und belieferte *KFC* und *McDonald's* im ganzen Land mit Spezialsorten. Für überschüssige Arbeitskräfte organisierte man den Einsatz bei der Baumwollernte in Xinjiang, wo sich die Leute etwas Geld hinzuverdienen konnten.

Es war eine äußerst lehrreiche Unterhaltung. Ich fragte sie, was ihrer Meinung nach letztendlich der Grund dafür war, dass Dingxi es geschafft hatte, während andere Regionen mit besseren Voraussetzungen weiter in Armut gefangen waren. Freimütig antwortete sie, Dingxi habe das große Glück, dass dort ein Mann an der Macht sei, der wirklich etwas bewegen wolle. Ich spürte, dass sie damit den Kern der Sache getroffen hatte: Alles stand und fiel mit den Menschen. Wenn die Offiziellen vor Ort bereit waren, etwas Handfestes zu tun, dann tat die Bevölkerung das Ihre, um die Wirtschaft zum Laufen zu bringen. Vereinfacht hieß das: Die Parteikader brauchten nur genügend Handlungswillen an den Tag zu legen, dazu etwas mehr moralische Integrität und fachliche Kompetenz, dann ging es den Chinesen gut.

Als sich nach dem Essen die Gesellschaft auflöste, bedankte ich mich bei der Dame für die wertvolle Lektion. Sie hoffe, mich einmal in ihrem bescheidenen Ort beherbergen zu dürfen, sagte sie zum Abschied. Ich versprach, sie bei Gelegenheit zu besuchen, ohne die Absicht, dieses Versprechen jemals einzulösen.

Bestens gelaunt ging ich zurück zum Kunstareal 798, um ein wenig zu flanieren. Das 798 hatte sich innerhalb von zehn Jahren stark verändert, inzwischen verbanden sich hier Bohème und Bourgeoisie auf eine sehr westliche Art miteinander. Natürlich rief das auch Kritiker auf den Plan, die eine zunehmende Gentrifizierung sowie eine immer kommerziellere und touristischere Ausrichtung des Areals beklagten. Dabei brauchte man es bloß ganz unaufgeregt von der anderen Seite her zu betrachten, um zur Einsicht zu gelangen: Ein kommerzialisiertes 798 war immer noch besser als gar kein 798. Einen Künstlerbezirk dieser Größe gab es nur einmal auf der Welt. Ausländer kamen aus dem Staunen gar nicht mehr heraus, wenn sie das riesige Areal sahen, sie erlitten einen regelrechten Kulturschock: Ihr Bild von China, das sie bislang als rückständiges Entwicklungsland gesehen hatten, drehte sich um 180 Grad, und sie sahen es nun als kreativste Nation der Welt. Der chinesische Wirtschaftsboom der vergangenen zwei Jahre hatte eine gewaltige Nachfrage nach Kunst und Designartikeln entfacht. So verstand es sich von selbst, dass alle großen internationalen Galerien bereits in und um 798 vertreten waren, und selbst die renommiertesten Kunsthochschulen – wie etwa die New Yorker *Parsons School of Design*, das *Saint Martins College London* oder die *Königliche Kunstakademie Antwerpen* – hatten in der Gegend um 798 ihre chinesischen Dependancen eröffnet.

Wie jedes Mal, wenn ich einen Ausflug nach 798 unternahm, stattete ich auch diesmal der *New Dragon's Gate Gallery* einen Besuch ab. Diese Galerie war frei von avantgardistischen Spielereien und konzentrierte sich auf Ölgemälde französischer Impressionisten und Post-Impressionisten und kam somit meinem mit den Jahren zunehmend konservativ gewordenen Geschmack sehr entgegen. Es waren einige Meister darunter, der Großteil stammte jedoch von weniger bekannten Künstlern. In China, ähnlich wie in Japan, fanden Impressionisten und Post-Impressionisten mittlerweile großen Anklang und es gab einige wohlhabende Sammler, die insbesondere die französische Malerei jener Zeit sehr schätzten.

Die New Dragon's Gate Gallery war standesgemäß edel eingerichtet und die prächtigen Leuchter, die von der Decke der Eingangshalle herabhingen, waren nicht etwa billige Imitate, sondern bestanden aus echtem Baccarat-Kristall.

Ich blickte eben noch versonnen an die Decke und überlegte, ob die Leuchter eher zu den impressionistischen oder post-

impressionistischen Gemälden passten, als plötzlich ein Pärchen auf der Bildfläche erschien, das zwar nicht Händchen hielt, aber durch den geringen Abstand zwischen ihren Schultern doch eine gewisse Intimität verriet, und das fröhlich plaudernd direkt auf mich zukam. Mir blieb keine Zeit, den beiden aus dem Weg zu gehen. Ich erkannte Jian Lin sofort, und als er meiner gewahr wurde, reagierte er schnell: »Oh, hallo Chen! Lass mich vorstellen: Professor Wen.«

Ich gab der Frau die Hand: »Hallo Wen Lan, lange nicht gesehen.«

»Ja, wirklich, ist eine ganze Weile her, Meister Chen«, antwortete sie.

Warum nannte mich auf einmal auch Wen Lan so?

»Ihr kennt euch?« Jian Lin war sichtlich erstaunt.

»Meister Chen ist sehr bekannt in Hongkonger Künstlerkreisen«, erklärte Wen Lan.

Dass ich eigentlich aus Taiwan kam, hatte sie wohl vergessen. Sie trug ein erlesenes Outfit, edel, aber nicht protzig, teuer, aber geschmackvoll, und alles in allem überaus ansehnlich.

»Hast du eine Visitenkarte?«, fragte sie, und zog ein silbernes Etui aus ihrer Handtasche.

»Leider nicht dabei«, log ich.

»Ich habe seine Nummer«, bot Jian Lin an, worauf Wen Lan ihre Visitenkarten ebenfalls wieder einsteckte.

»Die Galerie hier ist gar nicht schlecht, aber Professor Wen meint, die Preise seien etwas höher als in Paris. Auf einem Bild war ein Weingut, das mir ganz bekannt vorkam. Vielleicht war ich im letzten Jahr sogar mal dort«, meinte Jian Lin.

»Absolut überteuert«, fügte Wen Lan mit fachmännischer Miene hinzu.

»Na, das werde ich mir doch gleich mal ansehen«, sagte ich und verabschiedete mich schleunigst von den beiden.

Meine gute Laune war dahin, auf Ölgemälde hatte ich jedenfalls keine Lust mehr. Unvermittelt fiel mir eine treffende Beschreibung für Wen Lans Erscheinung eben ein: strahlend wie ein französischer Kristallleuchter.

Sie war die Frau, die ich damals hatte heiraten wollen. Ich hatte die Wohnung für uns in Hongkong schon gekauft, als ich erfuhr, dass sie bereits einen anderen geehelicht hatte.

Es war im Herbst des Jahres 1991. Ich war nach Peking gefahren um ein Gelehrtenpärchen zu interviewen, das '89 seine Anstellung verloren hatte. Als ich die Wohnung der beiden betrat, waren gerade ein paar Studenten von der *Beijing Normal University* zu Besuch. Ihr uneigennütziger Beistand in diesen schweren Zeiten rührte mich zutiefst.

Eine Studentin stach besonders hervor: Wen Lan war im vierten Jahr ihres Studiums, hübsch, unbefangen und temperamentvoll.

Sie sorgte dafür, dass ich einen Zettel mit den Adressen aller anwesenden Kommilitonen bekam. Es war natürlich Kalkül, das weiß ich heute. Ich sollte wissen, wie ich sie erreichen konnte.

Wir verabredeten uns zu einem Spaziergang am Houhai-See. Ihre Mutter stammte aus Shanghai, ihr Vater aus Peking, er arbeitete als Redakteur bei einer Theoriezeitschrift des Zentralen Propagandabüros. Wen Lan begeisterte sich für westliche Literatur, interessierte sich aber auch für die Geschehnisse im eigenen Land und war abgesehen davon einfach wunderschön.

Sie fragte mich: »Was ist der Sinn unserer Existenz?« Um tiefgründig zu wirken, gab ich eine möglichst gewundene Antwort. Sie jedoch zitierte Sartre: »Mensch sein heißt leben: Es gibt Wirklichkeit nur in der Tat.« Ich verliebte mich in sie.

Ich fuhr nach Hongkong zurück, nur um ein paar Tage später unter irgendeinem Vorwand wieder nach Peking zu fahren. Sie wolle ins Ausland, sagte sie. Ich nahm all meinen Mut zusammen und fragte sie, ob sie mich heiraten würde. Vor Rührung weinte und lachte sie zugleich, was ich als Einverständnis deutete. Ich sagte ihr, wie viel ich verdiente und dass es für uns beide reichen würde, dass ich eine unbefristete Aufenthaltserlaubnis für Hongkong hatte und sie zu mir holen konnte.

Wie lange man verheiratet sein musste, um sich in Hongkong niederlassen zu dürfen, wollte sie wissen. Wenn man etwas nachhalf, schon nach zwei Jahren, antwortete ich, in der Zwischenzeit konnte sie auch mit einem Besuchervisum einreisen und ich war sowieso oft in Peking, sodass wir uns sehen konnten, wann immer wir wollten. Kurze Trennungen beleben die Ehe, scherzte ich noch. Sie schien aufgeregt und voller Vorfreude. Wir wollten noch ein Jahr warten, damit sie erst ihr Studium beenden konnte. Ich fragte sie, ob ich bei ihren Eltern vorsprechen solle. Bei meinem nächsten Besuch würde sie es einrichten, sagte sie. Ich hatte nicht den leisesten Anflug eines Zweifels.

Ich konnte mein Glück kaum fassen: ein so großartiges Pekinger Mädchen und auch noch achtzehn Jahre jünger als ich! Zurück in Hongkong stieß ich zufällig auf die Annonce für die Wohnung in Kornhill, nahm meine Ersparnisse aus zehn Jahren und zahlte die Wohnung damit an. Auf neunzig Quadratmetern sollte unsere gemeinsame Welt entstehen.

Als die Kaufformalitäten abgewickelt waren, rief ich in Peking an. Wen Lans Vater sagte mir, sie sei nach Deutschland gegangen. Wann sie wiederkommen würde, fragte ich. Die Stimme am anderen Ende der Leitung wurde unfreundlich: »Sie kommt wieder, wenn sie verheiratet ist, also hört endlich auf, ihr hinterherzutelefonieren!«

Eilig fuhr ich nach Peking und rief die anderen Studenten an, die bei unserem ersten Treffen dabei gewesen waren. Sie erzählten mir, dass sie Wen Lan kaum kannten und nach dem gemeinsamen Besuch bei dem Gelehrtenpärchen keinen weiteren Kontakt mit ihr gehabt hatten.

Ich erinnerte mich, dass Wen Lans Hauptfach Französisch gewesen war, sie aber auch Deutschkurse am Goethe-Institut belegt hatte, also rannte ich dorthin und fragte nach ihr. Sie war nicht mehr eingeschrieben. Eine der Mitarbeiterinnen sagte, sie hätte einen Deutschen geheiratet, der hier nebenberuflich Deutschkurse gegeben hatte. Wie er hieß, wollte ich wissen, doch diese Auskunft wurde mir verweigert. Ich platzte ins Büro des Leiters, eines namhaften Chinakenners. Er war mit einer Chinesin verheiratet und vielleicht konnte er verstehen, was in einem jungen chinesischen Mädchen vorgehen mochte. Geduldig hörte er mich an, erklärte mir jedoch bestimmt, dass er die deutsche Adresse von Wen Lans Freund nicht herausgeben könne. Er versprach jedoch, meine Nachricht an sie weiterzuleiten, falls ich ihr etwas schreiben wollte.

In einem der Seminarräume des Goethe-Instituts saß ich lange vor einem unbeschriebenen Blatt Papier und starrte ins Leere. Gerne hätte ich ihr ein paar Zeilen geschickt, doch ich wusste einfach nicht, wie ich anfangen sollte.

Etwas mehr als drei Monate später bekam ich einen Brief von ihr. Sie schrieb, dass sie geheiratet hatte, dass ihr Mann Deutscher war, Dozent am Goethe-Institut und Abteilungsleiter einer deutschen Firma. Es sei Liebe auf den ersten Blick gewesen. Jetzt lebten sie in Deutschland und seien sehr glücklich zusammen. Sie schrieb nicht, in welcher Stadt sie wohnte, und entschuldigte sich auch nicht bei mir. Sie tat, als wäre nichts gewesen, deutete lediglich in einem kurzen Satz etwas in der Art an, dass sie wie ein junger Vogel sei, der danach dürstete, sich vom Wind in die Ferne treiben zu lassen, endlich die Flügel aufzuspannen und lieber heute als morgen fortzufliegen, denn das morgen sei noch zu weit entfernt.

Selbst wenn Wen Lan mich geheiratet hätte – sie hätte ja aufgrund der damaligen Einwanderungspolitik tatsächlich nicht sofort, sondern erst nach zwei Jahren nach Hongkong ziehen dürfen, und ich verübelte es ihr auch nicht, dass sie statt nach Hongkong nach Deutschland geheiratet hatte. Ich konnte sogar verstehen, dass sie nicht alles auf ein Pferd hatte setzten wollen. Wütend war ich, weil sie mich nicht nur bis zuletzt getäuscht, sondern auch dann noch völlig im Dunkeln gelassen hatte, als ihre Entscheidung längst gefallen war. Sie hatte einzig und allein ihren eigenen Vorteil im Sinn und nahm dabei auf niemanden

Rücksicht. Nach diesem bitteren Erwachen erloschen meine Gefühle für sie ein für alle Mal.

Und nun traf ich sie in dieser Galerie wieder. Ich hatte keine Lust darüber zu spekulieren, in welcher Beziehung sie wohl zu Jian Lin stehen mochte.

Den Abend verbrachte ich lesend in einem singapurianischen Restaurant ganz in der Nähe meiner Wohnung. Ich las ein E-Book auf meinem Smartphone von *K-Touch*. Früher hauptsächlich für billige Imitate bekannt, war die Marke inzwischen weltweit ein Begriff, und das Modell, das ich hatte, verfügte über alle nur erdenklichen Extras. Aus Gewohnheit schaute ich zwar noch regelmäßig bei *SDX* vorbei, aber seit es das e-Reader-Handy von K-Touch gab, las ich mehr und mehr E-Books. Auf meinem Handy waren bereits die gesammelten Werke von Louis Cha, Eileen Chang und Lu Xun gespeichert.

Ich versuchte gerade, Lu Xuns *Die verlorene gute Hölle* zu verstehen, als Wen Lan mich anrief. Sie wollte sich mit mir treffen. Ich gab vor, mit einem wichtigen Artikel beschäftigt zu sein, doch sie ließ nicht locker, und schließlich verabredeten wir uns für den Mittag des folgenden Tages. Sie schlug das *Maison Boulud* in der Qianmen Road vor. Dort gab es kaum Taxen, einen Chauffeur hatte ich auch nicht, ganz abgesehen davon sah ich nicht ein, warum ich mich nach dem französischen Kristallleuchter richten sollte, also nannte ich als Treffpunkt ein kleines Café in der Qianliang-Hutong, einer der wenigen noch erhaltenen historischen Gassen, die einmal typisch für Peking gewesen waren.

»Wo genau liegt denn die Qianliang-Hutong?«, wollte sie wissen, worauf ich unwirsch entgegnete: »An der Dongsibei Road, nicht weit von eurer Wohnung in Shatan, solltest du eigentlich kennen.« Sie nahm meinen Ausbruch ohne Widerworte hin – ein sicheres Zeichen dafür, dass sie mich um einen Gefallen bitten wollte.

Und tatsächlich kam sie bei unserem Treffen am nächsten Tag ohne Umschweife zum Thema: »Jian Lin und ich sind Freunde, nichts weiter. Aber bitte erzähl das nicht herum, er ist schließlich verheiratet.«

Darum ging es also. Ich sollte Stillschweigen wahren. Zwanzig Jahre hatten wir uns nicht gesehen, und wegen einer solchen Bagatelle wollte sie mich treffen. Merkwürdigerweise wurde ich nicht einmal wütend, mich interessierte es nur zu sehen, wozu sie sonst noch im Stande war. »Als Immobilienmagnat ist er vor allem gut situiert«, stichelte ich.

»Immobilien, was zählt das schon! Dann hat er eben einen Haufen Geld, na und?«

Ganz schön großspurig. Hatte sie etwa schon den nächstgrößeren Fisch am Haken? Ich musste zugeben, dass sich Wen Lan, die inzwischen Anfang vierzig war, sehr gut gehalten hatte. Eine Art europäisches Flair umgab sie. Ich konnte mir gut vorstellen, dass sie die Männer nach wie vor reihenweise um den kleinen Finger zu wickeln verstand.

»Lebst du noch in Deutschland?«

Sie sah mich verständnislos an: »Deutschland? Da bin ich schon vor Ewigkeiten weg!«

»Hattest du nicht einen Deutschen geheiratet?«, fragte ich in Anspielung auf die Geschehnisse von damals, vor zwanzig Jahren.

»Meinst du etwa Hans?« Sie ließ mich spüren, dass meine Informationen hoffnungslos veraltet waren. »Das ist doch schon lange vorbei. Deutschland – todlangweilig! Ich bin nach Paris gegangen. Jean-Piere Laveille ist mein Exmann.« Als keine Reaktion von mir kam, fügte sie hinzu: »Der berühmte Sinologe.« Ich hatte den Namen noch nie gehört. »Sinologen haben alle einen Knacks. Lange hält man das nicht aus«, ergänzte sie ungefragt.

»Jian Lin stellte dich als ›Professorin‹ vor …«

»Professorin, Doktorin, wie man möchte. Ich habe meinen Doktor am Sciences Po in Paris gemacht. Kennst du das Sciences Po? Ich bin Expertin für Europa- und Afrikapolitik, die Europäische Union und die chinesische Regierung lassen sich oft von mir beraten.« Mir fiel ein, dass ihr Vater in der Zentralen Propagandaabteilung gearbeitet hatte. Roter Stamm, roter Spross. Sie bewegte sich mit Leichtigkeit inner- und außerhalb des Systems, nahm alles mit, was mitzunehmen war.

»Hast du vor, wieder nach China zu ziehen?«

»Nach China? Mal sehen.« Sie klang jetzt unverhohlen überheblich. »Drüben in Europa wartet man auf mich. Es gibt sogar einen echten Adligen, der mir ständig mit Heiratsanträgen in den Ohren liegt. Aber jeder weiß doch jetzt, dass das einundzwanzigste Jahrhundert das Jahrhundert der Chinesen ist. Wenn sich eine besonders reizvolle Gelegenheit ergäbe, dann wäre ich durchaus bereit, meine Fähigkeiten in Chinas Dienste zu stellen. Aber fürs Erste pendle ich wohl weiterhin; ich habe Wohnungen in Paris und Brüssel, in Peking suche ich gerade noch nach etwas Passendem. Und du? Was machst du in Peking?«

»Ich sitze in meinen vier Wänden und schreibe ab und an ein bisschen.« Ihr Interesse für mich war augenblicklich nur noch halb so groß.

»Und wo wohnst du?«

»Im Happy Village II.«

»Wo?«

»Happy Village II, an der Dongzhimenwai Road.«

Sie zeigte keine Reaktion, wahrscheinlich war der Ort in ihren Augen nicht luxuriös genug. Meine Vermögensverhältnisse waren geklärt, womit auch ihr restliches Interesse an mir erlosch.

»Chen, ich muss los, hab noch etwas zu erledigen …«

»Kein Problem. Ich bleibe noch ein wenig hier.«

»Das mit Jian Lin …«

Ich versiegelte meine Lippen mit einem imaginären Reißverschluss.

Sie erhob sich und kokettierte zum Abschied: »Jetzt, wo du ein echter Pekinger geworden bist, musst du mich mal ausführen.«

Beinahe wäre mir ein »Wofür hältst du dich eigentlich?« rausgerutscht. Aber ich beherrschte mich.

Sie stand auf und fügte noch hinzu: »Du musst auf mich aufpassen.«

Das nennt man wohl einen glänzenden Abgang hinlegen. Oder auch: eine Reiserücktrittsversicherung abschließen, je nachdem. Im einen Augenblick Dame von Welt, im nächsten kleine schwache Frau. Das ganze Repertoire. Sie war sich wohl für nichts zu schade.

Ich hatte das Gefühl, dass sie mich wieder als Notnagel benutzte.

Durch die Glasscheibe des Fensters sah ich, wie sie in einen schwarzen BMW mit den Buchstaben WJ auf dem Nummernschild stieg, dem Kennzeichen der Militärpolizei.

Zweiter Frühling

Die Tage danach hatte ich nichts vor und es meldete sich auch niemand bei mir. Es gelang mir weiterhin nicht, etwas Brauchbares zu schreiben; ich dachte an Xiaoxi, wusste aber nicht, wie ich sie erreichen konnte.

Es war wieder der erste Sonntag des Monats und zum zweiten Mal in Folge waren He Dongsheng und ich Jian Lins einzige Gäste, fast schon so, als hätte er es für He Dongsheng bewusst so eingerichtet.

Als ich bei BOBO ankam, hatte Jian Lin bereits etwas getrunken, und zwar recht viel. Als er mich hereinkommen sah, sagte er: »Wen Lan hat mich verlassen.« Er versuchte sich an einem Lächeln, aber es wirkte gezwungen und dümmlich. »Sie hat mir den Laufpass gegeben.«

Dieses Gefühl kannte ich gut. Die verspätete Midlife-Crisis schlägt zu und man verliert sein Herz an die falsche Frau. Ein nicht mehr ganz junger, betont kultivierter und wohlhabender Geschäftsmann wie Jian Lin musste angesichts einer schönen und gebildeten Frau wie Wen Lan einfach den Kopf verlieren.

»Wer ist der Neue?«, fragte ich intuitiv.

Jian Lin rang sich ein bitteres Lächeln ab. Kopfschüttelnd antwortete er: »Mein Cousin. Allerdings wird sie sich diesmal den Kopf wund stoßen.«

»He Dongsheng!«, rief ich, nicht wenig überrascht.

»Nein, mein anderer Cousin«, korrigierte mich Jian Lin. »Wir sind uns alle auf der Trauerfeier meiner verstorbenen Tante begegnet. Wen Lan ist als Kind auf die Fremdsprachen-Mittelschule in Bauiduizi gegangen, ihre Französischlehrerin war meine Tante.«

»Wer ist dieser andere Cousin?«, fragte ich.

»Die *EURAFLA Friendly Investment Corporation* ist dir ein Begriff?«

»Sind das nicht die, die für Want-Want-Starbucks den afrikanischen Markt erschlossen haben?«

»Das sind doch bloß Peanuts. Erdöl, Mineralien, riesige Infrastrukturprojekte …«

»… Waffen?«, riet ich.

»Natürlich auch Waffen! Afrika, Lateinamerika …«

»Und wofür steht das EUR?«

»Türkei, Kaukasus, Ex-Jugoslawien, die ehemalige Sowjetunion.«

Ich meinte, mich zu erinnern, dass der Chef dieser Firmengruppe ein Typ mit Bürstenschnitt war, also fragte ich: »Wen Lan hat sich also den Rasenmäherkopf geangelt?«

Jian Lin nickte niedergeschlagen.

»Er hat doch nicht etwa mehr Geld als du?«, fragte ich, absichtlich etwas provokant.

»Der spielt in einer ganz anderen Liga«, gab er zurück.

Plötzlich schoss mir eine Frage durch den Kopf: »Ist er am Ende mächtiger als He Dongsheng?«

»Dongsheng sorgt sich um Land und Volk, aber er hat bloß eine Beraterfunktion, ist höchstens so was wie ein oberster Vordenker. Über ihm gibt es noch eine ganze Reihe mächtigerer

Leute, selbst ein Obersekretär im Ständigen Ausschuss des Politbüros hat mehr zu melden. Auch wenn es letztendlich weniger auf die Position ankommt als darauf, ob die eigene Strömung in der Partei gerade das Sagen hat oder nicht. Aber das verstehst du eh nicht. In der chinesischen Politik gibt es eine Menge ungeschriebener Regeln, von denen du nichts weißt. In China kann man nie nach Äußerlichkeiten gehen. Das kann man euch Leuten von außerhalb eh nicht erklären.« Er war vom vielen Reden ganz ungeduldig geworden.

Diese Haltung, nach der kein Außenstehender China wirklich verstehen konnte, kannte ich nur zu gut. Sollte Jian Lin doch von mir aus glauben, dass ich die Gegebenheiten im Land nicht durchdrang. Er war heute eben schlecht gelaunt und deshalb etwas reizbar. Es war besser, wenn ich mich ein wenig zurückhielt, schließlich lag mir etwas an unserer distanzierten Freundschaft.

»Das bleibt aber unter uns, bitte schreib nicht darüber«, ermahnte er mich.

»Ich schreibe nicht für Klatschmagazine!«, antwortete ich leicht gekränkt.

Wir aßen schweigend.

Gut möglich, dass Wen Lan und der Rasenmäher gar keine so schlechte Partie abgeben, dachte ich bei mir. Vielleicht sind sie einander ebenbürtig. Langsam müsste es ihr auch reichen – die jahrelange Männersuche und das ständige Umsatteln waren sicher sehr ermüdend. Oder würde sie erst ruhen, wenn sie es bis zur First Lady Chinas gebracht hatte?

Dann kam He Dongsheng zur Tür herein. Jian Lin legte den Zeigefinger auf die Lippen und bedeutete mir so, nicht weiter über Wen Lan zu sprechen.

He Dongsheng hatte für jeden von uns eine Flasche Maotai mitgebracht: »Spezialliefereung fürs Regierungsviertel, kann man sich also beruhigt zu Gemüte führen.«

Wir bedankten uns erfreut. Dieser schlaflose Staatsmann war ja doch nicht so unterkühlt.

Jian Lin goss uns aus einer kristallenen Karaffe einen ’89er Lafite ein, ein sehr guter Jahrgang. Dann begann der Film, ein Werk aus dem Jahr 1975 mit dem Titel *Der Zweite Frühling*. Nach der Festlegung der acht Musterstücke fürs Theater während der Kulturrevolution war dies einer der ersten Filme gewesen, der unter Anleitung der *Viererbande* um Maos Frau Jiang Qing gedreht worden war. Deng Xiaoping war damals politisch wieder im Aufwind und hatte den Vereinten Nationen gerade einen Besuch abgestattet. Nach seiner Rückkehr sprach er davon, dass das Land moderne Technologien brauche, und dieser von der *Viererbande* produzierte Streifen war als Hieb in seine Richtung gedacht. Die Kulturrevolution war jedoch bereits zu Ende, bevor er überall im Land gezeigt werden konnte.

Ich warf einen Blick auf He Dongsheng. Er saß wieder mit geschlossenen Augen da. Ich wusste jetzt, warum er in letzter Zeit an allen Vorführungen teilnahm: Sonst von Schlaflosigkeit geplagt, konnte er sich während unserer Filmabende etwas entspannen und ein wenig vor sich hin dösen.

Jian Lin zeigte heute ebenfalls kein Interesse für den Film, sondern saß mit hängendem Kopf da, eine Hand an die Stirn gelegt. Wen Lan hatte ihm wohl wirklich etwas bedeutet, er hatte echten Liebeskummer.

Der Film spielte in der Zeit nach dem Zerwürfnis mit der Sowjetunion. Der erste Frühling der sechziger Jahre des zwanzigsten Jahrhunderts, eine Marinewerft ist in zwei Lager gespalten: Die einen treten dafür ein, in Eigenregie und ohne Hilfe von außen ein Kriegsschiff der *Seeadler*-Klasse zu entwerfen; die andere Gruppe will mit Hilfe ausländischer Technologie und unter Anleitung ausländischer Experten ein Schiff der *Fliegender-Fisch*-Klasse bauen und damit also die Unterlegenheit der eigenen Technologie eingestehen. Die *Seeadler*-Fraktion besteht aus Arbeitern und Ingenieuren mittleren Rangs, ihnen gegenüber stehen Werksleitung und hochrangige Fachleute, die wie zu Anfangszeiten der Volksrepublik alles anbeten, was aus dem

Ausland kommt. Zwischen den beiden Lagern stehen ein unentschlossener junger Student sowie der stets kluge und umsichtige Sekretär des Arbeiterkomitees. Der Streit währt eine Weile, doch im Frühling des nächsten Jahres verlässt ein erfolgreich fertiggestelltes *Seeadler*-Schiff die Werft, und damit ist klar, wer am Ende Recht behalten hat. Der implizite Vorwurf, das Ausland zu sehr zu verehren, war natürlich eine Anspielung auf Deng Xiaoping.

Jedes Mal, wenn ein Film zu Ende war und das Licht anging, öffnete He Dongsheng die Augen und hielt sogleich einen spontanen Vortrag. Wahrscheinlich hatte er die Filme schon gesehen, als sie damals im Kino liefen.

Er hob an: »Wie doch die Zeit vergeht. Wir haben uns eine ganze Weile im Kreis gedreht, bevor endlich eine neue Epoche in unserer Geschichte anbrach.«

Jian Lin und ich hörten ihm aufmerksam zu.

»Ganz ohne ausländische Technologie geht es nicht, aber man darf sich auch nicht völlig von ihr abhängig machen«, fuhr er fort. »Autarkie ist relativ, nicht absolut. Ein Land von dieser Größe darf sich nicht zu sehr abhängig machen, kann sich aber genauso wenig rundum selbst versorgen. Zu Maos Zeiten war das Lebensniveau niedrig, der Bedarf an Nahrungsmitteln und Konsumgütern ließ sich noch einigermaßen durch Inlandsproduktion decken. Aber sich auch bei Wissenschaft, Technologie, Informationen und Energie alleine versorgen zu wollen, ganz ohne das Ausland und – abgesehen von Geschäften mit Dritte-Welt-Ländern wie Albanien – unter Verzicht auf jeglichen Außenhandel: Das ist der Versuch absoluter Autarkie, der letztendlich zu Lasten der Entwicklung geht. Völlig unnötig. Zum Glück haben wir inzwischen unsere Politik geändert, sozusagen hin zu einer relativen Autarkie. Wir exportieren industrielle Fertigprodukte nach Russland, Angola, Brasilien, Australien oder Kanada und bekommen im Gegenzug Erdöl, Getreide, Mineralien, Holz und sonstige Rohstoffe, von denen wir in China nicht genug haben; mit Europa und Amerika treiben wir ein bisschen gleichberechtigten Handel, kaufen hier ein paar Boeings, dort ein paar Hightech-Produktionsanlagen und stellen ansonsten nach Möglichkeit das meiste selbst her, bauen selbst an, forschen selbst und konsumieren auch selbst, von Kartoffeln über Produkte des täglichen Bedarfs bis hin zu Mobiltelefonen und Autos. Wir sind ein Land mit über einer Milliarde Menschen, wir selbst sind unser wichtigster Absatzmarkt. Die übermäßige Abhängigkeit von den USA ist Geschichte, ebenso wie übertriebener Merkantilismus der Vergangenheit angehört. Dabei schotten wir uns aber nicht mehr völlig ab wie zu Maos Zeiten. Außenhandel gibt es auch weiterhin, aber er macht nicht einmal fünfundzwanzig Prozent unserer Wirtschaftsleistung aus. *Das* ist relative Autarkie!«

Während er sprach, sprühte er vor Lebendigkeit, doch sobald er geendet hatte, sank er wieder in sich zusammen wie ein Ballon, dem die Luft ausgegangen war. Seine Ansprache für diesen Abend war beendet. Alle drei wandten wir uns stumm unseren Gläsern zu, bis He Dongsheng kurz vor zwölf zur Toilette ging, das Zeichen für den Aufbruch.

»Kann ich Sie mitnehmen?«, fragte er mich, als er wiederkam. Diesmal antwortete ich mit »Ja, gerne«. Ich hatte keine Lust, mit Jian Lin alleine zurückzubleiben und mir seine selbstmitleidigen Litaneien über Wen Lan anzuhören.

Als wir zusammen zur Tiefgarage gingen, entstand eine unangenehme Stille. He Dongsheng sprach nicht, und ich wollte nicht aufdringlich wirken, also lief ich stumm neben ihm her.

Er fuhr einen schwarzen Land Rover. Selbst Importwagen wie seinen gab es auf Pekings Straßen in so großer Zahl, dass sich längst niemand mehr danach umdrehte. Ich warf einen schnellen Blick auf das Nummernschild: kein besonderes Kennzeichen, wahrscheinlich ein Geschenk.

He Dongsheng stieg ein und startete den Motor. Dann holte er eine Art Sensor aus der Jackentasche, der aussah wie eine Fernbedienung, und drückte auf einen Knopf, woraufhin erst ein grünes Lämpchen aufblinkte und drei Sekunden später zwei weitere. »Alles in Ordnung«, sagte er und ließ die Fernbedienung wieder in seiner Innentasche verschwinden.

Ich traute mich nicht nachzufragen, aber wider Erwarten erläuterte er von sich aus: »Eine Schutzmaßnahme, damit mich niemand abhört oder observiert.«

»Wer sollte Sie denn abhören oder observieren?«, entglitt es mir.

»So ziemlich jeder. Zentrale Disziplinarkommission, Staatsschutz, Staatssicherheit, Generalstab … Wer weiß das schon, bei all den Institutionen und all den Leuten, die da rumspringen? Jeder hat seine Widersacher. Ich lasse Leute überwachen und jemand anderes lässt mich überwachen; ich habe was gegen dich in der Hand, du was gegen mich. Über jeden gibt es Akten, so läuft das Spiel nun mal.«

Ich hatte wieder einmal etwas dazugelernt. Selbst die Partei- und Staatsführung war nicht vor Bespitzelung gefeit. Ich gab mich jedoch weltläufig und tat, als wäre mir das alles längst bekannt. Ich wollte gerade betont lässig den Sicherheitsgurt anlegen und meinen Sitz einstellen, als ich wohl einen falschen Hebel erwischte, und mich urplötzlich mitsamt des Sitzes hintenüber gekippt in der Horizontalen wiederfand. He Dongsheng half mir eilig hoch und erklärte, der Wagen sei so umgebaut, dass sich die beiden Vordersitze zu einer Liegefläche umklappen ließen, auf der man sich bei Bedarf hinlegen konnte. Er erkannte sofort, wie viel Raum für Fantasie diese Bemerkung bot, suchte sichtlich nach einer Erklärung, schwieg dann jedoch, um sich nicht noch mehr in Verlegenheit zu bringen. Ich verzichtete auf Nachfragen.

Er erkundigte sich nach meiner Adresse. Happy Village II, kannte er gut.

Ob er noch Kontakt zu anderen Teilnehmern aus dem Xinghua-Camp hatte, fragte ich. Nein, habe er nicht, war seine knappe Antwort.

Ich dachte schon, das Gespräch sei beendet, da sagte er: »Shui Xinghua war ein Unternehmer mit Herz. Aber wissen Sie, was mich das Camp vor allem gelehrt hat?«

»Nein, was denn?«

»Erst dort habe ich gemerkt, dass die intellektuellen Eliten in China, Hongkong, Macao und Taiwan völlig anders denken. Wissensstruktur, Problembewusstsein, Ausdrucksweise, Geschichtsverständnis und Weltanschauung – in allem sind sie grundverschieden. Nicht nur ihr versteht uns nicht, wir verstehen euch ebenso wenig. Und ehrlich gesagt: Wir wollen es auch gar nicht. Ich meine, einander wirklich verstehen. Es ist ohnehin fast unmöglich. Das habe ich erst im Xinghua-Camp kapiert. Und was für die geistige Elite gilt, trifft auf die einfachen Leute erst recht zu. Eine überaus nützliche Erkenntnis für meine spätere Arbeit. Sie hilft mir sehr, wenn ich mich mit Taiwan oder Hongkong beschäftige.«

Ich hatte lange in jeder der beiden Regionen gelebt, deshalb wusste ich nur zu gut, wovon er sprach. Bemerkenswert, dass ihm ein Besuch im Xinghua-Camp gereicht hatte, um zu dieser Einsicht zu gelangen.

»Die Eliten in Taiwan und Hongkong sind in den letzten Jahren sicher zahmer geworden und nehmen sich jetzt ein Beispiel am Festland«, warf ich ein.

Seine Antwort war knapp und deutlich: »Außenstehende können China nicht wirklich verstehen.«

Wahrscheinlich war er zu schnell gefahren, jedenfalls hielt uns wenig später die Polizei an. Dieser arme Verkehrspolizist weiß wohl nicht, was gut für ihn ist, dachte ich. Wie würde He Dongsheng auf so etwas reagieren? Ich sah, wie er sein Handy hervorholte, während er langsam an den Straßenrand fuhr. »Worker's Stadium East, kurz vor der Kreuzung Xindong Road. Ja.«

Das war alles, was er sagte. Ein sehr beleibter Beamter kam ans Seitenfenster und verlangte nach He Dongshengs Papieren. Der regte sich nicht. Als der Polizist seine Aufforderung wiederholte, sagte er, ohne ihn auch nur eines Blickes zu würdigen: »Abwarten.« Der Polizist war kurz davor, die Fassung zu verlieren, als sein Telefon klingelte. Kaum hatte der Polizist den Anruf angenommen, startete He Dongsheng den Motor und fuhr los, ohne den Beamten weiter zu beachten. »Meine Sekretärin kümmert sich darum«, erklärte er.

Bei einem an Schlaflosigkeit leidenden Chef, der nachts ziellos durch die Gegend fuhr, war seine Sekretärin es sicher gewohnt, nach Mitternacht angerufen zu werden und solche Dinge für ihn geradezubiegen. Ein ganz schön anstrengender Job.

He Dongsheng verfiel wieder in Schweigen. Schade eigentlich, denn im Grunde hörte ich gerne zu, wenn er seine Meinung zu großen Themen kundtat. Um ehrlich zu sein: Mir war dieser schlaflose Staatsmann gar nicht mal so unsympathisch.

Freundin aus Wudaokou

Der 1. Mai war bereits vorüber, als ich eines Morgens meinen Computer einschaltete und eine E-Mail von *freundinauswudaokou* vorfand. Normalerweise löschte ich Mails von unbekannten Absendern ungelesen, um mir keine Viren einzufangen, aber in letzter Zeit sah ich mir jede einzelne von ihnen an. Die *Freundin aus Wudaokou* war tatsächlich Xiaoxi.

Sie wollte sich am Eingang des Bauernmarktes südlich vom Arbeiterstadion mit mir treffen.

Ich ging öfters dorthin, wenn mir die Laune nach einem kleinen Einkaufsbummel stand. Die Jahreszeiten hier im Norden waren sehr ausgeprägt und jede Saison hatte ihre eigenen Obst- und Gemüsesorten. Auf dem Markt sah man das am deutlichsten, und ganz abgesehen davon waren die Waren hier frischer als im Supermarkt. Ein Gang über den Markt gab mir zudem das Gefühl, mit Menschen in Kontakt zu kommen. Das ließ sich auch gar nicht vermeiden, denn dort herrschte stets ein großes

Gedränge; stand man im Weg, so bekam man umgehend Ellbogen und Schultern der rüstigen Kundschaft zu spüren. Schließlich hatte hier jeder beide Hände voll mit seinen Einkäufen.

Ich war nervös. Xiaoxi war bereits über eine halbe Stunde zu spät. Die Pekinger Stadtverwaltung war übertrieben streng und schloss den Markt bereits um zehn Uhr vormittags. Es blieben nur noch zehn Minuten bis dahin. Ich schimpfte innerlich gerade auf die herzlosen Bürokraten, die sich nicht im Geringsten um die Bedürfnisse der einfachen Leute scherten, als Xiaoxi hinter mir auftauchte und mich mit Namen rief.

Ich drehte mich um und sie schenkte mir ein strahlendes Lächeln. »Da bist du!«, freute ich mich. »Da bin ich«, sagte sie.

Sie schwenkte eine leere Stofftasche in der Hand: »Ich geh noch kurz einkaufen, warte hier auf mich.«

»Nein, ich begleite dich«, sagte ich schnell.

Es waren die letzten zehn Minuten vor Marktschluss und der Menschenandrang hatte seinen Höhepunkt erreicht. Ich blieb dicht hinter Xiaoxi, hielt an, wenn sie anhielt, ging weiter, wenn sie sich weiterschob. Ich war nah bei ihr, sog ihren Duft ein, während sie sich nach Preisen erkundigte, mit Händlern feilschte, Ware auswählte und bezahlte, Wechselgeld einsteckte und dann, Schultern und Ellbogen einsetzend, auf den nächsten Stand zusteuerte. So vergingen die zehn Minuten wie im Flug und in einem Gefühl der Selbstvergessenheit, wie ich es schon sehr lange nicht mehr empfunden hatte.

In Ihrer E-Mail hatte Xiaoxi geschrieben, dass sie uns bei mir etwas kochen wolle. Ich konnte es kaum erwarten.

Als wir den Markt verließen, sagte sie: »Es gibt heute bloß Gemüse und Obst.«

»Kein Problem!«, sagte ich.

»Reis hast du doch?«

»Hab ich!«

Normalerweise hatte ich keinen. Aber nach Xiaoxis Mail hatte ich bei *Carrefour* Reis, Öl, Gewürze sowie etwas Fleisch besorgt und bei der Gelegenheit auch meine Kochutensilien noch ein wenig ergänzt. Ich hatte mir gedacht, dass Xiaoxi das Gemüse auf dem Markt kaufen wollte.

»Ich hoffe, ich habe dich nicht zu lange warten lassen?«, fragte sie.

»Kein Problem«, sagte ich.

»Ich musste erst noch meine Aufpasser abschütteln.« Ihr Tonfall veränderte sich, als sie das sagte.

Erst jetzt erfuhr ich, wie viel Vorbereitung unser Treffen erfordert hatte. Zunächst hatte sie eine Weile alle möglichen Wohnungen besichtigt, als ob sie vorhätte umzuziehen. Für heute Morgen hatte sie sich dann mit dem Vermieter einer kleinen, möblierten Plattenbauwohnung verabredet und auch gleich eine Kiste voll Sachen mitgebracht. Sie zahlte die Miete im Voraus und verließ dann mit ihrer Einkaufstasche in der Hand das Haus, als wolle sie im Supermarkt ein paar Besorgungen machen. Einer ihrer beiden Beschatter würde ihre Abwesenheit nutzen, so ihr Kalkül, um zum Vermieter zu gehen und die neue Wohnung zu verwanzen. So war es auch bei ihrer alten Wohnung gewesen. Ihr Vermieter war ihr gegenüber von einem Tag auf den anderen ganz merkwürdig gewesen und das hatte sie misstrauisch werden lassen. So fand sie überhaupt erst heraus, dass man sie beschattete und belauschte. Der andere Aufpasser würde sich nicht die Mühe machen, ihr zu folgen, da sie ja gerade erst die Miete gezahlt hatte und nach dem Einkauf sicher gleich wiederkommen würde. Selbst wenn er ihr folgte, dann doch bloß bis zum Eingang des *Jingkelong*-Supermarktes, sodass sie ihn über den zweiten Ausgang leicht abschütteln konnte. Sie tat weiterhin so, als ahne sie nichts von ihren Verfolgern, erzählte sie mir, deshalb waren die beiden nicht besonders wachsam.

Unterdessen wurde mir ganz mulmig. Vielleicht bildete sie sich das alles bloß ein, ihre Nerven spielten verrückt und alles war nur übertriebene Vorsicht. Es war aber auch gut möglich, dass sie tatsächlich observiert wurde. Im kleinen Park am Kunstmuseum hatte ich es mit eigenen Augen gesehen, oder etwa nicht? Ich hatte damals nicht einmal versucht, sie darauf aufmerksam zu machen. Die Frage war jetzt: Hatte Xiaoxi ihre Beschatter wirklich abgeschüttelt? Falls nicht … Ich erinnerte mich wieder an meine Furcht, dass ihre Schwierigkeiten womöglich sehr bald meine eigenen sein könnten.

»Bist du sicher, dass dir niemand gefolgt ist?«, fragte ich.

Xiaoxi machte eine abrupte Drehung um einhundertachtzig Grad, sah sich kurz um und sagte dann mit unverhohlenem Stolz: »Sieh doch selbst, niemand da!«

Die breite Xindong Road, auf der wir standen, lag menschenleer da. Ich schämte mich. Xiaoxi hatte so viel auf sich genommen, nur um sich mit mir zu treffen, und alles, woran ich denken konnte, waren die Schwierigkeiten, die es mir einbringen könnte. Aber wie sollte ich mich nicht um mein ruhiges, geordnetes Leben sorgen?

»Ist was?«, fragte Xiaoxi. »Keine Sorge, dir passiert schon nichts.«

Wir standen noch immer auf der Straße. »Xiaoxi, was werden die bloß mit dir machen, wenn du zurückkommst?«, fragte ich.

»Einmachen!«, scherzte sie. »Oder ich sehe zu, dass ich Peking noch heute Nachmittag verlasse.«

Ich wusste nicht, was ich sagen sollte. Sie lächelte mich an: »Wollen wir nun etwas essen oder nicht?«

Wir liefen zu Fuß zum Happy Village II.

Es war warm und die blühenden Schnurbäume erfüllten die Frühlingsluft mit einem intensiven, berückenden Duft. Ich fühlte mich auf einmal so liebestrunken, dass ich beinahe weinen musste. Xiaoxi, wollte ich rufen, lass uns zusammen glücklich sein, hör auf, mit der Welt zu hadern, lass uns zusammen das Leben genießen!

Aber ich traute mich nicht. Noch fehlte mir die nötige Entschlossenheit.

Zu Hause angekommen, fing Xiaoxi sogleich in meiner kleinen Küche an zu hantieren, während ich daneben stand und versuchte, mich irgendwie nützlich zu machen. Sie hatte ihre Jacke ausgezogen. Die Haut ihres rechten Oberarmes war uneben und gewellt – Narben von ihrem Zusammenstoß mit dem Militärlaster damals. Ich hatte mich inzwischen wieder etwas beruhigt und dachte bei mir: Wie fehlerhaft diese tolle Frau doch ist.

»Chen, unsere alten Freunde haben sich alle verändert«, sagte sie unvermittelt, während sie gerade den Chinakohl klein schnitt.

Diesmal fragte ich sie: »Inwiefern verändert? Was meinst du genau?«

Sie hielt mit dem Schneiden inne und überlegte: »Sie sind alle so … zufrieden. Bist du zufrieden, Chen?«

Ich spürte, dass sie mich testen wollte, also fragte ich zurück: »Warum bist *du* unzufrieden, Xiaoxi?«

Da waren wir, beide über fünfzig, und unterhielten uns tatsächlich über so ein Thema, als wären wir Mitte zwanzig.

Xiaoxi stutzte kurz, dann antwortete sie ebenfalls mit einer Gegenfrage: »Chen, erinnerst du dich an die Gefühle, die wir damals hatten? Du warst doch dabei, '89 in unserem ersten Laden in Wudaokou und in den Neunzigern im neuen Laden – worüber haben wir damals diskutiert? Warum waren wir so wütend, worüber haben wir gestritten, was waren unsere Ideale? Erinnerst du dich daran, Chen?«

Sanft fragte ich sie: »Warum kannst du es nicht vergessen, Xiaoxi? Wir leben jetzt in einer ganz anderen Zeit.«

Sie blickte mich verloren an. Nach einer längeren Pause sagte sie: »Ich habe schon zu viel vergessen. Während der langen Zeit in der Klinik habe ich so viele Erinnerungen verloren. Ich will nicht noch mehr vergessen.«

Ich wollte gerade etwas sagen, aber Xiaoxi war nicht mehr nach reden zumute. »Das Essen kocht sich nicht von alleine«, sagte sie und begann konzentriert, das restliche Gemüse zu schneiden. Ich wusste, dass ich sie verloren hatte.

Beim Essen trug sie zwar weiterhin ein Lächeln im Gesicht, aber ihr Urteil über mich war gefällt: Ich gehörte auch zu »den anderen«.

Vor der Mahlzeit hatte sie noch ein Medikament eingenommen und wie beiläufig erklärt, dass es sich um ein Antidepressivum handelte. »Es wirkt sowieso nicht. Die verbleibenden Pillen nehme ich noch, dann setze ich es ab.«

Ich war voll des Lobes für ihre gebratenen Kartoffelstreifen mit Chili und den in Essig sautierten Kohl. Das nächste Mal würde sie Reisauflauf machen, sagte sie. Ihre Worte klangen nach Abschied.

Am Esstisch unternahm ich einen letzten Anlauf, sie doch noch zurückzugewinnen. Ich versuchte, ihre Gedankengänge nachzuvollziehen. Sie hatte das Gefühl, dass die Menschen ringsum anders waren als sie, dass sie als Einzige noch Wut zu empfinden schien. Behutsam startete ich einen Versuch: »Weißt du, Xiaoxi, manche Menschen sind gut darin, sich zu verstellen. Sie verstellen sich, um ihr wahres Ich zu schützen.« Ich sah ihre Augen kurz aufblitzen und wusste, dass ich den richtigen Ton getroffen hatte.

»Irgendwann verlernen diese Menschen, Wirklichkeit und Täuschung auseinanderzuhalten.« Xiaoxi hörte mir zu.

Ich sponn diesen Faden weiter, mich von Satz zu Satz voranhangelnd: »Lu Xun hat einmal geschrieben, dass es Menschen gibt, die einer guten Hölle hinterhertrauern. Sie tun das nicht, weil es neben der guten Hölle noch eine weitere, sehr viel schlimmere Hölle gibt, sondern weil sie vor der Wahl stehen zwischen der guten Hölle und einem falschen Paradies. Wie entscheidet man in so einer Situation? Viele Menschen werden sich sagen: Ein falsches Paradies ist immer noch besser als eine gute Hölle! Am Anfang ist ihnen noch bewusst, dass es kein echtes Paradies ist, doch haben sie nicht den Mut oder nicht den Antrieb, die Wahrheit aufzudecken. Mit der Zeit vergessen sie sogar, dass es ein falsches Paradies ist, nehmen es in Schutz und erklären es zum einzig wirklichen Paradies. Aber es wird auf der Welt immer ein paar Menschen geben, womöglich nur eine winzig kleine Minderheit, die sich für die gute Hölle entscheiden, ganz gleich, wie schlimm es dort sein mag. Denn wenigstens sind sich die Insassen dort im Klaren darüber, dass sie sich in der Hölle befinden.«

Ich wusste auch nicht genau, was ich damit sagen wollte, fand aber, dass es durchaus Sinn zu ergeben schien. Xiaoxi war ganz Ohr. Bei einem älteren und einigermaßen kultivierten Gegenüber kam es immer gut an, wenn man Lu Xun auspackte. Zumindest hatte ich mit meinem Vortrag die Distanz zwischen Xiaoxi und mir ein Stück verringert.

Sie dachte lange nach, bevor sie fragte: »Du meinst, ich hänge zu sehr an der guten Hölle und weigere mich deshalb, das falsche Paradies zu akzeptieren?«

»Ich sage bloß, dass wir immer die Wahl zwischen zwei Alternativen haben«, wich ich aus.

»Wofür würdest du dich entscheiden: für die gute Hölle oder das falsche Paradies?«, fragte sie.

Sie war auf den Punkt gekommen, das war die Gretchenfrage. Jetzt war größtmögliches Fingerspitzengefühl gefordert. Ich wollte die Distanz zwischen uns noch weiter abbauen und versuchte, mich möglichst vage auszudrücken: »Gegebenenfalls würde ich möglicherweise versuchen, über die gute Hölle nachzudenken.«

Ein Lächeln machte sich auf Xiaoxis Gesicht breit. Hätte ich neben ihr gesessen, wäre jetzt der richtige Zeitpunkt gewesen, meinen Arm um sie zu legen.

Da sagte *sie*: »Chen, darf ich dich kurz in den Arm nehmen?«

Was für eine Frage! Ich ging zu ihr und wir umarmten uns innig.

»Willkommen in der guten Hölle«, sagte sie.

Lass uns zusammen sein, wollte ich sagen, doch kurz bevor die Worte meine Lippen passierten, hielt ich sie zurück.

Die Türglocke schrillte.

Xiaoxis Körper versteifte sich augenblicklich. Ich ließ sie los. Sie sind ihr gefolgt, dachte ich, diesmal gibt es kein Entkommen.

Möglichst gefasst schritt ich zur Eingangstür. Als ich mich nach Xiaoxi umsah, stand sie noch immer wie angewurzelt da und hielt den Atem an.

Ich bellte missmutig in die Gegensprechanlage: »Wer ist da?«

Eine verschreckte Männerstimme war zu hören: »Ähm … Äh … Herr Chen?«

Xiaoxi zog hastig ihre Jacke an, griff die Stofftasche und stellte sich neben mich.

Ich rief in die Sprechanlage: »Was wollen Sie?«

»Einen Moment bitte, Herr Chen …« Der Mann entfernte sich scheinbar von der Tür.

»Gibt es noch einen anderen Ausgang?«, fragte Xiaoxi. Ich schüttelte den Kopf.

Nun meldete sich eine Frauenstimme: »Chen, jetzt mach schon auf! Was lässt du mich hier vor der Tür stehen?« Die Stimme klang ungeduldig.

»Wer ist da überhaupt?«, rief ich.

»Ich bin's!«, war die Antwort.

Es war Wen Lans Stimme.

»Eine Bekannte«, erklärte ich Xiaoxi.

Sie öffnete die Tür und flüsterte: »Ich verstecke mich auf dem Treppenabsatz, dann lässt du sie rein.«

Das ist nicht nötig, dachte ich, behielt es jedoch für mich. Xiaoxi war bereits zur Tür hinausgeglitten.

Ich drückte den Knopf und hörte, wie unten die Haustür aufsprang. Xiaoxi versteckte sich auf der Treppe zum nächsten Stockwerk. Das Haus hatte keinen Aufzug, ich hörte das Klackern hoher Absätze, das eilig die Stufen bis zu meiner Wohnung im vierten Stock hochkam.

Das Erste, was sie sagte, war: »Warum brauchst du einen halben Tag, um die Tür aufzumachen?«

Ich blieb im Türrahmen stehen, sodass sie nicht hereinkommen konnte. »Weshalb bist du hier?«

»Jemand war gemein zu mir. Ich bin verletzt. Ich brauche jetzt eine starke Schulter!«

Du hältst mich wirklich für deinen ewigen Lückenbüßer, dachte ich.

Sie war sichtlich irritiert, Tränen funkelten in ihren Augen. Sie schluchzte: »Warum siehst du mich so böse an? Du warst noch nie böse zu mir! Du hast gesagt, du würdest dich um mich kümmern!«

Was Xiaoxi sich jetzt wohl dachte? »Komm rein«, sagte ich eilig.

Sobald Wen Lan eingetreten war, schloss ich die Tür. Ich wusste, dass Xiaoxi die Gelegenheit nutzen würde, um sich davonzumachen, mit ihrer eigenen Interpretation meines Verhältnisses zu Wen Lan.

»Was ist denn mir dir? Warum guckst du so dämlich?«, fragte Wen Lan.

Wut packte mich: »Wie hast du herausgefunden, wo ich wohne?«

»Dongzhimenwai Road, Happy Village II. Ich brauchte bloß zu fragen, wo der Schriftsteller aus Hongkong wohnt, da hat der Pförtner mich hergeführt.«

»In deinen Augen bin ich wohl wirklich der ewig bereitstehende alte Trottel!«

»Was sagst du da?«, fragte sie ungläubig.

»Ich will dich nicht mehr sehen«, sagte ich kühl. »Nie mehr.«

Wen Lan schien ihren Ohren nicht zu trauen, ihre Stimme war mit einem Mal eine Oktave höher: »Was?«

Meine Wut war abgeebbt. »Geh und lass mich in Ruhe«, sagte ich nur.

»Was sagst du da?«

»Ich sagte: Mach, dass du fort kommst!«, antwortete ich beherrscht und zeigte zur Tür.

Erst jetzt schien Wen Lan meine Worte wirklich zu begreifen. »Gut, du spielst also den Herzlosen. Das merke ich mir! Du wirst schon noch sehen, was du davon hast!«

Sie ging zur Tür, drehte sich noch einmal um und zeigte mir wutentbrannt den Mittelfinger. Langsam hob ich den meinen und erwiderte die Geste.

Heaven and Earth

Ich hätte Xiaoxi nicht gehen lassen dürfen, ihr meine Gefühle früher offenbaren sollen.

Jetzt bereute ich meine Zurückhaltung.

Es vergingen ganze zwei Wochen ohne ein Lebenszeichen von ihr. Meine Mails an *freundinauswudaokou* blieben unbeantwortet. Eine Suche im Internet ergab haufenweise Informationen über Wudaokou und über Freundschaft, aber keine Spur von Xiaoxi. Beim letzten Pseudonym *nurernstgemeintesOK* hatte das ganz anders ausgesehen. Sie wusste inzwischen, dass sie unter Beobachtung stand, und benutzte jetzt aller Wahrscheinlichkeit nach ein Pseudonym, das keine Rückschlüsse mehr auf ihre E-Mailadresse zuließ – oder umgekehrt. Gut möglich, dass sie dieses Postfach eigens zur Kontaktaufnahme mit mir eingerichtet hatte. Hinter welchem Namen mochte sie sich jetzt wohl verbergen?

Ich war zu langsam gewesen. Nun, da Xiaoxi fort war, wurde mir mit jedem Tag deutlicher bewusst, wie sehr ich mich in sie verliebt hatte. Für sie war ich bereit, in die gute Hölle hinabzusteigen.

Das merkwürdige Hochgefühl der letzten zwei Jahre war schlagartig verschwunden. Meine Sehnsucht nach Liebe verhinderte, dass ich weiterhin einfach glücklich und zufrieden war.

Eines Tages – die Luft war voller herumwirbelnder Weidenkätzchen und den Blüten der Granatapfelbäume – ging ich zu Dongniang. Mit hängendem Kopf schleppte ich mich geradewegs in ihr Schlafzimmer, zog Jacke und Schuhe aus und legte mich aufs Bett.

Dongniang begann, sich langsam zu entblößen. »Komm, mein alter Freund, zieh dich aus. Heute ist es kostenlos.«

»Wieso kostenlos?«, fragte ich.

»Heute ist das letzte Mal«, antwortete sie.

»Was heißt das, ›das letzte Mal‹?«

»Ich gehe weg, raus aus Peking.«

Ich setzte mich auf und wiederholte betrübt: »Du gehst weg?«

Dongniang sah mich an und musste lächeln: »Nicht weinen, mein Schätzchen. So traurig habe ich mein Schätzchen ja noch nie gesehen. Ist mein kleiner Strahlemann unglücklich?«

»Es gibt da etwas, was mich bedrückt.«

»Komm, Dongniang nimmt dich in den Arm.« Sie legte ihre Arme um mich.

»Dongniang, lass uns ein wenig reden«, sagte ich.

Sie ließ von mir ab und musterte mich einen Moment, bevor sie vorschlug: »Ich kann meine Tarot-Karten holen und dir etwas über deine Zukunft erzählen.«

Sie glitt vom Bett und stand auf. Ich mochte es nicht, sie Dongniang zu nennen, für mich war sie immer noch Xiaodong, die kleine Miss Dong, so wie früher im *Heaven & Earth*.

Seit sie wusste, dass ich Schriftsteller war, ließ sie sich von mir Bücher empfehlen. Sie las gerne und hatte bereits Chiung Yao, Yan Qin, Cen Kailun, Yi Shu und Zhang Xiaonan gelesen. Also hatte ich ihr Übersetzungen vorgeschlagen, angefangen mit Jane Austen, deren sechsbändiges Erzählwerk sie komplett verschlang, bis sie es besser kannte als ich. Danach hatte sie mit zeitgenössischer Belletristik begonnen. Als ich sie einmal fragte, welches ihre Lieblingsromane waren, nannte sie *Die Brücken von Madison County* und Chiung Yaos *Nach vielen roten Sonnenuntergängen*. Wir hatten zwar nicht denselben Geschmack, aber allein weil sie wie ich Romane las, entstand eine gewisse Verbundenheit. Später war sie dazu übergegangen, ihre Kunden bei sich zu

Hause zu empfangen. In all den Jahren, die ich sie schon besuchte, war sie für mich jedoch immer die kleine, Bücher lesende Xiaodong geblieben. Bis ein paar taiwanische Kunden eine Zeit lang Pokerabende bei ihr veranstalteten, an denen ich auch ein paar Mal teilnahm. Sie rauchten Zigarren und riefen Dongniang hier, Dongniang da, bis aus meiner kleinen Xiaodong die reife Dongniang geworden war.

Sie hatte ihre Tarot-Karten geholt und setzte sich wieder aufs Bett. Ich nahm die Bücher auf ihrem Nachttisch in Augenschein: die Festland-Ausgabe von Luqiaos *Lied ohne Ende* und *Das goldene Notizbuch* von Doris Lessing. Scheinbar hatte sie immer noch eine Vorliebe für dicke Wälzer. »Was möchtest du wissen?«, fragte sie.

Ich antwortete mit dem Naheliegendsten: »Wo ist die Frau, die ich liebe?«

Doch als sie gerade anfangen wollte, überlegte ich es mir anders: »Nein, Moment, frag das lieber nicht.« Es war weniger das Vertrauen in ihre Künste als Hobbywahrsagerin denn die Überlegung, dass, falls sie mir einen Ort nennen sollte, ich trotz allem vor der Entscheidung stand, dort zu suchen oder nicht. Ich wollte mein Schicksal ungern in ihre Hände legen. »Vor mir kreuzen sich zwei Wege«, änderte ich meine Frage, »der eine garantiert mir ein geregeltes und bequemes Leben, das mir eigentlich gar nicht schlecht gefällt, in dem ich mich jedoch immer etwas unausgefüllt fühlen werde; auf dem zweiten Weg warten Hindernisse auf mich – Hindernisse, die sich vielleicht sogar als unüberwindlich erweisen werden, doch möglicherweise finde ich auf diesem Weg wahre Liebe und größtes Glück. Für welchen Weg soll ich mich entscheiden?« Eine sehr tarotmäßige Frage.

Sie deckte ein paar Karten auf und legte sie in zwei Reihen. Der erste Weg sei von Ruhe und Reichtum geprägt, während auf dem zweiten Widerstände warteten, sagte sie, viele Unwägbarkeiten, aber auch Liebe. Bis hierhin war ihre Antwort nichts anderes als eine Wiederholung meiner Frage.

Dann sagte sie: »Die Karten zeigen Veränderung. Du bist lange auf dem ersten Weg gewandelt und möchtest den zweiten einschlagen. Geh nur, sonst wirst du immer weiter mit dir hadern.« Es war ungefähr das, was ich hören wollte.

»Ich danke dir, Xiaodong«, sagte ich. »So nenne ich dich viel lieber: Xiaodong.«

»Chen, seit zwei Jahren habe ich dich nicht mehr von einer so … echten Seite gesehen«, sagte sie.

»Echt? Heißt das, ich war sonst nicht echt?«

»Du warst wie alle anderen, immer so, so …«

Mein Herz schlug mit einem Mal schneller: »Glücklich?«

»Genau! Vor zwei Jahren fing es an – du, meine anderen Kunden, überhaupt alle um mich herum waren auf einmal glücklich bis zum Anschlag!«

»Die Leute haben sich auf einmal verändert?«, wiederholte ich Xiaoxis Worte.

»Kann man so sagen.«

»Aber du bist nicht verändert, nicht wahr? Warum?«

Sie schwieg einen Moment. Dann antwortete sie: »Chen, wir kennen uns jetzt seit zehn Jahren. Ich kann offen mit dir reden?«

Ich nickte.

»Du weißt, dass ich Drogen nehme? Ich bin eine Junkiebraut, wie man in Hongkong wohl sagen würde.«

»Ich wäre nie auf die Idee gekommen. Du hast keine Einstiche an den Armen.«

»Ich spritze mir nichts, die Kunden mögen das nicht.«

»Was nimmst du denn?«

»Alles Mögliche, was sich eben so auftreiben lässt.«

»Du musst mir gleich aufschreiben, was genau du alles genommen hast«, sagte ich geistesgegenwärtig. »Erzähl weiter, was ist mit den Drogen?«

»Mit Drogen ist es so: mal ist man *high* und mal ist man *down*, verstehst du? Aber manchmal, da ist man hellwach und klar. In solchen Augenblicken fällt mir auf, dass die Welt sich verändert hat, dass mit den Leuten um mich herum irgendwas nicht stimmt.«

»Was stimmt nicht mit ihnen?«

»Irgendetwas passt einfach nicht, sie sind nicht mehr so wie früher, du eingeschlossen, Chen. Alle sind zu … zu glücklich. Es ist schwer zu beschreiben, auf jeden Fall sind die Leute anders, nicht völlig abgehoben high wie auf einem Trip, eher so eine Art warmes, behagliches kleines Dauerhigh.«

Ich dachte intensiv über ihre Worte nach. Ich hatte eine Ahnung, was sie meinte, doch noch fehlte mir die nötige Distanz, um wahrzunehmen, dass ich selbst auch zu diesen Leuten zählte.

Sie fuhr fort: »Mein Freund und ich, wir halten das nicht mehr aus. Er ist Australier, hat früher Reiseführer für Backpacker geschrieben und ist jetzt seit zwanzig Jahren in China. Er sagt immer, die kollektive Psyche der Chinesen mutiert alle paar Jahre. Dengs Südinspektion '92 war so eine Mutation, '94 die makroökonomische Steuerung, '97 die Rückgabe Hongkongs, der WTO-Beitritt zur Jahrtausendwende, 2003 SARS, 2008 der gestörte Fackellauf und die Olympiade … Die letzten zwei Jahre waren ebenfalls eine solche Mutation. Früher waren immer Länder wie Nigeria, Venezuela oder Puerto Rico ganz vorne, wenn es um das Glücksempfinden der Durchschnittsbevölkerung ging, sagt er. Die Menschen dort fühlten sich gut, während China immer irgendwo auf den hinteren Plätzen landete. Jetzt plötzlich, in den letzen zwei Jahren, führt China auf einmal die Liste an; über eine Milliarde Menschen fühlen sich bestens. Sind die Chinesen etwa alle gestört? Geht es ihnen wirklich so gut?«

Dieser Freund hatte Xiaodong in der Tat zu ein paar bemerkenswerten Ansichten verholfen, dachte ich.

Sie fuhr fort: »Mein Freund nimmt auch Drogen. Wir haben mal zusammen was genommen und uns danach über Jane Austen unterhalten, das war einfach nur abgefahren, seitdem sind wir zusammen. Kannst du dich noch an die Anti-Kriminalitätskampagne erinnern? Damals wohnte ich doch noch in Wangjing. Es war nur eine Frage der Zeit, bis jemand mich anschwärzte, deshalb habe ich mich bei meinem Freund versteckt, er hatte eine Diplomatenwohnung. Ein paar Wochen lang ging ich nicht auf die Straße. Wer weiß, ob ich sonst heute noch am Leben wäre. Kannst du dich an diese Zeit erinnern?«

»Meine Erinnerung an damals ist ziemlich verschwommen …«, antwortete ich.

»Sich nicht zu erinnern ist die Norm. Leute wie wir, die alles noch wissen, sind die große Ausnahme. Das ist auch der Grund, warum mein Freund und ich es in Peking nicht mehr aushalten. Hinzu kommt, dass es in den letzten zwei Jahren immer schwieriger geworden ist, sich hier mit Stoff zu versorgen. Es gibt anscheinend immer weniger Gleichgesinnte. Deshalb sind wir Anfang des Jahres nach Yunnan in die Berge gefahren, um mal zu sehen, ob es dort vielleicht etwas besser ist. Die Menschen dort waren uns wirklich ähnlicher. Natürlich waren viele, die wir getroffen haben, auch Tripgänger wie wir. Es waren einige fiese Typen dabei, aber auch Leute, die echt in Ordnung waren. Wir trafen auch welche von den Bergstämmen, von denen keiner so merkwürdig dauerhigh war wie die Flachländer. Mein Freund nennt es *high-lite-lite*. Er spitzt die Dinge gerne zu. Die Leute sehen heute alle aus wie die properen Arbeiter, Bauern und Soldaten auf den Propagandaplakaten der Kulturrevolution, sagt er. Du bist einer von ihnen, deshalb fällt es dir wahrscheinlich nicht auf. Es ist nicht nur in Peking so – wo auch immer wir hingekommen sind: Alle sind *high-lite-lite*, mit Ausnahme der Bergvölker und der Grenzregionen im äußersten Westen. Mein Freund und ich haben lange beraten und beschlossen, uns in Yunnan niederzulassen, in der Nähe der Grenze zu Birma, wo die Bundesstraße 320 verläuft.«

»Ich kenne eine Frau, die sich so ähnlich fühlen muss wie du. Sie kann das Dauerhigh auch nicht ertragen.«

»Ja?«

»Sie nimmt Antidepressiva.«

»Vielleicht haben die eine ähnliche Wirkung«, sagte Xiaodong nachdenklich.

»Das kann gut sein. Sie ist der zweite Weg, nach dem ich gefragt habe.«

Zweiter Teil

I. Kommen und Gehen

Das post-kontroverse Zeitalter

»Das post-kontroverse Zeitalter!« Zhuang Zizhong, alternder Patriarch und Gründungsmitglied des *Dushu*-Magazins, hatte sich diesen Begriff selbst ausgedacht. Dass er nach all den Jahren des Hin und Her diese Epoche des glücklichen Wohlstands noch erleben durfte, dieses endlich ungehemmt auf sich und all seine Pracht blickende China noch mit eigenen Augen sehen konnte, erfüllte ihn mit tiefer Dankbarkeit. Er hatte dies vor allem seiner Zähigkeit zu verdanken, wie er sich des Öfteren ins Bewusstsein rief. Die übrigen Mitbegründer von *Dushu* waren allesamt schon verstorben, deshalb erntete jetzt er alleine den ganzen Ruhm. Zu Neujahr hatte er Besuch vom Verantwortlichen für Kultur und Propaganda des Politbüros erhalten. Dieser hatte ihn zu Hause aufgesucht, ein Journalistenteam von CCTV im Schlepptau. Mit dem persönlichen Besuch des Ministerpräsidenten beim alten Ji Xian damals konnte das zwar nicht mithalten, aber in der Kultur- und Verlagsszene war es trotzdem Gesprächsthema Nummer eins gewesen. Zhuang Zizhong war kein berühmter Sinologe oder gefeierter Schriftsteller. Die Nachricht, dass der alternde Herausgeber einer Literaturzeitschrift mit solch hohem Besuch beehrt worden war, hätte man vor ein paar Jahren noch für einen dummen Scherz gehalten. Es zeigte, welch große

Bedeutung die gegenwärtige Führung der intellektuellen Schicht beimaß. Seit den achtziger Jahren des vergangenen Jahrhunderts hatte es das nicht mehr gegeben. Zhuang Zizhong betonte bei jeder Gelegenheit, dass die Ehre eigentlich *Dushu* gebühre. Die harte Arbeit, die mehrere Generationen von Mitarbeitern in den vergangenen dreißig Jahren geleistet hatten, war nicht vergebens gewesen und hatte nun endlich die verdiente Anerkennung seitens der politischen Führung des Landes erfahren. Zhuang Zizhong musste an das mangelnde Verständnis denken, das die Partei dem Magazin anfangs entgegengebracht hatte, an die vielen Steine, die ihnen in den Weg gelegt worden waren. Auch wenn man sich später mit der Partei arrangiert hatte – ihr Vertrauen hatte man nie ganz gewinnen können. Doch in den letzten zwei Jahren hatte sich alles zum Besseren gewendet. Zunächst war da die wundersame Harmonie, die sich in der gesamten Redaktion ausgebreitet hatte, gefolgt von der großen Einhelligkeit in Sachen Staatslenkung, die neuerdings unter den früher stets uneinigen Autoren herrschte. Insbesondere dank der Debatte über das Neue Goldene Zeitalter, welche die Redaktionsleitung vor zwei Jahren angestoßen hatte, war *Dushu* wieder zu alter Größe gelangt. Man hatte nicht nur die verloren geglaubte Vorreiterstellung im Kulturbetrieb wieder inne, sondern darüber hinaus auch größte Wertschätzung von ganz oben erhalten.

Zhuang Zizhong dachte an die *Zehn Leitgedanken für das Neue Goldene Zeitalter*, die man damals formuliert hatte.

Erstens: eine demokratische Einparteiendiktatur
Zweitens: Rechtsstaatlichkeit mit Wahrung der Stabilität als höchstem Ziel
Drittens: eine autoritäre Regierungsführung im Sinne des Volkes
Viertens: eine staatlich gelenkte Marktwirtschaft
Fünftens: durch Staatsunternehmen angeführter fairer Wettbewerb

Sechstens: ein wissenschaftliches Entwicklungskonzept chinesischer Prägung
Siebtens: eine selbstzentrierte harmonische Außenpolitik
Achtens: eine multi-ethnische Gemeinschaft unter souveräner Führung einer Volksgruppe
Neuntens: ein post-westliches, post-universelles Wertesystem
Und zehntens: die Renaissance der chinesischen Nation mit ihrer unvergleichlichen Zivilisation.

An diesen Positionen war aus heutiger Sicht nichts Außergewöhnliches mehr, sie waren längst breit akzeptierter Konsens. Warum war damals bei *Dushu* selbst erst eine so lange Debatte nötig gewesen? Wie dem auch sei – für Zhuang Zizhong war die Anerkennung seitens der Partei, die seiner Zeitschrift zuteil wurde, gleichbedeutend mit der lange ersehnten Bestätigung seiner eigenen Treue zum Vaterland und dessen Führung. Es war der größte Erfolg, den er auf seine alten Tage errungen hatte.

Seine neue, wesentlich jüngere Ehefrau schob ihn im Rollstuhl zum Auto. Nach dem Neujahrsbesuch durch die Staatsführung hatte der zuständige Vertreter des Parteikomitees ihm einen Dienstwagen samt Fahrer zur Verfügung gestellt. Dieser Wagen brachte ihn nun jeden Samstagnachmittag zum Buchladen von *SDX*, wo er sich ein wenig umzusehen und zu lesen pflegte.

• • •

Als Zhuang das Haus verließ, machte sich gerade auch der seit einigen Jahren in Peking ansässige taiwanische Schriftsteller Chen von der Happy-Village-II-Siedlung aus auf den Weg zu seinem alltäglichen Nachmittagsspaziergang, bei dem er für gewöhnlich eine der drei im Umkreis von zwei Kilometern gelegenen Starbucks-Filialen aufsuchte. Da es Samstag war, würden die beiden in Sanlitun und in der Oriental Ginza Mall sicher völlig überfüllt sein, daher blieb ihm nur das im Pacific Century

Place Building, in der Hoffnung, dass die ganzen Bürohengste am Wochenende eher ins Fitnesscenter gingen als dort die Sofas zu belegen und im Internet zu surfen.

Der einzige Unterschied zu den vergangenen zwei Jahren war, dass Chen dabei nicht quietschfidel und fröhlich wirkte. In jüngster Zeit war sein Glücksgefühl verflogen, ja, man konnte sogar sagen, dass er ausgesprochen niedergeschlagen war.

Seit Xiaoxi seine Wohnung fluchtartig verlassen hatte, befand sich Chens Laune in einem Dauertief.

Xiaodongs Weggang aus Peking hatte es nur noch schlimmer gemacht. Ein paar Tage nach seinem Besuch bei ihr war Chen nach Wudaokou zu Madame Song gefahren. Er hatte mit Bedacht eine Zeit gewählt, zu der der junge PU-Elitestudent Wei Guo aller Wahrscheinlichkeit nach Vorlesungen haben würde. Kurz nach zehn Uhr vormittags hatte er im kleinen Gässchen hinter dem Restaurant *Fünf Aromen* auf Madame Song gewartet, von der er sich Nachricht von Xiaoxi erhoffte.

Er trug einen beigefarbenen Trenchcoat, in dem er aussah wie Ng Man Tat als Privatdetektiv oder Law Kar-Ying als exhibitionistischer Lüstling in einer der unzähligen Slapstick-Komödien des Hongkong-Kinos. Er selbst fühlte sich darin jedoch eher wie Hollywood-Legende Humphrey Bogart oder der britische *Harboiled*-Autor Graham Greene. Als er Madame Song endlich in das Gässchen einbiegen sah und aus seinem Versteck heraus auf sie zuschoss, jagte er der jungen Frau, die vor ihr herging, einen solchen Schreck ein, dass sie schrill aufschrie.

Als sich der kleine Tumult gelegt hatte, wandte sich Chen an Madame Song und fragte, ob sie eine Möglichkeit wisse, Xiaoxi zu kontaktieren. Sie zog einen kleinen Zettel aus ihrer Tasche: »Ich wusste, dass du kommen würdest. Als Xiaoxi mir das letzte Mal geschrieben hat, überlegte sie gerade, ob sie sich mit dir treffen sollte. Ich habe sie dazu ermutigt. Sie hat danach nichts mehr von sich hören lassen, aber vor ein paar Tagen bekam ich eine SMS, ich weiß nicht woher, mit dieser merkwürdigen Buchstabenfolge. Ich habe sie abgeschrieben. Ich wusste, dass du kommen würdest!«

Chen sah sich den Zettel an und fragte dann: »Was bedeutet das?«

»Ich weiß es nicht.«

»Hat Xiaoxi Ihnen das geschickt?«

»Es ist garantiert von ihr, ich bin ganz sicher.«

Als Chen noch unschlüssig dastand, ergriff Madame Song seine Hände, fiel halb auf die Knie und flehte ihn an: »Hilf ihr, Chen, bitte hilf Xiaoxi!«

Chen versuchte, sie zu beschwichtigen, und zog sie wieder hoch. Ihr Gesicht war tränenüberströmt. Chen spürte, wie seine Augen ebenfalls feucht wurden, und zog ein Taschentuch hervor, um sie zu trocknen.

Madame Song sagte: »Ich weiß, dass du sie retten wirst, Chen. Du bist ein guter Mensch, du wirst sie retten!«

»Ich werde tun, was ich kann«, antwortete er.

Wieder zu Hause vor seinem Computer starrte Chen besorgt auf den kleinen Streifen Papier. Darauf stand nur ein Wort: *kornichtot. nurernstgemeintesOK* hatte Chen noch schnell entschlüsselt bekommen, aber was mochte *kornichtot* bedeuten? Korn-ich-tot? KO-aber-nicht-total? Das ergab doch alles keinen Sinn. Immer diese Probleme mit Buchstaben; bei chinesischen Zeichen konnte so etwas nicht passieren.

Plötzlich erinnerte Chen sich an seine Kindheit in Hongkong, als seine Mutter unter der Woche in der katholischen Kirche von Rennie's Mill gekocht hatte. Sonntagmorgens war sie mit Chen immer zum Gottesdienst bei den Protestanten gegangen, weil man dort nach der Predigt ein Paket Mehl geschenkt bekam, eine Spende aus den USA. Chens Mutter war während der Gottesdienste freilich jedes Mal eingeschlafen, er jedoch hatte als Kind gerne den Worten des Pastors gelauscht. Einmal, als jemand aus der Gemeinde gestorben war, hatte dieser in seiner Trauerrede gesagt, dass ein Weizenkorn, solange es lebe, nur ein Korn bleibe; wenn es jedoch sterbe und zur Erde falle, erwüchsen daraus viele Körner; ein Korn sterbe also gar nicht, wenn es zur Erde falle. Hatte Xiaoxi sich etwa danach benannt? Chen hatte an ihr bisher keinerlei Anzeichen von Religiosität bemerkt.

Er suchte im Internet nach der Kombination dieser Worte, und fand alle möglichen Einträge, angefangen bei Aufsätzen des taiwanischen Harvard-Professors David Wang über Eileen Chang bis hin zu einem autobiographischen Roman von André Gide in chinesischer Übersetzung. Chen klickte sich durch zig Links, fand jedoch keinen Hinweis auf Xiaoxi und gab schließlich entnervt auf. Das Versprechen, Xiaoxi zu retten, das er Madame Song am Morgen gegeben hatte, lastete schwer auf seinen Schultern. Doch so niedergeschlagen er auch sein mochte, das Leben musste weitergehen. Also brach er auf, um bei Starbucks einen Lychee-Oolong-Latte zu trinken.

• • •

Womit Chen nicht gerechnet hatte, war, dass Fang Caodi, vormals Fang Lijun, seit zwei Stunden an der Xindong Road auf ihn wartete. Fang Caodi war Chen dort einmal zufällig über den Weg gerannt und hatte seine Visitenkarte bekommen. Die E-Mail, die er Chen geschrieben hatte, war jedoch unbeantwortet geblieben. Heute hatte er beschlossen, an den Ort ihres letzten Aufeinandertreffens zurückzukehren und Chen ein weiteres Mal »zufällig« zu begegnen. So konnte er spontan entscheiden, wie er weiter vorgehen wollte.

Fang Caodi konnte inzwischen schon anhand der Erscheinung eines Menschen mit großer Sicherheit sagen, ob es sich um einen *Artgenossen* von ihm und Zhang Dou handelte oder nicht. Beim letzten Mal hatte Chen sorglos und selbstzufrieden gewirkt, also nicht besonders artverwandt. Aber für Fang Caodi war Chen einmal ein kluger Mann gewesen und er revidierte seine Einschätzung anderer Menschen nur sehr selten. Es erfüllte ihn daher mit dem größten Vergnügen als er sah, wie Chen an diesem Tag bedrückt und mit bekümmerter Miene das Happy Village II verließ.

Fang Caodi nahm seine Baseballmütze ab, sprang auf ihn zu und rief: »Meister Chen, Meister Chen! Ich bin's, Fang Caodi!«

Er tätschelte mit der Hand seine Glatze, so, als ob er seinem Gegenüber dadurch eine Gedächtnisstütze geben wolle.

»Meister Chen, heute sehen sie endlich wieder normal aus!«

»Ich habe keine Lust, mich mit dir zu unterhalten, Fang«, entgegnete Chen schroff.

»Da haben sie ganz recht, Meister Chen. Ein Monat ist verschwunden, wie soll man da schon Lust auf irgendwas haben?«

»Fang, ich habe zu tun. Wir unterhalten uns ein andermal.«

»Wohin wollen Sie denn, Meister Chen?«, fragte Fang.

Chen überlegte kurz. »Kaffeetrinken bei Starbucks« kam als Antwort nicht in Betracht – Fang hätte sich ihm sofort als Begleitung aufgedrängt –, also sagte er: »Zum *SDX*-Buchladen.«

Prompt sagte Fang Caodi: »Ich fahre Sie hin, steigen Sie ein!« und öffnete die Beifahrertür seines Jeep Cherokee, der neben ihm parkte.

Chen versuchte abzuwiegeln: »Nicht nötig, wirklich nicht nötig! Mach dir keine Umstände, ich fahre mit dem Taxi.«

»Ist kein Umstand, ich habe sonst nichts vor. Bin extra gekommen, um ein wenig mit Ihnen zu plaudern, Meister Chen.«

Widerwillig stieg Chen ein.

»Meister Chen …«, hob Fang Caodi an, als sie losgefahren waren, doch Chen fiel ihm genervt ins Wort: »Hör endlich auf, mich ›Meister‹ zu nennen! Der jüngste Tag ist gekommen, wenn die Welt voller Meister ist, das steht schon in der Bibel.«

»Damit ist nicht zu scherzen«, sagte Fang Caodi ernst. »Dann lasse ich den ›Meister‹ lieber weg und nenne sie nur ›Herr Chen‹.«

Erschöpft fragte Chen: »Du wolltest doch mit mir reden, also: Schieß los.«

»Herr Chen, ein Monat ist verschwunden. Was sollen wir tun? Wir müssen ihn wiederfinden!«

Chen war genervt: »Dann ist er eben verschwunden! Was geht dich das an? Wen kümmert schon *ein* dämlicher Monat!«

Doch was Fang Caodi dann sagte, ließ Chen aufhorchen: »Er kann nicht einfach verschwinden, das ist nicht richtig. Haben Sie denn nicht bemerkt, dass sich die Menschen um Sie herum in den letzten zwei Jahren verändert haben, Herr Chen?«

Xiaoxi und Xiaodong hatten genau dasselbe gesagt.

»In der Zeit vor und nach diesem einen Monat hat sich das ganze Land gewandelt und auch die Menschen haben sich verändert.«

Jetzt übertrieb er aber, fand Chen.

Fang Caodi fuhr fort: »Es gibt jetzt zwei Arten von Chinesen, von denen eine die große Mehrheit darstellt, während die andere nur eine winzige Minderheit ist.«

»Wie groß ist denn diese Minderheit?«, wollte Chen wissen.

»Bisher sind mir nur zwei Angehörige dieser Minderheit bekannt, der eine bin ich und der andere ist Zhang Dou, mein kleiner Blutsbruder. Wir glauben, dass es noch mehr von unserer Sorte gibt, und hatten gehofft, Sie seien einer davon.«

»Wieso glaubst du, ich könnte einer von euch sein?«

»Weil Sie schlecht gelaunt sind, weil Sie einen schrecklich blassen Teint haben und weil Sie in Ihrer gesamten Erscheinung aufgedunsen wirken wie ein in Wasser getauchtes Stück Brot.«

»Eure Art zeichnet sich also durch Schlechtgelauntsein aus?«

»Das ist bloß ein oberflächliches Merkmal. Wie die Beobachtungen der letzten zwei Jahre gezeigt haben, liegt der Schlüssel darin, ob man sich an die Ereignisse jenes einen Monats erinnert oder nicht.«

Chen dachte an Xiaoxi und Xiaodong. Vorsichtig fragte er: »Fang, nimmst du vielleicht seit Längerem Medikamente ein, zum Beispiel …«

»Dann sind Sie also wirklich einer von uns!«, stieß Fang Caodi begeistert aus.

»Immer mit der Ruhe, beantworte erst mal meine Frage«, sagte Chen.

»Zhang Dou und ich haben beide seit Langem Asthma und inhalieren Kortison.«

»Aha«, machte Chen, und Fang Caodi fuhr sogleich fort: »So einfach ist es nicht. Bei meinen Untersuchungen musste ich feststellen, dass der allergrößte Teil der Asthmapatienten, die gegen ihr Leiden mit Kortison behandelt werden, keine Artgenossen sind. Bis heute habe ich nur Zhang Dou auftreiben können.«

Chen dachte laut nach: »Möglicherweise ist es auch bei anderen Medikamenten so …«

»Was sagen Sie, Herr Chen?«, fragte Fang Caodi.

Chen fuhr fort mit seiner Schlussfolgerung: »Kortison, Antidepressiva, Betäubungs- oder Schmerzmittel, Drogen – möglicherweise gibt es auch noch weitere Substanzen mit einer vergleichbaren Wirkung; aber es funktioniert lange nicht bei allen, die über einen längeren Zeitraum damit in Kontakt kommen. Die Einnahme von Medikamenten erhöht lediglich die Wahrscheinlichkeit, ›immun‹ zu sein; vielleicht gibt es noch andere Variablen, die man mit einbeziehen muss – so könnten außer den Medikamenten noch andere Faktoren eine Rolle spielen, beispielsweise Essgewohnheiten, Charaktereigenschaften oder persönliches Schicksal der betreffenden Person, und all das zusammen entscheidet darüber, ob jemand so denkt und fühlt wie du oder nicht. Ich kann bei euch ein paar Gemeinsamkeiten sehen. Leute wie du empfinden erstens: die Menschen ringsherum als verändert; zweitens: diese Veränderung besteht darin, dass die Menschen glücklicher sind als früher und auf einer Art Dauerhigh zu schweben scheinen; drittens: ihr erinnert euch an Dinge, die den anderen entfallen zu sein scheinen. Das sind wohl die gemeinsamen Merkmale.«

Chen dachte daran, dass Xiaodong vieles erinnerte, während Xiaoxi nach eigener Aussage sehr viel vergessen hatte.

Fang Caodi pflichtete ihm bei: »Blendend analysiert, Herr Chen, wirklich blendend! Es ist tatsächlich so, man erinnert sich an viele Dinge, die die anderen vergessen haben, vor allem an den verschwundenen Monat. Dabei herrscht kollektiver Gedächtnisschwund.«

»Von welchem Monat redest du da eigentlich immer?«

»Von dem zwischen dem Ausbruch der weltweiten wirtschaftlichen Eiszeit und dem Beginn des Goldenen Zeitalters in China. Genau genommen waren es achtundzwanzig Tage.«

Chens Gedanken schweiften einen Moment lang ab. Er musste an den Kriminalroman denken, den er einmal geschrieben hatte, *Der dreizehnte Mond*. Dann fasste er sich wieder und fragte: »Der Eintritt in die Wirtschaftseiszeit und der Anbruch des Goldenen Zeitalters, das war doch genau zur selben Zeit, oder etwa nicht?«

Fang Caodi lachte: »Herr Chen, Sie haben wirklich Humor!«

Chen sagte nichts, er versuchte mit aller Kraft, sich jene Zeit ins Gedächtnis zu rufen, doch seine Erinnerungen waren unscharf und verschwommen. Vielleicht bildete sich Fang das alles bloß ein und es hatte die verschwundenen achtundzwanzig Tage nie gegeben.

Erst jetzt bemerkte Fang Caodi, dass Chen es nicht als Scherz gemeint hatte: »Sie erinnern sich nicht, nicht wahr, Herr Chen? Ich hatte gerade begonnen zu glauben, sie seien einer von uns …«

Möglich, dass Fang Caodi und dieser Zhang Dou Geistesverwandte von Xiaoxi und Xiaodong sind, dachte Chen.

Fang Caodi war die Enttäuschung anzuhören: »Es tut mir leid, Sie belästigt zu haben.«

»Nein, nein, ich bin zwar keiner von euch, aber hör zu … Lass es mich so ausdrücken: Ihr seid ein paar Außerirdische, die sich auf die Erde verirrt haben, und ich, ich bin der Einzige auf diesem

Planeten, der mit euch kommunizieren kann, ein befreundeter Erdling, verstehst du?«

»Ich verstehe. Sie sind der Judas unter den Erdlingen.«

Chen hatte keine Lust, weiter darauf einzugehen, er sagte nur: »Ich kenne jemanden, mehrere, die möglicherweise Artgenossen von euch sind.«

»Wirklich? Das ist ja wunderbar! Wo sind sie?«

»Ich weiß nicht, wo sie sind. Ich bin selbst auf der Suche nach einer von ihnen.«

»Ich helfe Ihnen! Wir können zusammen nach ihr suchen«, bot Fang Caodi an.

Chen musterte ihn. Er überlegte, ob er ihn einbinden sollte oder ob das alles komplett durcheinanderbringen würde.

Fang sagte: »Ich bin Profi im Aufspüren. Ich habe in den vergangenen zwei Jahren nichts anderes gemacht als nach dem verschollenen Monat gefahndet, nach Menschen, nach Beweisen … Lassen Sie mich Ihnen helfen, Herr Chen, bitte!«

»Fang, lass mich erst mal darüber nachdenken.«

»In Ordnung«, lenkte er ein, dann schwieg er eine Weile. Als sie *SDX* beinahe erreicht hatten, sagte er: »Die Buchläden heutzutage braucht man sich gar nicht mehr anzusehen. Im ganzen Land ist es dasselbe – sie verkaufen alle nur noch die offizielle, gesäuberte Version. Nach der Wahrheit braucht man dort nicht zu suchen. Wenn Sie mir nicht glauben, können Sie es selbst nachprüfen. Es muss gar nicht der verschollene Monat sein, nehmen Sie den 4. Juni '89, dazu werden Sie garantiert nichts finden, genau wie zum Kampf gegen Rechtsabweichler und zur Kulturrevolution, da gibt es nicht ein vernünftiges Buch mehr, nur noch Ammenmärchen.«

Chen sagte dazu nichts. Fang Caodi regte ihn langsam wirklich auf. Selbst zum Besuch im Buchladen wollte Fang ihm was erzählen? Was hatte der denn schon gelesen? Allein mit den Memoiren prominenter Zeitgenossen ließen sich ganze Regale füllen. Früher war Chen jede Woche hier gewesen, die letzten zwei Jahre immerhin noch im Abstand von ein paar Monaten; was Bücher anging, ließ er sich von Fang nichts vormachen! Da war er der Profi! Fang Caodi hatte sich nicht verändert, er war schon immer eine Nervensäge gewesen.

Sie hielten vor dem *Taofen*-Center, in dem sich der *SDX*-Buchladen befand, und Chen stieg aus dem Wagen. Fang Caodi nahm sein Mobiltelefon und wählte eine Nummer, kurz darauf begann Chens Handy zu klingeln. »Jetzt haben Sie meine Nummer. Sie können mich jederzeit anrufen, wenn Sie mich brauchen«, sagte er. Er werde auf Chens Anruf warten, rief er, und dann, kurz bevor er davonfuhr: »Ich wette mit Ihnen, Herr Chen, dass sie selbst Yang Fengs Bücher nicht mehr führen!«

Damit brauste Fang Caodi davon. Chen dachte nach: Die verbotenen Bücher aus Hongkong und Taiwan konnte man vernachlässigen, ebenso die selbst gedruckten, illegalen Schriften vom Festland; von den offiziell und legal in China veröffentlichten Werken waren Xiaozhus *Vorboten der Geschichte*, Zhang Yihes *Vergangenes vergeht nicht wie Rauch* oder der von Xu Xiao, Ding Dong und Xu Youyu herausgegebene Band *Yu Luoke – Posthumes Werk und Memoiren* schon vor langer Zeit auf dem Index gelandet und somit sicher nicht mehr erhältlich; Yang Xianhuis *Die Rechtsabweichler von Jiabiangou*, oder Wu Sis *Versteckte Regeln* mochte es durchaus noch geben, vielleicht aber auch nicht; doch *Gehirnwäsche – Sechs Berichte über Kaderschulen* und *Auf der Grenze des Lebens* von Yang Jiang, das waren langjährige Bestseller, natürlich bekam man die noch! Ihre autobiografische Familiengeschichte *Wir drei* war sogar bei *SDX* erschienen, wie sollte es sie da nicht mehr geben? Völlig ausgeschlossen.

• • •

Im Laden ließ Chen gleich eine der Angestellten per Computer nach Yang Jiangs Büchern suchen. Das Fräulein teilte ihm mit, es gebe dazu keinen Eintrag.

Sie war eben noch jung und kannte sich nicht aus, sagte sich Chen. »Heißt das, es ist nichts lieferbar?«, fragte er.

»Es gibt keinen Eintrag im Verzeichnis, also führen wir diese Bücher nicht«, antwortete sie.

»Und früher?«, hakte Chen nach.

»Früher gab es das Verzeichnis nicht.«

»Aber *Wir drei* ist bei *SDX* erschienen!«

»Das mag sein, laut Computer führen wir es aber nicht.«

»Ist der Geschäftsführer da?«

»Vielleicht finden Sie ihn im Café im ersten Stock.«

Nach kurzer, selbstkritischer Überlegung musste Chen sich eingestehen, dass er in den letzten zwei Jahren keine Aufzeichnungen mehr über die Geschichte der Partei oder der Volksrepublik gelesen hatte; selbst persönliche Erinnerungen an den Kampf gegen Rechtsabweichler oder die Kulturrevolution hatte er kaum noch angerührt. Er hatte nur noch chinesische Klassiker, Werke über die Geschichte und Kultur des alten China oder Reiseberichte und Prosa bekannter Persönlichkeiten gelesen, dazu intensiv Louis Cha, Eileen Chang und Lu Xun. Er hatte lange nicht mehr darauf geachtet, was bei *SDX* noch an Sachbüchern und Erinnerungen an den Kampf gegen Rechts oder die Kulturrevolution in den Regalen lag. Also beschloss er, selbst im Untergeschoss nachzusehen.

Vor zwei Jahren hatte man hier ein wenig umgebaut. Früher war der Bereich an der Treppe für die von *SDX* verlegten Bücher reserviert gewesen, inzwischen fanden sich dort Romane und Prosa, dahinter kamen klassische chinesische Geschichte und Kultur, Religion sowie Film und Fernsehen. Dort war heute einiges los, wenn auch nicht annähernd so viel wie bei den Bestsellern, Business-, Motivations- und Reiseratgebern im Erdgeschoss. Weiter hinten im Untergeschoss, wo der Grundriss einen L-förmigen Knick machte, waren jedoch nur noch vereinzelt ein paar Kunden zu sehen. Dort befand sich die Abteilung für Philosophie, Geschichte und Politik. Bei seinem letzten Besuch hatte

Chen hier urplötzlich ein starkes Beklommenheitsgefühl überkommen; diesmal wurde er jäh von heftigen Kopfschmerzen geplagt. Er musste die Büchersuche aufgeben und beeilte sich, wieder nach oben zu kommen, wo die Schmerzen etwas nachließen. Er wollte sich hinsetzen und lief geradewegs weiter in den ersten Stock, wo sich das Café befand.

Gerade, als er auf einen Platz im hinteren Teil des Cafés zusteuerte, hörte er eine Stimme rufen: »Chen, mein Junge!« Er sah sich überrascht um und entdeckte den alten Zhuang Zizhong, Mitbegründer des *Dushu*-Magazins, der ihn zu sich winkte. Bei ihm saßen der Geschäftsführer des Buchladens, zwei Angehörige der Kulturszene, die er flüchtig kannte, und eine junge Frau. Beim letzten *Dushu*-Empfang hatte er Zhuang nicht begrüßt, weil zu viele Leute um ihn herumgestanden hatten; jetzt gab es kein Entkommen. Insgeheim beschämt schüttelte er ihm mit überschwänglicher Freundlichkeit die Hand: »Mein verehrter Herr Zhuang, wie schön Sie zu sehen!«

Zhuang Zizhong deutete auf die junge Frau neben sich: »Meine Frau und neue Gebieterin. Ihr kennt euch noch nicht, glaube ich.«

Chen gab ihr behutsam die Hand: »Frau Zhuang, Sie gestatten: mein Name ist Chen.«

»Ihr kennt euch?«, fragte Zhuang in die Runde, was allseits bejaht wurde.

»Chen, mein Junge, unser Interview in der *Ming Pao* hebe ich heute noch auf. Ist jetzt schon ein Vierteljahrhundert her!«

Alle Anwesenden machten ein beeindrucktes Gesicht.

»Setz dich doch, ich muss dich etwas fragen: Wie hat eigentlich die *Ming Pao* über den Besuch aus der Parteizentrale bei mir geschrieben?«

Die Website der *Ming Pao Daily* wurde abgeschirmt und war vom Festland aus nicht zu erreichen, Chen hätte sie also gar nicht lesen können, dennoch sagte er ohne zu zögern: »Oh, in etwa

dasselbe wie die *Beijing News*. Ein längerer Artikel.«

Zhuang war sichtlich erfreut.

Impulsiv platzte Chen mit einer Sache heraus, die ihn seit einiger Zeit beschäftigte: »Herr Zhuang, sagen Sie, sind die Intellektuellen jetzt wirklich bereit, sich mit der Partei zu versöhnen?« Kaum hatte er die Frage ausgesprochen, befürchtete er schon, damit zu direkt gewesen zu sein.

»Sich mit der Partei versöhnen? Die Frage ist doch eher, ob die Partei den Intellektuellen vergeben will!«, rief Zhuang.

In diesem Moment kam jemand an den Tisch, um ihn zu begrüßen. Chen nutzte die Gelegenheit und fragte leise den Geschäftsführer, wieso die Bücher von Yang Jiang allesamt nicht mehr erhältlich waren.

»Welche Yang Jiang?«

»Na die Frau von Qian Zhongshu.«

Der Geschäftsführer schien sich zu entsinnen: »Ach so, die Yang Jiang. Wahrscheinlich liest sie heute einfach niemand mehr.«

Chens Kopfschmerzen meldeten sich zurück. Konnte es sein, dass sich die Interessen der Durchschnittsleser in den letzten zwei Jahren genauso verschoben hatten wie seine eigenen?

»Herr Zhuang, ich muss mich leider verabschieden«, sagte er, »ich habe noch einen Termin. Es hat mich gefreut, Sie zu sehen, bleiben Sie gesund!« Und zu Zhuangs Frau: »Frau Zhuang, ich empfehle mich. Geben Sie gut Acht auf Ihren Gatten, er ist schließlich ein Staatsschatz!«

Als Chen das Geschäft verließ, fragte er sich, ob er es mit der Höflichkeit nicht etwas übertrieben hatte. Zhuang einen »Staatsschatz« zu nennen war schon ziemlich dick aufgetragen. Doch dann kam ihm der Lieblingsspruch von Wei Xiaobao in den Sinn, einer Figur aus Louis Chas Kungfu-Klassiker *Der Hirsch und der Kessel*: »Vom Speichellecken ist noch keiner gestorben.« Was war schon dabei, jemandem eine kleine Freude zu machen?

Zu Hause angekommen, nahm Chen ein Mittel gegen Erkältung und Kopfschmerzen. Er fiel in einen dämmrigen Schlaf, aus dem er erst am nächsten Morgen wieder erwachte, ohne sich wirklich ausgeruht zu fühlen. Mittags goss er sich ein Päckchen *Meister Kang*-Instant-Nudeln auf, in einer der hundert verschiedenen Geschmacksrichtungen, die inzwischen angeboten wurden. Chen achtete nicht darauf, welchen Geschmack seine hatten. Anschließend suchte er auf den großen Buchportalen im Internet nach Büchern von Yang Jiang, fand jedoch nicht einmal einen Eintrag im Verzeichnis.

Als Nächstes suchte er nach Themen. Zum 4. Juni 1989 und der Verfolgung der *Falun-Gong*-Anhänger ab '99 gab es erwartungsgemäß keine Treffer; aber selbst zu Themen, über die man in den achtziger- und neunziger Jahren des vergangenen Jahrhunderts sprechen durfte, fand sich kaum noch etwas: die Landreform, die Kampagne gegen Konterrevolutionäre, die Drei-Anti- und Fünf-Anti-Bewegung, der Kampf gegen Rechtsabweichler, die Drei Katastrophenjahre, der Tibet-Aufstand von '59, die Kulturrevolution, die Demokratiemauer von Xidan, die Anti-Kriminalitätskampagne von '83 … Bei der Suche stieß Chen lediglich immer wieder auf *Lesebuch Modernes China* und *Allgemeine Einführung in die Neuere Chinesische Geschichte,* zwei von offizieller Seite in Auftrag gegebene Standardwerke zum Thema.

Fang Caodi konnte einen zuweilen schon ganz schön verblüffen, dachte Chen. Er hatte scheinbar auf ganzer Linie Recht. Tausende und abertausende Bücher wurden angeboten, doch weder in den zahllosen Buchläden und großen Buchkaufhäusern im Land noch im angeblich lückenlosen Sortiment der Online-Buchhändler fand man Bücher mit den wahren Fakten der jüngeren chinesischen Geschichte. Wieso war ihm das nicht früher aufgefallen? Zur Zeit der Kulturrevolution und nach Beginn der Reform und Öffnung Chinas gab es kaum Bücher; den Menschen war klar, dass man ihnen die Wahrheit vorenthielt. Jetzt gingen einem vor lauter Büchern schier die Augen über, es gab mehr davon, als man jemals lesen konnte. Die Wahrheit war aber nach wie vor unter Verschluss. Der Eindruck der Menschen, sie könnten ihren eigenen Leseinteressen folgen und frei auswählen, worauf sie gerade Lust hatten, war bloß eine Illusion; sie sahen nicht, dass sie bevormundet wurden.

Chen machte sich an die freie Suche im Internet. Dass sich auch hier nichts zu den Ereignissen auf dem Platz des Himmlischen Friedens '89 fand, war nicht weiter verwunderlich; doch auch, was die Links zur Kulturrevolution anging, war nichts Verwertbares dabei, nur nostalgisch verklärte Erinnerungen an eine stets sonnenbeschienene Jugend. Die wenigen Seiten, die sich mit historischen Ereignissen befassten, boten lediglich eine vereinfachte und bereinigte Version. Kein Wunder, dass die jungen Leute nicht mehr sagen konnten, wer die *Viererbande* war. Wer nach 1980 geboren war, hatte noch nie etwas von Wei Jingsheng oder Liu Binyan gehört. Deshalb gab es jedes Mal, wenn Wang Dan an Universitäten im Ausland über die Niederschlagung der Demokratiebewegung von 1989 sprach, Zwischenrufe und Beschimpfungen von chinesischen Gaststudenten, denn diese konnten die Wahrheit über die Ereignisse damals gar nicht kennen, weder aus Büchern noch aus dem Internet und erst recht nicht aus der Schule oder den traditionellen Medien.

Was das Wissen über die neuere chinesische Geschichte anging, gab es eine dramatische Kluft zwischen den Generationen, sinnierte Chen. Manche Dinge gehörten für die Generation der Fünfzig- oder Sechzigjährigen zum selbstverständlichen Allgemeinwissen, über das sie auch nach Jahren noch sprachen, wenn sie sich trafen. Zu Hause hatten sie die Bücher und Zeitschriften, die man heute nicht mehr fand, und daher bemerkten sie nicht, dass sie langsam aber stetig zu einer Minderheit wurden. Sie standen nicht mehr für die breite Masse der Gesellschaft und hatten auch keine Möglichkeit, ihr Wissen an die jüngere

Generation weiterzugeben. Die Jüngeren wussten somit überhaupt nicht mehr, wie es früher wirklich gewesen war.

Chen musste an das falsche Paradies und die gute Hölle denken. In der guten Hölle wussten die Menschen, dass sie in der Hölle saßen, und versuchten, sie zu verändern. Doch nach einer Weile im falschen Paradies waren sie so sehr daran gewöhnt, dass sie glaubten, tatsächlich im Himmelreich angelangt zu sein.

Chen selbst war das beste Beispiel: Die vergangenen Jahre hatte auch er keine Lust mehr verspürt, sich mit der schmerzhaften jüngeren Geschichte Chinas auseinanderzusetzen, hatte lieber im Kanon der Klassiker und der Trivialliteratur gelesen. Er surfte jeden Tag im Internet und ging regelmäßig zum Stöbern in die Buchgeschäfte; aber dass die Geschichte umgeschrieben worden war, die Wahrheit ausgelöscht, davon hatte er nichts gemerkt, weil er sich nicht mehr dafür interessiert hatte. Erst durch seinen Besuch bei *SDX* und seine folgende Internetrecherche war ihm aufgefallen, dass die historischen Fakten unübersehbar aufgehört hatten zu existieren, dass sie in aller Öffentlichkeit verschwunden waren.

Chen war Romanautor, ein Geschichtenerzähler, er wusste, dass in der mit Symbolen angefüllten Welt der Postmoderne Realitäten kreiert wurden, dass man Geschichte unterschiedlich interpretierte und dass man selbst darüber streiten konnte, ob etwas Fakt war oder Fiktion. Doch dass einem ins Gesicht gelogen wurde, dass man wie selbstverständlich Tatsachen auslöschte, dass ohne jeden Skrupel die Wahrheit verdreht und in aller Öffentlichkeit Geschichte gefälscht wurde – das bereitete Chen dann doch eine Spur von Unbehagen.

Aber nur eine winzige Spur.

Wenn er früher nicht als Journalist gearbeitet hätte, wäre es ihm vielleicht gar nicht so zwingend erschienen, dass man Tatsachen respektierte. Und wenn er nicht all die Interviews mit Chinas kulturellen Größen geführt hätte, hätte ihm wohl auch das

Bewusstsein dafür gefehlt, dass das wahre Antlitz der Geschichte für die Nachwelt bewahrt werden sollte. Respekt vor der Geschichte, vor Tatsachen und vor der Wahrheit – diese Wertvorstellungen waren nicht selbstverständlich, sie wollten immer wieder aufs Neue gestärkt werden; allgemeine Anerkennung war ihnen nicht garantiert. Die meisten Menschen scherten sich nicht darum, kaum jemand würde für diese Werte eintreten; der Preis war auch viel zu hoch.

Hinzu kam, dass die Wahrheit oft schmerzte – und wer wollte schon Freude durch Schmerz ersetzen?

In diesem Moment verspürte Chen das Verlangen, die Last der Geschichte einfach von sich abzustreifen. Wollte man es den Menschen wirklich verübeln, dass sie sich nicht mehr erinnerten? War es unabdingbar, der jungen Generation das Leid der vorherigen vor Augen zu halten? Mussten die Intellektuellen sich unbedingt einmischen und im Kampf mit dem Staatsapparat ihr Leben riskieren? Hatten die Leute mit ihrem alltäglichen Leben nicht schon genug zu tun? Sollte die Jugend etwa nicht nach vorn blicken? War es nicht sinnvoller, wenn die Intellektuellen Anregungen gaben statt Kritik zu üben? Wenn sie realistisch waren und ihre Energie auf die Themen richteten, die das Land voranbrachten? Ging es den Leuten etwa nicht besser als früher?

Wer hatte noch die Zeit, sich um ein paar historische Fakten zu kümmern? Und es war ja auch nicht so, dass Geschichtsbücher, Sachbücher und Biografien generell verboten waren; im Gegenteil, es gab Unmengen davon. Nur solche, die nicht zur von der Partei sanktionierten Darstellung der neueren Geschichte passten oder diese gar herausforderten, verschwanden spurlos.

Chen fiel plötzlich eine Bezeichnung dafür ein: Neunzig-Prozent-Freiheit. Es herrschte bereits eine große Freiheit, man konnte über gut neunzig Prozent aller Themen frei sprechen, vielleicht sogar noch mehr. Mindestens neunzig Prozent aller Aktivitäten wurden nicht mehr streng kontrolliert und reglementiert. War das nicht genug? Die Mehrzahl der Leute kam selbst mit neunzig

Prozent Freiheit nicht zurecht, ja sie fanden es noch zu viel! Beschwerten sich nicht alle schon über Informationsexplosion und Spaßgesellschaft?

Je länger Chen nachdachte, desto mehr fühlte er sich im Recht. Er hatte eine lange Liste mit Büchern, die er schon längst hatte lesen wollen. Darunter waren Bücher über chinesische Kultur, wie die *Vierundzwanzig Dynastiegeschichten*, aber auch Klassiker wie die großen russischen Historienromane des neunzehnten Jahrhunderts, Höhepunkte der westlichen Literatur. Die Lesegewohnheiten der Festländer und der Taiwaner waren früher sehr unterschiedlich ausgerichtet gewesen: Während Chens Altersgenossen vom Festland Romane aus dem zaristischen Russland lasen, studierte Chen die zeitgenössische amerikanische Literatur. Es bereitete ihm ein schlechtes Gewissen, als Schriftsteller keinen der russischen Klassiker gelesen zu haben. Irgendwann würde er das schon noch nachholen, hatte er sich immer gesagt. Jetzt waren seine Jahre bald gezählt, worauf wartete er also noch? Er hatte seinen Kanon an Klassikern, was brauchte er da allzu große Freiheit?

Außerdem gab es ja möglicherweise in Zukunft eine Lockerung auf fünfundneunzig Prozent – sofern die Verhältnisse im Land es erlaubten. Wer weiß, vielleicht waren es sogar heute schon fünfundneunzig Prozent! Das war kaum weniger als im Westen. Dort gab es auch Beschränkungen der Meinungs- und Handlungsfreiheit: zum Beispiel schränkte die deutsche Regierung die freie Meinungsäußerung von Rechtsradikalen ein, und in den USA raubte die Regierung den Homosexuellen die Freiheit der Eheschließung. Der einzige Unterschied bestand darin, dass im Westen – zumindest theoretisch – die Regierung ihre Macht vom Volk verliehen bekam, während in China die Freiheiten des Volkes von der Regierung gewährt wurden. War dieser Unterschied wirklich so relevant?

Heute sagte doch selbst Chens Putzfrau: Es ist alles viel besser als früher.

China machte Fortschritte. Sollte es doch noch zehn, zwanzig Jahre so positiv weitergehen. Niemand wünschte sich, dass es wieder zu großen Umwälzungen kam.

Jeder sollte pragmatisch seinen Teil dazu beitragen, dass das Land sich stabil nach vorne entwickelte und das Leben der Bevölkerung langsam an Qualität gewann. Das war doch mehr als genug.

Es war alles nur Fang Caodis Schuld, dachte Chen. Dieses Gerede von einem verschwundenen Monat und Yang Jiangs Büchern – damit hatte er ihn völlig durcheinandergebracht!

Chen würde sich ab jetzt nur noch um zwei Dinge sorgen: um seinen Roman und um die Suche nach seiner verspäteten Liebe!

Er nahm das Telefon und rief Hu Yan an, seine Freundin bei der Akademie der Sozialwissenschaften.

• • •

Hu Yan wusste inzwischen, dass das Wochenende zum Ausruhen gedacht war und nicht zum Arbeiten. Ihr Mann lag ihr ständig in den Ohren: Sie sei nicht mehr die Jüngste, ihre Tochter ginge ja schon zur Universität, sie solle die Dinge langsamer angehen.

Sie wusste auch, dass mehr Projekte offen waren, als sie jemals abarbeiten konnte. Es herrschte eine völlig andere Situation als früher, als man ihrer Forschung keine Beachtung geschenkt hatte, sie kaum an Gelder gekommen war und ihre Arbeit sie ein ums andere Mal in Schwierigkeiten gebracht hatte. Mittlerweile zählte sie zu den gefragtesten Wissenschaftlern im Land und die Erforschung der ländlichen Kultursoziologie zu den angesagtesten Disziplinen überhaupt.

Sie konnte sich noch gut erinnern, wie sie damals, Anfang der neunziger Jahre, für ihre Forschung über die Bildungsarmut junger Mädchen aus den Minderheitenstämmen der Provinz Guizhou auf Spendengelder aus Taiwan und Hongkong angewiesen gewesen war. Als sie sich gegen Ende des Jahrzehnts der Bildungsmisere bei Wanderarbeiterkindern gewidmet hatte, hatte ihr das in den akademischen Kreisen Pekings nichts als Geringschätzung eingebracht. Seitens der Regierung hatte man gar versucht, ihre Arbeit zu behindern und Druck auf sie auszuüben. Das neue Millennium hatte dann die große Wende gebracht: Im Zuge ihrer neuen Politik strukturierte die Zentralregierung mithilfe der kommunalen Verwaltungen das soziale Gefüge im ländlichen Raum um. Dabei war die Partei dringend auf kompetente Sachkundige angewiesen, und obwohl mit einem Mal eine ganze Reihe selbsternannter Experten für die Wanderarbeiterproblematik auf der Bildfläche erschienen, kamen die Kader auch auf Hu Yan zu. Ihr wurden immense Forschungsprojekte zugeteilt, wobei dem Aufbau der Infrastruktur in ländlichen Gebieten und der Reform des Pachtrechts oberste Priorität zukam. Hu Yan erhielt staatliche Mittel in einer Höhe, die ihre Akademikerkollegen vor Neid erblassen ließ.

Während ihrer Feldforschung auf dem Land war Hu Yan zufällig auf ein Phänomen aufmerksam geworden, das sie gleich interessierte: das rasante Wachstum der protestantischen Hauskirchen. In einer Erhebung aus dem Jahr 2008 hatte man die Anhängerzahl dieser »Untergrundkirchen« sowie der beiden staatlichen Kirchen – der *Patriotischen Drei-Selbst*-Bewegung und der *Katholisch-Patriotischen Vereinigung* – noch auf fünfzig Millionen Gläubige beziffert. Hu Yan war überzeugt, dass sich ihre Zahl inzwischen auf an die hundert Millionen verdoppelt haben musste, denn in den letzten zwei Jahren war die Zahl der Gläubigen sprunghaft angestiegen. Hu Yan hatte daher zusammen mit zwei befreundeten Kollegen einen ersten inoffiziellen Bericht verfasst, den sie nun in ihrem überwiegend aus Akademikern bestehenden Bekanntenkreis zirkulieren ließ, um ein paar Reaktionen dazu einzuholen. Sie war nicht sicher, ob das

Thema so lohnenswert war, um andere Projekte dafür zurückzustellen. Außerdem war Religionssoziologie nicht ihr Fachgebiet. Wenn sie nun in diesem Bereich auch noch erfolgreich wäre und staatliche Unterstützung erhielte, würden ihre Neider sich den Mund über sie zerreißen – Profilierungssucht und wissenschaftliches Allmachtsstreben wären dann noch die harmloseren Vorwürfe.

Hu Yan hatte sich immer nur um ihre eigenen Angelegenheiten gekümmert und darauf geachtet, sich nicht dem Zorn und den Lästereien der akademischen Welt auszusetzen; deshalb wollte ein Schritt wie der zur Erforschung der chinesischen Untergrundkirchen genau überlegt sein. Doch der Verlockung war schwer zu widerstehen: Unter 1,3 Milliarden Chinesen gab es einhundert Millionen Christen, in anderen Worten: jeder dreizehnte. Der Staat konnte vor diesem Phänomen einfach nicht länger die Augen verschließen. Hu Yan wusste, dass sie über ein ausgezeichnetes akademisches Gespür verfügte. So wie es aussah, würden die Untergrundkirchen sehr bald zu einem heiß diskutierten gesellschaftlichen Thema werden und sie samt ihrer Forschungen dann mit ins Rampenlicht ziehen. Für die Wissenschaftlerin in ihr war das eine große Verlockung. Sie hatte Witterung aufgenommen – würde sie ihren Elan jetzt überhaupt noch bremsen können? In letzter Zeit überkamen sie täglich mehrmals Hitzewallungen und sie verspürte konstant eine leichte Euphorie.

Es war früh am Sonntagabend, ihr Mann war in der Küche und bereitete, revolutionäre Lieder schmetternd, das Abendessen. Hu Yan saß im Arbeitszimmer und dachte darüber nach, wie man ein Forschungsprojekt über Untergrundkirchen am besten aufzog, als sie einen Anruf von ihrem alten Freund Chen bekam. Er sagte, er brauche ihren Rat. Ob sie morgen in der Akademie sein würde? Eigentlich erst am Donnerstag, antwortete sie, fügte aber schnell hinzu, wenn es etwas Wichtiges gebe, könne sie auch morgen schon hinfahren. So verabredeten sie sich für den nächsten Mittag im Restaurant neben der Akademie.

Hu Yans erster Besuch in Taiwan in den neunziger Jahren war

durch Chens Hilfe zustandegekommen. Er hatte ihr ein Einladungsschreiben der *Cultural University* besorgt und für sie den Kontakt zu jener taiwanischen Stiftung hergestellt, die später ihre Forschung über die Mädchen aus unterprivilegierten Volksgruppen ermöglicht hatte; somit hatte Chen ihr einen wichtigen Schritt in ihrer akademischen Karriere ermöglicht. Um dieser alten Freundschaft willen konnte sie ihm seine Bitte nicht abschlagen, obgleich der Kontakt zu Chen für ihre akademische Laufbahn mittlerweile keine Rolle mehr spielte.

• • •

Am nächsten Tag nahm Chen Fang Caodi mit zu seiner Verabredung mit Hu Yan. Zuvor hatte er ihm gesagt, dass sie alles wusste, was es über die Verhältnisse in China zu wissen gab. Kaum einer sei näher an der gesellschaftlichen Basis als sie; niemand hatte ein feineres Gespür für Tendenzen und Stimmungen im Volk; wenn sie von einem Phänomen nichts wusste – dann existierte es mit großer Sicherheit gar nicht.

Chen wollte Fangs »Hirngespinst« von den angeblich verschwundenen achtundzwanzig Tagen ein für allemal aus der Welt schaffen.

Fang war unbeeindruckt geblieben: »Ich lasse mir meine Erinnerungen von niemandem ausreden.«

Es gab auch noch einen anderen Grund für Chens Treffen mit Hu Yan. Er wollte wissen, ob sie etwas mit dem untoten Weizenkorn anfangen konnte. Vor einiger Zeit hatte Hu Yan eine Rund-Mail herumschickt, in der es um ihre Forschung zum Thema Untergrundkirchen ging.

Beim Essen erzählte Hu Yan ein wenig davon, womit sie sich zur Zeit beschäftigte: Sie beriet die Regierung bei ihrem Umgang mit landwirtschaftlichen Kooperativen und dem Management der ländlichen Finanzinfrastruktur, außerdem erstellte sie einen Folgebericht über die gesellschaftlichen Auswirkungen des neu eingeführten Besitz- und Veräußerungsrechts der Bauern an ihren Parzellen.

Unumwunden fragte Chen: »Und? Geht es den Menschen auf dem Land heute nun besser oder schlechter?«

Hu Yan antwortete: »Natürlich gibt es noch allerhand Probleme, aber insgesamt kann man sagen, dass die Politik der Partei positive Rückkopplungseffekte erzeugt hat.«

Diese Einschätzung erfüllte Chen, der die akademische Ausdrucksweise seiner Freundin schon kannte, mit großer Zufriedenheit. Er hatte nicht wenige Orte in China bereist und wusste daher, dass sich die Städte ersten, zweiten und sogar dritten Ranges prächtig entwickelt hatten; selbst größeren Kreisstädten ging es gut und deren Einwohner hatten es zu bescheidenem Wohlstand gebracht. Was die ländlichen Gebiete anging, war Chen nicht sicher, denn er hatte lediglich ein paar Mal Ausflüge in die Peripherie der großen Städte unternommen, aber nie längere Zeit auf dem Land verbracht. Deswegen fragte er Hu Yan alle paar Monate nach der Situation auf dem Land. Es war wie ein Anruf bei entfernten Bekannten, eine kurze Vergewisserung, dass bei ihnen alles in Ordnung war. Denn wenn er hörte, dass es auch auf dem Land besser war als früher, konnte Chen sich sagen: Ganz China geht es gut! – und guten Gewissens weiter sein angenehmes Leben führen. Was die Einzelheiten der »positiven Rückkopplungen« auf dem Land anging, so sollten sich die Experten damit beschäftigen; er selbst musste das nicht *so* genau wissen, fand Chen.

Unvermittelt stellte Fang Caodi Hu Yan eine Frage: »Professor Hu, was denken Sie über die Ereignisse in dem Monat zwischen dem Eintritt in die Feuer-und-Eis-Periode und dem Beginn des Goldenen Zeitalters?«

Hu Yan schien Fangs Frage nicht zu verstehen.

»Der Monat dazwischen, genau gesagt waren es achtundzwanzig Tage.«

»Ehrlich gesagt weiß ich nicht, was Sie meinen. Welche achtundzwanzig Tage ›dazwischen‹? Die *Renminribao* hatte es auf der Titelseite: ›Feuer und Eis in der Weltwirtschaft – Goldenes Zeitalter in China‹. Das war ein und derselbe Tag, der Tag, als der Dollar mit einem Schlag zwei Drittel an Wert verlor und das *Goldene Zeiten*-Konjunkturpaket verkündet wurde.«

Fang Caodi sagte nichts mehr. Chen triumphierte im Stillen: damit wäre die Sache wohl geklärt, Fang würde endlich Ruhe geben.

Er wechselte das Thema und fragte Hu Yan nach ihrem Bericht über Chinas Untergrundkirchen.

»Wir raten darin der Regierung, das Thema Religion zu desensibilisieren und Religionsgemeinschaften nicht weiter als feindliche Kräfte zu behandeln, als Widerspruch des Volkes, sondern eine Normalisierung zuzulassen und Religion als ganz normalen Bestandteil des gesellschaftlichen Lebens zu begreifen. Wir müssen aus den politischen Missgeschicken der Vergangenheit lernen und dürfen nicht noch einmal so einen Fehler wie die Unterdrückung der *Falun-Gong*-Bewegung begehen.«

»Nein, bloß nicht, bloß nicht. Dieses Unheil darf sich nicht wiederholen!«, pflichtete Fang Caodi ihr eifrig bei.

Hu Yan nickte.

Chen stellte die Frage, die ihn viel mehr interessierte als generelle Debatten über Religionsgemeinschaften: »Sagt dir der Satz: ›Ein Weizenkorn stirbt nicht‹ etwas?«

»Ich bin mit den Schriften des Christentums nicht besonders vertraut, aber ich glaube, in einem der Evangelien heißt es ›Ein Weizenkorn, das zur Erde fällt, erstirbt nicht‹, oder etwas in der Art. Diese Stelle ist vielen Christen sehr geläufig, in Henan ist sogar eine Hauskirche danach benannt.«

»Wo in Henan?«, fragte Chen geistesgegenwärtig.

»Im Westteil, weiter oben im Norden, soweit ich mich entsinne. Für den genauen Ort müsste ich den Kollegen fragen, der diese Region erforscht hat.«

»Würdest du das für mich tun?«, bat Chen eindringlich.
»Natürlich«, antwortete Hu Yan.

• • •

Nachdem sie sich von Hu Yan verabschiedet hatten, sagte Fang Caodi: »Professor Hu ist sehr nett, aber sie ist keine Artgenossin.«

»Zum Glück sind nicht alle Menschen auf der Welt so wie du«, murmelte Chen.

»Ich hab es schon an ihrem Gesichtsausdruck gesehen. Fröhlich und unbeschwert. Und siehe da, sie wusste nichts von dem verschwundenen Monat.«

»Fang, was diesen verschollenen Monat angeht …«, sagte Chen, »Hör auf meinen Rat und vergiss es einfach. Das bringt doch eh nichts. Das Leben ist kurz, versuch lieber, es zu genießen!«

Fang Caodi sagte nichts dazu. Chen wusste, er konnte sich den Mund fusselig reden – Fang würde ohnehin machen, was er wollte. Wenn Fang Caodi sich etwas in den Kopf gesetzt hatte, war er nicht mehr aufzuhalten.

Im Wagen fragte Fang Caodi, ob Chen ihm die Ehre erweisen und eine Einladung zum gemeinsamen Abendessen bei Zhang Duo und Miaomiao annehmen würde.

Chen war nicht wirklich erpicht darauf, Fangs Zuhause kennenzulernen, aber da er bei der Suche nach Xiaoxi vielleicht auf seine Hilfe angewiesen sein würde – und abgesehen davon an jenem Abend nichts anderes vorhatte –, willigte er ein.

Fang Caodis Lebensgeister kehrten zurück und er begann zu plaudern. Er deutete in Richtung der Gegend südlich der Chang'an Road: »Früher haben dort in Massen die Leute kampiert, die aus dem ganzen Land nach Peking gekommen waren, um vor den obersten Gerichten ihr Recht einzuklagen. Ich bin extra dorthin gefahren um zu sehen, ob vielleicht Artgenossen dabei sind, aber wissen Sie, wie es dort inzwischen aussieht? Alles ist wie ausgestorben, weit und breit kein einziger Kläger. Auch die Siedlungen im Südviertel, wo früher viele von ihnen gehaust haben, sind inzwischen abgerissen. Ich hatte auch erst überlegt, ob Ihre Bekannte vielleicht dort untergetaucht sein könnte.«

Chen hatte schon seit Jahren nicht mehr an die Menschenscharen gedacht, die von weit her nach Peking gekommen waren, um auf ihr Recht zu pochen. Aber in einem war er sich gewiss: Selbst wenn die Kläger noch dort wären, würde Xiaoxi sich niemals in dieser Gegend verstecken, denn es verkehrten auch Richter und Staatsanwälte dort. Denen würde sie mit Sicherheit aus dem Weg gehen wollen – nicht, dass sie noch einer erkannt hätte.

Fang plapperte munter weiter, doch Chen hörte gar nicht mehr zu. Hätte er gewusst, dass Fang so abgelegen wohnte, wäre er lieber nach Hause gefahren.

Bei dem kleinen Häuschen in Huairou angekommen, stellte ihm Fang Caodi Zhang Dou, Miaomiao und einen Teil der vielen Hunde und Katzen vor, die mit ihnen dort wohnten. Dann führte er Chen ins Haus: An allen vier Wänden waren Metallregale angebracht, vollgestopft mit Zeitungsausschnitten, Magazinen und einem Wust kaputter Gegenstände, dazwischen ein Schreibtisch, ein paar Klappstühle und ein Faltbett.

Fang Caodi zeigte auf einen Stapel Zeitungen und sagte: »Das sind alles Beweise, die ich in den letzten zwei Jahren überall im Land zusammengetragen habe, Herr Chen. Damit kann ich nachweisen, dass jene achtundzwanzig Tage sich nicht so abgespielt haben, wie alle behaupten. Sie sind ein Gelehrter, ein Leben lang auf der Suche nach dem Wahren, Schönen und Guten, ein Kämpfer für die Vernunft. Sie verstehen sicher, was mich umtreibt. Sehen Sie sich in Ruhe um, ich bereite derweil unser kleines *Candle Light Dinner* vor.«

Konsterniert blieb Chen allein zurück. Miaomiao kam herein, stellte ihm wortlos ein paar Schokoladenkekse auf den Tisch und ging wieder.

Chen wusste nichts anderes mit sich anzufangen, als sich einen der ungezuckerten Kekse in den Mund zu schieben und beliebig in ein paar der herumliegenden Schundmagazine und zerfetzten Regionalblättchen zu blättern. Er verstand wirklich nicht, was für geschichtliche Hinweise Fang darin zu sehen glaubte. Überall lagen einzelne Seiten aus der *Southern Weekly*, der *Southern Metropolitan* und der *China Youth Daily*, außerdem ein paar vollständige und mehrere halbe Exemplare von *Caijing*, *Southern Window* und dem *Asia Weekly Magazine* herum.

Chen versuchte, sich den fraglichen Monat ins Gedächtnis zu rufen. Er hatte ihn in Peking verbracht; alles musste friedlich, ruhig und ohne bemerkenswerte Vorkommnisse gewesen sein, sonst hätte er sich sicher daran erinnert. Aus den so genannten ›Beweisen‹, die Fang zusammengetragen hatte, ging zwar hervor, dass es andernorts vereinzelt Unruhen gegeben haben musste, aber das war an sich ja nichts Besonderes. In einem so großen Land wie China kam es jeden Tag irgendwo zu Zwischenfällen. Chen ignorierte solche Meldungen für gewöhnlich einfach oder übersprang sie schnell, wenn er doch einmal darauf stieß – daher war es nicht weiter verwunderlich, dass er von diesen Vorkommnissen nichts mitbekommen hatte. In diesem Riesenreich gab es zuhauf Dinge, von denen man noch nie gehört hatte. Es war wie in der Geschichte mit den Blinden und dem Elefanten: Jeder betastete nur einen Teil des Ganzen und niemand hatte ein umfassendes Bild. Das war erkenntnistheoretisch ja auch gar nicht möglich. Fang Caodis ›Beweise‹ waren bloße Fragmente, sie hatten keine Aussagekraft. Und seine Behauptung, dass ein ganzer Monat ›einfach verschwunden‹ sei, war doch Blödsinn – vielmehr hatte ihn lediglich jeder anders in Erinnerung. Was war daran außergewöhnlich? Was zählte, war die Gegenwart, und in der herrschte überall auf der Welt eine heißkalte Wirtschaftseiszeit, während Chinas fette Jahre gerade erst begonnen hatten.

»Wo bist du, Xiaoxi?«, dachte Chen voller Sehnsucht. »Hoffentlich kannst du der Vergangenheit Lebewohl sagen und die guten Zeiten genießen. Wir könnten sie zusammen genießen, wenn du willst …«

Vielleicht lag es an den Schokoladenkeksen, auf jeden Fall hatte Chens Laune sich gebessert. Er war entschlossener denn je, Xiaoxi zu finden.

Jetzt im Frühsommer hatte so ein Abendessen im Freien und bei Kerzenschein etwas sehr Behagliches. Chen nahm am Tisch Platz und Fang Caodi begann, ihm ein Gericht nach dem anderen aufzutischen. Dazu spielte Zhang Dou etwas Atmosphärisches auf der Gitarre, und einige Meter neben ihnen begann Miaomiao, mit ein paar Hunden und Katzen zur Musik zu tanzen. Chen probierte das Essen; es war wirklich nicht schlecht.

»Welche Küche ist das?«, fragte er kauend.

»Von jedem ein bisschen«, antwortete Fang. »Hier haben wir eingelegte Paprikaschoten nach Sichuan-Art, Schwarze Bohnen aus Henan, Flusskrebspaste aus Guangdong, thailändischen Zitronengraseintopf mit selbst gezogenem Koriander, Basilikum, Zitronenblättern und Zwiebeln, alles biologisch angebaut. Bitte, bedienen Sie sich.«

Während des Essens unterhielten sie sich sehr angeregt, was Chen nicht erwartet hatte. Am meisten überraschte ihn der Grund, warum Fang ihn so verehrte. Chen hatte immer geglaubt, es sei sein Schreibstil gewesen, mit dem er Fang Caodi gewonnen hatte; doch es stellte sich heraus, dass es vor allem einem Satz von ihm zu verdanken war, den er selbst völlig vergessen hatte. Bei ihrem Interview im Jahr '89 hatte Fang Caodi ein ums andere Mal erwähnt, wie treffsicher seine Vorahnungen stets gewesen waren. Als er 1971 auf die Straßensperren nahe dem Sommerpalast gestoßen war, hatte er gleich geahnt, dass entweder Mao oder Lin Biao etwas zugestoßen sein musste. '72, als er in den Chungking Mansions wohnte, sah er einmal vom Fenster aus, wie jemand sich von einem Gebäude aus auf die Nathan Road hinabstürzte, und wusste gleich, dass in Hongkong etwas passieren würde; wenig später stürzte der Hongkonger Aktienmarkt von 1700 auf knapp über 100 Zähler ab. Und als alle in der Hippie-Kommune ausgelassen das Ende des Vietnamkriegs feierten, sah

Fang Caodi vor seinem inneren Auge bereits Ströme von Flüchtlingen das Land verlassen und sollte wenig später Recht bekommen.

Er hatte erzählt und erzählt, bis Chen ihn unterbrochen und gefragt hatte: »Was haben diese Vorahnungen für eine Bedeutung? Haben sie auch nur bei einem dieser Ereignisse etwas bewirkt? Konnten Sie dadurch auch nur eine Katastrophe verhindern?«

Mit diesem einen Satz habe Chen ihn damals aus seinen Illusionen gerissen, sagte Fang Caodi. Wenn er es sich genau überlegte, dann hatten seine Vorahnungen, die ihn stets von allen anderen Menschen zu unterscheiden schienen, weder das Weltgeschehen beeinflusst, noch an seinem eigenen Schicksal auch nur das Geringste geändert. Sie waren im Grunde völlig bedeutungslos. Von da an habe er sich nichts mehr aus seinen Vorahnungen gemacht und ihretwegen auch nicht mehr diesen sinnlosen Druck gespürt; alles dank dieses einen Satzes von Chen. Das zeige, fand Fang, was für ein großer Mann Chen sei.

»Bruder«, verkündete Fang dem jungen Zhang Dou, »Herr Chen ist weiser als du und ich zusammengenommen, ist dir das klar?«

Chen genoss das Essen mit Fang und seiner »Familie« trotz seiner anfänglichen Skepsis nun sehr, und Fangs Lob beschämte ihn so, dass er nicht anders konnte als aufzustehen und ihn in die Arme zu schließen.

Chen spürte mehr und mehr ein Gefühl von Glück und Sorglosigkeit, wie er es seit einiger Zeit vermisste, in sich aufsteigen und erzählte den beiden sogar von seiner Bekanntschaft mit He Dongsheng, dem schlaflosen Staatsmann; dass sie jeden ersten Sonntagabend im Monat zusammen alte Filme schauten; dass He Dongsheng dabei jedes Mal einschlief, obwohl er sonst an Schlaflosigkeit litt, und dass er nachts oft ziellos durch die Straßen fuhr und seine Sekretärin ihm dann mitten in der Nacht aus der Patsche helfen musste, wenn er wieder einmal in eine Verkehrskontrolle rauschte.

Dann spielte Zhang Dou auf der Gitarre und Fang Caodi sang dazu. Chen erkannte das Lied sofort: *Blowin' in the Wind* von Bob Dylan. Fang Caodis Stimme hatte tatsächlich Ähnlichkeit mit dem Original.

Nach dem Essen tranken sie Yanjing-Bier und aßen Kekse, während Zhang Dou im Internet surfte. Fang Caodi fragte Chen, wie sie die Suche nach seiner Bekannten angehen sollten.

»Ich weiß es nicht genau«, antwortete Chen. »Ich habe nichts als dieses Stück Papier.«

Er holte das Zettelchen aus seiner Brieftasche und ließ Fang Caodi einen Blick darauf werfen. »Was bedeutet das?«, fragte der.

»Ich schätze, es ist eine Anlehnung an das Bibelzitat ›Ein Weizenkorn erstirbt nicht‹.« Fang Caodi reichte den Zettel weiter an Zhang Dou.

» Ach – deshalb hatten Sie Professor Hu nach Weizenkörnern gefragt! Dann machen wir uns eben auf nach Henan. Ich fahre. Wir suchen die Kirche, von der Professor Hu sprach, dann sehen wir weiter.«

»Nicht so hastig. Die Kirche heißt zwar so, aber ich bin mir nicht einmal sicher, ob sich hinter dem Namen wirklich Xiaoxi verbirgt, ganz zu schweigen davon, dass gar nicht gesagt ist, ob da überhaupt eine Verbindung besteht.«

In diesem Moment meldete sich Zhang Dou, der über sein Notebook gebeugt war: »Ich hab's gefunden, *kornichtot*.« Chen und Fang Caodi drängten sich hinter ihm zusammen.

»Du hast einfach *kornichtot* eingegeben?«, fragte Chen.

»Jup.«

Chen hatte sich von Anfang an bloß Gedanken über die Bedeutung des Namens gemacht, es war ihm nie in den Sinn gekommen, einfach nach der Ausgangsversion zu suchen.

Es gab nur einen einzigen Treffer, einen zwei Wochen alten Beitrag in einem Chatroom namens *Blick durch den Türspion*:

»*Melonenkopf*, du sagst, du seiest entmutigt, würdest nie wieder etwas in chinesischen Foren schreiben wollen. Das verstehe ich sehr gut, ich kenne das: Die Aufsätze, die du mit so viel Mühe schreibst, werden rücksichtslos gelöscht, du wirst von einem Mob geifernder Online-Rowdys attackiert (oft sind das gar keine wütenden Jungpatrioten, sondern Fünfzig- oder Sechzigjährige, die im Internet andere Leute tyrannisieren), und dabei nennst du doch nur Fakten und appellierst an ihre Vernunft, wirst niemals ausfallend, hältst fest an deinen Überzeugungen. Ich bewundere dich dafür. Du gibst mir den Mut durchzuhalten. Ich habe keine Angst vor den wütenden Patrioten und erst recht nicht vor den alternden Rowdys. Ich werde bis zum Ende weitermachen. Ich glaube an die Vernunft des Menschen. Die Wahrheit lässt sich niemals auslöschen. *kornichtot.*«

»Ist das von ihr?«, fragte Fang Caodi.

»Sieht ganz so aus!«, sagte Chen.

»Ihrer Sprache nach zu urteilen, ist sie eine Artgenossin.«

»Ihrer Sprache nach zu urteilen, ist sie wohl schon was älter«, kommentierte Zhang Dou.

»Von wo aus wurde das abgeschickt?«, fragte Chen.

»Weiß nicht. Aber mit Hilfe der anderen User werde ich versuchen, es rauszufinden.«

Es bewegte Chen sehr, möglicherweise eine Nachricht von Xiaoxi gefunden zu haben. Er setzt sich wieder auf seinen Stuhl, bemüht, die Tränen zu unterdrücken.

Fang Caodi setzte sich neben ihn und reichte ihm ein Bier. »Ich will Ihnen von jenen achtundzwanzig Tagen erzählen«, hob er an. Dann holte er ein paar Mal tief Luft, wie ein Sportler vor einem Wettkampf, und begann:

»Kurz vor Neujahr jenen Jahres unternahm ich einen Trip nach Macao. Wieder auf dem Festland verbrachte ich dann die Feiertage in Zhongshan, einer der kleineren Millionenstädte Guangdongs. Früher war das eine reiche Gegend, aber seit einiger Zeit waren Ferienwohnungen dort bei den Leuten aus Hongkong und Macao nicht mehr gefragt, und auch viele Fabriken hatten dicht gemacht. Es hieß, die Wanderarbeiter würden in diesem Jahr nach dem Neujahrsfest bei ihren Familien zu Hause bleiben, da es in den Städten ohnehin keine Arbeit mehr für sie gab. Seit einigen Jahren fanden auch Hochschulabsolventen nur noch schwer eine Anstellung. Ich arbeitete ein paar Tage in einem auf gebratene Jungtauben spezialisierten Restaurant, dann wurde ich wieder entlassen. Mir machte das nichts aus. Wenn nicht Arbeit, dann eben Vergnügen! Am achten Tag nach Neujahr sah ich an einem Zeitungskiosk die Schlagzeile des *Southern Daily:* »Globale Wirtschaftseiszeit!« Die Menschen ahnten nichts Gutes und die Atmosphäre war angespannt. Meine Vermieterin wollte auf einmal von mir wissen, ob ich eigentlich polizeilich gemeldet war. In welcher Zeit lebten wir denn! Das hier ist Zhongshan, seit wann meldeten sich Auswärtige hier an? Sie sagte, wenn ich mich nicht meldete, müsse ich sofort ausziehen. Das verstieß gegen unseren Vertrag. Die Nachbarn kamen herbei und der Blockwart des Straßenviertels wurde ebenfalls gerufen. Sie rieten der Vermieterin allen Ernstes, mir Geld für ein Hotel zu geben; Hauptsache, ich verließe die Nachbarschaft. Ich reichte der Vermieterin die Schlüssel und sagte: ›Geben Sie mir meine Kaution wieder, dann verschwinde ich.‹«

»Worauf willst du eigentlich hinaus?«, fragte Chen.

»Angst«, sagte Fang Caodi. »Die Leute hatten irrationale Angst. Mindestens eine Woche lang ging das so. Es hieß, China stünde vor dem Chaos, der Staatsapparat sehe tatenlos zu, Anarchie drohe auszubrechen. Zum Glück waren die Wanderarbeiter nicht in die Städte zurückgekehrt, sonst wäre die Situation wohl eskaliert. Trotzdem hätte ich Zhongshan nicht verlassen sollen. Wenn selbst dort die Angst um sich griff, hätte ich mir denken können, dass es tiefer im Inland noch schlimmer sein würde. Ich überquerte Berge und durchfuhr Täler, mehr als einmal jagte man mich wie einen Bettler davon. Doch selbst angesichts der drohenden Gefahr hatte ich nichts anderes im Kopf, als weiter das Land zu bereisen. Ich wollte nach Jiangxi, um die Jinggang-Berge und den Drache-Tiger-Berg zu sehen; aber hinter Zhaoguan, wo die drei Provinzen Guangdong, Hunan und Jiangxi aufeinandertreffen, am Rande eines winzigen Kaffs namens Meishang-Ah, mussten alle Passagiere des Überlandbusses, in dem ich fuhr, aussteigen. Auswärtige durften das Dorf nicht betreten. Es war nicht etwa die Polizei, die sich uns in den Weg stellte. Die Einwohner selbst hatten die Straßensperre organisiert. Ich machte mich aus dem Staub, schlüpfte bei einer Bauernfamilie unter, doch nach zwei Tagen holte mich die Polizei. Meine ›Gastgeber‹ hatten mich angezeigt. Die Volksbefreiungsarmee war in die Städte eingerückt, die Repression hatte begonnen.

Die Polizisten sahen, dass ich einen amerikanischen Pass hatte. Ich war zwar schon vor Jahren nach China zurückgekehrt und hätte auch gerne wieder die chinesische Staatsbürgerschaft angenommen, aber für US-Bürger ist es unwahrscheinlich schwierig, sie zu bekommen, schwieriger als umgekehrt. Um eine Arbeitserlaubnis zu bekommen, nutzte ich einen Trick: Ich habe in Peking eine Handelsfirma registrieren lassen, habe mich selbst als Geschäftsführer eingestellt, und dann meinen Vertrag immer wieder erneuert. Von Zeit zu Zeit musste ich kurz nach Macao oder Hongkong und dann erneut aufs Festland einreisen; abgesehen davon konnte ich mich aber langfristig in China aufhalten.

Aber zurück zu meiner Verhaftung: An meinem ›Prozess‹ auf der örtlichen Polizeiwache waren sechs Personen beteiligt, jeweils zwei Vertreter der Polizei, der Staatsanwaltschaft und des Gerichts. Es war eine sehr dominante Staatsanwältin dabei und eine junge, zierliche Richterin. Die Staatsanwältin ergriff als Erste das Wort: ›Für mich siehst du nicht wie ein Amerikaner aus. Lass' mal dein Englisch hören!‹

Ich rezitierte, sehr flüssig, eine Strophe aus *Blowin' in the Wind*. Die Staatsanwältin gab sich wenig beeindruckt: ›Du bist eindeutig ein Chinese! Dachtest wohl, du könntest uns mit ein paar Brocken Englisch reinlegen, was? Aber nicht mit uns! Wieso versteckt sich ein Amerikaner auf einem Bauernhof? Was will ein

Ami überhaupt hier, wo es weder Sehenswürdigkeiten noch Investitionsprojekte gibt? Für mich siehst du aus wie ein ausländischer Spion!‹

Ihr männlicher Kollege hakte gleich ein: ›Spione sind bei Dingfestmachung unverzüglich zu erschießen.‹

Die Staatsanwältin blickte zu der jungen Richterin: ›Irgendwelche Einwände?‹

›Erschießung kommt nicht in Frage.‹

›Was soll das heißen, Erschießung kommt nicht in Frage?‹, rief der Staatsanwalt und zitierte: *Bei Kapitalverbrechen ist schnell und hart zu urteilen!*

Die Richterin blieb ebenfalls unnachgiebig: ›Die Ergreifung eines amerikanischen Spions muss nach oben gemeldet werden.‹

Beide Staatsanwälte protestierten lautstark: Das würde viel zu viel Zeit in Anspruch nehmen!

›Dann eben eine Haftstrafe‹, schlug der Staatsanwalt vor. ›Auch eine Haftstrafe kommt nicht in Betracht‹, sagte die Richterin.

›Ach nein?‹, fragte der Staatsanwalt. ›Die Amis schicken Spione her und wir lassen uns das eben nicht gefallen! Wo ist da das Problem?‹

›Natürlich dürfen wir uns das nicht gefallen lassen‹, gab die Richterin zurück, ›aber genau so wenig dürfen wir gleich überreagieren! Wenn er ein Spion ist, ist er zu melden! Wenn nicht, ist er freizulassen!‹

›Amerikaner können nicht einfach Exterritorialität genießen!‹, rief der Staatsanwalt.

›Mit Exterritorialität hat das nichts zu tun. Es ist kein Verbrechen, als Chinese einen amerikanischen Pass zu besitzen, das sagen unsere eigenen Gesetze!‹

Die beiden Staatsanwälte waren über die Einwände der Richterin sichtlich erbost. Die Staatsanwältin hob ihre Stimme und rief: ›Genossin! Jetzt hören Sie schon auf mit Ihrer blinden Opposition! Ist Ihnen bewusst, dass sie dabei sind, gute Polizeiarbeit zunichte zu machen? Man hat den Kerl mühevoll eingefangen und Sie wollen ihn einfach wieder laufen lassen! Sie verschwenden damit auch unsere Zeit, aber davon abgesehen verhindern Sie, dass wir unser Pensum schaffen! Sie nehmen in Kauf, dass wir die Vorgaben von oben nicht erfüllen!‹

Ihr Kollege nickte zustimmend. Die beiden Polizisten und die zweite Richterin gaben während der ganzen Zeit nicht ein Wort von sich. Aber die junge Richterin blieb standhaft: ›Das ist mir gleich‹, beharrte sie. ›Ich halte mich an unsere Gesetze. Ist er ein Spion, dann wird er gemeldet. Ist er keiner, wird er laufen gelassen!‹

Die Staatsanwältin starrte sie wutschnaubend an, sie schien vor Zorn gleich zu platzen. Ihr männlicher Kollege hatte den Blick gesenkt und sagte nichts mehr. Gebannt verfolgte ich das Schauspiel, bis die Staatsanwältin schließlich rief: ›Bringt ihn raus!‹

So ließ man mich am Leben. Ich war wieder frei.

Dass es selbst in einem so abgelegenen Kaff eine so gewissenhafte Richterin geben kann! Allein schon wegen dieser jungen Frau darf ich es nicht zulassen, dass die Welt diesen Monat vergisst.«

Chen war von Fang Caodis Bericht erneut ein wenig gerührt und sehnte sich noch mehr nach Xiaoxi.

»Ich wusste nun, dass ich nicht weiter einfach so und auf eigene Faust herumreisen konnte; beim nächsten Mal würde man mich vielleicht wirklich an die Wand stellen. In der Nähe des Dorfes gab es einen daoistischen Tempel, in dem ein alter Mönch wohnte. Ich sagte ihm ein paar daoistische Verse auf, die ich noch von früher wusste – Ha! – schon nahm er mich bei sich auf. Bei einer anderen Gelegenheit erzähle ich Ihnen von meinen Klausuren und vom Lichtfasten. Haben Sie schon mal vom Lichtfasten gehört? Vereinfacht gesagt bedeutet es, dass man gar nichts isst. Ich kann vierzehn Tage ohne Nahrung auskommen, können Sie sich das vorstellen? Wenn Sie wollen, können wir ja mal zusammen fasten. Mal sehen, wer von uns beiden länger durchhält …«

»Nicht nötig«, sagte Chen, der gerade eine SMS auf seinem Handy las. »Du gewinnst sowieso. Nicht mal eine einzige Mahlzeit am Tag könnte ich weglassen. Aber erzähl erst mal zu Ende. Danach erzähle ich dir, was ich gerade erfahren habe.«

Fang Caodi fuhr mit seiner Geschichte fort: »Ich wollte einundzwanzig Tage fasten, aber schon am vierzehnten brachte mir der alte Mönch eine Schale Reisbrei und sagte: ›Du solltest dich einmal draußen umsehen.‹ Er hatte sicher einen guten Grund dafür, mein Fasten zu brechen, dachte ich, und machte mich auf in die nächstgelegene Stadt. Die Straßen waren wie ausgestorben und die Zeitungen verkündeten, die Anti-Kriminalitätskampagne müsse weiter fortgesetzt werden. Aber zumindest funktionierte der öffentliche Verkehr wieder einigermaßen und ich fuhr in die Kreisstadt Ganzhou, wo ebenfalls geisterhafte Ruhe herrschte. Die wenigen Passanten wagten nicht, einander ins Gesicht zu sehen – wie damals in Peking nach dem 4. Juni '89.

Doch dann, Anfang März, hieß es in den Abendnachrichten, dass die Kampagne fürs Erste beendet sei. Am nächsten Tag konnte man in den Schlagzeilen der Zeitungen lesen: ›Chinas Goldenes Zeitalter hat begonnen‹. Die Menschen waren überglücklich und zündeten auf der Straße Feuerwerkskörper an.

Zwischen dem Beginn der Feuer-und-Eis-Periode und dem Anbruch des Goldenen Zeitalters vergingen also achtundzwanzig Tage, angefangen beim absoluten Schrecken der Anarchie bis hin zum relativen Schrecken der Repressionskampagne. Erst *danach* begann das Goldene Zeitalter. Es fiel nicht glatt mit dem Beginn der Wirtschaftseiszeit zusammen, wie alle behaupten.

Damit bin ich am Ende mit meinem Bericht. Sie wollten mir etwas erzählen, Herr Chen?«

»Hu Yan hat mir eine SMS geschrieben. Die *Weizenkorn*-Kirche befindet sich in Jiaozuo. Fang, wir fahren nach Henan!«

II. Glaube, Liebe und Hoffnung dreier Gutmenschen

Ein Weizenkorn, das zur Erde fällt, erstirbt nicht

Der vielgereiste Fang Caodi steuerte den Jeep Cherokee mit hoher Geschwindigkeit über die Peking-Macao-Autobahn, überholte alles, was ihm in die Quere kam, und erzählte Chen unterdessen von allerlei sonderbaren Dingen, die er auf seinen Reisen gesehen oder gehört hatte.

Im Taihangshan-Gebirge in Hebei gab es ein Dorf, das die Leute *Gute-Laune-Dorf* nannten. Seine Bewohner waren stets über die Maßen heiter und fröhlich – aber man hatte den Medien wiederholt verboten, darüber zu berichten. Möglicherweise hatte es mit der riesigen, streng geheimen Chemiefabrik zu tun, die weiter flussaufwärts lag. Fang Caodi hatte von einem betrunkenen Journalisten aus Shijiazhuang von dem Dorf erfahren und sich sogleich auf den Weg dorthin gemacht. Dort angekommen, stellte er fest, dass die Bewohner wirklich alle mit einem breiten Lächeln im Gesicht durch die Gegend liefen und eine auffallende Freundlichkeit an den Tag legten. Sie wirkten allesamt ausgesprochen gesund, die Männer trugen Blumen in den Haaren und er sah ein paar alte Frauen, die mit unbedecktem Oberkörper und hängenden Brüsten ungeniert in der Sonne badeten. Selbst von wildfremden Besuchern ließen sie sich dabei nicht stören, was in China eigentlich absolut undenkbar war. Fang Caodi war sogar noch fünf Kilometer am Fluss entlang in die Berge gewandert und hatte tatsächlich von Weitem eine Chemiefabrik ausmachen können, mit einem hohen Stacheldrahtzaun und zahlreichen Warnschildern umgeben, sodass er sich nicht weiter genähert hatte. Aber er hatte Flugzeuge aufsteigen und landen sehen – offensichtlich verfügte die Fabrik über einen eigenen Flugplatz.

Chen hörte zu, traute sich jedoch nicht, irgendetwas zu erwidern, aus Angst, er könne Fang Caodi für eine Sekunde vom Fahren ablenken. Während der mit hoher Geschwindigkeit über die Autobahn fegte und gleichzeitig fröhlich vor sich hin plauderte, waren sie schon mehrmals erschreckend knapp an entgegenkommenden Autos vorbeigeschrammt. Chen würde drei Kreuze machen, wenn sie Henan heil erreichten.

So wollte Chen nicht enden – nicht ohne Xiaoxi wenigstens noch einmal gesehen zu haben. Er wünschte sich, mit ihr seinen Lebensabend zu verbringen, gemeinsam alt zu werden und die verbleibenden Jahre miteinander zu teilen. Noch lebte sie alleine in ihrer ganz persönlichen Hölle, aus der sie keinen Ausweg fand. Er musste ihr Hoffnung geben, ihrer Einsamkeit ein Ende bereiten, sie ›retten‹, wie Madame Song es genannt hatte; koste es, was es wolle. Sie sollte sich nicht mehr quälen, sondern mit ihm ihr kleines Stück Glück finden und ein gutes Leben haben. Chen zog ein Stofftuch hervor und begann, seine Brille zu putzen. Heimlich wischte er sich auch seine wieder einmal feucht gewordenen Augen.

Er aß einen von Miaomiaos Keksen und blickte aus dem Fenster in die nordchinesische Ebene, die sich bis in die Unendlichkeit zu erstrecken schien. Er spürte unbändige Liebe in seinem Herzen. Er hätte nie gedacht, dass er – in seinem fortgeschrittenen Alter – noch zu derartigen Emotionen fähig war.

Sie fuhren von Peking aus immer weiter nach Süden, und waren schon kurz vor Shijiazhuang, als Fang Caodi den Wagen vor einer Zubringer-Ausfahrt auf den Seitenstreifen steuerte und anhielt.

Chen sah auf das GPS-Gerät und sagte: »Nach Shijiazhuang brauchen wir bloß weiter der Autobahn zu folgen.«

Fang Caodi schwieg.

»Was ist?«, fragte Chen.

»Es tut mir leid, aber ich habe ein ungutes Gefühl«, sagte Fang Caodi.

»Worum geht es?«, fragte Chen in der Sorge, Fangs Vorahnung könnte Xiaoxi betreffen.

»Ich habe das Gefühl, dass irgendetwas mit dem Gute-Laune-Dorf passiert ist, von dem ich Ihnen erzählt habe.«

»Oh«, sagte Chen erleichtert. »Was denn?«

»Ich weiß es nicht«, antwortete Fang Caodi. »Aber ich würde gerne kurz nachsehen, wenn das für Sie in Ordnung wäre. Es dauert auch nicht lange, ist ganz hier in der Nähe.«

Widerstrebend stimmte Chen zu.

Sie nahmen die Ausfahrt und verließen die Autobahn Richtung Westen. Sie fuhren etwa eine Stunde auf einer geteerten Straße in die Berge hinein, dann folgten circa zwanzig Minuten Schotterpiste und eine weitere halbe Stunde Fußweg, bis sie endlich das Dorf erreichten.

Es war menschenleer. Fang Caodi warf einen kurzen Blick in einige der Häuser und konstatierte: »Alle Werkzeuge und Kochutensilien sind noch da. Sehr merkwürdig.«

Eine Besonderheit des Dorfes erregte Chens Aufmerksamkeit. Bei den Häusern handelte es sich um die typischen, einfachen Bauernkaten Hebeis. Die Bauern in Hebei gehörten nicht zu den ärmsten des Landes, aber für Chen waren ihre Hütten die schäbigsten von allen. Man bemühte sich am wenigsten um eine halbwegs ansehnliche Gestaltung, eine Generation nach der anderen hauste in denselben ärmlichen Baracken. Was Ästhetik anging, schienen die Bauern von Hebei die genügsamsten von allen zu sein. Das Gute-Laune-Dorf bestand zwar aus den gleichen einfachen Bauten, doch hatten die Bewohner sie von außen mit bunten Wandmalereien verziert. Sie sahen ein wenig aus wie die Bilder, mit denen die Chinesen üblicherweise zu Neujahr ihre Wohnungstüren schmücken, jedoch waren sie künstlerisch wesentlich freier gestaltet. Sie hatten etwas sehr Charmantes, und in seiner momentanen Gemütsverfassung meinte Chen, die Liebe erkennen zu können, die sich darin ausdrückte. Manche Häuser waren sehr aufwändig, andere weniger dicht bemalt. Eine Wand war lediglich mit einer mannshohen bunten Blume geschmückt. Diese zusätzliche Verzierung und der darin erkennbare Sinn für Ästhetik waren absolut ungewöhnlich für die Bauern dieser Region. Wenn sich die Einwohner dieses Dorfes in Wandmalerei versuchten, dann trug es seinen Namen vielleicht wirklich zu Recht.

Es wäre schon interessant gewesen, diese malenden Bauern mit eigenen Augen zu sehen, dachte Chen, aber wenn es nicht sein sollte, dann eben nicht.

»Was ist, gehen wir?«, fragte er Fang Caodi, der gedankenverloren das Flusstal hinauf in die Ferne blickte.

»Vor nicht mal einem Jahr waren sie noch hier.«

»Denk gar nicht erst daran, mich jetzt noch fünf Kilometer den Fluss raufschicken zu wollen. Nicht mal einen schaffe ich noch!«

»Es muss auch eine Straße geben, die zur Chemiefabrik führt …«

»Die Straße kommt sicher aus Shanxi, auf der anderen Seite der Berge«, sagte Chen, um ihm den Gedanken an einen Besuch dort ein für alle Mal auszutreiben. »Mir fallen hundert Gründe ein, warum die Menschen das Dorf verlassen haben könnten, und keiner hat etwas mit dem Chemiewerk zu tun. Du brauchst nicht gleich hinter allem finstere Machenschaften zu wittern.«

Fang Caodi stand weiter bewegungslos da. Chen spielte seinen Trumpf aus: »Fang, du weißt doch, dass deine Vorahnungen nicht ändern können, was geschehen wird.«

»Sie haben recht«, sagte Fang Caodi resigniert. »Gehen wir.«

• • •

Die Pekingerin Wei Xihong, auch Xiaoxi genannt, im Internet neuerdings unter dem Pseudonym *kornichtot* unterwegs, hatte zuletzt im – nach dem mythischen ersten Kaiser Chinas benannten – *Reich des Gelben Kaisers* in Xinzheng als Eisverkäuferin gearbeitet. Davor hatte sie in drei anderen Vergnügungsparks, die sich alle nach dem Schöpfer der Welt in der chinesischen Mythologie als *Heimat Pangus* bezeichneten, Eintrittskarten verkauft. In Anbetracht ihrer bisherigen geografischen Route zog sie konsequenterweise nach Jiaozuo weiter, in der Antike als Huaichuan bekannt. Es gab dort sechzig historische Stätten: Der Legende nach hatte der Yan-Kaiser Shennong, der mythische Begründer von Ackerbau und chinesischer Medizin, ganz in der Nähe auf seinem Berg die *Fünf Getreidesorten* ausgesät und die *Hundert Heilkräuter* gekostet. Es verstand sich daher von selbst, dass zig Themenparks sich dieses Mythos' bedienten. Es war ein Leichtes, hier einen Job in der Tourismusbranche zu finden. Aber nach ihrer Ankunft hatte sie sich nicht wie sonst gleich auf die Suche nach Arbeit gemacht, sondern war verstört und ziellos durch die Stadt gelaufen. Der Name Jiaozuo hatte Erinnerungen in ihr geweckt, die sie lange verdrängt hatte.

Frisch von der Universität war sie als Gerichtsschreiberin dem Bezirksgericht einer Kreisstadt nahe Peking zugeteilt worden, wo sie während der Anti-Kriminalitätskampagne bei der Verurteilung »Krimineller« mitwirken sollte. Die übrigen Mitglieder des sechsköpfigen Gremiums aus Vertretern von Polizei, Staatsanwaltschaft und Gericht hatten ihre mangelnde Einsatzbereitschaft kritisiert und als Beispiel Städte wie Zhengzhou, Kaifeng oder Luoyang angeführt, wo man pro Hinrichtungstermin vierzig bis fünfzig Delinquenten zusammenbekam. Selbst in einem Kaff wie Jiaozuo wären es dreißig pro Woche, hatten sie gesagt.

Wei Xihong wusste nicht warum, aber Luoyang, Kaifeng und Zhengzhou hatten keine Erinnerung an jene Zeit in ihr hervorgerufen; in Jiaozuo jedoch war mit einem Mal alles wieder hochgekommen.

Was damals geschehen war, hatte ihr ganzes bisheriges Leben, ihre Wertvorstellungen und beruflichen Ziele völlig auf den Kopf gestellt. Damals hatte sich gezeigt, dass sie nicht das Zeug dazu hatte, eine staatstreue Richterin zu sein.

Wie von einer Krankheit geschüttelt, hatte Wei Xihong bei ihrem Aufenthalt in Jiaozuo zwei Tage in einem Hotel verbracht, ohne das Bett zu verlassen. Dann hatte sie eine Entscheidung getroffen. Hier in Jiaozuo wollte sie den Schatten der Anti-Kriminalitätskampagne von '83 ein für alle Mal abstreifen, er sollte sie nicht länger verfolgen! Am Morgen des dritten Tages hatte sie einen Bus in Richtung des Kreises Wen bestiegen und war so schließlich in einen Ort namens Wenquanzhen gelangt, *Stadt der heißen Quellen.* Ohne ein bestimmtes Ziel war sie umhergewandert und dabei an einem großen Haus mit Vorhof vorbeigekommen, dessen Tor weit offen stand. Davor und im Hof hatte eine größere Schar von Menschen gewartet, alle mit gütigem Blick und ordentlicher Kleidung. Über dem Tor war ein Neujahrs-Spruchband angebracht gewesen. Die obere Zeile lautete: *Im Himmel erwächst ein Baum der Erkenntnis, durch Glaube, Liebe und Hoffnung.* Und darunter: *Auf Erden entspringt ein Quell des Lebens, für Körper, Seele und Geist.* War das etwa eine Hauskirche?, hatte Wei Xihong sich gefragt. Existierten die nicht bloß im Verborgenen, im Untergrund? Wie kam es, dass man sich hier so unverhohlen zu erkennen gab?

Die Leute vor dem Tor und im Hof waren nach und nach im Hausinneren verschwunden, nur ein einzelner Mann war am Eingang zurück geblieben. Er hatte zwei Schritte auf Wei Xihong zugemacht, und erst da hatte sie bemerkt, dass er ein lahmes Bein hatte. »Komm herein«, hatte er sie eingeladen. Zögernd hatte sie den Hof betreten, wo ihr Blick auf einen Schriftzug über dem

Eingang des Hauses gefallen war: *Ein Weizenkorn, das zur Erde fällt, erstirbt nicht.*

Wei Xihong kannte Zitate wie *Geist stirbt nicht* oder *Masse lässt sich nicht vernichten* – aber zu behaupten, dass Weizenkörner nicht starben, war ihr ziemlich materialistisch erschienen.

• • •

Hauptverantwortlicher bei der Weizenkorn-Kirche war ein Mann namens Gao Shengchan. Sein Name ließ darauf schließen, dass seine Eltern Funktionäre gewesen waren, sonst hätten sie ihrem Kind wohl kaum – im Einklang mit den politischen Zielen der Zeit – einen solchen Namen gegeben: *Shengchan – Produktion.*

Vor zwei Jahren war Gao Shengchan zusammen mit Li Tiejun und drei weiteren Gefährten wegen Gründung einer Untergrundkirche in Jiaozuo mit der staatlichen Drei-Selbst-Bewegung aneinandergeraten und auf Anordnung der örtlichen Religionsbehörde in Haft genommen worden. Im Gefängnis hatten sie sich die *Gefallenen Weizenkörner* genannt, in Anlehnung an das Bibelzitat, dass ein Weizenkorn, so lange es lebt, bloß ein Weizenkorn bleibt, durch seinen Tod in der Erde jedoch viele neue Körner aus ihm hervorgehen. Sie waren bereit, als Märtyrer zu sterben, und die Gefangenschaft hatte ihre Entschlossenheit, niemals das Werk des Herrn aufzugeben, bloß noch mehr gefestigt. Nach ihrer Freilassung waren sie furchtloser denn je gewesen. Zunächst hatte Li Tiejun, der es als Geschäftsmann zu Geld gebracht hatte, in Wenquanzhen ein Stück Land gekauft und ein großes Haus darauf gebaut, in dem die erste Gemeinde entstanden war. Im Anschluss daran hatten die anderen drei in den Orten rund um Jiaozuo drei weitere Gemeinden begründet und die Stadt regelrecht eingekreist. Gao Shengchan pendelte zwischen den vier Gotteshäusern hin und her und hielt Predigten.

Anders als vor zwei Jahren ließen das Religionsamt, die Drei-Selbst-Kirche und die Polizei sie einfach gewähren. Noch bemerkenswerter war jedoch, dass ihre Gemeinden sich vor Eintrittswilligen kaum retten konnten.

Inzwischen kamen die Menschen in Scharen zu den täglichen Bekenntnis- und Bibelgruppen, die in der Wenquanzhen-Gemeinde angeboten wurden; statt einem gab es sonntags nun drei Gottesdienste mit jeweils bis zu zweihundert Besuchern. Jeden Tag brachten die treuen Gläubigen neue Beitrittswillige mit, andere fanden von alleine den Weg in die Kirche, so wie Wei Xihong.

Gao Shengchan beunruhigte das ein wenig. Er befürchtete, der große Zulauf würde nicht unbemerkt bleiben. Doch Li Tiejun und die übrigen drei Mitbegründer legten es geradezu darauf an und stürmten mit unbeirrbarem Gottvertrauen voran. Selbst wenn Gao Shengchan es versucht hätte – sie waren nicht aufzuhalten. So war er beispielsweise dagegen gewesen, als Li Tiejun vorgeschlagen hatte, zu Neujahr christliche Spruchbänder über dem Tor aufzuhängen, er hielt das für viel zu auffällig. Man konnte in China mit einigem davonkommen, aber man durfte den Bogen auch nicht überspannen. Am Ende hatte Li Tiejun sich trotzdem durchgesetzt. Ein Produkt allein genüge nicht, hatte er gemeint, man müsse es auch bekannt machen; die Spruchbänder seien ihre Werbebanner. Li Tiejuns Worte hatten Gao Shengchan sehr gerührt: »Was wir tun, ist ehrbar und rechtschaffen; Heimlichtuerei lehne ich ab.« Und er hatte Recht behalten, viele Menschen wurden durch das Banner auf die Kirche aufmerksam, kamen zum Gottesdienst und schlossen sich der Gemeinde an.

Auch Beamte der Religionsbehörde hatten schon vorbeigeschaut und ein paar Fragen gestellt, jedoch sehr höflich und zurückhaltend. Sie hatten nichts beanstandet und im Folgenden auch nichts weiter unternommen. In den letzten zwei Jahren war die Regierung wirklich sehr viel weicher geworden. Als Li Tiejun ein Spruchband mit *Weizenkörner, die zur Erde fallen, sterben nicht* über den Hauseingang hängen wollte, hatte Gao Shengchan zugestimmt.

Gao Shengchan hatte Pädagogik studiert und bis zu seiner Inhaftierung als Lehrer in einer Mittelschule gearbeitet; bevor er zum Glauben gefunden hatte, hatte er ein Abonnement des *Dushu*-Magazins bezogen. Er war ein gebildeter Mann, anders als Li Tiejun und die anderen, die alle aus bäuerlichen Verhältnissen stammten, daher war er auch nicht so unbeschwert und machte sich eher Sorgen als sie. Er fragte sich, ob die gegenwärtige Toleranz seitens der Regierung dauerhaft sein würde, denn landauf, landab entwickelten sich Religionsgemeinschaften in atemberaubenden Tempo, allen voran Buddhisten und Protestanten. Hauskirchen und Drei-Selbst-Bewegung hatten 2008 zusammen insgesamt fünfzig Millionen Gläubige umfasst. Inzwischen, überschlug Gao Shengchan, mochten es gut und gerne bereits hundertfünfzig Millionen sein! Ein Großteil davon war in den letzten zwei Jahren hinzugekommen und mehr als achtzig Prozent des Zuwachses entfiel auf die Untergrundkirchen. Seit Gründung der Volksrepublik hatte, abgesehen von der Arbeiter- und Bauernschicht, noch nie eine einzelne Gruppe einen so großen Anteil der Bevölkerung ausgemacht. Bei der Unterdrückung von Grundbesitzern, reichen Bauern, Bourgeoisie oder der politischen Rechten hatte stets eine überwältigende Mehrheit über eine verschwindend kleine Minderheit dominiert. Heute stand eine zersplitterte Bevölkerung von 1,2 Milliarden Menschen hundertfünfzig Millionen vereinten Gläubigen gegenüber. Konnte die Regierung es sich da noch erlauben, gegen die Christen genauso radikal vorzugehen wie gegen die Anhänger der *Falun-Gong*-Bewegung? So viele Christen mussten die Kommunistische Partei doch beunruhigen. Gao Shengchan wünschte sich einerseits, dass der Anteil der Christen an der Bevölkerung weiter zunahm; andererseits fürchtete er ein plötzliches Umschwenken der Partei. In seinen Gebeten bat er den Herrn, den Christen in China noch zehn Jahre Zeit für ihre Entwicklung zu schenken. Er gelobte, ihre Zahl in zehn Jahren auf dreihundertfünfzig Millionen zu bringen, das entspräche einem Viertel der zukünftigen

Bevölkerung, und damit wären die Christen – so hoffte er – endgültig in Sicherheit.

Damit die Entwicklung dauerhaft weitergehen konnte, trat er dafür ein, dass jede der verschiedenen christlichen Strömungen sich fürs Erste auf die eigenen Angelegenheiten konzentrierte. Evangelikale, Libertarianer, Fundamentalisten und Charismatiker sollten sich untereinander nicht austauschen und auch innerhalb einer Glaubensgemeinschaft sollte keine allzu große Vernetzung bestehen. Bei der Regierung durfte nicht der Eindruck entstehen, dass die Hauskirchen provinzübergreifende oder gar landesweite Strukturen aufbauten. Viele Glaubensbrüder verstanden seine Sorge nicht; es hieß, er sei nicht offen genug, eigenbrötlerisch und selbstbezogen oder gar nur am Schutz seiner persönlichen Einflusssphäre interessiert. Gao Shengchan entgegnete auf solche Vorwürfe immer, auf die vertikale Begegnung mit Gott käme es an, nicht auf die horizontale Vernetzung.

Was er sonst noch tun konnte, war, Aufsätze zu verfassen, deren eigentlicher Adressat die Regierung war, und sie unter den Gläubigen zu verbreiten. Sein wichtigstes Credo lautete: Gott, was Gottes ist, und dem Kaiser, was des Kaisers ist. Die chinesischen neuen Christen strebten nicht nach weltlicher Macht, sondern wirkten als stabilisierende Kraft in der Gesellschaft; die weltlichen Mächte sollten sich im Gegenzug jedoch ihrerseits nicht in religiöse Angelegenheiten einmischen. Er hoffte, dass er die Regierung dazu bewegen konnte, ihre alten Handlungsmuster zu verändern und eine Sichtweise zu akzeptieren, in der Politik und Kirche nebeneinander existieren konnten. Er wollte eine Brandschutzmauer zwischen Regierung und Religion errichten, denn gegenwärtig konnte die Entwicklung der Religion davon nur profitieren. Er führte unter verschiedenen Pseudonymen auch Blogs im Internet, in denen er die Forderung einiger Pekinger Wissenschaftler nach Desensibilisierung des Themas Religion unterstützte, denn in dieser Phase war das ebenfalls im Interesse des Christentums in China.

Doch Gao Shengchan war dagegen, während dieses Prozesses Druck auf die Regierung auszuüben, und unterstützte es nicht, wenn einige wenige intellektuelle Großstadtchristen danach riefen, die Hauskirchen anzuerkennen, zu legalisieren und sie aus dem Untergrund heraus in die Öffentlichkeit zu holen. Die Regierung würde die Hauskirchen auf keinen Fall anerkennen, die Desensibilisierung des Themas war das Äußerste, was man verlangen konnte. Ansonsten war es das Beste, wenn die Regierung sich weiter so stellte, als wisse sie nichts von den Glaubensgemeinschaften, das Religionsamt so tat, als hätte es noch nie von Kirchen außerhalb der Drei-Selbst-Bewegung gehört, und die weiter im Verborgenen wirkenden Hauskirchen nichts unternahmen, was die Regierung zum Handeln zwang. So konnten beide Seiten, Regierung und Christen, ihr Gesicht wahren und ohne Auseinandersetzungen koexistieren.

Vielleicht würde man einmal rückblickend sagen, dass der Protestantismus in China gerade jetzt die Phase seiner größten Reinheit erlebte, dachte Gao Shengchan. Denn mit Ausnahme der Drei-Selbst-Kirchen haftete ihm nach wie vor der Charme einer Subkultur an. Da die Gläubigen so gut wie keine weltlichen Vorteile davon hatten, einer Gemeinde anzugehören, kam der überwiegende Teil von ihnen einzig aus reinen, unverfälschten Motiven in die Kirche. Wirkliche Überzeugung, Glaube allein um des Glaubens Willen. Kirchenvorsteher und Helfer waren frei von Korrumpiertheit; wer nach Ruhm, Macht und Profit strebte, trat der Kommunistischen Partei oder einer Interessengruppe bei, ging zu den Triaden oder in die Unterhaltungsindustrie. Kaum ein Machthungriger würde sich der Religion als Plattform bedienen und wenn doch, dann bei einer der staatlich anerkannten Kirchen oder mittels einer selbstgegründeten Sekte. In Ländern wie den USA, in denen die christliche Religion eine zentrale Rolle spielte, ging es zwangsläufig auch in den Kirchen häufig in erster Linie um Ruhm, Macht, Profit und das Eigeninteresse bestimmter Gruppen. Gao Shengchan wünschte sich, dass das

Christentum in China noch lange im Untergrund heranwachsen mochte und Karrieremenschen den Untergrundkirchen weiter fernblieben, auf dass die Gemeinden ewig in ihrer gegenwärtigen Reinheit verharrten.

Die Weizenkorn-Kirche genoss in christlichen Kreisen einiges Ansehen, zumal ihre Gründer bereits Haftstrafen hinter sich hatten. Oft bekamen sie Besuch von Glaubensbrüdern aus dem Ausland, sehr zur Freude Li Tiejuns und der anderen. Gao Shengchan beunruhigte das eher, denn womöglich würde die Partei sie der Kollaboration mit ausländischen Kräften bezichtigen. Beim Austausch mit den ausländischen Besuchern spürte Gao Shengchan zudem, dass das Christentum, obwohl es keine weltliche Macht anstrebte, dennoch ins politische Geschehen hineingezogen wurde. In Amerika zum Beispiel waren die Evangelikalen, was Abtreibung, Stammzellenforschung, Gleichstellung von Homosexuellen und andere Themen anging, zumeist eng mit den rechten Ausläufern der Republikanischen Partei verbandelt, welche wiederum die Interessen des Großkapitals vertraten. Besucher aus den USA hatten bereits versucht, Gao Shengchan zum Protest gegen die Politik der Geburtenplanung zu bewegen. Er hatte es abgelehnt, dazu Stellung zu beziehen, und daher hatte ihn bis heute noch niemand als herausragenden christlichen Intellektuellen und charismatischen Anführer einer chinesischen Untergrundkirche nach Amerika oder gar ins Weiße Haus eingeladen.

Gao Shengchan lehnte es standhaft ab, von ausländischen Gruppierungen Spenden oder illegal importierte Bibeln anzunehmen. Außerdem wurden keine nicht-chinesischen Gastprediger eingeladen, weshalb Kritiker seine Weizenkorn-Kirche bereits die »patriotische Drei-Nein-Bewegung« nannten. Zum Glück hörten Li Tiejun und die anderen bei wichtigen Entscheidungen wie diesen noch immer auf ihn, vor allem wegen der anhaltend guten Wirtschaftslage. Die Gläubigen spendeten viel und gerne, und man brauchte das Geld aus dem Ausland nicht, geschweige denn ein paar Bibeln.

Aber es gab noch einen kaum vermeidbaren Aspekt dieser positiven Entwicklung, der Gao Shengchan zuweilen Kopfzerbrechen bereitete. Mit dem Beitritt in die Kirche entstand ein starker Zusammenhalt zwischen den Gläubigen, bedingt durch gegenseitige Akzeptanz und gepaart mit christlicher Nächstenliebe; alle zogen an einem Strang, gaben aufeinander acht und halfen einander aus; wenn von den Brüdern und Schwestern jemand ein Problem hatte, dann leistete man ganz selbstverständlich Beistand. Vielerorts war es schon vorgekommen, dass Lokalpolitiker und Geschäftsleute beim Versuch, sich gemeinsam über die Rechte der Normalbürger hinwegzusetzen, auf den geballten Protest von betroffenen Kirchenmitgliedern samt der ihnen zu Hilfe geeilten Brüder und Schwestern aus der Gemeinde gestoßen waren. So etwas konnte bei den Funktionären leicht als Kampfansage der Gläubigen an die Herrschenden empfunden werden, und so waren die Hauskirchen einigen lokalen Kadern bereits ein Dorn im Auge, der einen erhöhten Druck auf die zuständige Religionsbehörde nach sich zog. Wenn solche Vorkommnisse überhandnahmen, konnte das eine Kehrtwende in der bislang toleranten Politik der Zentralregierung provozieren.

Aus diesem Grund war Gao Shengchans Freude über Wei Xihongs Erscheinen getrübt.

Er erinnerte sich an die plötzliche Wärme im Gesicht, die er bei ihrer ersten Begegnung gespürt hatte. Der Herr selbst musste sie zu ihm geführt haben und er dankte ihm dafür.

Er hatte in den zwei Jahren seit der Gründung der Weizenkorn-Kirche in Wenquanzhen an dieser Pforte stehend schon viele verirrte Schafe zurück in die Arme des Herrn geholt. Doch bei Wei Xihong war es anders – er hatte auf den ersten Blick gesehen, dass sie nicht von hier war. Es lag etwas Kultiviertes in ihrer Art und Gao Shengchan wusste gleich, dass sie zur gebildeten Schicht gehörte, so wie er selbst. Sie hörte aufmerksam zu, wenn er aus der Bibel las, und stellte stets kluge und wohl überlegte Fragen, ohne dadurch lästig zu werden. Was sie am meisten interessierte, war, wieso die Menschen Gott vertrauten; wieso Christen, obgleich in den Untergrund getrieben, nicht nur frei von Hass waren, sondern auch noch fröhlicher als gewöhnliche Leute?

»Weil wir Liebe in unseren Herzen tragen, weil wir unseren Herrn Jesus Christus gefunden haben«, hatte Gao Shengchan in seiner Predigt gesagt.

Wei Xihong gefiel die gegenseitige Fürsorge innerhalb der Gemeinde, sie erschien ihr so viel echter als die Klassensolidarität, die man ihr von klein auf eingetrichtert hatte. Diese Kameradschaft erinnerte sie an die intellektuelle Szene von Wudaokou in den achtziger Jahren; damals war eine ähnliche Verbundenheit zwischen den Menschen spürbar gewesen. Heute schien dies alles wie vom Winde verweht.

Wei Xihong stellte sich die Frage, ob in China die Menschen zum Durchhalten nicht auf den Glauben angewiesen waren. Unter den derzeitigen Bedingungen im Land, im derzeitigen System, in der derzeitigen Stimmung machte es die Gesellschaft einem nicht leicht, redlich und sich selbst treu zu bleiben. Welche moralischen Kräfte gab es schon noch, die einen dazu anhielten, ein guter Mensch zu sein? Ohne Glauben war es sehr schwer, gut zu sein.

Dennoch verspürte Wei Xihong nicht den Drang, sich dem Glauben hinzugeben. Sie hatte die Lehre von Materialismus und Atheismus von klein auf in sich aufgesogen und ihr Denkapparat wollte einen solchen Gedankensprung einfach nicht mitmachen, ihre Ratio widersetzte sich dem Konzept einer theistischen Religion.

Es gab nur einen in der Gemeinde, mit dem sie auf ihrem eigenen geistigen Niveau diskutieren konnte, und das war Gao Shengchan. Doch dieser war der wichtigste Prediger in allen vier Gemeinden der Weizenkorn-Kirche, und auch andere Hauskirchen in Jiaozuo und Henan luden ihn oft zu Vorträgen ein; er konnte daher nicht die ganze Zeit in Wenquanzhen bleiben. Also beschloss Wei Xihong, ihm zu folgen, wann immer sie konnte, um seinen Predigten zu lauschen und bei Gelegenheit ihre Fragen mit ihm zu diskutieren.

Es gab noch etwas, was Wei Xihong anfangs nicht so deutlich wahrgenommen hatte: eine Art selbstgerechte, leicht euphorische Selbstgefälligkeit, die den Gläubigen in all ihrer Frömmigkeit und Demut zu eigen war und die Wei Xihong ein wenig verunsicherte. Gao Shengchan zeigte sich in seinen Predigten zwar oft sehr erregt, aber für gewöhnlich hatte er etwas sehr Nachdenkliches, ja Besorgtes an sich. Das und seine Behinderung gaben ihr das Gefühl, verstanden zu werden, und ließen sie umso mehr seine Nähe suchen.

Wei Xihong hatte keinerlei romantische Absichten; Gao Shengchan war jedoch innerlich von der Begegnung mit ihr sehr aufgewühlt und überlegte schon, ob vielleicht die Zeit gekommen war, eine Familie zu gründen. Doch Wei Xihong war noch keine getaufte Christin und die Beiträge, die sie unter dem Pseudonym *kornichtot* im Internet veröffentlichte, konnten die Regierung nicht kaltlassen – sie beschwor geradezu Probleme herauf. Und dann passierte die Sache mit Zhangjiacun.

In Zhangjiacun waren ein paar Bauern, die zur Weizenkorn-Gemeinde gehörten, kurz zuvor Opfer einer Verschwörung von Lokalregierung und Immobilienspekulanten geworden und hatten unrechtmäßig ihr Land verloren. Die Angelegenheit beschäftigte auch die Brüder und Schwestern in der Gemeinde, und als Wei Xihong davon erfuhr, war sie empört und legte den Opfern dar, dass so etwas gegen die geltende Rechtsauffassung verstieß. Sie ermutigte sie, für ihr Recht einzutreten. Als die Leute erfuhren, dass sie Jura studiert hatte, staunten sie nicht schlecht und bereiteten sogleich eine dreigliedrige Protestaktion vor: Erstens würden sie die Lokalregierung vor dem Kreisgericht verklagen, zweitens eine Demonstration vor dem Regierungsgebäude organisieren. Drittens würden sie ihre Aktionen filmen und die Aufnahmen zusammen mit den gesammelten Beweisen im Internet veröffentlichen; denn, so hatte Wei Xihong ihnen erklärt, das Internet war ein virtuelles Rechtsorgan, die Zentrale Disziplinarkommission in der Hand des Volkes! Doch damit war die Weizenkorn-Gemeinde im Begriff, sich in die Protestbewegung der enteigneten Bauern hineinziehen zu lassen. Die Folgen waren kaum abzuschätzen.

Gao Shengchan besprach die Angelegenheit mit Li Tiejun und bat ihn, die Gemeindemitglieder davon abzuhalten, die Sache an die große Glocke zu hängen und damit womöglich das Fundament der Kirche ins Wanken zu bringen. Doch wider Erwarten stellte Li Tiejun klar: »Mein lieber Herr Gao, ich will dir mal was sagen: Alle hier denken, dass du und Wei Xihong was miteinander habt, sie also quasi die Herrin des Hauses ist. Sie ist die Haut, du das Herz. … Alle glauben, dass Madame *kornichtot* in deinem Namen spricht!«

Unermessliche Liebe

Als sie die Grenze nach Henan überquerten, war Fang Caodi auf die vielen Zufälle zu sprechen gekommen, die sich in seinem Leben ereignet hatten. Ob Chen an Zufälle glaube? Als Schriftsteller kommt man ohne Zufälle gar nicht aus, dachte der, aber in der Realität wird ihre Bedeutung eher überschätzt. Doch wenn Fang Caodi am Reden war, kam es für gewöhnlich nicht wirklich auf Chens Antwort an, Fang würde das Gespräch auch so weiterführen. Seit sie am Morgen aus Peking losgefahren waren, hatte er ohne Pause geredet. Chen beantwortete die Frage daher lediglich mit einem kurzen Schulterzucken.

Fang Caodi sagte: »War mir klar, dass die Frage eigentlich überflüssig ist. Sie sind Schriftsteller, natürlich glauben sie an Zufälle. Sie wissen, dass das Leben genau wie ein Roman aus lauter Zufällen besteht. Sonst wären wir in diesem Moment nicht zusammen hier in Henan unterwegs.«

»Hast du mal die Zufallsromane von Paul Auster gelesen?«, fragte Chen neugierig.

»Nein, aber die Kriminalgeschichten von Matsumoto Seichō. Ohne Zufälle gäbe es keine Romane.«

»Romane sind das eine, aber in der Realität sind Zufälle vielleicht doch gänzlich vom Schicksal bestimmt. Oberflächlich reiner Zufall, doch dahinter womöglich höhere Fügung – Zeichen, denen wir nur die meiste Zeit keine Beachtung schenken.«

»Gut gesprochen, Herr Chen, gut gesprochen!«, rief Fang Caodi.

Chen sah auf sein Handy: »Ah, Zhang Dou hat auf *KDnet*, *Sina.com* und *NBWeb* neue Beiträge von *kornichtot* gefunden. In einem schreibt sie, dass sie endlich die Geister von '83 ausgekehrt habe, und in einem anderen, dass sie sich ›im Kreis W der Stadt J in der Provinz H‹ für die Rechte der Bauern einsetzt. In Hu Yans SMS stand, dass die Weizenkorn-Kirche sich in Henan, und zwar in der Stadt Jiaozuo befindet! Damit hätten wir das H und das J, jetzt brauchen wir bloß noch den Kreis W zu finden!«

»Kreis Wen, bestimmt ist es der Kreis Wen. Dort war ich nämlich schon mal. Was für ein Zufall, finden Sie nicht?«

Chen sparte es sich, Fangs Logik zu widersprechen. Dann eben als Erstes der Kreis Wen. Er stellte das Navigationssystem auf den Ort Wenquanzhen im Kreis Wen ein.

• • •

Gao Shengchans ehemaliger Studienkamerad Liu Xing war stellvertretender Leiter der Propagandaabteilung im Parteikomitee von Jiaozuo. Als Gao Shengchan ihn morgens anrief und sich mit ihm treffen wollte, willigte Liu Xing sofort ohne zu zögern ein: »Lass uns im Hotel *Yiwan* zu Abend essen und in Ruhe ein bisschen schwatzen.« Vor zwei oder drei Jahren hätte Liu Xing es vermieden, sich in aller Öffentlichkeit zusammen mit Gao Shengchan sehen zu lassen, aber seit er vor Kurzem bei der Ablösung der Lokalregierung nicht in ein höheres Amt befördert worden war, wusste er, dass seine Parteikarriere hier ohnehin endete. Er war fünfzig Jahre alt, für ihn würde es keine weitere Aufstiegschance mehr geben. Sollte man ihn doch mit Gao Shengchan zusammen sehen. War es etwa verboten, mit einem alten Studienfreund essen zu gehen?

Der Abstecher ins Gute-Laune-Dorf hatte Fang Caodi und Herrn Chen mehrere Stunden im Zeitplan gekostet und es war bereits weit nach neun Uhr, als sie Jiaozuo erreichten. Es war zu spät, um noch bis Wenquanzhen weiterzufahren, und so blieb den beiden nicht viel anderes übrig, als sich für eine Nacht in der Stadt einzuquartieren. Während Fang Caodi auf Herrn Chens ausdrücklichen Wunsch hin an der Rezeption des Vier-Sterne-Hotels Yiwan stand und ein Zimmer bestellte, saßen Liu Xing und Gao Shengchan in einem Separée des chinesischen Restaurants ein paar Stockwerke höher bei der dritten Runde Schnaps und kamen gerade auf das eigentliche Thema zu sprechen.

Gao Shengchan erzählte von dem Problem, das seine Kirche in letzter Zeit beschäftigte: Ein paar Brüder und Schwestern aus Zhangjiacun seien ihrer Rechte beraubt worden und möglicherweise würde sich die Sache jetzt ernsthaft zuspitzen. Religion sei Angelegenheit des Religionsausschusses und hätte mit Liu Xings Bereich nichts zu tun, daher könne er mit ihm ja ruhig darüber sprechen, unter alten Freunden. Gao Shengchan wusste, dass er Liu Xing auf gar keinen Fall offen um Rat fragen durfte, denn dann würde dieser dicht machen und nicht mit einer ehrlichen Antwort rausrücken. Er schilderte also lediglich die Lage in seiner Kirche, so als erwarte er gar keine Reaktion, und als er geendet hatte, goss er die nächste Runde Schnaps ein, schwatzte über ein paar Belanglosigkeiten und wartete ab, ob und wie Liu Xing sich zu der Angelegenheit äußern würde.

Liu Xing hatte zwar schon einiges getrunken, aber durch die

vielen Jahren als Funktionär war er bestens darin geübt, seine Worte so zu wählen, dass sie absolut wasserdicht waren und niemand ihm einen Strick daraus drehen konnte. Er erzählte von einem Dokument aus der Zentrale, das gegenwärtig Pflichtlektüre für alle Ebenen der Lokalregierungen war und dessen Inhalt sogar abgeprüft wurde. Er konnte es inzwischen auswendig:

»Der Leitgedanke unserer Partei für die Regierungsführung in der gegenwärtigen Phase lautet: gutes Regieren im Sinne des Volkes. Die Beziehung der Kader zu den Massen ist zu pflegen, Kader sind Diener des Volkes, das Volk ist den Kadern Vater und Mutter zugleich. Die internen Widersprüche im Volk müssen auf die richtige Weise angegangen werden, Mechanismen zur Auflösung von gesellschaftlichen Konflikten sind aufzubauen, ein Frühwarnmechanismus für den Fall einer Gefährdung der Stabilität ist einzurichten. Jeglicher Form von geplanten oder spontanen unerlaubten Massenereignissen ist mit Nachdruck gegenzusteuern. Gesellschaftliche Harmonie und Stabilität sind zu wahren. Jegliche illegalen Aktivitäten müssen strengstens vermieden und den Gesetzen entsprechend mit aller Härte bekämpft werden. Die Wahrung der Grundlagen des Systems und die nationale Sicherheit stehen bei den Kerninteressen Chinas zu jeder Zeit an allererster Stelle.«

Anders ausgedrückt: Die Regierung sollte als Problemlöser für die Belange der Bevölkerung auftreten. Massendemonstrationen würden das harmonische Bild empfindlich stören, deshalb war es äußerst wichtig, dass die Funktionäre sich nicht den Zorn des Volkes zuzogen und alles taten, um Massenereignissen vorzubeugen, oder – falls das nicht gelang – sie schnellstmöglich abzuwenden. Gelang ihnen das nicht, hatten sie persönlich die Konsequenzen zu tragen. Großen Ärger minimieren, kleinen Ärger ganz kaschieren, war daher die Devise.

Was bedeutet Einparteiendiktatur? Diktatur bedeutet, dass die Regierungspartei die absolute Macht besitzt; der Staatsapparat kann jederzeit rigoros ohne Einwilligung des Volkes und ohne Beschränkung durch das Volk gegen die Bevölkerung oder Teile der Bevölkerung eingesetzt werden, um seinen Willen durchzusetzen. Aber wenn die Regierungspartei keine Kontroversen wünscht, dann muss sie dafür Sorge tragen, dass sich die Menschen von Partei und Staat in allen Belangen umsorgt fühlen.

Jetzt war so eine Zeit. Solange niemand die Kerninteressen der Kommunistischen Partei antastete und am grundlegenden Einparteiensystem wackelte, fürchtete sie sich nicht vor etwas Flexibilität und demonstrativer Milde. Gao Shengchan wusste das nur zu gut. Dass sich die Kirche in den letzten zwei Jahren ungestört entwickeln konnte, war eben dieser Politik zu verdanken. Die Funktionäre hatten Angst, dass es im eigenen Zuständigkeitsbereich zu Massenereignissen kam, die sie womöglich Amt und Würden kosteten, also wollte niemand aus Versehen in ein Wespennest stechen. Jede Untergrundkirche war ein solches Wespennest.

Liu Xing hatte seine Worte bewusst gewählt und Gao Shengchan, der mit den sprachlichen Codes seines alten Freundes vertraut war, verstand sie sehr genau zu deuten: Jetzt, da Volk und Funktionäre sich gleichermaßen voreinander fürchteten, würde die Nachricht über eine drohende Protestaktion die Offiziellen zum unmittelbaren Handeln zwingen, um die Situation so früh wie möglich zu entschärfen. Kurz vor einem Protest hatten beide Seiten noch Spielraum; wenn der Unmut der Massen erst einmal entfesselt war, waren die Folgen jedoch kaum abzusehen. Vielleicht würde man die Demonstranten wegen Vandalismus einkerkern und den Protest damit erstickt bekommen; beide Seiten würden Verletzungen davontragen, aber selbst wenn letztendlich auch ein paar Funktionäre ihren Hut nehmen mussten – geholfen wäre damit im Grunde niemandem.

Doch wem konnte Gao die Nachricht über den bevorstehenden Protest zuspielen? Man durfte es nicht zu sehr an die große Glocke hängen, sonst verloren die Funktionäre ihr Gesicht; aber wenn die Nachricht nicht die richtige Stelle erreichte, verfehlte
 sie ihre Wirkung. Liu Xing zum Beispiel würde so tun, als wisse er von nichts, denn schließlich betraf die Sache nicht seinen

Zuständigkeitsbereich. Gao Shengchan nahm sich etwas Obst vom Dessertteller und grübelte darüber nach, wen eine solche Information wohl am ehesten nervös machen würde.

Eigentlich wäre die Bezirksregierung am direktesten betroffen, aber wenn die nicht ohnehin nur aufs Geld aus gewesen wäre, hätte sie gar nicht erst gemeinsame Sache mit den Spekulanten gemacht und die Menschen so gegen sich aufgebracht. Angesichts gigantischer Profite würden diese Politiker *erst weinen, wenn sie den Sarg erblickten,* wie man in China sagte – sie würden erst einlenken, wenn der Schaden bereits angerichtet war. Sie würden so schnell keine Zugeständnisse machen, man musste sie schon mit einer echten Massendemonstration konfrontieren, damit sie vielleicht ein Einsehen haben würden. Aber genau das wollte Gao Shengchan im Interesse der Kirche vermeiden. Wenn man die Information richtig platzieren wollte, überlegte er, dann musste man eine Ebene höher zur Kreisregierung gehen.

Als wolle er das Thema wechseln, sagte er beiläufig: »Unser Kreisvorsteher Yang ist ein ziemlich tüchtiger Mann, auf mich macht er jedenfalls einen sehr guten Eindruck.«

Auf diesen Satz hatte Liu Xing gewartet. Er nahm sogleich den Faden auf und sagte: »Jaja, jung und vielversprechend, gerade mal Anfang dreißig. Der Knabe hat noch eine große Karriere vor sich.«

Gao Shengchan verstand. Liu Xing hatte ihm einen Tipp gegeben: Er sollte sich an diesen für alle Landkreise verantwortlichen und um sein Weiterkommen besorgten Nachwuchspolitiker wenden.

Liu Xing zeichnete mit der Hand einen Bogen in die Luft und sagte: »Wusstest du, dass unser Bürgermeister von Jiaozuo aus Fujian hierhergekommen ist? Er hat Yang befördert. Und wusstest du außerdem, dass der Bürgermeister beim nächsten Postenwechsel in die Provinzregierung gehen wird?«

Gao Shengchan war bewegt von so viel Offenheit. Liu Xing war wirklich ein Freund. Der Bürgermeister war von außerhalb gekommen, also musste er seinen Einfluss vor Ort durch Beförderungen absichern. Natürlich griff er dabei nicht auf Männer wie Liu Xing zurück, die noch dem alten Bürgermeister gedient hatten. Kreisvorsteher Yang war einer von seinen Leuten. Wenn der Bürgermeister jetzt in die Provinzregierung wechselte, würde er seine Vertrauten nachholen, sobald er fest im Sattel saß. Im Kreis des nicht mal vierzigjährigen Yang brauchte es in den kommenden Monaten bloß ruhig zu bleiben, dann war ihm der Aufstieg in die Provinzregierung sicher.

Umgekehrt bedeutete das aber: In dem Moment, in dem es bei ihm zu einem Massenereignis kam, war es ganz gleich, wie er die Sache handhaben würde: Seine Beförderung wäre gefährdet. Aus diesem Grund war Yang der ideale Adressat für eine frühzeitige Warnung vor einem sich anbahnenden Massenprotest. Jung und aufstrebend, wie er war, würde er sich seine Karrierepläne nicht von ein paar korrupten Landkadern vereiteln lassen.

Als Liu Xing sich sicher war, dass Gao Shengchan seinen Hinweis begriffen hatte, verschwand er wankenden Schrittes, aber sehr zufrieden mit sich selbst, in Richtung Toilette. Gao Shengchan nutzte die Gelegenheit und rief Li Tiejun an. Er ließ unverzüglich ein Treffen mit dem Kreisvorsteher Yang vereinbaren.

• • •

Die Gegend um Jiaozuo war ein wichtiges Anbaugebiet für chinesische Heilpflanzen wie Libosch, Yamswurzel, Ochsenknie und Chrysanthemen. Schon in Peking hatte sich Fang Caodi eine Liste mit Substanzen der chinesischen Medizin gemacht, die helfen sollten, Zhang Dous innere Verletzungen und Miaomiaos Demenz zu behandeln. Um halb fünf war er aufgestanden, hatte seine Qigong-Übungen gemacht und noch vor Anbruch der Dämmerung das Zimmer verlassen, ohne Chens Nachtruhe zu stören.

Der war zwar erschöpft von der langen Fahrt, hatte aber dennoch nur einen sehr unruhigen Schlaf gefunden. Schon um kurz nach sechs stand er auf und ging zum Frühstück. Als Fang Caodi gegen neun Uhr mit einem großen Sack Heilkräuter auf dem Rücken wiederkam, war Chen sichtbar schlecht gelaunt. Sie brachen unverzüglich auf und fuhren nach Wenquanzhen.

In der Ortsmitte angekommen fragte Fang Caodi einen Taxifahrer nach einer protestantischen Kirche namens Weizenkorn. Die sei nur ein paar Schritte entfernt, sagte der und wies Fang an, ihm hinterherzufahren. Er brachte sie bis vor das große Tor, wollte dafür jedoch kein Trinkgeld annehmen. Chen fragte sich, ob man überhaupt noch von einer Untergrundkirche sprechen konnte, wenn offenbar jeder im Ort ihre Adresse kannte und über dem Tor Neujahrssprüche mit unverblümt christlichem Inhalt hingen? Fang Caodi hingegen fragte sich, wieso man den Leuten aus Henan bloß so viel Schlechtes nachsagte, wo einem hier doch sogar die Taxifahrer selbstlos weiterhalfen?

Drinnen im Hof waren Gao Shengchan und Li Tiejun gerade im Begriff zu ihrem Termin mit Kreisvorsteher Yang aufzubrechen. Ihre Gemeinde hatte über eintausend Mitglieder in der Gegend, der Kreisvorsteher hatte gar nicht anders gekonnt, als einem Treffen zuzustimmen, verkündete Li Tiejun nicht ohne Stolz. Gao Shengchan versuchte unterdessen, Li Tiejun eines einzuhämmern, nämlich dass er das Reden ihm überlassen sollte. Er war sich sicher, dass er Yang dazu bringen konnte, die Angelegenheit in Zhangjiacun zu regeln, aber Li Tiejun sollte ihm dabei möglichst nicht dazwischenfunken.

Die einen in Gedanken, die anderen ins Gespräch vertieft, trafen die vier Männer am Hoftor aufeinander.

Fang Caodi fürchtete, dass Chen mit seinem taiwanischen Akzent Misstrauen erwecken könnte, deshalb riss er das Wort an sich: »Verzeiht, Freunde! Sind wir hier richtig bei der unterirdischen Körnerkirche?«

»Das hier ist die *Weizenkorn*-Kirche«, antwortete Li Tiejun vorsichtig. »Suchen Sie jemand Bestimmten?«

»Wir suchen eine Frau, die sich *kornichtot* nennt. Ihr richtiger Name ist … Wie heißt sie eigentlich?«

»Wei Xihong. Oder einfach Xiaoxi«, sagte Chen.

»Schon mal gehört?«, fragte Fang Caodi.

Li Tiejun wollte nicht lügen und so wiederholte er den Namen zunächst mehrmals, um Zeit zu gewinnen: »Wei Xihong … Wei Xihong … hhmmm.«

»Kommt aus Peking«, ergänzte Fang Caodi.

»Aus Peking …« Li Tiejun tat, als müsse er nachdenken.

Fang Caodi wurde ungeduldig: »Wer ist denn der Chef von dem Laden hier?«

»Unser ›Chef‹ ist der Herrgott selbst«, erklärte Li Tiejun.

»Was soll das Gequassel?«, fuhr Fang Caodi ihn an.

»Komm, lass es gut sein«, sagte Chen beschwichtigend und zog ihn fort.

Li Tiejun ging zurück und schloss das Tor, bevor er mit Gao Shengchan in Richtung Stadtzentrum ging. Ein Hirte muss seine Schäfchen zu schützen wissen, dachte er. Er sagte zu Gao Shengchan: »Das waren bestimmt Spitzel der Sicherheitsbehörden, deswegen hab ich sie absichtlich hingehalten – und das ohne eine einzige Lüge zu erzählen!«

Gao Shengchan hatte sich während der gesamten Episode im Hintergrund gehalten, allerdings teilte er Li Tiejuns Einschätzung nicht. Er hatte intuitiv gespürt, dass zwischen Chen und Wei Xihong eine besondere Beziehung bestand, die weniger politischer, als vielmehr amouröser Natur war. Deswegen hatte er ihm nichts über ihren Aufenthaltsort gesagt – er wollte ihm nicht helfen, sie zu finden. Gao Shengchan wusste, dass die beiden wiederkommen würden, und das schlechte Gewissen wegen seines Schweigens plagte ihn schon jetzt. Aber er hatte sich jetzt um Wichtigeres zu kümmern, sagte er sich. Er musste verhindern, dass die Kirche in einen Bauernprotest hineingezogen wurde.

Ohne Zhang Dous Nachricht, dass *kornichtot* sich in der Provinz H, Stadt J, Kreis W aufhielt, hätte sich Chen vielleicht entmutigen lassen. Doch nachdem sie, kaum in Wenquanzhen, die Weizenkorn-Kirche auf Anhieb gefunden hatten, war er sich sicher, dass Xiaoxi nicht weit sein konnte. Die beiden Männer eben hatten bloß nicht mit der Wahrheit herausrücken wollen. Er ließ Fang Caodi bei der Kirche warten, für den Fall, dass Xiaoxi dort auftauchte, und ging selbst zurück ins Stadtzentrum, um ein Internetcafé zu suchen und Kontakt zu *kornichtot* aufzunehmen.

Was er und Fang nicht wussten – Gao Shengchan und Li Tiejun hingegen sehr wohl –, war, dass Xiaoxi gerade in diesem Moment in der Kirche saß und am Bibelkurs teilnahm. Sie würde den ganzen Tag dort verbringen, mit den anderen zusammen Mittag essen und nachmittags im Internet surfen, in die virtuelle Welt eintauchen, vielleicht als *kornichtot* in ihrem Blog einen Beitrag über die Rechte der Bauern schreiben oder sich mit irgendwelchen alten Knallköpfen anlegen, die im Netz Schein und Sein miteinander verwechselten. Hier auf dem Land gab es um halb sechs Abendessen, um halb sieben würde sie beim täglichen Bekenntnisgottesdienst mitmachen und um acht mit ein paar engagierten Brüdern und Schwestern die letzten Details der Protestaktion in Zhangjiacun besprechen. Sie fühlte sich erfüllt und lebendig.

• • •

Wenquanzhen hatte nicht mal hunderttausend Einwohner, aber ein gutes Dutzend Internetcafés. Als Gao Shengchan und Li Tiejun gerade das Büro des Kreisvorstehers auf der Huanghe Road betraten, fand Chen endlich ein Café, das schon geöffnet hatte. Er las *kornichtots* Beiträge bei *KDnet, NBWeb* sowie ihren Blog bei *Sina.com*. Eine starke Ergriffenheit erfasste ihn – Xiaoxi schien himmelweit entfernt und war doch zum Greifen nah. Dennoch brauchte Chen ganze vier Stunden, bis er seine erste Nachricht an sie abschickte.

Anfangs wollte er sich noch ganz cool geben und hatte geschrieben, er mache mit einem Freund Urlaub in Henan und sie seien gerade in Jiaozuo, um bei der Gelegenheit ein paar chinesische Heilkräuter zu kaufen; mit geheuchelter Unschuld hatte er gefragt, ob Xiaoxi noch in Peking sei, sie könnten sich ja mal wieder treffen. Nein, was für ein Zufall! Sie sei gar nicht in Peking sondern ebenfalls in Jiaozuo! Warum trafen sie sich nicht zum Mittagessen im *Yiwan*? … Wahrscheinlich hatte er sich eine Reaktion in dieser Art erhofft. Zum Glück hatte er die Nachricht so nicht abgeschickt. Wem wollte er damit eigentlich etwas vormachen? Viel zu plump.

Also hatte er den Text gelöscht und von vorne angefangen: Dass Wen Lan bei ihrem letzten Treffen einfach so hereingeplatzt sei, täte ihm leid, er wolle Xiaoxi unbedingt wiedersehen. Aber auf so eine Nachricht würde Xiaoxi bloß antworten, dass es ihm nicht leid zu tun brauche, schon in Ordnung, man sieht sich! Doch sehen würde Chen sie so eben nicht.

Bei dem Eindruck, den sie von Chen und Wen Lans Verhältnis haben musste, würde sie sich wohl so schnell nicht noch mal mit ihm treffen wollen.

Chen wurde bewusst, dass er ehrlich zu ihr sein musste. Er musste ihr sagen, dass er nach Wenquanzhen gekommen war, um sie zu sehen, weil … Weil er mit ihr zusammen sein wollte. Chen entschied sich, Xiaoxi seine Liebe zu gestehen. Und wenn er sich schon öffentlich zu seiner Liebe bekannte, dann wollte er ihr alles erzählen. Es war jetzt über zwanzig Jahre her, dass er Wen Lan seinen Antrag gemacht hatte. So viele Jahre hatte er nicht gewagt, noch einmal echte Gefühle für jemanden zu entwickeln, sein Herz wieder zu öffnen; Xiaoxi sein Innerstes zu offenbaren, kostete ihn große Überwindung. Reglos saß er zwei Stunden vor dem Computer, dann brachen sich die Worte endlich Bahn und ergossen sich in einen fünftausend Schriftzeichen langen Brief, den er mit der Überschrift »Brief eines Nicht-Fremden an *kornichtot*« versah.

Der erste Satz lautete: »Während du diese Zeilen liest, sitze ich im Modern Fu Xi Internet Café, Huanghe Road, Wenquanzhen, Kreis Wen, Stadt Jiaozuo, Provinz Henan …« Chen beschrieb, wie er Xiaoxi im Wudaokou der neunziger Jahre kennengelernt und sie schon damals sehr gemocht hatte. Doch zum einen war sie ständig von Männern umringt und dann mit ihrem englischen Freund zusammen gewesen, zum anderen hatte er aus einer früheren Beziehung so tiefe emotionale Wunden davongetragen, dass er nicht den Mut aufgebracht hatte, sich noch einmal zu verlieben. Und ausgerechnet die Frau, die ihm diese Wunden zugefügt hatte, war bei ihrem letzten Treffen dazwischengeplatzt. Chen erzählte die ganze Geschichte, wie er Wen Lan kennengelernt, sich mit ihr verlobt und dann den Laufpass erhalten hatte, um dann, zwanzig Jahre später, unvermittelt einem französischen Kristallleuchter über den Weg zu laufen. Allerdings – und jetzt kam Chen zum Wesentlichen – habe er sein Herz da bereits seit einigen Monaten an eine andere Frau verloren gehabt, eine Frau, die ebenfalls vor langer Zeit aus seinem Leben verschwunden sei. Er schilderte sein Suchen nach einer Kontaktmöglichkeit, sein Warten auf ihre Antwort, ihr erstes Wiedersehen und wie er sie dann, Fräulein Wens Auftritt wegen, erneut aus den Augen verloren hatte. Er berichtete, wie er das Internet nach ihr durchkämmt hatte und ihr, nur auf ein paar kaum verlässliche Hinweise gestützt, nach Henan gefolgt war, wo er durch mühsame Puzzlearbeit ihren Aufenthaltsort ausfindig gemacht hatte. Dann sprach er aus, was Xiaoxi nun schon geahnt haben musste: dass sie diese Frau sei und er sich nichts sehnlicher wünsche, als dass sie ihm noch einmal eine Chance gäbe, ihm ihre Zeit schenke, in Henan, in Peking oder wo immer es ihr gefiel, damit er ihr seine Liebe beweisen könne. Sein größter Wunsch sei es, zusammen mit ihr seinen Lebensabend zu verbringen, gemeinsam alt zu werden und die verbleibenden Jahre miteinander zu teilen. Dann ergänzte er noch, dass er einen Freund mitgebracht habe, der ihr helfen konnte, ihre Erinnerungen zurückzugewinnen.

Chen wollte seinen Brief eigentlich als Kommentar an einen von Xiaoxis Blogeinträgen anhängen, aber er überschritt die erlaubte Zeichenzahl und ließ sich nicht abschicken, also blieb ihm nichts anderes übrig, als ihn zu zerstückeln und nur einen Teil auf Xiaoxis Seite zu veröffentlichen, versehen mit der Mitteilung, dass der ganze Text in einem eigens eingerichteten Blog bei *Sina.com* zu lesen war.

Chen hatte seinen Einsatz gemacht; nun harrte er ruhig vor dem Computer aus und sah im Abstand von ein paar Minuten nach, ob es schon eine Antwort gab.

Tatsächlich sah Xiaoxi gleich nach dem Mittagessen seinen Kommentar in ihrem Blog, las bei *Sina.com* den ganzen Brief und saß dann eine Weile wie gelähmt da, außerstande, sich zu bewegen. Die letzten zwei Jahre über hatte Xiaoxi stets gehofft, einen Mann zu finden, mit dem sie sich austauschen konnte, einen Partner, mit dem sie leben und den sie lieben konnte. Doch ein ums andere Mal war sie enttäuscht worden. Nachdem sie auf Chen getroffen war, hatte sie wieder Hoffnung geschöpft, denn er schien anders zu sein als die anderen Männer; doch stattdessen wäre sie fast in eine Dreiecksbeziehung hineingeraten. Und gerade, als es ihr zunehmend schlechter ging und die Verzweiflung überhand zu nehmen drohte, hatte sie die Kirche gefunden. Zwar glaubte sie nicht an Gott, aber sie war dennoch Teil einer großen Familie geworden. Als sie dann mit den Bauern von Zhangjiacun in Kontakt gekommen war, hatte sie sich endlich wieder nützlich gefühlt. Sie hätte niemals gedacht, dass just in diesem Moment Chen wieder in ihr Leben treten, ihr sein Herz ausschütten und sie bitten würde, den Rest ihres Lebens mit ihm zu verbringen.

Über eine Stunde saß sie reglos vor dem Bildschirm, wissend, dass vor einem anderen Bildschirm ein anderer ebenso reglos dasaß und auf eine Nachricht von ihr wartete.

Schließlich schrieb sie in das Kommentarfeld: »Ich bin nicht mehr die Xiaoxi, die du von früher kennst.«

Wenige Sekunden später erschien Chens Antwort: »Du gefällst mir jetzt noch besser.«

»Ich habe Depressionen.«

»Ich weiß. Ich werde für dich da sein.«

»Mein Körper ist alt und eingefallen.«

»Ich bin Zeuge deiner Schönheit.«

»Ich bin nicht sicher, ob ich mich verlieben möchte.«

»Ich werde geduldig warten, bis du es willst.«

»Sicher ist, dass ich im Moment gar keine Zeit für Liebe habe.«

»Ich werde warten – in Henan oder sonstwo auf der Welt.«

So ging es hin und her, inzwischen war längst fünf Uhr durch.

Xiaoxi schrieb ihren letzten Kommentar: »Ich muss jetzt los. Gib mir Zeit zum Nachdenken.«

Sie ging in die Küche, um gemeinsam mit den anderen das Abendessen zuzubereiten. Chen verließ das Café, um in der Weizenkorn-Kirche nach ihr Ausschau zu halten.

Was die beiden nicht wussten, war, dass den gesamten Nachmittag über eine Schar anderer User gebannt ihren Dialog verfolgt hatte. Nachdem sie offline gegangen waren, begann eine lebhafte Diskussion, und unter den Kommentaren erschienen viele aufgeregte Meinungsbekundungen. Die einen fanden diese späte Liebe rührend, bei anderen erregte sie Schauder, eine fand sie süß, ein anderer ekelhaft. Die taiwanischen User zollten dem »Rentnerpärchen« virtuellen Respekt, vom Festland her gab es ein paar *ROFLs* und *LOLs*. Im Großen und Ganzen war man sich jedoch einig: Nicht texten – tun! Wäre schon okay, wenn die beiden zusammenkämen.

• • •

Gegen sechs Uhr hatten die Glaubensbrüder und -schwestern der Weizenkorn-Gemeinde von Wenquanzhen zu Abend gegessen und machten sich, Dankbarkeit im Herzen, nach und nach auf zur Kirche, wo sie im Hof und vor dem Tor in frommer Erwartung auf den Beginn des Gottesdienstes warteten.

Zur selben Zeit verließen Gao Shengchan und Li Tiejun das Hochhaus, in dem die Kreisregierung ihren Sitz hatte, blieben an der Straße stehen und schickten ein kurzes Dankgebet gen Himmel. Während ihrer Vorsprache bei Kreisvorsteher Yang am Vormittag schien eine übernatürliche Kraft Gao Shengchan zur Seite gestanden zu haben, die ihn genau die richtigen Worte finden ließ: fest und bestimmt, aber nicht drohend oder überheblich. Der Kreisvorsteher hatte sich zwar nicht geäußert, aber Gao Shengchan wusste, dass er verstanden hatte. Wie er Für und Wider abwägen und welches Schicksal die Kirche ereilen würde, lag nun allein in Gottes Hand. Nachdem sie gegangen waren, war sein Sekretär hinter ihnen her geeilt und hatte sie gebeten, in der Nähe zu bleiben und sich auf Abruf bereitzuhalten. Ein gutes Omen. Also hatten sie in einem kleinen Restaurant in der Nähe des Regierungsgebäudes gewartet. Gao Shengchan hatte Li Tiejuns Hand gefasst und gemeinsam hatten sie gebetet.

Kreisvorsteher Yang beriet sich erst mit seinen Vertrauten, dann ließ er telefonisch die Vertreter des Landkreises und des Immobilienkonsortiums zu sich beordern. Die Unterredung dauerte bis weit nach fünf Uhr an, dann endlich holte man Gao und Li erneut in sein Büro. Yang war ein Mann, der Wert auf seine Machtposition legte, und ihm war durchaus bewusst, dass Gao Shengchan ihn gekonnt ausgespielt hatte, aber um seiner Karriere willen musste er ihm gegenüber wohl oder übel Zugeständnisse machen. Er teilte ihm und Li Tiejun mit, dass die Landerschließung in Zhangjiacun fristgerecht durchgeführt werde, allerdings sei unter Vermittlung durch die Regierung eine höhere Entschädigung für die Betroffenen vereinbart worden und man habe die Planungen aufgrund des praktischen Bedarfs angepasst, sodass zufällig ausgerechnet die Wohnhäuser der Kirchenmitglieder nun außerhalb des Erschließungsgebiets lagen. Die Immobilienfirmen mussten sich mit weniger fetten Gewinnen begnügen, die Landkader sich ob ihres primitiven Bereicherungsversuchs in Grund und Boden schämen. Die Regierung hatte ihre Autorität gewahrt und einen organisierten Massenprotest frühzeitig abgewendet.

Kreisvorsteher Yang geleitete Gao Shengchan und Li Tiejun förmlich zur Tür. Wenn er erst einmal in der Provinzregierung war, würde er sich nie wieder mit aufmüpfigen Kirchenleuten wie diesen hier herumärgern müssen, dachte er insgeheim. Gao Shengchan hatte sein Ziel erreicht und machte Yang zum Abschied ein Kompliment: Er zähle wirklich zu den Staatsdienern, die sich in elterlicher Fürsorge um das Volk kümmerten. Yang antwortete, er sei lediglich ein Amtsträger, dazu bestimmt, dem Volke zu dienen, denn dieses sei *ihm* wie Mutter und Vater. Sich so der gegenseitigen Elternschaft vergewissernd, verabschiedeten sie sich in kühlem Einvernehmen.

Mit dem Gefühl, etwas Gutes getan zu haben, machte sich Gao Shengchan auf den Weg zurück zur Kirche. Die Rechte der Gläubigen waren zurückgewonnen, die Kirche um einen Konflikt mit der Regierung herumgekommen. Allein die Gruppe der Brüder und Schwestern, die es kaum erwarten konnten, der Regierung die Stirn zu bieten, würden möglicherweise etwas enttäuscht sein, allen voran Xiaoxi. Doch Gao Shengchan hatte es schon immer verstanden, klare Prioritäten zu setzen.

Als Gao Shengchan und Li Tiejun noch unterwegs zur Kirche waren, saßen Chen und Fang Caodi bereits inmitten der Gläubigen im Gebetsraum und hielten – die Hälse reckend – Ausschau nach Xiaoxi. Sie war noch in der Küche und hatte sich, nachdem sie bei der Vorbereitung von Tee und Gebäck geholfen hatte, gerade etwas von den emotionalen Strapazen des Nachmittags erholt. Doch als sie durch das kleine Fenster einen Blick in den Saal warf, begann ihr Herz erneut zu rasen: Zwischen den dort versammelten Gläubigen sah sie Chen sitzen. Sie verbarg sich neben dem Fenster und traute sich nicht, hinaus in den Gebetsraum zu gehen. Von nebenan drang »Was zähl ich schon?« zu ihr herüber, eine der *Hymnen Kanaans* von Xiaomin, einem Bauernmädchen aus Henan. Xiaoxi konnte vor Rührung kaum an sich halten.

Gao Shengchan und Li Tiejun betraten den Saal. Gao gab ein Zeichen und Li Tiejun bat die Anwesenden um Ruhe, es gäbe etwas Wichtiges mitzuteilen. Dann verkündete er ihnen den neuen Entscheid der Lokalregierung. Im Anschluss daran sagte Gao Shengchan, das Unrecht, das den Brüdern und Schwestern aus der Gemeinde widerfahren sollte, sei abgewendet worden, ein Wunder, welches zeige, dass Gott ihre Gebete erhört habe. Die versammelte Gemeinde stimmte ein, als er rief: »Herr, wir danken dir!« Einige der Gläubigen hatten Tränen in den Augen. Viele kamen so gerne zu den Gottesdiensten, weil es dort stets derart bewegende Zeichen Gottes zu bewundern gab.

Es war gerade wieder Ruhe eingekehrt, da stand Chen auf und sagte mit lauter Stimme: »Ich möchte etwas sagen.«

Li Tiejun wollte ihn daran hindern, aber Gao Shengchan hielt ihn zurück und bedeutete ihm, dass er Chen sprechen lassen sollte. Gao Shengchan wusste, dass es Dinge auf dieser Welt gab, die sich nicht aufhalten ließen. Sollte der Herr darüber entscheiden.

Chen sagte: »Meine Freunde, ich bin auf der Suche nach jemandem. Sie heißt Wei Xihong, manche nennen sie Xiaoxi.«

Alle starrten den Fremden an, ohne zu antworten.

»Ich bin ein Freund von ihr«, fügte Chen hinzu.

Noch immer regte sich niemand.

Chen fuhr fort: »Wenn ihr wisst, wo sie ist, dann sagt es mir, bitte. Ich muss sie sehen, denn ich … Ich liebe sie. Ich kann nicht ohne sie sein. Sagt mir bitte: Ist sie hier bei euch?«

Alle Augen dieser Gutmenschen von Henan waren auf Chen gerichtet.

Dieser wartete angespannt und kämpfte mit den Tränen.

Geballtes Schweigen schlug ihm entgegen. Man hätte eine Stecknadel fallen hören können.

Schließlich beruhigte Chen sich wieder und nickte resigniert mit dem Kopf. Er wandte sich um und ging mit großen Schritten in Richtung der Tür.

»Chen!«

In diesem Moment trat Xiaoxi aus der Seitentür.

Chen drehte sich um.

»Lass uns heim nach Peking fahren«, sagte sie sanft und gefasst.

Dritter Teil

Epilog:
Eine lange Nacht
oder: Warnende Worte in Goldenen Zeiten

»Und das Leben des Menschen: einsam, kümmerlich,
gemein, viehisch und von kurzer Dauer.«

Thomas Hobbes (1588–1679), *Leviathan*

»Seht die dichten Ameisenhorden ihre Reihen formen,
die wirre Bienenschar ihren Honig fertigen, die surrende
Fliegenmeute um das Blut streiten.«

Ma Zhiyuan (1250–1321), *Herbstgedanken*

»In der besten aller möglichen Welten ist alles, was da ist,
das Beste.«

Voltaire (1694–1778), *Candide*

Chinesische Idealisten

Millionen und Abermillionen Chinesen haben die Jahre ideologischer Orkane erlebt, wurden geradezu getauft in Idealismus. Auch wenn diese Ideale später zu Albträumen wurden, in Desillusion endeten und letztendlich ganze Generationen ihre Ideale verloren, haben sie deswegen nicht ihren Idealismus aufgegeben.

Fang Caodi und Wei Xihong sind in jener ideologiebeladenen Zeit aufgewachsen. Vielleicht ist es ihnen selbst gar nicht bewusst – aber ganz gleich, wie sich die Zeiten ändern oder sich ihr Umfeld wandelt, der vehemente Glaube an Ideologien, den sie in ihrer Jugend ausgebildet haben, sowie die Sehnsucht nach einem weltanschaulichen Ideal prägt ihre Persönlichkeiten noch immer. Wenn das eine Ideal sich verflüchtigt, ersetzen sie es zwar nicht unmittelbar durch das nächste – aber sie suchen und streben weiter. Sie sind schwer zu fassen, sind weder Realisten noch Opportunisten, Hedonisten, Nihilisten oder Eskapisten. Sie sind kaum zu beschreibende chinesische Idealisten.

So ist China auch mehr als sechzig Jahre nach Gründung der Volksrepublik noch immer eine Hochburg der Idealisten. Ihr Anteil an der Bevölkerung mag klein sein, aber der Größe der Bevölkerung wegen ist ihre absolute Zahl gewaltig.

All die eingesperrten oder unter Überwachung stehenden Anwälte, Dissidenten, Aktivisten, Vertreter von Bürgerinitiativen, Parteigründer, in der Öffentlichkeit stehenden Intellektuellen, Whistleblower und Missionare der Untergrundkirchen – sie alle sind hoffnungslose Idealisten. Gewissermaßen Idealisten 2.0.

Jede Gesellschaft braucht Idealisten. Das China von heute ganz besonders!

Sicher, verglichen mit den Idealisten bringt das heutige China weitaus mehr Realisten, Opportunisten, Hedonisten, Nihilisten und Eskapisten hervor. Viele Menschen fühlen sich in diesen prosperierenden Zeiten mit neunzigprozentiger Freiheit wohl wie ein Fisch im Wasser, viele machen ihr Glück und lassen es sich so richtig gut gehen. Wenn jemand jetzt noch aus einer mächtigen Familie mit Einfluss auf Partei und Regierung stammt, ein aufrechter roter Sprössling mit festen Wurzeln, dann kann man ihm nur gratulieren, denn er genießt einen bedeutenden Wettbewerbsvorteil: Immense Ressourcen warten nur darauf, mit ihm eine Verbindung einzugehen. Sofern es in China noch Adlige gibt, dann ist er einer von ihnen. Die Kommunistische Partei, die gerne ewig an der Macht bleiben will, sieht ihn als einen der ihren – als einen, dem sie vertrauen kann. Wei Guo, Wen Lan und Bancuntou, der Rasenmäherkopf, gehören in diesen *inner circle*. Ganz offensichtlich sind Leute wie sie die Protagonisten des Goldenen Zeitalters, die Profiteure des chinesischen Modells. Sie haben Großes vor sich – ein pralles, buntes Leben wartet auf sie. Vielleicht ist das einfach Chinas Schicksal.

• • •

Zurück zu Fang Caodi und Wei Xihong. Es ist keine Überraschung, dass die beiden sich vom ersten Moment an ausgezeichnet verstanden. Sie bedauerten lediglich, dass sie sich nicht schon früher kennengelernt hatten. Sie hatten so viele gemeinsame Themen und Erfahrungen und – was sie besonders verband: Beide hatten zwei Jahre lang wie besessen nach Ihresgleichen gesucht und nun endlich in einander den Beweis gefunden, dass es auf ihrem Weg doch Mitstreiter gab.

Als Chen sie einander vorstellte, sahen sie auf den ersten Blick, dass sie vom selben Schlag waren. Schnell vertieften sie sich in ein Gespräch über die Frage, warum die Menschen um sie herum von einer nicht genau festzumachenden Glückseligkeit befallen schienen, einer Art mildem *High*, während sie selbst in einsamer Klarheit verharrten. Fang Caodi erzählte, dass die amerikanische *Food and Drug Administration* im Jahr 2009 davor gewarnt hatte, dass die Antiasthmatika *Singulair, Accolate* und *Zileuton* Schlaflosigkeit, Depressionen, Angstzustände und sogar suizidale Tendenzen hervorrufen konnten. Vielleicht gab es ähnliche Nebenwirkungen auch bei chinesischen Asthmamitteln. Wer sie einnahm, wurde nicht so leicht *high* wie die anderen und war deshalb klarer im Kopf. Xiaoxi wandte ein, dass Antidepressiva dann jedoch die entgegengesetzte Wirkung haben müssten, da sie die Dopamin- und Noradrenalin-Ausschüttung im Großhirn anregten und dadurch stimmungsaufhellend wirkten. Sie selbst dürfte also eigentlich nicht so völlig unempfänglich für den allgemeinen Glücksrausch ringsum sein. Sie hatte einmal in der
Zeitung gelesen, dass Psychopharmaka in den USA inzwischen

die meistverschriebenen Präparate überhaupt waren, noch vor Mitteln zur Blutdrucksenkung. Wenn man die rezeptfreien Präparate hinzuzählte, dann waren Psychopharmaka die am häufigsten eingenommenen Medikamente in den USA. Viele Amerikaner steckten nicht wirklich in einer tiefen pathologischen Depression, sondern waren nur verstimmt, fühlten sich erschöpft oder unmotiviert und griffen deshalb zur Pille. Xiaoxi fragte sich, ob vielleicht auch in China eine große Zahl von Menschen solche Mittel nahm und deshalb den ganzen Tag *high* herumlief. Fang Caodi schloss das aus. So viele Chinesen auch Psychopharmaka schlucken mochten – es würden wohl kaum alle sein. Das Phänomen, das es zu klären galt, war die Tatsache, dass fast die gesamte Bevölkerung *high* und nur eine verschwindend geringe Zahl es eben nicht war.

Auf dem gesamten Weg von Henan nach Peking unterhielten sich die beiden über ihre Erfahrungen während der vergangenen zwei Jahre; Chen konnte dabei bloß zuhören. Sie erzählten in einem fort, bis Fang Caodi den schlamm- und staubbedeckten Cherokee vor Miaomiao und Zhang Dous Haustür zum Stehen brachte.

Zhang Dou kam Xiaoxis Stimme irgendwie vertraut vor, und auch Xiaoxi schien es, als hätte sie Zhang Dou schon einmal irgendwo gesehen – aber keiner von beiden konnte sich entsinnen, wann und wo das gewesen sein mochte.

Am Abend schlugen Zhang Dou und Miaomiao im Hof ein Zeltlager auf und überließen ihr Zimmer Xiaoxi, während Fang Caodi ihn seinem Zimmer ein zweites Klappbett für Chen aufstellte.

Xiaoxi hatte bereits erklärt, dass sie bereit war, eine Beziehung mit Chen einzugehen, jedoch etwas Zeit brauchte, um sich an den Gedanken zu gewöhnen. Sie hatte angedeutet, dass sie nicht sofort zu ihm ziehen wollte. Xiaoxi könne ja erstmal in Miaomiaos Zimmer wohnen, hatte Fang Caodi vorgeschlagen, und wenn das Wetter etwas kühler würde, würde er mit Zhang Dou ein eigenes Zimmer für sie anbauen. Wenn Xiaoxi nicht gleich zu ihm ziehen mochte, dann bedeutete das noch lange nicht, dass sie ewig hier auf dem Land bleiben wollte, dachte Chen bei sich. Aber er wollte sie nicht zu einer Entscheidung drängen, und solange sie bei Miaomiao und Zhang Dou unterkam, hatte sie in Fang Caodi jemanden, mit dem sie reden konnte, und ging noch dazu ihren Beschattern in der Stadt aus dem Weg. Vielleicht gar nicht mal die schlechteste Lösung.

Ein Außenstehender wie Chen konnte kaum ahnen, was zwei chinesische Idealisten wie Xiaoxi und Fang Caodi, die sich nun nach Jahren der Einsamkeit endlich getroffen hatten, zusammen mit einem kräftigen Burschen wie Zhang Dou an Tatkraft und Kampfeswillen freisetzen konnten.

• • •

Nach ausführlichen Gesprächen mit Fang Caodi und Zhang Dou kam Xiaoxis Erinnerung an den Beginn des fraglichen Monats allmählich zurück.

Es war der erste Arbeitstag nach den Neujahrsfeiertagen, der achte Tag nach Chinesisch-Neujahr. Fernsehen, Tageszeitungen und Onlinemedien brachten übereinstimmend die Nachricht vom Ausbruch einer neuen weltweiten Wirtschaftskrise, und die Menschen überkam das Gefühl, dass ihnen großes Unglück bevorstand. Im Internet und über die Handynetze verbreiteten sich immer neue Gerüchte, in Wellen überstürzten sich immer neue Nachrichten, es war ein Auf und Ab wie in einer Achterbahn. Anfangs schimpften die Leute auf Amerika, bezichtigten die USA der mutwillig herbeigeführten Entwertung ihrer Währung; der Dollar hatte auf einen Schlag dreißig Prozent seines Wertes verloren und damit Unmengen hart erarbeiteter chinesischer Devisenreserven einfach eingedampft. Dann hieß es, im Süden würden reihenweise Fabriken geschlossen, die Wanderarbeiter kämen nicht zurück in die Städte, die chinesische Wirtschaft stünde diesmal wirklich vor dem Kollaps. Es wurde vom Anstieg des Goldpreises auf zweitausend Dollar pro Unze berichtet, vom Totalabsturz der Börsen in Shanghai und Shenzhen, der Verhängung des Ausnahmezustands über Xinjiang und Tibet. Innerhalb kürzester Zeit veränderte sich die gesamte Atmosphäre in der Stadt. Die Menschen verließen ihre Arbeitsstätten und fuhren nach Hause, auf den Straßen brach heilloses Chaos aus, und in den Gassen kochte die Gerüchteküche über. Gegen Nachmittag waren die Menschen so verunsichert, dass sie begannen, Lebensmittel und Gebrauchsgüter zu hamstern.

Zhang Dou erinnerte sich, dass er und Miaomiao als Erstes so viel Tierfutter gehortet hatten, wie sie nur bekommen konnten. Zum Glück, wie sich herausstellte – denn nach jenem Tag war über einen Monat lang in der ganzen Gegend nirgendwo mehr welches zu haben gewesen.

Merkwürdig war, dass die staatlichen Medien wie *CCTV* und *Beijing Television* zwar Bilder von Unruhen in anderen Teilen der Welt zeigten, aber niemand kam und der Öffentlichkeit versicherte, dass in China die Lebensmittelversorgung gewährleistet sei, oder auf andere Art versuchte, die Gemüter zu beruhigen. Unmöglich, dass die Regierung so lange brauchte, um zu reagieren, meinte Fang Caodi. An der Sache war etwas faul. Er und Xiaoxi hatten schon damals gleich zu Beginn der Krise gespürt, dass mehr dahinterstecken musste als Trägheit des Systems.

Xiaoxi erinnerte sich, dass sie den ganzen Nachmittag versucht hatte, befreundete Intellektuelle und Journalisten zu erreichen, um zusammen die Lage zu besprechen und zu überlegen, ob man etwas tun konnte. Aber auch sie alle waren nur damit beschäftigt, Lebensmittel zu horten und sich um ihre Familien zu kümmern; niemand hatte Zeit, die Gesamtsituation zu diskutieren.

Als es Abend wurde, beschlossen Xiaoxi und Madame Song, den Laden zu schließen und nach Hause zu gehen. Auf dem Heimweg bot sich ihnen ein Anblick wie damals nach den Ereignissen auf dem Platz des Himmlischen Friedens oder während der SARS-Epidemie 2003. Nur vereinzelt waren Autos unterwegs. Beide hatten sie die Arme voller Lebensmittel aus dem Restaurant. Plötzlich kam von hinten ein Radfahrer angeschossen und riss Madame Song eine Tüte mit Chinakohl aus der Hand.

Auch am Abend setzten die Gerüchte sich fort, Handyempfang, Internetverbindung und Fernsehsignal wurden immer wieder unterbrochen, und die ganze Nacht hindurch waren die Sirenen von Polizei- und Rettungswagen zu vernehmen; eine Ausgangssperre wurde aber erstaunlicherweise nicht verhängt. In Xiaoxis Siedlung formierte sich daher spontan eine Bürgerwehr.

An die Ereignisse des zweiten Tages konnte Xiaoxi sich auch weiterhin nicht erinnern. Sobald sie es versuchte, bekam sie Schweißausbrüche und ihr wurde übel. Sie wusste nur noch, dass sie eines Abends nach Hause gekommen war, »Es geht wieder los! Es geht wieder los!« geschrien und die ganze Nacht leise vor sich hin murmelnd durchwacht hatte, um dann, früh am nächsten Morgen, im Hof lautstark die Partei, die Regierung, die Nachbarn und die hundsgemeinen Gerichte zu verfluchen. Wenig später war sie in Ohnmacht gefallen, und als sie wieder aufwachte, lag sie bereits in der Psychiatrie. Ihre Mutter hatte ihr all das nach ihrer Entlassung erzählt, sie selbst konnte sich an nichts erinnern. Komischerweise hatte Madame Song wenig später, als Xiaoxi erneut danach fragte, die Geschehnisse ebenfalls vergessen.

Fang Caodi berichtete von den anarchischen Zuständen, die damals eine ganze Woche lang in Guangdong geherrscht hatten.

Während der ersten sechs Tage waren die Menschen zutiefst verängstigt; ständig hieß es, dass andernorts bereits das absolute Chaos ausgebrochen sei. Aber zumindest in den Orten, durch die Fang Caodi kam, sah eigentlich alles ganz ruhig aus – bloß erregte er als Fremder plötzlich überall großes Misstrauen und hatte es schwer, sich durchzuschlagen. Am zwölften Tag nach Neujahr erreichte er das Drei-Länder-Eck von Guangdong, Jiangxi und Hunan, wo er bei einer Bauernfamilie unterschlüpfte. Ihren eigentlichen Höhepunkt erreichte die Krise dann am vierzehnten Tag – zumindest sagten später alle, da sei es am schlimmsten gewesen. In vielen Orten sei es zu Plünderungen gekommen; eine Menge Leute flohen in die Kreisstädte, weil sie gehört hatten, dass man dort sicherer sei. Viele bekamen in diesen Tagen wiederholt die gleiche, anonyme SMS: »Ich habe gerade von ganz oben erfahren, dass die Situation außer Kontrolle geraten ist! Das Chaos ist da! Passt auf euch auf!«

Über Jahre hinweg hatten viele die Frage gestellt, ob in China einmal das ganz große Chaos ausbrechen würde. Ob das Land irgendwann außer Kontrolle geriete. Und von wo es wohl seinen Ausgang nehmen würde. Fang Caodi hatte den Westen des Landes kreuz und quer bereist und sich auch lange genug in Zentralchina und anderswo herumgetrieben. Er hatte den Leuten bis zu diesem Zeitpunkt immer versichert, dass es in China nie zu einer Kettenreaktion kommen würde. Kleinere Vorfälle ja, aber kein alle Gegenden umfassendes Chaos. Unruhen in China seien stets regional begrenzt – sie würden nie das ganze Land auf einmal erfassen.

Aber in jenen sieben Tagen erlebte ganz China die Hölle auf Erden. Ein Tag allein wäre schon schlimm genug gewesen – aber nach sieben Tagen lagen die Nerven blank, die Menschen standen kurz vor dem Zusammenbruch. Sie wussten, dass finstere Gestalten, Gauner und Kleinganoven, nur darauf brannten, endlich zuzuschlagen. Das steigerte die Angst ins Unermessliche. Die Bevölkerung stand am Rande einer kollektiven Hysterie. Es schien, als wäre es nur noch ein kleiner Schritt bis zum Ausbruch der totalen Anarchie, dem Krieg aller gegen alle, in der ein jeder sein Hab und Gut mit dem Leben verteidigen musste. Alle wünschten sich nur eines: dass der Staatsapparat endlich eingriff.

Selbst der Optimist Fang befürchtete nun ein landesweites Chaos, wenn die Lage nicht bald besser würde.

Und dann, am achten Tag, dem fünfzehnten Tag nach Neujahr, traf ein kleines Kommando der Volksbefreiungsarmee in dem Dorf, in dem Fang sich aufhielt, ein und wurde unter Jubelrufen empfangen.

Davon hatte er auch gehört, ergänzte Zhang Dou. Am fünfzehnten Tag des neuen Jahres war die Volksbefreiungsarmee auch in Peking einmarschiert und hatte die Ordnung wieder hergestellt. Die Menschen drängten sich am Straßenrand, um den Truppen frenetisch zuzujubeln, am Nachmittag gaben das Amt für Öffentliche Sicherheit, Militärpolizei und Armee gemeinsam bekannt, dass von nun an hart gegen jegliche illegale Aktivitäten vorgegangen wurde. Weil er nicht in Peking gemeldet war, hatte sich Zhang Dou drei Wochen lang im Haus versteckt gehalten und sich nicht vor die Tür getraut.

Xiaoxi fragte sich, ob sie damals wohl auch an der Straße gestanden und die Truppen willkommen geheißen hatte? Dann musste sie wirklich verrückt geworden sein. Wahrscheinlich hatte sie von der neuerlichen Repressionskampagne erfahren, war nach Hause gegangen und tags darauf durchgedreht.

Fang Caodi erzählte ihr, wie nach Beginn der Kampagne jeder verhaftet worden war, der irgendwie verdächtig erschien. Auch ihn habe man verraten und aufs Polizeirevier geschafft, wo ein aus sechs Personen bestehendes Gremium kurzen Prozess mit ihm machen wollte. Dass er noch lebe, verdanke er einzig einer jungen, unbeugsamen Richterin, die mutig auf die Einhaltung des Gesetzes pochte. Und das, obwohl ihre Kollegen sie massiv unter Druck setzten.

An diesem Abend weinte Xiaoxi, als erlebe sie selbst alles noch einmal. Nach der Anti-Kriminalitätskampagne von 1983 und der gewaltsamen Niederschlagung des Studentenprotestes auf dem Platz des Himmlischen Friedens durch die Gewehre und Panzer der Volksbefreiungsarmee 1989 war sie zutiefst schockiert und niedergeschmettert gewesen. Doch jetzt spürte sie wieder neue Lebenskraft in sich. Die Online-Wortgefechte, die sie sich mit den wütenden Jungpatrioten geliefert hatte, die vehemente Verteidigung ihrer Meinung im Internet, der Kampf für die Rechte der Bauern in der Untergrundkirche und nun Fang Caodis Schilderung der jungen Richterin, die nüchtern und entschieden für Gerechtigkeit eingetreten war – all das verlieh Xiaoxi neue und immer stärkere Entschlossenheit. Endlich hatte sie sich selbst wiedergefunden.

• • •

Fang Caodi und Xiaoxi – wer von den beiden ist wohl radikaler in seinem Idealismus? Es ist Xiaoxi. Der Grund dafür liegt in der Definition des Wortes »radikal«: Es ist das lateinische Wort für »Wurzel«, bedeutet also, dem grundlegenden Wesen einer Sache nachzugehen. Fang Caodi hat schlicht einen starken Gerechtigkeitssinn, der ihn zum Handeln treibt. Hinzu kommt seine Hartnäckigkeit, die ihn unermüdlich nach dem verschwundenen Monat suchen lässt. Xiaoxis Sinn für Gerechtigkeit hingegen ist abstrakter, ideeller. Sie wurde von klein auf im Geiste von Sozialismus und Internationalismus erzogen, die Schlagworte Gleichheit, Gerechtigkeit und brüderliche Solidarität wurden ihr strahlend ins Herz gemeißelt. Sie wusste nichts von der Scheinheiligkeit der Kommunistischen Partei. An der Universität hat sie das nach der Kulturrevolution wieder in den Lehrplan aufgenommene römisch-napoleonische Recht studiert, bevor sie in den achtziger und neunziger Jahren von Werten wie Aufklärung, Demokratie, Wahrheit und Menschenrechten geprägt wurde. Romantik und Rationalismus hinterließen gleichermaßen ihr Brandmal, typisch für den vom Westen beeinflussten Idealismus der damaligen Intellektuellen. Natürlich ist ihr Denken nicht frei von blinden Punkten und unsichtbaren Schranken. Aber vielleicht ist Xiaoxi gerade deshalb die Radikalere von beiden. Radikal unbeirrbar.

Doch was hat Xiaoxi in den letzten Jahren durchhalten lassen, trotz aller Widrigkeiten, trotz ihrer Position am Rande der Gesellschaft? In den achtziger und neunziger Jahren war sie Herrin ihres Intellektuellen-Salons. Sie hatte damals ein offenes Ohr und großes Interesse für die Meinungen anderer Aktivisten, hielt aber auch selbst mit ihren Ansichten nie hinterm Berg, sondern verteidigte sie vehement. Aber während sich die meisten anderen Intellektuellen in den letzten zwei Jahren mit der Regierung versöhnt haben oder wegharmonisiert wurden, stemmte sie sich gegen den Wind, gab nicht für einen Moment ihren einsamen Kampf auf, stand im Internet ungebrochen zu ihrer Meinung, die sie mit starken Argumenten fest zu untermauern wusste. Dieser Prozess hat sie dazu gezwungen, ihre Gedankengänge zu ordnen und sie klar und strukturiert darzulegen, während ihre Gegner irrational argumentieren, die Emotionen ihres Publikums instrumentalisieren, sich einschlägiger Rhetorik, schöner Worte sowie jeder Menge Populismus bis hin zu blanker Aggression bedienen. Je mehr Xiaoxi schrieb, desto beherrschter und überlegter argumentierte sie, desto klarer formten sich ihre Gedanken.

Man sollte sich keinesfalls täuschen und in ihr weiter die junge Gerichtsprotokollantin sehen: aufrecht, aber schwach; oder die liberale Hausdame ihres Salons; oder die arbeits- und planlose Mutter, die nicht einmal ihren Sohn unter Kontrolle bekommt; oder die furchtsame Verwirrte, die bei der geringsten Störung gleich die Flucht ergreift. Sie ist jetzt eine zwar anonym agierende, aber durch ihre Gerechtigkeitsliebe dennoch in der Öffentlichkeit stehende Intellektuelle – auch wenn sie sich selbst nie so sehen würde. Ihr Idealismus ist es, der sie antreibt, ist die Waffe, mit der sie kämpft, die Luft, die sie zum Atmen braucht. Er ist das, was sie liebenswert und lästig zugleich macht.

Chen blieb drei Tage in Miaomiaos Häuschen. Als das Wochenende kam, fuhr er ins Happy Village II, zog sich frische Kleider an und ging bei Starbucks einen großen Becher Latte trinken. Am Sonntagabend fand er sich wieder bei Jian Lins allmonatlichem Klassikerabend ein. Seit einiger Zeit bestand das Publikum nur noch aus Jian Lin, He Dongsheng und Chen selbst. Eigentlich veranstaltete Jian Lin den Abend inzwischen in erster Linie als Unterhaltung für seinen Cousin, den Staatsmann; Chen war bloß der Anstandsgast. Wenn er nicht mehr käme und die beiden Cousins allein übrig blieben, wäre es ihnen wahrscheinlich peinlich, das Ritual weiterzupflegen. Deswegen fühlte er sich verpflichtet zu erscheinen. Geduldig hatte er Xiaoxi und Fang Caodi erklärt, warum sein Kommen unabdingbar war, und dass er inzwischen fast schon ein Bedürfnis nach He Dongshengs allmonatlichen Spontanvorträgen entwickelt hatte.

Gegeben wurde dieses Mal *Straße des Abendrots* aus dem Jahr 1981, getrunken ein 89er Lafite. Da Jian Lin auf einer Auktion fünf Kisten davon hatte ersteigern lassen, würden ihre Filmabende wohl noch eine ganze Weile von 89er Lafite begleitet werden – was natürlich keineswegs Anlass zur Klage bot.

Abendrot war in der Gegend um den Abendrot-Tempel in Pekings Chongwen-Distrikt gedreht, heute ganz in der Nähe der zweiten Ringstraße gelegen. Er erzählte vom neuen Leben einiger Durchschnittspekinger zu der Zeit, als die Reform- und Öffnungspolitik gerade erst begonnen hatte – eine Miniaturansicht der gerade entstehenden Marktwirtschaft. Ein Schwindler kam darin vor, der sich als Hongkonger ausgab, im weißen Anzug und mit falschem kantonesischen Akzent. Er log und betrog sich durch die Handlung, erbeutete Reichtümer und eroberte Frauenherzen. Der junge Chen Peisi spielte einen arbeitslosen Jugendlichen, der Enten züchtete und dessen Lieblingssatz »Bye bye Ihnen dann!« war.

Als der Film zu Ende war, zitierte He Dongsheng zunächst ein Gedicht aus der Yuan-Dynastie: »Seht die dichten Ameisenhorden ihre Reihen formen, die wirre Bienenschar ihren Honig fertigen, die surrende Fliegenmeute um das Blut streiten.« Dann sagte er: »Die Marktwirtschaft lässt die Leute selbst aktiv werden. Sie wirkt auf den ersten Blick chaotisch und zuweilen dysfunktional, aber es kommt nur darauf an, die ihr zugrunde liegenden Gesetzmäßigkeiten zu durchschauen; man muss wissen, wo der Staat sich nicht einzumischen braucht – und wo er sich unbedingt einmischen muss. Hat uns zwei Generationen harte Arbeit gekostet. Das Rad der Reform und Öffnung musste mühsam gedreht werden, immer weiter, es hat eine Menge Herzblut von uns gefordert. Noch heute träume ich davon und wache mitten in der Nacht schweißgebadet auf …«

Fast hätte Chen laut gelacht. Um Mitternacht lag He Dongsheng doch noch nicht mal im Bett, dachte er; und selbst wenn, dann wälzte er sich bloß schlaflos herum, wie wollte er da überhaupt Träume haben? Einmal abgelenkt, tat er nur noch so, als höre er He Dongshengs unermüdlicher Rekapitulation von über dreißig Jahren Reformpolitik und mehreren großen Richtungskämpfen zu – tatsächlich war er mit seinen Gedanken jedoch wieder bei Xiaoxi, die er gerade einmal zwei Tage nicht gesehen hatte. He Dongsheng schloss mit dem Satz: »Schmeißfliegen gibt es immer, aber wir können nicht wegen ein paar Fliegen aufs Essen verzichten!« Dann versank er in Schweigen und die drei Männer nippten stumm an ihrem Wein, bis es bald Mitternacht war und He Dongsheng aufstand, um zur Toilette zu gehen. Als er wiederkam, fragte er Chen, wie schon zuvor, ob er ihn nach Hause bringen könne. Chen wollte ihn nicht wieder auf eine seiner nächtlichen Spritztouren begleiten, deshalb überlegte er kurz und lehnte das Angebot schließlich dankend ab.

Nachdem He Dongsheng gegangen war, blieb Chen noch eine Weile sitzen und hörte Jian Lin zu, der von einer Weinauktion in London erzählte, auf der er persönlich ein paar Kisten Burgunder ersteigern wollte. Als er sich ausreichend vergewissert hatte, dass Jian Lin gut über Wen Lan hinweggekommen zu sein schien, machte auch er sich auf den Nachhauseweg. »Bye bye Ihnen dann!«, rief Jian Lin ihm zum Abschied nach.

Er durfte morgen nicht vergessen, das große Paket Haferflocken aus seiner Wohnung im Happy Village II einzupacken, bevor er wieder raus zu Miaomiao und Zhang Dou fuhr, dachte Chen, während er durch die nächtliche Siedlung ging.

• • •

Es war eine milde Frühsommernacht. Chen fühlte sich blendend, sein Glücksgefühl war wieder zurückgekehrt. Er verließ die Siedlung, in der Jian Lin wohnte, bog um die Ecke und war gerade an der Hauptverkehrsstraße angelangt, als ein schwarzer Geländewagen von hinten angebraust kam, mit quietschenden Reifen neben ihm hielt, und ihm damit einen gehörigen Schreck einjagte. Es kam ihm so vor, als sei es He Dongshengs Wagen, aber auf dem Fahrersitz saß Fang Caodi, dahinter Xiaoxi und Zhang Dou. Die drei winkten ihn eilig heran.

»Steig ein! Steig ein!«, riefen sie. Unwillkürlich öffnete Chen die Beifahrertür und fragte verwundert: »Wessen Auto ist das denn?«

»Steig ein!«, riefen die drei wie aus einem Mund. Chen verstand immer noch nicht, was eigentlich los war. Er hatte kaum die Tür hinter sich geschlossen, da trat Fang Caodi auch schon aufs Gas.

Chen sah sich um. »Ist das nicht He Dongshengs Auto? Wie …«

Er drehte sich zu Xiaoxi und Zhang Dou um, die auf der Rückbank saßen, als er einer Gestalt gewahr wurde, die reglos zu ihren Füßen lag. Der Anblick verschlug ihm die Sprache.

»Chen, beruhig dich, es geht ihm gut. Wir haben für alles gesorgt«, sagte Xiaoxi.

»Das Betäubungsmittel ist völlig unschädlich«, sagte Zhang Dou, »unsere Katzen und Hunde vertragen es ohne Probleme. Er hat nach dem Aufwachen höchstens ein paar Stunden Kopfschmerzen.«

Vom Fahrersitz aus mischte sich Fang Caodi ein: »Er ist für mindestens zwei Stunden ausgeschaltet. Bekommt kein Wörtchen von dem mit, was wir reden. Hab das Mittel selbst ausprobiert, war über zwei Stunden weg. Auf das Zeug ist Verlass.«

Fassungslos und starr vor Angst blickte Chen auf den am Boden liegenden He Dongsheng: »Seid ihr völlig verrückt geworden?!«

»Wir tun ihm doch nichts, wir wollen ihm bloß ein paar Fragen stellen«, sagte Xiaoxi.

»Wenn wir fertig sind, lassen wir ihn sofort wieder frei«, ergänzte Fang Caodi.

Chen packte die Verzweiflung: »Ihr seid wirklich nicht ganz bei Trost! Wir sind geliefert, verdammt! Wir sind geliefert!«

Plötzlich fluchte auch Fang Caodi: »Mist! Wir haben ein Problem!«

Chen blickte nach vorne. Ein paar Meter vor ihnen hatte die Polizei eine Verkehrskontrolle eingerichtet. Kraftlos sank er im Sitz zusammen: »Wir sind wirklich geliefert.«

»Haltet euch fest …«, sagte Fang Caodi – so, als wolle er die Flucht nach Vorn ergreifen.

In diesem Moment sah Chen, wie ein dicklicher Polizist eilig auf seine Kollegen zulief. Es war derselbe, der He Dongsheng schon letzten Monat angehalten hatte. Chen griff Fang Caodis Arm und zischte: »Warte! Fahr langsam. Mach keinen Unsinn.«

Und tatsächlich: Der dicke Polizist hielt seine Kollegen davon ab, den Wagen anzuhalten, und winkte sie durch. »Langsam weiterfahren und ganz langsam beschleunigen«, wies Chen Fang Caodi an. Als sie die Sperre passierten, sah Chen aus dem Augenwinkel, wie der dicke Polizist dem Wagen salutierte.

Chen stieß erleichtert die Luft aus. Die drei anderen atmeten ebenfalls kräftig durch.

»Gerade noch mal gut gegangen!«, sagte Zhang Dou.

»Ein Wunder!«, rief Fang Caodi.

Chen ließ Zhang Dou etwas zur Seite rücken, kippte die Lehne seines Sitzes nach hinten, legte sich auf die Seite und suchte in He Dongshengs Taschen nach dem kleinen Gerät, das aussah wie eine Fernbedienung. Er fand es und drückte den Knopf. Nach ein paar Sekunden leuchteten alle drei Lämpchen grün. Chen atmete auf und sagte: »Gut, niemand beschattet uns.« Er reichte den Sensor an Zhang Dou, der ihn in He Dongshengs rechter Innentasche verstaute.

Dann ließ sich Chen wieder in seinen Sitz sacken und starrte stumm vor sich hin.

»Chen, sei bitte nicht sauer«, begann Xiaoxi, »Fang und ich haben das lange diskutiert; wir brauchen einfach Informationen von innen, einen aus dem Zentrum der Macht, den wir fragen können. Sonst können wir recherchieren und mutmaßen, so lange wir wollen, ohne jemals der ganzen Wahrheit auf den Grund zu kommen – und diese Vorstellung ist einfach unerträglich!«

Fang fuhr fort: »Wir haben uns gesagt, in einem Land wie China, wo alle Informationen kontrolliert werden, wissen nur die in der Führungsriege über alles Bescheid. Aber wie sollten wir schon an so jemanden herankommen? Da fiel uns dieser Herr He hier ein, von dem Sie erzählt hatten, und wir überlegten uns, dass wir von ihm sicher eine Erklärung bekommen könnten. Aber natürlich wäre er nicht einfach so bereit, mit uns zu reden, also blieb uns nichts anderes übrig, als zu dieser radikalen Maßnahme zu greifen. Wir sind der Meinung, dass es sowieso die Pflicht der Staatsmänner wäre, dem Volk die Wahrheit zu sagen. Aber wenn man ihnen nicht ein wenig Angst einjagt, rücken sie niemals mit der Sprache heraus.«

Chen schwieg noch immer.

Xiaoxi übernahm wieder das Wort: »Wir haben befürchtet, dass du unseren Plan nicht gutheißen würdest, deswegen haben wir nichts davon erzählt. De facto bist du unbeteiligt; wenn du nichts mit der Sache zu tun haben willst, dann zwingen wir dich nicht. Noch kannst du aussteigen, mit dem Taxi nach Hause fahren und so tun, als wäre das hier nie passiert. Du weißt von nichts.«

Chen stieß einen tiefen Seufzer aus.

»Natürlich hoffen wir, dass Sie dabei sind, wenn Herr He auspackt«, sagte Fang Caodi. »Wir haben alles vorbereitet: Wir setzen ihn in einen Raum mit Videokamera und stellen unsere Fragen aus dem Nebenzimmer. Er bekommt nicht einmal unseren Schatten zu sehen und unsere Stimmen werden elektronisch verfremdet. Er wird nie erfahren, wer wir sind.«

»Eben in der Tiefgarage war ich maskiert, Herr He hat mein Gesicht ganz sicher nicht gesehen«, ergänzte Zhang Dou.

Endlich machte Chen den Mund auf: »Wie konntet ihr nur so dumm sein!«

»Sie haben sogar ein Alibi!«, sagte Fang Caodi. »Als wir zuschlugen, waren Sie noch bei Herrn Jian. Wir haben an alles gedacht!«

»Ach, das ist doch nicht der Punkt!«, rief Chen.

Fragend blickten die drei ihn an.

»Der Punkt ist: Außer mir und Jian Lin weiß höchstens noch He Dongshengs Sekretärin, dass er einmal im Monat zu diesen Filmabenden kommt. Man wird mich überprüfen, so oder so, ich bin sofort der Hauptverdächtige. Auch wenn ihr mir wirklich nichts erzählt hättet, wären sie alle meine Kontakte der letzten Zeit durchgegangen und euch so auf die Spur gekommen. Aber jetzt, wo ich weiß, dass ihr dahintersteckt, müssten sie nicht mal mit dem Foltern anfangen, da würde ich schon alles beichten. Wir sind geliefert, glaubt mir.«

Die anderen schwiegen entsetzt.

Es dauerte eine Weile, dann sagte Xiaoxi: »Es tut mir leid, dass wir dich da mit reingezogen haben, Chen. Im Zorn habe ich vorgeschlagen, dass wir uns jemanden aus der Staatsführung suchen, um Antworten zu bekommen. Ich allein habe uns das eingebrockt.«

»Nein, ich. Ich habe mit der Fragerei angefangen«, sagte Fang Caodi, »das ist alles meine Schuld.«

»Was, wenn wir das Auto irgendwo abstellen, Herrn He auf den Fahrersitz setzen, einfach nach Hause gehen und so tun, als wäre nichts passiert?«, schlug Zhang Dou vor. »In nicht mal zwei Stunden wacht er dann von ganz alleine auf.«

»Wird er sich an das erinnern, was vor seiner Ohnmacht passiert ist?«, fragte Chen.

»Ich habe mich von hinten angeschlichen und ihm das Tuch mit dem Betäubungsmittel vor Mund und Nase gehalten. Sechs, sieben Sekunden lang hat er sich gewehrt, dann war er weg.«

Niedergeschlagen sagte Chen: »Wenn er zu sich kommt, brummt ihm der Schädel und er wird sich an diese sechs oder sieben Sekunden erinnern. Er wird seine Sekretärin anrufen und das Sicherheitssystem in Bewegung setzen, man wird die Videoaufzeichnungen der Verkehrskameras durchgehen und wahrscheinlich auch den dicken Polizisten befragen, der uns gesehen hat. Dann wird man mich überprüfen und ich werde mir schon beim ersten Verhör vor Angst in die Hosen machen und alles ausspucken. Wir sind geliefert, glaubt mir.«

Alle verstummten, jeder suchte fieberhaft nach einem Ausweg. Schließlich meldete sich Fang Caodi zu Wort: »Ihn kaltstellen, auf dass er für immer schweigt …« – die anderen drei hielten die Luft an – »… So etwas mache ich nicht!« Allgemeines Aufatmen ringsum. »Es war meine Idee, also stehe ich auch dafür gerade. Ihr steigt aus, ich fahre mit ihm nach Süden und stelle der Regierung eine Lösegeldforderung, um sie abzulenken. Ihr steigt am besten hier aus. Lass mir nur die Flasche mit dem Betäubungsmittel da, Zhang Dou.«

»Kommt nicht in Frage«, bremste Xiaoxi ihn.

»Mein armseliges Leben ist ohnehin nichts wert, was spricht also dagegen? Herr Chen, was sagen Sie?«

»Fang, es klingt vielleicht fies, aber selbst wenn du dir kurz vor deiner Ergreifung eine Kugel in den Kopf jagst, löst das nicht unser Problem. Es wussten nur einige wenige Menschen, wo He Dongsheng sich heute Nacht aufhalten würde. Man wird mich überprüfen und ich mache mir keine Illusionen darüber, dass ich ein schmerzempfindlicher Feigling bin. Wenn sie mich holen, werde ich singen wie ein Vogel. Daran würde dein Opfer nicht das Geringste ändern. Wir wären trotzdem geliefert.«

Chen wandte sich an Zhang Dou: »Wie viel Zeit bleibt uns noch, bis er aufwacht?«

Zhang Dou sah auf die Uhr. »Mindestens noch neunzig Minuten. Ich könnte ihm noch mehr verpassen …«

»So wie es um uns steht, hilft uns Hektik auch nicht weiter«, sagte Chen. »Es bleibt noch etwas Zeit, lasst mich erst mal nachdenken.«

• • •

Als Chen im Auto verschiedene Möglichkeiten durchging, wie er sie aus der Schusslinie bringen könnte, fiel ihm ein Kniff ein, den er in seinem Krimi *Der dreizehnte Mond* angewandt hatte: *Gemeinsam leben oder zusammen sterben.* Doch noch war er selbst nicht überzeugt. War es nicht völlig albern, in der Realität, wo es um Leben und Tod ging, auf einen Trick aus einem Roman zu vertrauen? Aber was blieb ihnen sonst noch übrig?

Zurück bei Miaomiao setzte sich Chen allein in eine Ecke und gab kein Wort von sich. Er schloss die Augen. Er sah vor seinem inneren Auge sein Lebenswerk vernichtet, seinen Ruf ruiniert, sein Glück verflogen, sah die Vergänglichkeit des menschlichen Daseins, sich selbst in einer Gefängniszelle, auf dem Hinrichtungsplatz. Seine Hände zitterten, der kalte Schweiß brach ihm aus. Doch ein ums andere Mal zwang er sich zurück ins Hier und Jetzt, spielte in Gedanken immer wieder seinen Plan durch. In der

Theorie ging er auf – in der Praxis konnte Chen jedoch für nichts garantieren.

Die Gedankenspiele kosteten Chen viel Kraft, aber er wusste, dass ihm nicht viel Zeit blieb. Er musste eine Entscheidung treffen. Nicht nur sein Leben hing davon ab.

Zhang Dou und Fang Caodi trugen He Dongsheng ins Haus und banden ihn auf einem Stuhl fest, den sie zuvor am Boden fixiert hatten. Sie schalteten die Kamera ein, die ihr Bild über ein langes Kabel in den Nebenraum übertrug, wo alle sich versammelten und ihren Gefangenen beobachteten, der nun jeden Moment wieder zu sich kommen würde.

Xiaoxi setzte sich Chen gegenüber und nahm seine Hände in die ihren. Er blickte sie an, und mit einem Mal fühlte er eine große Ruhe. Er spürte plötzlich: Bei irgendeinem unfähigen Parteibonzen angewandt, hätte sein Plan kaum Aussicht auf Erfolg; bei He Dongsheng jedoch gab es eine hauchdünne Chance. Er war intelligent und sicher schlau genug, um bei diesem Spiel mitzuspielen. Chen fasste seinen Entschluss. Er würde es drauf ankommen lassen.

Fang Caodi stellte sich neben ihn. Mit ernster Miene sagte er: »Herr Chen, wie auch immer Sie entscheiden, wir folgen Ihnen. Ich hab so ein Gefühl, dass wir noch einmal heil davonkommen werden.«

»Er ist aufgewacht?«, fragte Chen.

»Ja.«

»Sind die Kameras eingeschaltet und die Computer online, sodass wir das Bild jederzeit rausschicken können?«

Vom Überwachungsmonitor her antwortete Zhang Dou: »Eine Kamera, ein MP3-Recorder, zwei Computer, alle vernetzt und drahtlos per Breitbandleitung mit dem Web verbunden, dazu drei Kamerahandys, die auf Herrn He gerichtet sind. Ich brauche bloß einen Knopf drücken und alles geht auf Sendung.«

»Sehr gut«, sagte Chen. »Ich nehme an, ihr habt jede Menge Fragen an ihn.« Fang Caodi und Xiaoxi nickten.

»Gut. Wir stehen, wo wir stehen. Versuchen wir, das Beste daraus zu machen. Gleich werdet ihr euch erst mal zurückhalten und auf meinen Startschuss warten. Sobald ich euch grünes Licht gebe, könnt ihr ihn alles fragen, was euch unter den Nägeln brennt. Abgemacht?«

»Abgemacht!«, antworteten die drei.

»Ihr müsst mir vertrauen und euch an meine Vorgaben halten – auch dann, wenn sie euch missfallen. Seid ihr damit einverstanden?«

»Ja doch!«, kam die Antwort.

»Dann gehen wir jetzt rüber und fangen an!«

»Aber das ist nicht nötig, wir können ihn von hier aus befragen.«

»So bekommen wir nie Klarheit. Von Angesicht zu Angesicht – anders geht es nicht.«

»Dann gehe ich für Sie hinein und stelle ihm die Fragen«, bot Fang an.

»Nein, das muss ich selber machen«, erwiderte Chen.

»Dann gehen Sie wenigstens maskiert rein!«

»Fang, was macht es für einen Unterschied, ob ich eine Maske trage oder nicht? In dem Moment, in dem ihr He Dongsheng entführt habt, habt ihr mich mit auf einen Weg genommen, auf dem es kein Zurück gibt. Ich gehe jetzt zu ihm hinüber und ihr könnt euch überlegen, ob ihr nicht lieber hierbleiben und euch raushalten wollt.«

Damit stand er auf und ging voran. Xiaoxi legte die Maske beiseite, die sie in die Hand genommen hatte, und folgte ihm. Fang Caodi und Zhang Dou taten es ihr gleich und betraten hinter Chen das Verhörzimmer.

• • •

He Dongsheng verfügte über eine scharfe Auffassungsgabe. Kaum war er zu sich gekommen, hatte er die pochenden Kopfschmerzen unterdrückt und begonnen, fieberhaft nachzudenken. Ihm war sofort klar gewesen, dass nur seine Sekretärin, Jian Lin oder Chen hinter der Sache stecken konnten, doch durfte er sich nichts anmerken lassen; seine Kidnapper durften nicht ahnen, dass er sie durchschaut hatte, sonst war er so gut wie tot. Als er daher Chen unvermummt und festen Schrittes den Raum betreten sah, reagierte er nicht mit Erstaunen, sondern mit Resignation. Der schlimmste Fall war eingetreten: Chen gab seine Identität offen zu erkennen und auch die beiden Männer und die Frau, die hinter ihm den Raum betraten, waren unmaskiert. Es bedeutete, dass die Entführer bereits beschlossen hatten, ihn nicht mit dem Leben davonkommen zu lassen. Was er nicht verstand war: Warum? Was wollten sie von ihm?

Chen sagte: »Mein lieber Dongsheng, wie wäre es mit einem Schluck Wasser und ein paar Kopfschmerztabletten?« Zhang Dou hielt ihm einen Becher und zwei Pillen hin, aber He Dongsheng reagierte nicht darauf.

Chen sagte: »Mein lieber Dongsheng, wenn wir dir etwas tun wollten, müssten wir dich wohl nicht erst zum Trinken überreden, oder?«

Ohne aufzublicken sagte He Dongsheng: »Habt ihr Importwasser?«

Chen sah die anderen an – sie schüttelten den Kopf.

He Dongsheng seufzte, dann bedeutete er Zhang Dou, ihm das Wasser zu geben, und leerte den Becher in einem Zug; die Tabletten lehnte er ab.

Chen wartete, bis er ausgetrunken hatte, und sagte dann: »Mein lieber Dongsheng, du bist ein kluger Mann, lass uns die Karten auf den Tisch legen und gleich zur Sache kommen, in Ordnung?«

»Warum?«, presste He Dongsheng zwischen den Zähnen hervor.

»Du meinst, warum wir dich entführt haben? Nun – wir wollen ein paar Auskünfte von dir.«

He Dongsheng stieß ein verächtliches Lachen aus.

Chen kam sich vor wie der Held in seinem eigenen Roman, fuhr aber nichtsdestotrotz in aller Seelenruhe fort: »Wirklich, so einfach ist das. Schwer zu glauben, oder? Und wenn du unsere Fragen beantwortet hast, kannst du gehen.«

»Spar dir den Unsinn!«, blaffte He Dongsheng wütend, aber matt, und mehr zu sich selbst.

»Ich weiß, was du denkst«, sagte Chen. »Du denkst, dass wir dich sowieso nicht am Leben lassen werden, weil du weißt, wer wir sind. Selbst wenn wir uns nicht gezeigt hätten, wären für dich nur ein paar wenige Leute in Betracht gekommen, ich zum Beispiel. Und natürlich weißt du auch, dass man mich in die Mangel nehmen wird, falls dir etwas zustößt, und dass ich früher oder später zusammenbrechen und alles gestehen würde, womit auch das Schicksal meiner Freunde hier besiegelt wäre.«

Nun wurde He Dongsheng doch ein wenig neugierig. Chen fuhr fort: »Wir wollen leben, genau wie du. Nur wenn du am Leben bleibst, kommen auch wir lebend aus der Sache raus.«

»Stimmt schon. Aber wenn euch an eurem Leben wirklich etwas liegt, dann lasst ihr mich auf der Stelle gehen!«

»Immer mit der Ruhe«, antwortete Chen. »Wenn wir dich einfach so gehen lassen, tust du zwar jetzt vielleicht so, als wäre alles vergeben und vergessen; aber das kann sich im Handumdrehen ändern und du lässt uns hochnehmen. Selbst wenn wir dich sofort freilassen, haben wir bereits ein Kapitalverbrechen begangen und können nicht auf Gnade hoffen. Uns selbst wenn du dich für uns einsetzen und die Todesstrafe verhindern würdest, kämen wir trotzdem nicht unter lebenslänglich davon. Nein, wir brauchen keine Vergebung und wir verlangen auch nicht, dass du für uns das Recht beugst.«

»Was wollt ihr dann?«

»Dass du begreifst: Entweder wir bleiben alle am Leben, oder wir sterben gemeinsam. Die Entscheidung liegt bei dir. Du erlaubst, dass ich es dir erkläre?«

»Sprich!«

»Stell dir Folgendes vor: Die Kameras und Rekorder hier sind eingeschaltet und allesamt mit dem Internet beziehungsweise dem Handynetz verbunden. Wir brauchen bloß einen Knopf zu drücken, und schon gehen sie auf Sendung. Dann weiß die ganze Welt sofort, dass du entführt worden bist, es lässt sich nicht mehr vertuschen. Klar, es wird nicht lange dauern und man wird dich finden und hier rausholen. Für uns sieht es dann natürlich schlecht aus. Aber was meinst du, wie deine werte Partei dich wohl in Zukunft behandeln wird? Wie wird sie diese haarsträubende Geschichte deuten? Ganz gleich, wie du und wir als deine Kidnapper die Sache erklären würden – wer wird solch zweifelhaften Gründen für eine Entführung Glauben schenken? Alle werden darüber mutmaßen, was sich *wirklich* hinter der Sache verbirgt! Ganz zu schweigen von deinen nächtlichen Spritztouren durch Peking, die sicher die Fantasie der Leute anregen werden. Glaubst du, deine werte Partei wird dir weiterhin vertrauen und dich einsetzen? Natürlich werden wir vor unserer Festnahme noch nach Kräften alle möglichen Halbwahrheiten und Dokumente mit angeblich von dir ausgeplauderten Staatsgeheimnissen streuen, die sich im Internet von ganz alleine weiter verbreiten werden. Deiner Parteikarriere kannst du dann Lebewohl sagen, meinst du nicht auch? Du weißt besser als wir, wie die Partei denkt und funktioniert, du kannst selbst urteilen.«

»Wenn das passiert, seid ihr tot«, drohte He Dongsheng.

»Wir sind jetzt schon so gut wie tot, stehen mit einem Bein bereits im Sarg. Aber wenn wir sterben, nehmen wir dich mit. Wir lassen dir zwar dein Leben – aber wir beerdigen deine Karriere.«

He Dongsheng lachte auf: »Ha! Das ist also dein ›gemeinsamer Tod‹?«

»Ganz genau. Man könnte es auch als ›gemeinsamen Selbstmord‹ bezeichnen.«

»Und der andere Teil deines grandiosen Plans?«

»Als Erstes werden wir dir ein paar Fragen stellen, die du uns ehrlich beantworten wirst. Und zwar ausnahmslos jede unserer Fragen – so lange, bis wir zufrieden sind. Sobald es hell wird, lassen wir dich dann gehen.«

»Sobald es hell wird, lasst ihr mich gehen? Das glaube ich nicht!«

»Ob du mir glaubst oder nicht, ist unerheblich. Die Frage ist nur, ob du dich auf dieses Spiel einlässt. Gemeinsam leben oder zusammen sterben. Spielst du nicht mit, dann entscheidest du dich für den gemeinsamen Tod. Wir haben sowieso keine Überlebenschance, also vernichten wir erst deine Karriere und überlegen uns dann, ob wir den Rest von dir am Leben lassen oder nicht. Spielst du mit, dann ist bei Tagesanbruch *game over*, du fährst in deinem Land Rover nach Hause und tust, als sei alles gewesen wie immer: Du konntest nicht einschlafen und bist mit dem Auto durch die Gegend gefahren, bis du irgendwann müde geworden bist. Du hast im Wagen geschlafen und bist im Morgengrauen nach Hause gefahren. Es ist kein Geheimnis, dass du so deine Nächte verbringst. Niemand wird Fragen stellen.«

»Und weiter?«

»Nichts weiter. Oder besser gesagt: Du gehst weiter deiner glanzvollen Zukunft entgegen und wir unserem bescheidenen Schicksal; wir behalten unser Leben, du deinen Einfluss. Alles, was heute Nacht passiert, bleibt unter uns. Wenn diese Nacht vorbei ist, wird keiner von uns jemals wieder davon sprechen, so als wäre das alles hier nie passiert.«

»Wieso sollte ich darauf vertrauen, dass ihr nicht redet?«

»Du bist völlig zurecht misstrauisch. Aber sieh mal: Sobald wir plaudern, haben wir doch ein Killerkommando auf den Fersen, das uns bis ans Ende der Welt verfolgen und schließlich zur Strecke bringen wird. Um am Leben zu bleiben, müssen wir deine Geheimnisse bewahren. Zudem können wir ja auch nicht wissen, ob du nicht doch mit uns abrechnen wirst, sobald wir dich auf freien Fuß setzen. Vielleicht schickst du jemanden, der sicherstellt, dass wir für immer schweigen. Aber dabei bist du ebenso auf Mitwisser angewiesen und du kannst auch nicht sicher sein, dass dir nicht doch einer von uns durch die Lappen geht und alles, was heute Abend hier passiert, ins Netz stellt. Es bleibt immer ein Restrisiko. Denk darüber nach. Die Logik meines Vorschlags und seiner Konsequenzen wird dir einleuchten. Uns Menschen ist Rationalität gegeben, zudem haben wir alle einen starken Selbsterhaltungstrieb. Für beide Seiten ist es der beste Deal, Stillschweigen zu wahren und unauffällig zu bleiben. Anders ausgedrückt: Beide Seiten werden das Übereinkommen strikt einhalten.«

»Rationalität? Übereinkommen? Deinen Optimismus möchte ich haben!«

»Ich bin bereit, es drauf ankommen zu lassen. Was ist mit dir?«

»Du kennst sicher die Geschichte vom Skorpion, der den Frosch überredet, ihn durch den Fluss zu tragen. Er kann seinen Instinkt nicht unterdrücken und auf halbem Weg sticht er zu – beide ertrinken.«

»Wie wahr, wie wahr. Für beide Seiten ist es riskant. Es ist ein aus der Not geborenes Unterfangen, das gebe ich gerne zu. Wenn es noch einen anderen Weg gäbe, würde ich mich auch nicht auf diesen Handel einlassen wollen. Unser Leben gegen deine Parteikarriere – wir haben weit mehr zu verlieren, wie ich finde. Um ehrlich zu sein, ich mache diesen Vorschlag nur, weil mir keine andere Lösung einfällt, die gütlich und für beide Seiten akzeptabel wäre. Vielleicht hast du ja eine bessere Idee, mein lieber Dongsheng? Ich jedenfalls nicht. Denk ruhig ein wenig darüber nach.«

He Dongsheng kam die ganze Situation viel zu absurd und surreal vor, aber er träumte das alles schließlich nicht. Chens Vorschlag war absolut kindisch, aber er meinte es anscheinend wirklich ernst. Sich in Lebensgefahr zu begeben, nur um ihn nach ein paar Fragen wieder laufen zu lassen … Was dachten sich diese Irren bloß? Aber es sah so aus, als würden sie ihn zumindest noch eine Weile am Leben lassen, wenn er mitspielte. Wenn er wieder frei kam, hatte er das Heft in der Hand, dann ließ sich schon alles regeln. Bei seiner Entscheidung durfte er nur an sich denken. Er befand sich nunmal im Hier und Jetzt, in der Gewalt von Entführern, und er hatte in der Tat auch keinen besseren Vorschlag als Chens verrückte Idee. Also willigte er ein: »Ihr könnt eure Fragen stellen. Aber ich gebe keine Staatsgeheimnisse preis.«

»Da kommst du nicht drum herum«, sagte Chen, »bei uns gibt es kein Gefeilsche wie auf dem Basar. Wir zahlen einen sehr hohen Preis, um Antworten auf unsere Fragen zu bekommen. Also wirst du so lange antworten, bis wir zufrieden sind. Ob wir leben oder sterben, ist für uns zweitrangig. Wenn wir keine Antworten bekommen, hat unser Leben eh keinen Sinn mehr – dann stehen wir für unsere Überzeugung ein und gehen vereint zugrunde. Und davon mal ganz abgesehen, lieber Dongsheng: Ganz gleich, ob du tatsächlich Geheimnisse preisgibst oder nicht – wenn deine werte Partei dich verdächtigt, es getan zu haben, dann hast du es getan. Selbst wenn wir nur einen Teil der Aufnahmen, die wir bis jetzt gemacht haben, ins Netz stellen, dann kannst du dich waschen, so sehr du willst – den Geruch des Verdachts wirst du garantiert nicht mehr los. Gemeinsam leben oder zusammen sterben – jedes Glied in der Kette ist untrennbar mit den anderen verbunden und verzahnt, jede der beiden Seiten muss ihren Part voll und ganz erfüllen, andernfalls ist alles hinfällig. Also, wie entscheidest du dich?«

He Dongsheng hatte Angst, dass Chen es sich anders überlegen würde, wenn sich die Verhandlung weiter hinzog: »Bei Tagesanbruch muss ich gehen dürfen.«

»Du hast mein Wort darauf«, sagte Chen.

He Dongsheng sagte: »Gebt mir noch etwas Wasser.«

Während Zhang Dou ihm noch einen Becher Wasser verabreichte, nutzte Chen die Gelegenheit, um Xiaoxi und Fang Caodi zu instruieren, jedoch so, dass auch He Dongsheng es hörte:

»Alles, was heute Nacht geschieht, einschließlich der Antworten, die wir gleich bekommen, ist nur für die zehn Ohren in diesem Raum bestimmt. Nicht das Geringste davon darf ihn verlassen. Auch wenn Dinge darunter sind, die eurer Meinung nach öffentlich gemacht werden müssen – tut mir leid, kommt nicht in Frage. Das ist die Kernvereinbarung dieses Bundes.«

Xiaoxi, Fang Caodi und Zhang Dou schwiegen.

»Ihr habt vorhin eingewilligt, mir in allem zu folgen, auch dann, wenn ich etwas von euch verlange, das euch nicht gefällt. War es nicht so?«

Jetzt nickten die drei.

»Worauf warten wir noch?«, schaltete sich He Dongsheng ein. »Wenn wir nicht bald loslegen, wird es hell, bevor wir überhaupt angefangen haben!«

Leviathan ist da

Im offiziellen Diskurs der letzten zwanzig Jahre wurde das Jahr 1989 so gut nie erwähnt. So, als könne man es durch Schweigen ungeschehen machen. Um Ärger aus dem Weg zu gehen, mied man es auch im gesellschaftlichen Diskurs, und wenn an die Achtziger zurückerinnert wurde, dann hörte dieses Jahrzehnt stets abrupt Ende '88 auf. Belustigt sagen daher viele, in China sei nach 1988 gleich 1990 gekommen.

Kann ein ganzes Jahr einfach verschwinden? Für manche ist es eine auf ewig ins Gedächtnis eingebrannte Erinnerung, so wie es der Titel eines vom Hongkonger Journalistenverband herausgegebenen Buches verkündet, das an den 4. Juni 1989 erinnert: *Das Volk wird nicht vergessen.* Aber tut es das wirklich nicht? Was den allergrößten Teil der jungen Leute auf dem Festland angeht, so sind diese Ereignisse niemals in ihr Bewusstsein gedrungen. Sie sind noch nie mit Bildern oder Berichten darüber konfrontiert worden, und von ihren Familien, Freunden und Lehrern haben sie erst recht nichts erfahren. Sie haben nicht vergessen – sie haben nie etwas gewusst. Es ist also theoretisch durchaus möglich, dass – genug zeitliche Distanz vorausgesetzt – ein ganzes Jahr verschwindet, weil alle es totschweigen.

• • •

2009 jährte sich die Vierte-Mai-Bewegung zum neunzigsten, die Gründung der Volksrepublik durch die KP zum sechzigsten, die Flucht des Dalai Lama zum fünfzigsten, die Ereignisse auf dem Tian'anmen-Platz zum zwanzigsten und der Beginn der Unterdrückung der *Falun-Gong*-Bewegung zum zehnten Mal. In China nannte man das *96521*, und es sorgte allseits für große Anspannung. Daher sagten einige scherzhaft, in Zukunft solle man das letzte Jahr eines Jahrzehnts grundsätzlich einfach überspringen – als nächstes würde 2020 dann einfach vorgezogen und käme gleich nach 2018.

Für die Generation der Partei- und Staatslenker, zu der He Dongsheng gehörte, spielte der 4. Juni 1989 allerdings ohnehin kaum noch eine Rolle. Sie waren allesamt erst ab Mitte der neunziger Jahre ins Zentrum der Macht vorgerückt, die »Ursünde« von 1989 lastete nicht auf ihnen. In der Rückschau war auch 2009 glimpflich verlaufen; 2008 waren wesentlich heftigere Wellen hochgeschlagen.

Als sich dann aber die außenpolitischen Verhältnisse rasant veränderten und die Weltwirtschaft in die Feuer-und-Eis-Periode eintrat, drohten in China jahrelang unterdrückte Konflikte überzukochen. Hinzu kam, dass damals ein Wechsel in der Führungsriege der Partei kurz bevorstand. Es war ihre größte Belastungsprobe.

Seit 2008 gab es eine Kette größerer Vorkommnisse, angefangen mit Weng'an in Guizhou bis hin zu Shishou und der Sache mit der Stahlfabrik in Tonghua, beides in Hubei, die He Dongsheng verdeutlicht hatten, wie verletzlich die Lokalverwaltungen waren, wenn sie es mit solchen Massenereignissen zu tun bekamen – wie in Weng'an, wo die Bereitschaftspolizei Schlagstöcke und Schilde weggeworfen und die Flucht ergriffen hatte; oder in der Stahlfabrik, wo sie beinahe massiv gegen protestierende Arbeiter vorgegangen wäre. Wenn ausgerechnet die Kommunistische Partei Arbeiter unterdrückte, was – oder wer – legitimierte dann noch ihre Herrschaft?

Nach diesen Ereignissen war He Dongsheng Teil einer kleinen Geheimgruppierung innerhalb der Partei geworden, die Gegenmaßnahmen ersann. In Planspielen simulierten sie mögliche Reaktionen auf zu befürchtende großflächige Unruhen. Abschließend legten sie mehrere Alternativen vor, über die die Parteispitze in mehreren Sitzungen mit Armee, Polizei und Militärpolizei beriet. Schließlich wurde eine Entscheidung gefällt und sämtliche Parteisekretäre der Kreisebene und Funktionäre der lokalen Sicherheitsbehörden zu Intensivtrainings nach Peking beordert.

Schon früh sah He Dongsheng sichere Anzeichen dafür, dass die Weltwirtschaft erneut auf eine Krise noch gewaltigeren Ausmaßes als 2008 zusteuerte. Aber wenn die Regierung nur richtig damit umging, so dachte er, war dies die perfekte Gelegenheit, einige bislang nicht zu lösende Probleme Chinas aus der Welt zu schaffen. In der Krise witterte He Dongsheng die Chance. Er glaubte, dass der vorgezogene Eintritt Chinas in sein Goldenes Zeitalter zum einen von der weltweiten Situation abhing und zum anderen davon, ob sich im Land eine passende Gelegenheit auftat, die es der Regierung erlaubte, das Chaos zu ordnen und zu vollenden, was dreißig Jahre Reform und Öffnung nicht vermocht hatten. »Gelegenheit« bedeutete nichts anderes als eine schwere interne Krise. Nur in einer alles erschütternden Krise würden sich die Menschen bereitwillig in die Umarmung einer autoritären, allmächtigen Regierung flüchten.

Die Bevölkerung hatte das chinesische Einparteienmodell bislang aus zweierlei Gründen hingenommen: Erstens verhieß es

Stabilität, zweitens ermöglichte es die Bündelung von Ressourcen – und nur so ließ sich Großes erreichen. Die Wahrung der Stabilität war somit lediglich eine Grundvoraussetzung. Dies konnte jedoch auch in einer Demokratie gelingen, wie das Beispiel Taiwan zeigte. Man mochte sich zwar über das Durcheinander lustig machen, das die demokratische Kultur dort zuweilen mit sich brachte, aber die Machtwechsel auf der Insel verliefen friedlich, und das politische System insgesamt war stabil. Stabilität allein genügte also nicht; die Einparteienherrschaft musste beweisen, dass sie zu etwas Großem fähig war, zu etwas, was eine Demokratie niemals vermochte. Solange ihr das nicht gelang, würde man ihre Existenzberechtigung weiter infrage stellen. Genau eine solche Gelegenheit war es, auf die He Dongsheng wartete. Er nannte es insgeheim seinen *Plan des Himmlischen Friedens*. Der Name klang zwar etwas pathetisch, hatte sich aber bald in seinem Kopf festgesetzt. Der Blick in die Zukunft führte über die Vergangenheit. Das Grübeln darüber begleitete ihn in manch schlafloser Nacht.

Wenn es nicht rechtzeitig zur großen Krise kam, dann würde es beim bevorstehenden Führungswechsel sehr brenzlig werden. Zum einen würde es wie bei allen vorherigen Wechseln an der Spitze der KP zu erbitterten innerparteilichen Machtkämpfen zwischen den verschiedenen Lagern kommen; zum anderen war in der Vergangenheit einfach zu viel vorgefallen. Nach dem Finanz-Tsunami 2008 klaffte die soziale Schere immer weiter auseinander, der Unmut über den Staat wurde lauter. Die Machthabenden waren sichtlich geschwächt und boten ihren Gegnern überall Angriffsflächen. Wenn sich das bis zum Parteigipfel fortgesetzt hätte, wäre der Machtverlust der regierenden Fraktion so gut wie besiegelt gewesen. He Dongsheng gehörte zwar nicht zum inneren Zirkel der Mächtigen, er hatte jedoch bereits zwei Regierungen erlebt und eine Vorstellung davon, wer von den möglichen Nachfolgern das geringere Übel darstellte. Er zog es vor, für Technokraten ohne rote Wurzeln zu arbeiten. Aber nichtsdestotrotz wollte er sich nicht in einen erbitterten Machtkampf hineinziehen lassen und war noch weniger bereit, mit anzusehen, wie ein Führungswechsel die politische Lage in China durcheinanderbrachte. He Dongsheng war zu der Zeit gerade einmal Kandidat für einen Platz im Politbüro, er selbst konnte also nicht viel erreichen. Was er brauchte, war eine angemessen große Krise, die größer war als alle Politik. Nur sein *Plan des Himmlischen Friedens* konnte das Land dann vor dem Chaos retten. Dabei ging es ihm nicht um Anerkennung. Niemand würde ahnen, dass er es gewesen war, der den »Friedensplan«, dieses Trojanische Pferd, minutiös erdacht hatte, um damit die dauerhafte Herrschaft der Partei zu sichern. Wenn das Goldene Zeitalter einträfe – und daran zweifelte He Dongsheng keinen Augenblick –, würde die oberste Partei- und Staatsführung an seiner Stelle den Ruhm ernten.

He Dongsheng hatte die Krise des westlichen Finanzkapitalismus lange kommen sehen und sich dagegen gewappnet, indem er bei seiner privaten Investmentstrategie gegen den Dollar gewettet hatte. Er lebte schon viele Jahre in Zhongnanhai und hatte es anfangs gemacht wie alle anderen Offiziellen: Er hatte möglichst viel chinesisches Geld ins Ausland geschafft und in US-Dollar gewechselt. Aber vor etwa zehn Jahren änderte sich seine Einschätzung, was dessen Wert anging, und er begann, sein Vermögen in Kanadische Dollar zu tauschen, um damit seinem Sohn das Studium im Ausland zu bezahlen; dazu kaufte er eine Edelimmobilie in Shaughnessy Hights, Vancouver. Von seinen verbliebenen US-Dollar kaufte er Gold-, Erdöl- und andere Rohstoff- beziehungsweise Energieaktien als langfristige Anlage. Aber vor allem beschloss er, von nun an Renminbi zu halten oder in harte Renminbi-Anlagen zu investieren, vor allem in chinesische Immobilien. Von Inlandsaktien hielt er Abstand. Erstens hatte er dafür keine Zeit, zweitens war ihm die Verlogenheit und Intransparenz des ganzen Spiels zuwider, und drittens wollte er nicht den Eindruck erwecken, er sei geldgierig. Seine anti-amerikanische Investmentstrategie hatte ihm in den vergangenen Jahren eine ansehnliche Rendite beschert und ihn in seinen Ansichten zur Weltwirtschaft bestärkt. Als der Finanz-Tsunami 2008 hereinbrach, kam er für He Dongsheng zwar nicht überraschend, aber dennoch erschütterte er ihn und ließ ihn seine Wirtschaftstheorien überdenken. Er entwarf eine neue Vision für die Weltwirtschaft – mit besonderem Blick auf China – und integrierte diese Ideen auf raffinierte Weise in seinen »Friedensplan«.

Er sah, dass die westlichen Industrienationen, allen voran die USA, mit ihrem demokratischen Zwei- oder Mehrparteiensystem weder in der Lage waren noch die Entschlusskraft besaßen, das Monstrum des globalisierten Finanzkapitalismus zu bändigen. Die vom Volk gewählten amerikanischen Politiker standen unter dem Einfluss zahlreicher Interessenverbände: Wall Street, Großunternehmen, Rüstungsindustrie, regionale Einflussträger, Kirchen, Gewerkschaften und unterschiedlichste Lobbygruppen. Außerdem mussten sie stets die öffentliche Meinung im Blick haben. Sie waren also immer befangen und untereinander zerstritten – auch in Zeiten, in denen man sich eigentlich zusammenraufen sollte, um große Dinge gemeinsam anzugehen. Weil sie es allen recht machen wollten, würden sie sich nie trauen, hart durchzugreifen oder radikale Reformen voranzutreiben. Die Marktextremisten im Land – allen voran der rechte Flügel der Republikaner –, erstickten solche Vorhaben schon im Keim, auch wenn sie damit völlig die Zeichen der Zeit verkannten und ihre Blockadehaltung rein gar nichts zur Lösung der Probleme beitrug. He Dongsheng machte sich keine Illusionen mehr über die repräsentative Demokratie nach westlichem Vorbild und setzte keinerlei Hoffnung in sie. Noch weniger vertraute er darauf, dass die eng mit der Wall Street verbandelten Entscheidungsträger in der Finanzpolitik den Mumm besäßen, sich zur Rettung der Weltwirtschaft durchzuringen. Stattdessen glaubte er mehr und mehr daran, dass die post-totalitäre Regierung Chinas die Fähigkeit besaß, den herrschenden globalisierten Finanzkapitalismus unter Kontrolle zu bringen – wenn sie ihn nur richtig begriff.

Aber He Dongsheng wusste auch, dass es in China nicht ausreichte, die ›richtige‹ Auffassung von etwas zu haben. Auf allen Ebenen von Partei und Regierung hatten inzwischen Interessengruppen und korrupte Beamte ihre Hand im Spiel, sie würden jede noch so sinnvolle Politik verzerren oder sich ihr widersetzen. He Dongshengs Überzeugung verfestigte sich: Nur in einer Krise noch nie dagewesenen Ausmaßes konnten die Machthaber wirklich autoritär regieren, eine Befehlskette von oben bis nach ganz unten etablieren, und damit eine solide politische Basis für das dann bereits in den Startlöchern stehende Goldene Zeitalter Chinas schaffen.

He Dongshengs Wunsch erfüllte sich früher als erwartet: Die von ihm ersehnte Krise trat ein – jedoch schneller und mit einer Wucht, die die des Jahres 2008 bei Weitem übertraf. Das Politbüro setzte gleich am ersten Tag panisch einen Maßnahmenplan in Kraft, der erst kurz zuvor fertig ausgearbeitet worden war. Er trug den Namen *Feuer, Eis und Gold* und vereinte das geballte Wissen aller ständigen Mitglieder des Politbüros, hielt sich jedoch eng an He Dongshengs geheimen *Plan des Himmlischen Friedens.*

Aber wie war es zur Krise gekommen? Die USA hatten sich zu sehr am chinesischen Vorbild orientiert. Der Staat hatte Geld gedruckt und Schulden gemacht, nur um marode Automobilhersteller zu retten und bankrotten Banken neues Kapital zu beschaffen. Vergeblich. Die Kreditvergaben kamen nicht wieder in Gang, die Immobilienpreise fielen weiter in den Keller, die Marktkontraktion setzte sich fort und die Arbeitslosigkeit stieg stetig an, während der Dollar Schritt für Schritt an Wert verlor. Amerikanische Investoren mieden ihn, ausländische ebenfalls. Selbst den Zentralbanken Japans, Russlands und Taiwans war das Risiko, weiter Dollar zu halten, zu hoch. Ganz gleich, wie gut verzinst die kurz- und langfristigen Staatsanleihen auch sein mochten – sie fanden keine Käufer mehr. Der Dollar hatte zwar nach 2008 einen temporären Wiederaufschwung erlebt, ging nun jedoch endgültig auf Talfahrt. Er büßte ein Viertel an Wert ein, was das wenige noch bestehende Vertrauen in ihn vollends zunichte machte. An einem Handelstag im Winter erreichte der Albtraum seinen Höhepunkt: Es kam zu Panikverkäufen des Dollars, gefolgt vom Zusammenbruch des amerikanischen Aktienmarktes. Der Vorsitzende der *Federal Reserve Bank* und der Finanzminister traten zurück, die beiden Wirtschaftsnobelpreisträger Joseph Stiglitz und Paul Krugman bescheinigten den USA offiziell den Eintritt in eine gewaltige inflationäre Rezession – ein Phänomen, welches die chinesischen Medien mit »Feuer und Eis« betitelten.

Die Krise in den USA blieb für die anderen Wirtschaftsmächte nicht ohne Folgen. Auch in China spitzte sich die Lage zu. Der Export stagnierte, die Arbeitslosigkeit stieg sprunghaft an, die Aktienkurse brachen ein. Diesmal schien ein flächendeckender Rückgang des Wachstums bis hin zur Rezession unausweichlich zu sein. Die direkte Geldzufuhr zur Stimulation der Wirtschaft hatte zwar dazu geführt, dass das Bruttoinlandsprodukt weiter wuchs, aber nicht vermocht, die Inlandsnachfrage anzukurbeln. Ein Großteil des Geldes war in zweifelhafte Projekte und Sachanlagen geflossen, deren Nutznießer in erster Linie Bürokratie und Nepotismus im Umfeld zentraler Staatsunternehmen gewesen waren. Es half lediglich, deren Monopole langfristig zu erhalten, und verkleinerte den Raum für Privatunternehmer.

Die massive Abwertung des Dollars hatte verheerende Folgen für die Weltwirtschaft, China nicht ausgenommen. Vor 2004 hatte sich der jährliche Handelsüberschuss der Volksrepublik in Grenzen gehalten, doch seitdem war Chinas Abhängigkeit vom Warenexport zusehends größer geworden. Immer schneller war die Menge der Ausfuhren angewachsen und damit waren auch Chinas Devisenreserven in schwindelerregende Höhen geklettert, zuletzt auf über zwei Billionen US-Dollar, die nun innerhalb kürzester Zeit ein Drittel ihres Wertes einbüßten. Trotz des Wehklagens hatte China nämlich – anders als Japan, Russland und Taiwan – die US-Währung nicht abgestoßen, sondern versucht, sie zu stützen, und weiteres Dollarvermögen zugekauft; nicht, weil man sich nicht vom Dollar lösen wollte, sondern schlicht aus Mangel an Alternativen. China arbeitete bereits an einer Vereinbarung über Währungsswaps mit Japan, Südkorea, den ASEAN-Staaten und den Mitgliedsländern der *Shanghaier Organisation für Zusammenarbeit;* man bedrängte die USA seit Längerem nachdrücklich, Anleihen in Renminbi herauszugeben, in ausländischen Medien oft »Panda-Bonds« genannt; China hatte versucht, sich zu wappnen, aber die Zeit lief den Chinesen davon, und es blieb nichts anderes übrig, als inständig zu hoffen, dass der Dollar sich noch eine Weile hielt. Doch sein Ende kam weitaus schneller als erwartet.

Politik ist grausam und der Wertverlust der Staatsfonds zusammen mit dem zu erwartenden Minuswachstum im Inland hätte ausgereicht, um den Rückhalt der damaligen Regierung innerhalb der Partei zu zerstören. Beim anstehenden Machtwechsel im Jahr darauf hätte ihre Fraktion unter diesen Umständen kaum noch Strahlkraft gehabt und mit Sicherheit das Zepter abgeben müssen, sehr zur Freude ihrer Widersacher. Aus Angst vor dem Machtverlust entschloss sich die Regierungsfraktion, den Feuer-Eis-und-Gold-Plan in Gang zu setzen. Wenn man schon dem Untergang geweiht war, dann konnte man auch bis zum Äußersten gehen und versuchen, mit einer Verzweiflungstat das Ruder noch einmal herumzureißen – entweder Sieg auf ganzer Linie oder … Aber wen kümmerte das noch? Sollte doch die nächste Regierung die Scherben aufsammeln!

Der Tag, an dem der Dollar abstürzte, war der achte Tag nach Chinesisch-Neujahr. Die Feiertage waren gerade vorüber, der Arbeitsalltag wieder eingekehrt. An jenem Morgen berichteten die Medien beinahe geschlossen vom Anbruch der weltweiten Feuer-und-Eis-Periode. Am Nachmittag kam es in den Städten bereits zu Hamsterkäufen bei Lebensmitteln und Haushaltswaren, bis zum Abend waren auch hartnäckige Optimisten restlos verunsichert.

Wo blieb der Staat?

Tatsächlich waren Sicherheitsbehörden, Militärpolizei und Armee landesweit schon längst in Alarmbereitschaft versetzt worden. Die Lokalregierungen aller Ebenen bekamen aus der Zentrale die Anweisung: Im ganzen Land gilt der Notstand; *Feuer Eis und Gold* ist angelaufen. Bei der Aktion war Kettenglied um Kettenglied miteinander verbunden, an allen Stellen musste Zug um Zug streng nach Plan vorgegangen werden, nur so konnte er seine ganze Wirkung entfalten.

Der oberste Befehl lautete: Abgesehen von einer sofortigen Ausgangssperre in Xinjiang und Tibet war es Polizei und Militär untersagt einzugreifen, solange aus der Zentrale nicht die ausdrückliche Anweisung dazu kam. Der Staatsapparat ging in Wartestellung. Er wartete ab, wie lange es dauern würde, bis das völlige Chaos ausbrach; wie lange das Volk die Anarchie aushielt; lauerte auf den Moment, in dem die Menschen die Regierung anflehen würden, sie nicht im Stich zu lassen, den Punkt, an dem der Staatsapparat bekniet würde, endlich zur Rettung zu schreiten. Es war nur eine Frage der Zeit, bis das gesamte Volk sich bereitwillig dem Leviathan unterwerfen würde.

Sobald es zu größeren Plünderungen kam oder massive Fluchtbewegungen einsetzten, war dies für die Exekutive das Signal zum Eingreifen.

Das Volk verbrachte schließlich ganze sechs Tage in Angst und Ungewissheit; die unterschiedlichsten Gerüchte verunsicherten die Bevölkerung. Am siebten Tag gab es von überallher Berichte über erste Anzeichen eines drohenden Chaos', mehr aber auch nicht. Nur in einigen wenigen Regionen des Landes war es vereinzelt zu Plünderungen und Massenflucht gekommen. Dabei blieb es. Dennoch war die Angst der Menschen groß, man sehnte sich nach dem starken Arm des Staates. Und der streckte ihn seinen Bürgern entgegen: Am achten Tag, dem fünfzehnten Tag nach Neujahr, rückten Volksbefreiungsarmee und Militärpolizei symbolisch in über sechshundert Städte im ganzen Land ein. Sie wurden ausnahmslos von jubelnden Menschen in den Straßen begrüßt. Das bewies einmal mehr, dass in einer Gesellschaft mit bescheidenem Wohlstand die Angst der Menschen vor dem Chaos größer ist als vor der Diktatur. Es zeigte aber auch, dass es in China gar nicht so ungeordnet zuging, wie die Leute glaubten. Dennoch: Die große Mehrheit der Menschen wünschte sich nichts sehnlicher als Stabilität, und solange keiner auf den Gedanken kam, die Regierung für die chaotischen Zustände im Land verantwortlich zu machen, würde die Partei leichtes Spiel haben.

Am Nachmittag jenes denkwürdigen Tages kündigten Sicherheitsbehörden, Militärpolizei und Armee gemeinsam an, hart gegen jegliche Form krimineller Machenschaften durchzugreifen, und verfolgten diesen Plan in aller Konsequenz. Die Gesellschaftsordnung war im Nu wieder hergestellt, selbst zu Bagatelldelikten schien es nun nicht mehr zu kommen. Die Regierung gab zudem bekannt, dass sie angeordnet hatte, die staatlichen Reisreserven an die Bürger zu verteilen; jeder könne täglich kostenlos eine Ration erhalten, niemand solle hungern.

Interessanterweise kam es nicht zum erwarteten Ansturm auf die Reisausgabestellen, denn den Leuten schmeckte der jahrelang eingelagerte Reis nicht. Wegen der laufenden Anti-Kriminalitätskampagne gab es nicht einmal die üblichen Profiteure, die den Reis günstig aufkauften und an Reisschnapshersteller weiterverhökerten.

Wütend fragte Fang Caodi: »Warum? Warum habt ihr die Bevölkerung absichtlich in Angst und Schrecken versetzt?«

He Dongsheng ließ sich durch Fangs Einwurf nicht beirren und dozierte ungerührt weiter, als hielte er eine Vorlesung vor Studenten.

»Vom Auftakt hing der ganze restliche Teil des Plans ab. Die Wirtschaftskrise war brandgefährlich, sie hätte ohne Weiteres die lange schwelenden sozialen Konflikte zur Explosion bringen können. Von ein paar ethnischen Reibereien abgesehen, richtete sich der Ärger der Chinesen damals immer gleich gegen die Regierung, und jede Lappalie konnte sich zu einem Massenereignis auswachsen. Die Menschen hatten inzwischen den Eindruck, nur so lasse sich etwas bewegen.

Wir wussten aus unseren Simulationen: Wenn es landesweit gleichzeitig zu Massenereignissen käme, wäre die Regierung nicht in der Lage, alle Brandherde einzeln zu löschen. Ganz gleich, über wie viel Polizei-, Armee- und Waffengewalt wir verfügten, der Staatsapparat würde unter dieser Last in sich zusammenbrechen.

Zuallererst durfte man also der Bevölkerung keinen Anlass bieten, die Regierung für alles verantwortlich zu machen. Als Ausweg kam also nur eine Lösung in Betracht: Die Bevölkerung musste sich vor sich selbst fürchten. Angst vor Anarchie.

Thomas Hobbes beschreibt Anarchie im Leviathan als ›Krieg aller gegen alle‹. In seiner natürlichen Form ist das Leben des Menschen für ihn einsam, kümmerlich, gemein, viehisch und von kurzer Dauer. Wenn Leib, Leben und Besitz keinerlei Schutz genießen, ist das der ultimative Terror. Aus Angst vor Anarchie und vor Chaos sind die Menschen bereit, vor einer ansonsten wenig liebenswerten Monstrosität auf die Knie zu fallen, wenn sie ihnen Schutz für Leib und Leben, Hab und Gut verspricht. Man musste die Leute spüren lassen, dass ihnen eine große Katastrophe bevorstand, und dass wir, dass die Partei ihre einzige Hoffnung war.

So ist es nun einmal in China. Das Volk fürchtet sich vor sich selbst weit mehr als vor der Regierung. Es fürchtet nichts so sehr wie die Anarchie. Die Partei hat es nicht im Stich gelassen. Sie war die letzte Hoffnung der Menschen und sie hat sie nicht enttäuscht.«

Xiaoxi wandte wütend ein: »Wir reden über Anarchie und die Notwendigkeit einer Regierung! Niemand bestreitet, dass ein Volk eine Regierung braucht! Aber wo bitte steht, dass als Regierung nur die KP infrage kommt?«

He Dongsheng blieb gelassen: »Darüber zu diskutieren ist doch sinnlos. Faktisch ist beides ein und dasselbe.«

»Ihr habt einen Zustand der Anarchie erzeugt, euch dann als Retter inszeniert, und euch so Rückhalt im Volk erschlichen! Selbst in Peking haben jubelnde Menschen die Straßen gesäumt, als die Armee einmarschierte! War das nicht genug? Warum dann auch noch die Repression? Wissen Sie eigentlich, wie viele unschuldige Menschen bei jeder dieser Kampagnen ihr Leben lassen?«

»Es fehlte nicht viel, und ich hätte diese Kampagne nicht überlebt«, sagte Fang Caodi.

»Jetzt seht mal: Ich persönlich wünsche mir ja auch, dass es die letzte ihrer Art war. Aber die Regierung musste hart durchgreifen, um sich vor dem Personalwechsel keine Blöße zu geben – auch als Vorbereitung auf die großen Aufgaben, die noch vor ihr lagen. Die Welt steckte im tiefsten ökonomischen Winter. Um sich selbst daraus zu retten, musste China massiv in seine Wirtschaft eingreifen und sie neu ausrichten. Und um die bevorstehende Durststrecke durchzustehen, musste der Staat die Gesellschaft zunächst lückenlos unter seine Kontrolle bringen. Und wie zähmt man das Volk? Als es '83 zu Turbulenzen in der neu eingeführten Marktwirtschaft kam, hat der alte Deng Xiaoping doch auch eine Anti-Kriminalitätskampagne gestartet. Und '89 ebenfalls, nur in etwas anderer Form, versteht ihr? Opfer lassen sich leider nicht verhindern, wenn man Großes vorhat.«

Xiaoxi und Fang Caodi wollten dem vehement widersprechen, doch He Dongsheng bedeutete ihnen, ihn erst ausreden zu lassen.

»1816, zwei Jahre nach Ende der Napoleonischen Kriege, rutschte England in eine große Rezession. Der Schuldenstand war fünfmal so hoch wie das Bruttoinlandsprodukt. Hinzu kamen Missernten auf dem ganzen Kontinent, ausgelöst von einem gigantischen Vulkanausbruch in Indonesien, dessen Asche selbst in Europa die Sonne verdunkelte. Der damalige Premier war der zweite Earl von Liverpool, Robert Jenkinson. Sein Berater war der große Ökonom David Ricardo. Als sie sahen, dass die Rezession bald soziale Unruhen auslösen würde, ersannen sie eine Maßnahme, die sich allein als durchschlagkräftig genug erwies, um die Krise zu überstehen: Mit der Zustimmung des Parlaments setzten sie *Habeas Corpus,* das Recht auf Schutz vor willkürlicher Inhaftierung, außer Kraft. Sobald jemand aufbegehrte, konnte die Regierung ihn ohne Rücksicht auf die sonst herrschende Rechtsordnung ins Gefängnis werfen lassen – heutzutage würde man sagen: Sie trat die Menschenrechte mit Füßen. Doch dank dieser Maßnahme trauten sich die sonst so aufmüpfigen Engländer während der ganzen Rezession nicht, gegen sie aufzubegehren. Ein Jahr später hatte sich die Wirtschaft wieder erholt.

Die Krise, in der die Welt gegenwärtig steckte, war weitaus heftiger als jene im alten England. Zwar musste die Bevölkerung damals hungern, doch die frühkapitalistischen Krisen folgten einem Zyklus von ein bis zwei Jahren und ließen sich immer irgendwie durchstehen, der nächste Aufschwung kam bestimmt. Die Krise, die uns blühte, ähnelte jedoch eher der Großen Depression in den dreißiger Jahren des vergangenen Jahrhunderts, sie konnte sich gut und gerne über acht oder gar zehn Jahre hinziehen! Einfach die Zähne zusammenbeißen und durch – so ließ sie sich nicht bewältigen. Es brauchte mehr als ein hartes Auftreten der Regierung – es musste der Weg bereitet werden für eine völlig neue Politik!«

Das chinesische Modell

Die Repressionskampagne war das zweite Kettenglied von *Feuer, Eis und Gold;* das dritte war der zeitgleiche Erlass von fünf ineinandergreifenden politischen Maßnahmen.

Die erste betraf das Privatvermögen: Alle bei Banken im Inland angelegten Ersparnisse der Bürger wurden zu fünfundzwanzig Prozent in Konsumgutscheine umgewandelt. Ein Drittel davon war innerhalb von neunzig Tagen auszugeben, die restlichen zwei Drittel innerhalb von sechs Monaten; danach verloren sie ihre Gültigkeit.

Die Sparfreudigkeit der Chinesen war mit ein Grund für die ungenügende Inlandsnachfrage. Wenn das äußere Wirtschaftsumfeld sich verschlechtert und alle sich an ihr Erspartes klammern, anstatt es auszugeben, ist es nicht weiter verwunderlich, wenn die Wirtschaft in eine Rezession rutscht. Wenn Zinssenkungen und Appelle an die Kaufmoral der Leute nicht mehr ausreichen, um die Massen zum Konsum zu bewegen, helfen nur derartige Zwangsmaßnahmen. Im Westen würde man sich nicht einmal trauen, an so etwas auch nur zu denken.

Dieser Erlass hatte zum einen den Vorteil, dass er sich relativ leicht umsetzen ließ; alle Banken sind ja seit Jahren computerisiert. Zum anderen betraf er lediglich diejenigen, die auch etwas hatten, in erster Linie also die urbane Mittelschicht und die gut situierte Vorhut der Wohlstandsgesellschaft. Wenn man sie dazu verpflichtete, sich von einem Viertel ihres Ersparten etwas Schönes zu kaufen und damit gleichzeitig der Wirtschaft wieder auf die Beine zu helfen, dann war das durchaus vertretbar, fand He Dongsheng. Wenn die Verbraucher wieder Geld ausgaben, würden auch die Unternehmen nachziehen, so der Plan. Und nicht zuletzt brauchte der Staat kein Geld auszugeben, um auf keynesianische Weise für einen Konjunkturaufschwung zu sorgen. Schätzungsweise ließen sich so mindestens fünf Prozentpunkte BIP-Wachstum erreichen.

Mit dem Grübeln darüber, wofür sie ihr Geld denn nun ausgeben wollte, war die Stadtbevölkerung fürs Erste beschäftigt. Die einen entschieden sich für Warenkonsum, die anderen gaben ihr Geld für zusätzliche Dienstleistungen aus.

Das führt direkt zur zweiten Maßnahme: Wo Nachfrage ist, darf das Angebot nicht fehlen. So wurden die produzierende Industrie und der Dienstleistungssektor von mehr als sage und schreibe dreitausend Restriktionen befreit, sodass privates Kapital frei in alle Branchen fließen konnte. Dabei wurde es Unternehmen, die für den heimischen Markt produzierten, erleichtert, Kredite aufzunehmen, und die Neugründung von Betrieben wurde unterstützt, während die Regierung ihre Kompetenzen neu ausrichtete und in immer mehr Bereichen privaten Unternehmern das Feld überließ.

Bis auf einige sicherheitsrelevante Sektoren und solche, in denen der Staat ein Monopol besaß, wurden nunmehr fast alle ehemals mit Beschränkungen belegten Branchen für den Wettbewerb geöffnet.

»Jeder kann heute einen Verlag gründen und Bücher auch ohne Registriernummer herausbringen«, sagte He Dongsheng an Chen gewandt.

»Trotzdem müssen alle Bücher weiter eingereicht werden und es gibt immer noch eine Menge Themen, über die nicht geschrieben werden darf.«

»Aber wenigstens gibt es jetzt in ganz China private und sogar ausländische Verlage – ganz wie von der WTO gewünscht.«

Der Erlass verfehlte seine Wirkung nicht. Es war, als bestünde das Volk nur noch aus Kaufleuten; alle machten Geschäfte, völlig unabhängig von Alter, Geschlecht, Herkunft und Beruf, konzentrierten sich aufs Geldverdienen, stellten Leute ein oder wurden selbst eingestellt, suchten nach Ressourcen oder nach Mitarbeitern, um diese Ressourcen zu nutzen.

Man braucht den Chinesen nur einen kleinen Spalt zu geben, dann stemmen sie den ganzen Himmel auf.

Es war wie ein Wunder: Die stillstehenden Produktionsanlagen in Guangdong, Jiangsu und Zhejiang, ehemals nur auf Export getrimmt, wurden im Handumdrehen umgebaut und begannen, die Inlandsnachfrage zu bedienen. Die leer stehenden Bürogebäude und Fabrikhallen waren im Nu mit neuem Leben erfüllt. Es brauchte einen knappen Monat, und der Markt war übersät mit neuen Produkten und Dienstleistungen. Nach einem halben Jahr hatte sich China von einer Exportnation in eine auf Binnenkonsum ausgerichtete Volkswirtschaft verwandelt.

Im ersten Schritt hatte man sich zum Ziel gesetzt, wieder das Niveau der achtziger Jahre zu erreichen, als der Inlandsumsatz die Hälfte des BIP ausmachte. Dieses Ziel war bereits erreicht. Ideal wäre das Niveau der USA zu Beginn der siebziger Jahre, meinte He Dongsheng; damals hatte der Inlandskonsum dort ganze sechzig Prozent des BIP betragen. Später hatten die Amerikaner es übertrieben und sich *zu* abhängig von der Inlandsnachfrage gemacht; ihr Anteil stieg auf über siebzig Prozent, infolgedessen gab es zu wenig Investitionen und Außenhandel, eine Kreditschwemme und dazu eine gegen Null tendierende Sparquote, was letztendlich große Probleme nach sich zog. Für China wäre das amerikanische Niveau der frühen Siebziger gerade richtig. Mit seinen 1,3 Milliarden Menschen verfügte es über einen gigantischen Binnenmarkt und war in der Lage, in vielen Bereichen losgelöst vom Außenhandel zu wirtschaften.

Wenn sich die Weltwirtschaft erst einmal wieder erholte, würde auch der Handel wieder etwas zunehmen, aber bereits jetzt war der Konsum gestiegen und mit ihm auch die Arbeitseinkommen der Bevölkerung. Die Unternehmen machten gute Profite und zahlten dementsprechend mehr Steuern. Man hatte die drohende Rezession abgewendet und die gravierenden Ungleichgewichte in der Wirtschaftsstruktur behoben, die seit der Öffnung des Landes entstanden waren. Das wirtschaftliche Fundament für das Goldene Zeitalter war bereits gelegt.

Man hatte zwei Fliegen mit einer Klappe geschlagen, denn die vielen Unternehmensgründungen und -erweiterungen allenthalben lösten auch das Problem der Arbeitslosigkeit in den Städten und auf dem Land.

Die dritte Maßnahme betraf in erster Linie die Bauern. Viele Arbeiter strömten vom Land wieder zurück in die Städte, wo sie aufgrund des Arbeitskräftemangels gut bezahlte Stellen fanden – die verbliebenen Bauern hingegen verwalteten ihr neu gewonnenes Vermögen. Denn die dritte Maßnahme hatte sie zu Eigentümern ihrer Parzellen gemacht, aus Bauern waren Grundbesitzer geworden. Jahrelang hatte man davon gesprochen, jetzt hatte man es endlich verwirklicht. Dahinter steckte jedoch auch die Absicht, die Aufmerksamkeit der Bauern von der Wirtschaftskrise abzulenken. He Dongsheng war sich nicht ganz schlüssig darüber, ob Agrarland in Privatbesitz gehörte, denn Erfahrungen anderer Länder mit der Privatisierung waren nicht durchweg positiv. Seine Parteigenossen ließen sich jedoch nicht von diesem Schritt abbringen.

Etwas wehmütig sagte He Dongsheng: »Die Uhr lässt sich nicht mehr zurückdrehen.«

Maßnahme Nummer vier: Das Land befand sich in einer turbulenten Phase, in der vieles durcheinanderzugehen schien, doch es war ein konstruktives, notwendiges Durcheinander. Das heißt, während die Staatsmacht Produktionskräfte freisetzte und das Volk zur Eigeninitiative anregte, bestand ihre wichtigste Aufgabe zugleich darin, mit aller Härte zu verhindern, dass Wirtschaftskriminalität und Korruption ihre Politik sabotierten. Durch die vorausgehende dreiwöchige Anti-Kriminalitätskampagne wurden im Vorfeld eine Reihe krimineller Elemente – Berufsverbrecher, Schlägertrupps, Menschenhändler, Diebes- und Bettlerbanden – ausradiert. Während die Kampagne noch nachwirkte, sagten die Machthaber in einem weiteren Schritt drei Dingen den Kampf an: Korruption, Spekulation, Betrug und Verbreitung falscher Tatsachen. Allein durch die Ankündigung harter Sanktionen versetzte man die Betroffenen in Todesangst.

Die Partei versteht sich gut aufs Fliegenklatschen – hier und da gnadenlos ein Exempel statuiert und ein paar Leute hingerichtet, schon waren die örtlichen Kader zur Genüge eingeschüchtert, kniffen den Schwanz ein und spurten wieder. Man hatte erreicht, was man wollte.

Fünftens: He Dongsheng war für Marktwirtschaft, hielt sie jedoch nicht für allmächtig und hatte auch kein Vertrauen in eine *Laissez-faire*-Politik. Für ihn stand außer Frage, dass in manchen Bereichen die staatliche Autorität nicht fehlen dürfe. Die ersten vier Maßnahmen würden eine reale Nachfrage schaffen und darüber die Produktion anstoßen; die umlaufende Geld- und Kreditmenge würde stark wachsen und bei Produkten und Dienstleistungen würde es kurzfristig zu einem Unterangebot kommen. Selbst ohne Opportunisten und Spekulanten würden alleine durch die Anpassung des Marktes Inflationserwartungen entstehen und die Preise würden unregelmäßig in die Höhe schießen. Wenn daraus eine Hyperinflation entstand, sähen sich die Reformen gigantischem Druck ausgesetzt und würden möglicherweise daran scheitern. Um dieser Gefahr zu entgehen, sah das Regime nur eine Lösung: die Kontrolle der Warenpreise.

Für He Dongsheng war dies der methodisch umstrittenste und in der Praxis am schwersten umsetzbare Punkt von *Feuer, Eis und Gold*. Jeder in westlichen Wirtschaftstheorien geschulte Experte würde schon bei Erwähnung des Wortes »Preiskontrolle« mit reflexartiger Ablehnung reagieren. He Dongsheng, der sich sein Wissen über Ökonomie selbst angeeignet hatte, hätte früher genauso reagiert. Aber in den letzten Jahren hatte er sich intensiv

mit der Wirtschaftsgeschichte des Westens beschäftigt und dabei festgestellt, dass die reichen Industrienationen im vergangenen Jahrhundert mehrmals mit Erfolg bestimmte Waren einer Preiskontrolle unterworfen hatten – und das in ansonsten durchweg kapitalistischen Ländern. Mit Staunen hatte er gelesen, wie der Bankier Walther Rathenau während des Ersten Weltkriegs erfolgreich die Wirtschaftsplanung des Deutschen Reichs orchestrierte. Auch zu Zeiten des Dritten Reichs hatte man wirkungsvoll Kapitalismus und Planwirtschaft miteinander vereint. Was He Dongsheng jedoch am meisten ermutigte, war die Wirtschaftspolitik Franklin D. Roosevelts während des Zweiten Weltkriegs: Mithilfe kontrollierter Warenpreise war es den USA nicht nur gelungen, die enormen Kriegskosten zu schultern; sie hatten sich damit auch endlich aus den Fängen einer zwölf Jahre währenden Rezession befreit. Der bekannte Ökonom John Galbraith war damals Leiter der Preiskontrollbehörde, Chef von sechzehntausend Mitarbeitern. Bevor er 1972 zum Vorsitzenden der *American Economic Association* gewählt wurde, hatte er eine Monografie zum Thema Preiskontrolle verfasst und sprach sich auch während der Stagflationsphase in den siebziger Jahren erneut für diese Taktik aus. Es waren also durchaus nicht alle westlichen Ökonomen grundsätzlich strikt gegen Preiskontrollen. Nur war sie als regulatorisches Mittel in einer Marktwirtschaft in Vergessenheit geraten, da seit vierzig Jahren die Chicagoer Schule und andere Vertreter des Marktfundamentalismus' den Ton angaben.

Nach und nach hatte He Dongsheng bei seinen Studien diese für seinen Plan nicht zu unterschätzende Erkenntnis gewonnen und damit begonnen, die chinesischen Verhältnisse unter die Lupe zu nehmen. Zum Glück war noch ein Großteil der Offiziellen Chinas in der sozialistisch gelenkten Volkswirtschaft verwurzelt; nach außen hin akzeptierten sie zwar die Marktwirtschaft, aber innerlich frohlockten sie, sobald einer von Steuerung oder Kontrolle sprach, daher gelang es He Dongsheng schnell, sie auf seine Seite zu ziehen und davon zu überzeugen, dass marktzuträgliche Preiskontrollen sinnvoll und machbar waren, ja sogar unverzichtbar in Zeiten so großer wirtschaftlicher Umwälzungen. Sie würden den Markt stützen und verhindern, dass die neu entstandenen Industrien sich selbst vernichteten und nicht als Ersatz für bereits ausgereifte Marktfunktionen dienen.

He Dongshengs Preiskontrollmannschaft bestand jedoch nicht aus ideologisch verblendeten Funktionären. Im Kern bestand sie aus einer Reihe Technokraten um die Fünfzig, die über viel Erfahrung mit Preisregulation aus dreißig Jahren Reform- und Öffnungspolitik verfügten; dazu die besten Statistiker und Ökonometriker von allen Eliteuniversitäten des Landes. Sie hatten Zugang zu Datenbanksoftware und einem landesweiten Informationsnetz – Dinge, die zu Zeiten der Planwirtschaft nicht verfügbar gewesen waren; Verbraucher, Produzenten und Menschen auf der ganzen Welt konnten sich stets aktuell über die neuesten Preisanpassungen informieren. Die Preiskontrolle gab klar und unmissverständlich den tatsächlichen Wert eines Produktes an; durch sie verdienten nicht die Händler, sondern sie förderte die Produktion und verhinderte Preistreiberei und künstliche Verknappung. Man musste genau im Auge haben, wo Kontrolle nötig war und wo nicht, und wie Angebot und Nachfrage sich zueinander verhielten. Es galt, drastische Schwankungen nach oben oder unten zu vermeiden, vor allem aber wollte der richtige Zeitpunkt erkannt sein, um die Kontrolle wieder dem Markt selbst zu überlassen. Ein rückgekoppeltes Regulationssystem dieser Größenordnung versetzte selbst die anfangs noch kritisch eingestellten Medien im Ausland in ungläubiges Staunen.

Eine diktatorische Regierung konnte über noch so viel Autorität verfügen – nur mithilfe modernster Informations- und Messtechnologien ließ sich diese neue Form der *Befehlswirtschaft* realisieren.

Die Weltwirtschaftskrise hatte den Westen so schwer angeschlagen, dass er sich kaum mehr zu helfen wusste. Für China jedoch stellte sie sich als Jahrhundertchance heraus. Die bereits angezählte Regierung schaffte es, eine von der Wirtschaft ausgelöste soziale und politische Krise innerhalb kürzester Zeit als einmalige Chance zu erkennen und zu nutzen. Alle Welt sprach nur noch von Chinas *Goldenem Zeitalter.*

Ein Jahr später vollzog sich ein reibungsloser Führungswechsel. Für He Dongsheng lief jedoch nicht alles nach Plan. Sein Wunsch, ins Parteisekretariat einzuziehen erfüllte sich nicht; er wurde lediglich vom Kandidaten zum ständigen Mitglied des Politbüros befördert. Er diente damit bereits seiner dritten Regierung. Am ersten Jahrestag von *Feuer, Eis und Gold* gratulierte er sich daher nicht ganz ohne Selbstironie: »Toll gemacht, He Dongsheng!«

Ein hundert Jahre alter Traum

Fang Caodi und Xiaoxi hatten eigentlich noch viele Fragen stellen wollen, aber He Dongshengs Ausführungen nahmen sie völlig gefangen. Nachdem sie ihre Geisel zur Toilette gebracht und noch etwas Wasser verabreicht hatten, wurde He Dongsheng noch energiegeladener. Einmal angefangen, redete er in einem fort und entwickelte eine Anziehungskraft, der sich die vier nur schwer entziehen konnten.

Fang Caodi und Xiaoxi leugneten nicht, dass es China in den vergangenen zwei Jahren wirtschaftlich sehr gut ging, aber politisch gesehen sah es ihrer Meinung nach noch düsterer aus als zuvor: China war immer weiter entfernt von einer konstitutionellen Demokratie. Sie beklagten, dass die Chinesen sich anscheinend völlig mit dem Status quo zufriedengaben und sich so verhielten, als sei ihr Leben rundum glücklich und vollkommen.

Auch Chen hatte zu diesen Menschen gehört. Bevor er Xiaoxi wiedergetroffen hatte, war ihm die Gesellschaft absolut harmonisch erschienen, und Tag für Tag hatte ihn sein eigenes Glück in Rührung versetzt.

Zwar war er geistig wach geblieben, hatte nach wie vor Bücher und Zeitungen gelesen, aber selbst er hatte nur noch Lust verspürt, den Blick in die Zukunft zu richten und die Vergangenheit ruhen zu lassen. Es war noch nicht lange her, da waren ihm Taiwan und Hongkong als Vorreiter erschienen und das chinesische Festland im Vergleich als rückständig. Jetzt empfand er es genau anders herum. Früher hatten alle um ihn herum Chinas Armut und Rückständigkeit kritisiert, doch nun sangen sie nur noch das Loblied von seinem Goldenen Zeitalter. Über viele Jahrzehnte hinweg hatten die Gelehrten einhellig das westliche System als überlegen gepriesen, die USA, Japan und Europa als überragendes Vorbild für die Welt hingestellt. Nun ließ einer nach dem anderen verlauten, es gehe so nicht mehr weiter, die Welt müsse von China lernen.

Teilweise gründete diese Redeweise auf falschen Vorstellungen und hielt einer genaueren Prüfung nicht stand; so war beispielsweise das Durchschnittseinkommen der Chinesen noch Lichtjahre von dem in den entwickelten Nationen entfernt, die Umweltverschmutzung gravierend, ehrliche und offene Regierungsführung ein Fremdwort, ein Schutz der Menschenrechte nicht gegeben, die Meinungsfreiheit massiv beschnitten. Aber Chinas Bevölkerung war nun einmal groß, seine Stärke insgesamt überwältigend, sein Aufstieg eine unbestreitbare Tatsache. Die Medien berichteten ständig davon, in welchen Bereichen das Reich der Mitte weltweit den ersten Platz belegte und wo man im internationalen Vergleich überall ganz vorne mit dabei war. Ganz unmerklich hatte China in fast allen Bereichen die Führung übernommen – zumindest im Bewusstsein der meisten Chinesen.

Da die USA, Europa und Japan in der Rezession steckten und damit auch ihre Nachfrage nach chinesischen Gütern langfristig abebbte, hatte China auf seine eigene Art den Inlandskonsum

erhöht und die Abhängigkeit vom Export verringert. Damit brachte es die langjährige Kritik der Weltgemeinschaft an seinen

Exportüberschüssen zum Schweigen und brauchte sich nicht mehr halbherzig hinter der Parole »Freihandel« zu verstecken. Früher hatten sich die Produzenten weltweit beschwert, China halte den Wechselkurs des Renminbi absichtlich niedrig, um seine Ausfuhren zu subventionieren, und schaffe damit einen ungleichen Wettbewerb; Gewerkschaften und Arbeitsrechtler im Westen kritisierten, dass China seine Arbeiter ausbeute, um die Exportkosten zu drücken, und damit weltweit für sinkende Arbeitsstandards sorge. Jetzt, wo man sich nicht mehr auf billige Ausfuhren stützte, durfte der Renminbi ruhig einen Höhenflug antreten. Die Chinesen kauften im Ausland ein, reisten um die Welt und übernahmen ausländische Firmen. Das allgemeine Einkommensniveau stieg, die Unternehmen warfen Gewinn ab und die Steuereinnahmen stiegen. So ließen sich Bildungs-, Gesundheits- und Sozialsysteme verbessern und China ging sogar endlich seine ökologischen Probleme an.

»Wie können wir uns ein sozialistisches Land schimpfen, wenn wir uns nicht um unsere Arbeiter kümmern und keine Kranken- und Sozialversicherung für alle einrichten!«, rief He Dongsheng aus. Bei diesen Worten nickten Xiaoxi und Fang Caodi zustimmend.

China hatte sich ein gutes Stück von den entwickelten Nationen losgelöst, aber das hinderte es nicht am Warenaustausch mit anderen Ländern und kam keinesfalls einer Abschottung gleich. Chinas Schwerindustrie befand sich weiter im Aufbau, man benötigte auch weiterhin Industrieanlagen, die in Industrienationen wie Deutschland als Ganzes abgebaut und vor Ort wieder aufgebaut wurden. Auch die USA verfügten noch über eine Reihe Güter, deren Herstellung China bislang selbst nicht leisten konnte – wie Boeing-Flugzeuge und andere Hightech-Produkte –, und man kaufte so viel davon, wie für Geld nur zu bekommen war. Natürlich konnten Europa und die USA sich auch nicht von einem auf den anderen Tag völlig aus ihrer Abhängigkeit von chinesischen Produkten befreien. Der Export dorthin sank zwar, aber das half, endlich den eigenen Handelsüberschuss abzubauen. Insgesamt gesehen war China in der Lage, den größten Teil seiner benötigten Waren selbst herzustellen. Billigwaren oder nicht, die Inlandsnachfrage war groß genug, und wo Wettbewerb war, da passten sich Preise und Qualität von ganz alleine an. Der Bedarf an Industriegütern aus den entwickelten Nationen würde mit der Zeit immer weiter sinken. Um sich eine Scheibe vom fetten chinesischen Markt abzuschneiden oder ihre Präsenz dort zu halten, waren Kapital, Marken und Einzelhandel aus dem Ausland bereit, nach strikten Vorgaben Joint-Ventures einzugehen. Das entsprach zwar nicht dem Geist der WTO, aber mit ihrem Streit über Protektionismus und Merkantilismus legten die entwickelten Nationen die Verhandlungen dort ohnehin lahm. Ungehinderter globaler Freihandel war bereits zu einem Traumgespinst der Vergangenheit geworden, und es gab niemanden mehr, der sich erlauben konnte, von seiner hohen moralischen Warte aus die anderen zu kritisieren.

Den überwiegenden Teil der Energie, Bodenschätze, Rohstoffe und Getreideerzeugnisse, die China benötigte, bezog es aus Asien, Afrika und Lateinamerika. Inzwischen versorgten selbst Kanada, Australien, Neuseeland und Russland China mit diesen Gütern, während sie von dort Fertigprodukte kauften – aus chinesischer Sicht konnte man sie also als Dritte-Welt-Länder ansehen. Mit den wichtigsten Handelspartnern hatte man bilaterale Währungsswap-Mechanismen eingerichtet, was den Renminbi zu einer weltweit zirkulierenden Währung wie Dollar und Euro machte. Chinas Volkswirtschaft war bereits ebenso wichtig wie die der USA, Europas und Japans, jedoch steckten diese drei in der heißkalten Stagflation fest, während es China blendend ging. Die Inflation wurde bei akzeptablen sieben bis acht Prozent gehalten, während die Wirtschaft das dritte Jahr in Folge um fünfzehn Prozent wuchs. So etwas hatte es ganz zu Beginn der

Reform- und Öffnungspolitik schon einmal gegeben: 1982 bis '84 war das BIP jährlich um fünfzehn Prozent gewachsen, aber damals war es insgesamt noch nicht sehr hoch. Vereinfacht gesagt war China der alleinige Wachstumsmotor der Weltwirtschaft, daher verwunderte es nicht, dass die Länder Asiens, Afrikas und Lateinamerikas seine Nähe suchten, und auch nicht, dass manche Leute sagten, die Zeit der amerikanischen Vorherrschaft sei endgültig vorbei, das Chinesische Jahrhundert habe offiziell begonnen.

Chen, Xiaoxi und Fang Caodi verstanden nicht viel von Wirtschaft, aber sie sorgten sich um China, deswegen hörten sie He Dongsheng aufmerksam zu. Doch als dieser von der Wirtschaft auf die internationale geopolitische Situation zu sprechen kam, kamen sie aus dem Staunen gar nicht mehr heraus.

Den USA ging es wirtschaftlich schlecht, aber sie waren in militärischer Hinsicht noch immer eine Großmacht. Sie alleine verfügten über die Stärke, weltweit Krieg zu führen.

China konnte nicht denselben Weg gehen wie damals die Sowjetunion im Kalten Krieg und mit den USA um weltweite Vorherrschaft konkurrieren, ein Wettrüsten veranstalten und durch die Gefahr der gegenseitigen Vernichtung ein Gleichgewicht des Schreckens etablieren. Nein, das war nicht der Weg des Himmlischen Friedens, das war nicht im nationalen Interesse langfristiger politischer Stabilität. Ein rational denkender, kein Blatt vor den Mund nehmender chinesischer Idealist wie He Dongsheng wusste genau, dass dieser Weg ungangbar war, dass China eine solche Belastung nicht verkraften würde. Um die USA von einem Fernkrieg abzuhalten, setzte China seine Möglichkeiten zum präemptiven und asymmetrischen Fernangriff ein. Wollte es einer Invasion vorbeugen und seine nationalen Interessen wahren, musste China zum großen Bruder in der Region werden und nicht zum globalen Hegemon. Man konnte es als die chinesische

Monroe-Doktrin bezeichnen. Wie James Monroe, Präsident der USA in den 1920er Jahren, verkündete auch China, es werde nicht um globale Vorherrschaft kämpfen, solange seine eigenen Grenzen respektiert würden: So wie Amerika den Amerikanern, sollte Ostasien ganz den Ostasiaten gehören.

Die amerikanischen Atomraketen konnten China aus der Distanz vernichten, also musste China den USA verdeutlichen, dass man es nicht zu einem Erstschlag der Amerikaner kommen lassen würde, sondern die Chinesen im Ernstfall zuerst angreifen würden. Mit anderen Worten: Amerika sollte sich jegliche Drohgebärden sparen, um keinen atomaren Angriff Chinas zu provozieren. Das war der präemptive Teil der Strategie.

Die chinesische Fähigkeit zum Fernangriff beschränkte sich zwar nur auf einige Großstädte an der amerikanischen Westküste, aber mehr brauchte es auch gar nicht; auch so wäre es für die USA mit inakzeptablen Verlusten verbunden. Selbst wenn sie China mit ihrem Gegenschlag hundert Mal soviel Schaden zufügen konnten, für die amerikanische Bevölkerung wäre dieser Preis dennoch zu hoch. Mit diesen zwei Ansagen, Präemptive und asymmetrischer Fernangriff, schreckte man die USA davon ab, sich auf einen Atomkrieg mit China einzulassen.

Das war auch eine Art asymmetrisches »Gemeinsam leben oder zusammen sterben«. In einem Atomkrieg war jeder Sieg ein Pyrrhussieg. Die chinesische Strategie wurde den Amerikanern klipp und klar mitgeteilt, damit dort erst gar keine Missverständnisse aufkamen. Gleichzeitig versuchte China, die USA davon abzubringen, einen Raketenschild über dem Ostpazifik zu errichten, denn dies würde auf ein atomares Wettrüsten hinauslaufen und China zwingen, Waffen zu entwickeln, die in der Lage waren, diesen Schutzschild zu durchbrechen.

He Dongsheng glaubte nicht, dass es zu einem Atomkrieg mit den USA kommen würde, und seiner Meinung nach war die Wahrscheinlichkeit, dass sie einen konventionellen Krieg auf chinesischem Boden vom Zaun brechen könnten, gleich null, auch wenn sie weiterhin Truppen in Asien stationiert hatten.

Von jeher war die größte Furcht der Chinesen die vor einer Invasion durch »ausländische Stämme«, wie Dongsheng es nannte, vor der Zerstückelung des Landes und der Fremdherrschaft durch andere Völker. Doch all diese Sorgen waren nunmehr überflüssig. In seiner fünftausendjährigen Geschichte war China noch nie so sicher gewesen. Wer würde es heute noch wagen, eine Invasionsarmee ins Reich der Mitte zu schicken?

Nach Gründung der Volksrepublik hatte China – abgesehen von den Konflikten in der Taiwanstraße, in Tibet und Xinjiang – nach außen hin lediglich kürzere bewaffnete Grenzkonflikte mit Indien, der Sowjetunion und Vietnam ausgefochten. Der einzige Waffengang, der tatsächlich die nationale Sicherheit bedroht hatte, war die Unterstützung Nordkoreas im Koreakrieg gegen die Amerikaner vor mittlerweile mehr als sechzig Jahren gewesen. China ist auf dem Festland von vierzehn Nachbarstaaten umgeben und hat Seegrenzen zu sechs verschiedenen Ländern. Seit 1949 hatte man insgesamt vierzehn Grenzstreitigkeiten durch Verhandlungen gelöst und zwei Auseinandersetzungen um abgelegene Inseln friedlich beigelegt. Aber es gab weiterhin Grenzkonflikte, die kurzfristig nicht lösbar waren. Die Reibungspunkte reichten von der achtunddreißigtausend Quadratkilometer großen Aksai-Chin-Region in Xinjiang, die von Indien beansprucht wurde, über die vierundachtzigtausend Quadratkilometer des südlich der McMahon-Linie gelegenen südtibetischen Tawang-Distrikts im indischen Bundesstaat Arunachal Pradesh, die China nicht als Teil Indiens anerkannte, konkurrierenden Ansprüchen Chinas, Singapurs, Malaysias, der Philippinen und Bruneis im Südchinesischen Meer sowie Chinas und Japans im Ostchinesischen Meer. Selbst mit dem kleinen Himalayastaat Bhutan stritt China sich wegen des Grenzverlaufs. Außerdem stand es zunehmend in der Kritik für seine gigantischen Staudammprojekte und Flussumleitungen in Tibet und Yunnan. Sie waren Auslöser für einen grenzüberschreitenden Streit um Wasserressourcen, denn abgesehen vom Ganges entsprangen die wichtigsten Ströme Südostasiens allesamt auf der chinesischen Seite des Himalaya.

Allerdings war es eher unwahrscheinlich, dass sich diese Streitigkeiten oder gar bewaffneten Konflikte zu echten zwischenstaatlichen Kriegen auswuchsen.

He Dongsheng wusste, dass viele seiner pro-militärischen Genossen diese Argumentation nicht hören wollten, weil sie Streichungen im Rüstungsetat fürchteten. Dennoch war er nicht so naiv zu glauben, dass der Aufstieg einer großen Nation ohne militärische Rückendeckung vonstatten gehen konnte. Er war Realist. Ihm ging es darum, das nationale Wohl nachhaltig zu verbessern, ohne auf Waffengewalt zurückgreifen zu müssen. Dazu bedurfte es einer breit angelegten Strategie.

Er war der Meinung, dass ein Land, das zu bescheiden auftrat, Misstrauen erregte. Früher war China nicht müde geworden zu betonen, dass es keinesfalls nach Hegemonie strebe, hatte einen friedlichen Aufstieg in einer harmonischen Welt proklamiert. Geglaubt hatte das sowieso niemand. Jetzt, wo die Welt China ohnehin misstrauisch beäugte, konnte man auch ruhig seine nationalen Interessen und seine Strategie klar und deutlich darlegen, sodass die anderen sich überlegen konnten, wo sie China lieber aus dem Weg gehen sollten.

Wie James Monroe verkündete also nun auch China, es werde nicht um globale Vorherrschaft kämpfen. Die westlichen Mächte – womit in erster Linie die USA gemeint waren – mochten sich aber bitte aus Ostasien zurückziehen. Mit Ostasien waren hier die Teile Ost- und Südasiens gemeint, die China gegenüber ehemals tributpflichtig gewesen waren.

Zu jener Zeit, als die Nomadenvölker der nördlichen und westlichen Steppe unentwegt mit den sich um den Mittelmeerraum herum entwickelnden Zivilisationen aneinandergerieten und sich mit ihnen vermischten, isolierte sich China, umschlossen von hohen Bergen und großen Wüsten, in relativer Abgeschiedenheit auf seinem Kerngebiet. Die Chinesen sahen ihr Land als *Tianxia* – »alles unter dem Himmel« – und entwickelten eine starke kulturelle Kontinuität. Vielleicht lag es an den geographischen Gegebenheiten, dass das antike Chinesische Kaiserreich nach außen weit weniger aggressiv und expansiv war als viele andere mächtige Militärverbünde in der Geschichte, sei es nun das Römische Imperium, Napoleon oder die seefahrenden Kolonialmächte. Oder wie die USA, die nach wie vor über achthundert Militärbasen auf der ganzen Welt unterhielten.

China wolle die undankbare Aufgabe nicht, Weltpolizei zu spielen, betonte He Dongsheng. Nach seinem Verständnis war das Chinesische Jahrhundert für die Chinesen nicht zum Vergnügen da, sondern es war an die Verantwortung Chinas geknüpft, endlich wieder die historische Position einzunehmen, die es bis Mitte des neunzehnten Jahrhunderts innegehabt hatte. Über sein eigenes Territorium »unter dem Himmel« zu herrschen, reichte China völlig aus, es trachtete nicht danach, die ganze Welt zu regieren – solange die anderen Nationen nicht versuchten, den Aufstieg und die Integration Ostasiens aufzuhalten. Wenn sich die USA nur von dort zurückzog und die drei Mächte China, USA und Europa ihre jeweiligen Einflusssphären nicht verletzten, war es für alle drei Seiten ein gutes Arrangement. Politische Einflusssphären konnten das Streben nach globaler Hegemonie ersetzen und in einer Zeit, in der der Aufstieg Chinas ohnehin nicht mehr zu stoppen war, den Weltfrieden sichern.

Was die Wirtschaft anging, hatten sich mit der EU, Nafta und dem Asiatisch-Pazifischen Raum schon seit einiger Zeit regionale Gravitationszentren herausgebildet, die trotz der wirtschaftlichen Globalisierung den Großteil ihres Handels untereinander abwickelten. Es brauchte jetzt bloß noch das politische Äquivalent dazu.

Nach einer Regionalisierung der Politik konnten Europa, Amerika und China getrost weiterhin auf dem Territorium und im Einflussbereich der jeweils anderen wirtschaftlich agieren.

Zudem blieb jedem die Möglichkeit überlassen, neue Märkte in Afrika, Asien und Lateinamerika zu erschließen und dort zu investieren, teils in Kooperation, teils in fairem Wettbewerb. In Angola beispielsweise hatten chinesische, französische und amerikanische Unternehmen Lizenzen für Off-Shore-Ölbohrungen bekommen.

Der zweite Irakkrieg hatte China dazu bewegt, verstärkt in Afrika zu investieren, Angola war inzwischen Chinas größter Einzellieferant von Erdöl. Es bezog außerdem fossile Energie aus zahlreichen anderen afrikanischen Ländern. Dreißig Prozent von Chinas Erdölimporten stammten aus Afrika, womit es nur noch vom Nahen Osten übertroffen wurde. Abgesehen von Energie versorgte man sich dort auch mit Holz und Bodenschätzen und pflanzte für den chinesischen Bedarf großflächig Agrarerzeugnisse an, baute Straßen, Krankenhäuser, Häfen, Flugplätze und Kommunikationsnetze. Von Simbabwe bis Somalia – in fast allen afrikanischen Staaten war China mit Investitionen vertreten. China legte Wert auf einen freundschaftlichen Umgang mit seinen Handelspartnern und mischte sich zudem nicht in deren innere Angelegenheiten; eine Haltung, die die afrikanischen Staatschefs sehr begrüßten. Nicht ohne Grund war China auf dem besten Weg, die USA, Frankreich und England als wichtigste Handelspartner auf dem afrikanischen Kontinent zu überholen.

China unterhielt freundschaftliche Beziehungen zu den islamischen Staaten in Südostasien und im Nahen Osten; vor allem dem langjährigen Freund Pakistan schenkte China viel Aufmerksamkeit und gutes Geld. Freilich nicht ohne Hintergedanken: Zum einen hielt China so das den USA nahe stehende Indien in Schach, zum anderen führte der kürzeste Weg, Erdöl und Bodenschätze aus Afrika und dem Nahen Osten nach China zu bringen, über Pakistan. So war man beim Import strategischer Güter nicht mehr ausschließlich auf den mitunter komplikationsreichen Ferntransport über See angewiesen.

China nahm sich außerdem aller Energierohstoffe an, die den anderen Großmächten durch die Finger glitten. Als 2008 der Ölpreis von 147 auf 33 Dollar pro Barrel abstürzte, legte China großzügig drauf und holte sich das Öl aus Venezuela und dem Iran. Als Russland 2009 plötzlich Vertragsbruch beging und die Einfuhr von Erdgas aus Turkmenistan stoppte, reichte China seine helfende Hand, schloss mit den Turkmenen einen dreißigjährigen Liefervertrag und legte eine mehr als achtzehntausend Kilometer lange Pipeline, um das Gas quer durch Usbekistan, Kirgisistan und Kasachstan nach China zu leiten. Vom kasachischen Erdöl ganz zu schweigen: China war dort nicht nur an der Förderung beteiligt; die dreitausend Kilometer lange Pipeline, die Kasachstan mit China verband, war die erste grenzüberschreitende Energiepipeline Chinas gewesen. Abgesehen von Russland und dem Iran hatten die Anrainerstaaten des Kaspischen Meeres alle das geographisch bedingte Problem, dass jeder Exportweg für ihre Energie über das Territorium eines Nachbarstaates führte. Daher unterstützten sie China beim Bau einer *Paneuropäisch-asiatischen Energiebrücke*, eines Pipelinenetzes, das den Nahen Osten, den Iran, Russland, Aserbaidschan und Kasachstan mit dem chinesischen Xinjiang verbinden sollte.

Aus seinem eigenen nationalen Interesse heraus bemühte sich China jetzt auch darum, die regionale Stabilität in Afrika, dem Nahen Osten, dem Iran und Pakistan zu fördern, um einer zu starken Kontrolle dieser Gebiete durch andere Großmächte entgegenzuwirken und zu verhindern, dass religiöse Extremisten, Separatisten oder Terroristen die dortigen Regierungen zu Fall brachten. Um die Unabhängigkeitsbewegung in Xinjiang zu isolieren, pflegte China seine Beziehungen mit den sechs zentralasiatischen *-stans* – Kasachstan, Kirgisistan, Pakistan, Tadschikistan, Turkmenistan und Usbekistan – sowie mit der Türkei, die noch immer keinen Einlass in die EU gefunden und der man stattdessen eine Mitgliedschaft in die *Shanghaier Organisation für Zusammenarbeit* angeboten hatte. Auch der Iran trat der SOZ bei.

Selbst Israel versuchte, sich gut mit China zu stellen, und versorgte es jetzt bereitwillig mit seiner Spitzentechnologie, aus Angst, China könne fortschrittliche Waffensysteme oder gar Atomwaffen an islamische Staaten weitergeben.

Für die »Große Sache« bemühte China sich auch um Russlands Freundschaft. Dafür nahm es die Schmach in Kauf, dass die Russen seit mehr als einem Jahrhundert über 1,5 Millionen Quadratkilometer chinesischen Bodens besetzt hielten, eine Fläche fast drei Mal so groß wie Frankreich. Schon vor Jahren hatte China es aufgegeben, auf die Rückgabe zu pochen, und im Einvernehmen mit den Russen bekannt gegeben, dass der chinesisch-russische Grenzverlauf nunmehr endgültig festgelegt sei. Solange China die Sache nicht wieder aufrollte, bestand kein Grund für einen erneuten Konflikt. Russland war ein riesiges Land mit schrumpfender Bevölkerung, das sich im Westen durch die Nato bedroht fühlte. Seine politische Energie verwendete es eher darauf, mit den schwankenden Einnahmen aus seinen Energieexporten zurechtzukommen, seine multiethnischen Teilrepubliken unter Kontrolle zu behalten und seinen Einfluss bei den ehemaligen Sowjetstaaten zurückzugewinnen. Die erneute globale Rezession hatte die stark vom Export seiner Energierohstoffe abhängige russische Volkswirtschaft hart getroffen. Als die Gasausfuhren nach Europa ein weiteres Mal einbrachen, war China glücklicherweise gleich als neuer Abnehmer in die Bresche gesprungen. Seither kam Russland bei Gas, Erdöl und anderen wichtigen Export-Säulen wie Rüstungsgütern und sibirischem Holz nicht mehr ohne den chinesischen Markt aus. Schon seit 2010 floss russisches Erdöl durch die Ostsibirien-Pazifik-Pipeline von Skoworodino nach Daqing in der chinesischen Nordprovinz Heilongjiang. Inzwischen leitete man auch Erdgas über eine sechstausendsiebenhundert Kilometer lange Pipeline direkt nach China. Das verringerte Russlands Abhängigkeit von Europa, und China konnte die Herkunft seiner fossilen Energien breiter streuen. Aus Kapitalmangel und Nepotismus ließen nach und nach einige der oligarchischen Großunternehmen Russlands die Beteiligung befreundeter chinesischer Firmen zu, um gemeinsam die Vorkommen von Titan, Gold und anderer Edelmetalle des Landes zu monopolisieren. Gewissermaßen ergänzten China und Russland einander wirtschaftlich. Das hatten in den vergangenen Jahren viele der an China angrenzenden Regionen im fernen Osten Russlands erkannt und stillschweigend chinesisches Kapital, chinesische Firmen und Arbeiter ins Land gelassen um von der gemeinsamen Erschließung zu profitieren. Zur Wahrung ihrer Kerninteressen und auch aus strategischen Überlegungen heraus konnten China und Russland nunmehr friedlich nebeneinander existieren – zumindest solange niemand das Problem des verlorenen Territoriums wieder aufs Tapet brachte.

Für He Dongsheng war die Verschiebung der globalen Gravitationszentren eine Jahrhundertchance. China ging es in den letzten Jahren zwar blendend; um aber langfristig in Frieden zu regieren, war aus He Dongshengs Sicht ein entscheidender Schritt unabdingbar: ein Bündnis mit Japan.

Für ein Asien der Asiaten mussten China und Japan sich zusammenschließen. Erst wenn Japan umschwenkte, sich von den USA löste und sich in Asien einfand, ließ sich der amerikanische Imperialismus aus Ostasien verdrängen und die alten Konstellationen aus Zeiten des Kalten Krieges würden endlich aufbrechen. Wenn sich zwei so potente Nationen wie China und Japan zusammentaten, entstünde eine neue Weltordnung, der Beginn einer post-westlichen Ära wäre unweigerlich gekommen, ohne dass die euro-amerikanischen Großmächte etwas dagegen unternehmen könnten. Das war der Grund, aus dem Sun Yat-sen 1924 nach Japan gefahren war: um den Asiatismus zu propagieren und Japan davon abzuhalten, sich den westlichen Imperialismus abzuschauen, auf dass es mit China vereint den Königsweg nähme. Sun Yat-sen war Nationalist, und natürlich war er nicht blind für Japans Ambitionen. Aber er wusste, dass weder Japan noch China alleine die Kraft hatte, den Einfluss der westlichen Großmächte in Asien zu brechen, jedoch niemand die Renaissance Ostasiens aufhalten konnte, wenn sie zusammenstanden. Leider hatte man damals in Japan nicht auf Sun Yatsens Rat gehört, sondern war in China und andere Teile Asiens eingefallen, hatte sich selbst und anderen großen Schaden zugefügt und letztendlich alle zu Besiegten gemacht.

Doch nun war die Zeit gekommen. Die Regierungen beider Länder trotzten dem Sturm der Entrüstung, den ihr Entschluss im eigenen Land hervorrief, und gingen ein Bündnis ein. China und Japan unterzeichneten die umfassendsten und engsten bilateralen Sicherheits- und Wirtschaftsabkommen ihrer Geschichte.

Damit verbündeten sich die beiden nach den USA stärksten Militärmächte der Welt. Japans Rüstungsausgaben betrugen auf dem Papier zwar immer nur ein Prozent seines Bruttoinlandsproduktes – aber das war gewaltig. Zudem machten die Japaner es wie die Chinesen und versteckten einen Großteil der Kosten in Sonderausgaben anderer Ressorts. Die Marineausgaben von Japans Selbstverteidigungsstreitkräften, seine Weltraumpläne und die Waffenentwicklung fanden sich allesamt nicht im Verteidigungshaushalt wieder. Deshalb waren die tatsächlichen jährlichen Verteidigungsausgaben Japans wesentlich höher als die Englands, Russlands oder Frankreichs, die man üblicherweise auf den vorderen Plätzen fand.

Dieses Bündnis war für China eine große Beruhigung, denn eine ebenbürtige konventionelle Militärmacht in der direkten Nachbarschaft, die nicht freundlich gesinnt ist, ist eine dauerhafte Bedrohung. Ganz zu schweigen von den US-Truppen, die noch in Japan, Okinawa und Südkorea stationiert waren. Japan hingegen hätte sich angesichts des rasanten Aufstiegs Chinas ebenso bedroht gefühlt und seine pazifistische Verfassung abgeschafft. Die Folge wäre ein Wettrüsten mit China gewesen, ein erneutes Kräftemessen der beiden asiatischen Riesen, an dessen Ende es keinen Sieger geben konnte.

Um diese tickende Zeitbombe zu entschärfen, beide Seiten zu Gewinnern zu machen und die Amerikaner zum Rückzug zu bewegen, bedurfte es großer Weisheit – oder einer Gelegenheit, wie sie sich nur alle hundert Jahre einmal bietet.

Japans Wirtschaft steckte, wenn man so will, seit mittlerweile über zwanzig Jahren in einer Depression. Jedes Mal, wenn es gerade so aussah, als hätte sie sich wieder berappelt, folgte umgehend der nächste Absturz. Langsam schien es, als ginge Nippon allmählich die Puste aus. Die jüngste weltweite Rezession hatte die wirtschaftliche Erholung in noch weitere Ferne gerückt. Für Japans Industrieproduktion, die einmal voller Hochmut auf den Rest der Welt geblickt hatte, bestand kurzfristig kaum noch Hoffnung auf einen Ausweg. Dieser Moment der allergrößten Schwäche bot eine Chance, die sich die chinesische Führung nicht entgehen ließ. Sie forderte Japan auf, seinen seit jeher abgeschotteten und protektionierten Binnenmarkt auf einen Schlag für China zu öffnen; insbesondere sollte es chinesischen Kapitalgebern ermöglicht werden, japanische Unternehmen zu kaufen oder in sie zu investieren, andernfalls würde man Japans Industrieprodukte und Unternehmen in China mit äquivalenten Restriktionen belegen. Es wäre der Todesstoß für das bereits am Boden liegende Land. China war bereits Japans wichtigster bilateraler Handelspartner; dass es mit seiner Wirtschaft zwischen 2002 und 2008 wieder leicht bergauf gegangen war, hatte es alleine dem chinesischen Markt zu verdanken.

Schließlich unterzeichneten die beiden Regierungen mit großem Trara ein bilaterales Meistbegünstigungsabkommen, offiziell zur Förderung des Freihandels. Beide gewährten einander uneingeschränkten Marktzugang, ähnlich dem engen Wirtschaftspakt zwischen der Volksrepublik und Hongkong. Noch nie in seiner Geschichte hatte Japan einem anderen Land seine Tore so weit geöffnet. Die Integration der beiden Märkte ging rasend schnell voran und konnte bald dem amerikanisch-europäischen Wirtschaftsraum Konkurrenz machen.

Nachdem China und Japan sich die Hände gereicht hatten, bekundeten Südkorea und die ASEAN-Staaten ihre Bereitschaft, einen gemeinsamen ostasiatischen Markt zu schaffen, dem selbst Australien, Neuseeland, die zwei großen Westprovinzen Kanadas und die lateinamerikanischen APEC-Mitglieder gerne beigetreten wären, um eine ostasiatisch-pazifische Gemeinschaft zu formen.

Abgesehen von der Ausweitung der Reisefreiheit beschlossen China und Japan einen in dieser Form bislang nicht einmal denkbaren Migrationsplan, der es japanischen Fachkräften und Anlegern erlaubte, nach China umzusiedeln, während es Chinesen erleichtert wurde, sich in Japan niederzulassen. Um dem alternden Japan entgegenzukommen, gab es für die chinesischen Umsiedler eine Altersgrenze von fünfundvierzig Jahren, die für die Japaner nicht galt. Schätzungsweise würden in Zukunft jährlich etwa fünfzigtausend Chinesen im Rahmen dieses Planes nach Japan auswandern – eine Zahl ähnlich hoch wie die derer, die jährlich nach Kanada gingen. Die Beweggründe der Auswanderer waren vielfältig: Manche gingen aus beruflichen Gründen, manche um einen japanischen Pass zu bekommen, mit dem es sich bequemer reisen ließ, wieder anderen gefiel die Lebensqualität in Japan. Unter den Japanern, die nach China übersiedelten, waren viele Senioren, die sich dort mit ihrer Rente eine preiswerte und gute Betreuung leisten konnten. Anders ausgedrückt: China verhalf der seit Langem schrumpfenden Bevölkerung Japans zu neuem, qualitativen Wachstum. Diese Politik war von großer symbolischer Bedeutung, denn sie beinhaltete, dass Chinesen und Japaner ihre alte Feindschaft begruben und sich gegenseitig annahmen. So wie Deutschland und Frankreich, in ihrer Geschichte oft erbitterte Gegner, die seit dem Ende des Zweiten Weltkrieges in friedlicher Koexistenz leben und Europa in eine neue Epoche geführt haben.

Ebenso wichtig wie der Migrationsplan war der gegenseitige Sicherheits- und Nichtangriffspakt. Wenn eine Seite angegriffen würde, würde die andere ihr zu Hilfe eilen – genau wie im Sicherheitspakt Japans und der USA, dem Verteidigungsbündnis der Nato-Staaten oder der Zusammenschluss der europäischen Großmächte im neunzehnten Jahrhundert. China ging jedoch behutsam vor: So forderte es von Japan keine Aufkündigung des Sicherheitspaktes mit den USA, um die Japaner nicht zu verunsichern. Somit stand Nippon jetzt gleichzeitig unter chinesischem und amerikanischem Schutz, war also doppelt abgesichert. Im Gegenzug behielt Japan seine pazifistische Verfassung bei, blieb frei von Atomwaffen und veranstaltete kein Wettrüsten.

Durch den chinesisch-japanischen Sicherheitspakt wurde auch Nordkorea in die Zange genommen. Einerseits ließ man die Nordkoreaner so wissen, dass Japan nicht weiter mit atomarem Säbelrasseln zu beeindrucken war, da ihm China im Angriffsfall zu Hilfe eilen würde; andererseits konnte sich Japan auch nicht mehr des Arguments der nordkoreanischen Bedrohung bedienen, um aufzurüsten. Die sonst so sturen Südkoreaner fühlten sich langsam ziemlich isoliert und überlegten bereits, ein ähnliches Abkommen zu unterzeichnen, ein weiterer Schritt zur Bändigung des nordkoreanischen Militarismus.

Im vergangenen Jahrhundert waren die Japaner in China eingefallen und die Chinesen hassten sie dafür bis zum heutigen Tag. Doch die Japaner hegten eigentlich keinen Hass gegen die Chinesen. Früher hatten sie auf die Chinesen herabgeblickt, jetzt fürchteten sie sich vor ihnen. Sie waren ja damals die Aggressoren gewesen, es gab keinen tief greifenden Hass auf China. Wenn man darüber nachdenkt, ist es durchaus nachvollziehbar. Die Japaner sahen sich jedoch besiegt durch die Amerikaner – keine andere Nation hatte jemals japanischen Boden besetzt, und noch immer waren fünfzigtausend US-Soldaten in Japan stationiert. Daher wollte man insgeheim eher sehen, dass die Amerikaner

Federn ließen. Es ist eine vielschichtige Psychologie im Spiel, wenn es um das Verhältnis von starken zu schwachen Nationen, Invasoren zu Invasierten, Siegern zu Unterlegenen geht. Es bedarf nicht unbedingt eines Krieges, um eine solche Schmach zu sühnen, es reicht auch eine Umkehr des Kräfteverhältnisses, zumindest aber ein Gleichziehen des Schwächeren mit dem ehemals Überlegenen. Aus diesem Grund fand die ostasiatische Monroe-Doktrin und das sino-japanische Sicherheitsbündnis innerhalb Japans viele Unterstützer, denn es versetzte den USA einen schweren Schlag. Zudem ließ sich dem Subtext des engen chinesisch-japanischen Übereinkommens das Eingeständnis entnehmen, dass Japan auf chinesische Hilfe angewiesen war. Damit sahen auch viele Chinesen ihr Gesicht ausreichend gewahrt.

Was niemand für möglich gehalten hatte, war geschehen: China und Japan hatten sich verbündet und innerhalb weniger Jahre war ein gemeinsamer ostasiatischer Markt entstanden. Mit der ostasiatischen Monroe-Doktrin unter Federführung Chinas hatte eine neue Epoche begonnen. Sun Yat-sens Traum war hundert Jahre später endlich Wirklichkeit geworden.

Selbstzufrieden rief He Dongsheng aus: »Das war genial, einfach genial!«

Optimum

Xiaoxi protestierte: »Traum? Pah! Sun Yat-sen würde sich im Grabe umdrehen! Souveränität des Volkes, Herrschaft des Volkes und Wohlergehen des Volkes – sein ›Dreifaches Volksprinzip‹! Wo bitte schön ist die Volksherrschaft? Jetzt sind diese Prinzipien bald hundert Jahre alt und ihr trampelt noch immer auf den Rechten des Volkes herum, wie es euch beliebt! Menschen werden verfolgt, verhaftet und eingesperrt, so wie es euch gerade passt!«

»Sie sagen, die gesellschaftliche Ordnung sei durcheinander«, rief Fang Caodi, »es gebe gewaltige Widersprüche, kriminelle Mächte seien auf dem Vormarsch – ja, aber wer ist dafür verantwortlich? Es ist das Verdienst eurer korrupten Partei! Wer ist denn seit mehr als sechzig Jahren an der Macht? Etwa die Kuomintang?«

»Sie sagen, China erlebe sein Goldenes Zeitalter! Wenn das so ist, warum herrschen dann nicht Recht und Gesetz? Soll China etwa kein Rechtsstaat werden? Ihr hattet über sechzig Jahre Zeit, das in die Wege zu leiten! Aber das Problem ist: Die Partei will überhaupt keine politischen Reformen, Politik dient einzig und allein zur Bereicherung korrupter Offizieller und Funktionäre. Wie soll eine Einparteiendiktatur das Problem ihrer eigenen Korrumpiertheit lösen? Seht euch doch die nächste Generation der Reichen und Mächtigen an, die ihr herangezogen habt! Wo soll das denn hinführen?! Das ist Machtkapitalismus in Reinform!«

»In Sachen Scheinheiligkeit kann es niemand mit der KP aufnehmen. Sie macht doch nichts anderes, als den Menschen ins Gesicht zu lügen, Tatsachen zu verschleiern und Geschichte zu fälschen! Und was die da oben machen, machen die da unten nach, selbst die junge Generation habt ihr verdorben! Ein Volk, das einmal Ehrlichkeit und Vertrauen in Ehren hielt, ist so tief gesunken. Und das nennt ihr *Goldenes Zeitalter?*«

Auch Chen schaltete sich ein: »Du redest die ganze Zeit davon, wie man das Land reich und stark macht, wie man Ressourcen sichert und die Wirtschaft stimuliert; dass es gilt, Japan abzuhängen und die USA einzuholen. Aber zu welch immensen Kosten! Umwelt und Ressourcen der kommenden Generationen werden heute schon überstrapaziert! Wir können nicht denselben Weg gehen, den der Westen bei seiner Industrialisierung gegangen ist, früher oder später ist das Ende dieses Weges erreicht und es geht so nicht mehr weiter.«

Bei seinen Geschäften in Afrika hatte Fang Caodi noch etwas anderes beobachten können: Die chinesischen Unternehmen, die in Afrika Infrastrukturprojekte durchführten, brachten ihre eigenen Arbeiter aus China mit, sodass die Bevölkerung vor Ort leer ausging und die Arbeitslosigkeit unverändert hoch blieb; billige chinesische Produkte überschwemmten den afrikanischen Markt und zerstörten damit alles, was noch an einheimischem produzierendem Gewerbe vorhanden war. Die Chinesen unterschieden sich nicht im Geringsten von den ehemaligen Kolonialherren aus Europa, sie machten gemeinsame Sache mit den herrschenden korrupten Eliten und pressten den Ländern ihre Rohstoffe ab, ohne dort nachhaltiges wirtschaftliches Wachstum zu schaffen.

»Wieso ist ein so mächtiges Land zugleich so zerbrechlich, dass es nicht die leiseste Kritik verträgt und die Meinungsfreiheit mit allen Mitteln abwürgt?«, fragte Xiaoxi. »Was ist das für eine Großmacht, in der die Herrschenden solche Angst vor dem Internet haben?«

Fang Caodi hatte nach seiner Rückkehr nach China ausgiebig die Minderheitengebiete bereist. Auf den Spuren seines Vaters und Sheng Shicais war er bis in die äußersten Ecken Xinjiangs gekommen. Sein Fazit: Die Minderheitenpolitik der KP hatte versagt. Die Han-Chinesen beklagten sich über die Ungerechtigkeit umgekehrter Diskriminierung, während sich Uiguren und Tibeter erniedrigt und unterdrückt fühlten. In der lokalen Verwaltung wucherte ein Dickicht aus Korruption und Bürokratie; Funktionäre nutzten die ethnischen Spannungen, um sich zu bereichern. Alter Hass und neuer Zorn ließen Xinjiang und Tibet nicht zur Ruhe kommen. »Wir brauchen ein föderalistisches System, anders geht es nicht!«, rief er aus.

»Du bist wie alle konfuzianischen Gelehrten«, sagte Chen. »Nur den Reichsfrieden im Kopf und keinen größeren Wunsch, als den Herrschenden zu dienen, Könige und Kaiser zu beraten. Aber die Nähe zur Macht erregt dich, und sobald man dich in ihr Zentrum vorlässt, stützt du selbst einen autoritären Tyrannen. Du glorifizierst die absolute Macht, indem du behauptest, nur so ließe sich Großes erreichen, aber letztendlich verbirgt sich dahinter nur dein eigener, glühender Ehrgeiz. *Großes* ist noch lange nichts *Gutes,* und es lässt sich genauso gut Böses anrichten, mit weit reichenden Folgen. Gab es dafür in den letzten Jahrzehnten nicht genügend Beispiele?«

He Dongsheng hörte zu und grinste, als genösse er die Kritik. Dann sagte er: »Ihr habt alle recht mit dem, was ihr sagt. Aber eure Informationen sind nichts im Vergleich mit denen, über die ich verfüge. Ich könnte euch Dinge erzählen, viel schrecklicher und absurder als alles, was ihr je gehört habt. Gerade vor zwei Tagen haben wir über die Riesenkatastrophe gesprochen, die eintritt, sobald ein Bergrutsch den Jangtse am Drei-Schluchten-Staudamm unkontrolliert aufstaut. Alle sind sich darüber im Klaren, dass es früher oder später passieren wird, die Frage ist nur, welche Regierung dann den Schlamassel am Bein hat. Hört auf zu denken, alles könnte noch viel besser sein. Man kann nicht alles haben. In einem so großen Land wird es immer Stümpereien und Missstände geben, anders kann es gar nicht sein. Ich sage euch ganz ehrlich: China hat sein Optimum erreicht, besser als jetzt geht es nicht.«

»Was soll das heißen, ›besser als jetzt geht es nicht‹?«, rief Xiaoxi.

»Im Westen glauben die Menschen doch an einen Gott, nicht wahr? Er hat die Welt erschaffen und besitzt vollkommene Güte. Jemand wie er würde doch nicht bewusst eine schlechte Welt kreieren, nicht wahr? Aber an dieser Welt ist in der Tat vieles nicht perfekt, deshalb hat Leibniz Gott in Schutz genommen, indem er sagte, dass die Welt zwar nicht perfekt, eine perfektere jedoch unmöglich sei, da Gott bereits die beste aller möglichen Welten geschaffen habe. Wenn das für Gott gilt, dann doch wohl erst recht für China? Chinas Situation ist unter den gegenwärtigen Bedingungen bereits die bestmögliche, noch besser kann es – realistisch betrachtet – gar nicht mehr werden. Ihr könnt nicht so tun, als gäbe es in China die parlamentarische Tradition Englands oder die gewachsene Sozialdemokratie Nordeuropas oder die Weite und den Ressourcenreichtum Amerikas. China ist China, die Geschichte ist kein leeres Blatt, das sich nach Belieben vollschreiben lässt. Es gibt auch keinen zweiten Versuch, man muss im Hier und Jetzt beginnen. Ich meine, das heutige China hat bereits die bestmögliche Wahl getroffen.«

»Ach was! Schon Voltaire hat sich über Leibniz' Einstellung lustig gemacht!«, wandte Chen ein.

»Ich weiß nicht, wovon ihr redet«, sagte Fang Caodi.

»Letztendlich geht es doch nur darum, eure Einparteiendiktatur zu verteidigen!«, rief Xiaoxi.

»Nenn mir eine bessere Alternative, die umfassend und praktisch umsetzbar ist!«, erwiderte He Dongsheng.

»Dass ich keine nennen kann, heißt noch lange nicht, dass ich Ihr System akzeptieren muss!«, gab Xiaoxi zurück.

He Dongsheng kannte derartige Schuldzuweisungen. Er war sich darüber im Klaren, dass letzten Endes alles auf die Kommunistische Partei zurückfiel; es war ein zweischneidiges Schwert. Aber wenn man jemandem Vorwürfe machen wollte, dann Trotzki und Lenin, die hatten sich die Einparteienherrschaft schließlich zuerst ausgedacht. Schon Karl Kautsky, der Marx und Engels noch persönlich erlebt hatte, hatte die Problematik erkannt und vor dem bürokratischen Einparteiensystem der Sowjetunion gewarnt: Es werde noch schlimmere Auswüchse hervorbringen als der Kapitalismus. Kein Wunder, dass er Lenin so verhasst gewesen war.

Aber heutzutage, wo es die Einparteienherrschaft im chinesischen Kapitalismus sozialistischer Prägung gab, war sie da überhaupt noch wegzudenken? War sie nicht vielleicht tatsächlich bereits die bestmögliche Wahl?

Eine Einparteienherrschaft konnte das Problem ihrer eigenen Korrumpiertheit in der Tat nicht lösen, Meinungen mussten kontrolliert und Dissidenten unterdrückt werden. Aber war China ohne Einparteienregime überhaupt regierbar? Ließen sich ohne die Partei 1,35 Milliarden Menschen satt machen? Ein groß angelegter Plan wie *Feuer, Eis und Gold* verwirklichen? Wäre Chinas Aufstieg so rasant vonstatten gegangen?

Manche mochten vielleicht denken, jetzt, wo China bereits aufgestiegen war, wo sein Goldenes Zeitalter begonnen hatte, könne man die Einparteienherrschaft doch beenden! Der He Dongsheng von vor zwanzig Jahren hätte das auch gedacht. Gut möglich, dass er sich dem demokratischen Reformflügel der Partei angeschlossen, ja, vielleicht sogar einen chinesischen Gorbatschow unterstützt hätte. Doch in der Zwischenzeit hatte er jegliches Vertrauen ins westlich-demokratische System verloren. Vor allem aber wusste er, dass die Kommunistische Partei Chinas seit dem 4. Juni '89 keine Ideale mehr besaß. Ihre Herrschaft diente lediglich dem Selbsterhalt, Funktionär wurde man nur noch, um Profit zu machen. Ein Gorbatschow würde nie erscheinen. He Dongsheng war nicht mehr für politische Reformen zu begeistern, er war sogar der zynischen Ansicht, dass man nicht reformieren solle, nicht reformieren könne, da sonst umgehend Chaos ausbrechen würde. Er sagte, China solle einfach den Status quo beibehalten, sich noch zwanzig Jahre in Frieden und Stabilität weiter entwickeln, danach könne man weitersehen.

He Dongsheng konnte sich nicht vorstellen, wie ein demokratisches China nach der Herrschaft der Kommunistischen Partei aussehen sollte. Nicht ohne Spott sagte er: »Politische Reformen? So einfach ist das leider nicht. Was am Ende dabei rauskommen würde, wäre kein föderales System, wie ihr es euch vorstellt, keine Sozialdemokratie nach europäischem Vorbild oder eine liberale konstitutionelle Demokratie wie die der USA, sondern der Übergang in eine sino-faschistische Autokratie, eine Mischung aus dirigistischem Nationalismus, völkischem Populismus und chinesischem Kulturchauvinismus.«

»Faschisten seid ihr jetzt schon, wozu braucht es da noch einen Übergang?«, gab Xiaoxi zurück.

He Dongsheng ließ sich davon nicht aus der Ruhe bringen: »Dann sind wir meinetwegen Faschisten, aber das ist lediglich ein Vorgeschmack, ihr habt noch keine echte faschistische Gewaltherrschaft gekostet. Euch mangelt es ganz offensichtlich an Imaginationskraft für das Böse.« He Dongsheng musste an die faschistischen Karrieristen innerhalb der Partei denken. Wenn diese Leute ans Ruder kamen, dann konnte sich China – ja, die ganze Welt – warm anziehen. Er sah es als sein Pflicht an, zu verhindern, dass sie die Macht ergriffen.

Er wusste genau, dass die jetzige Regierung innerhalb der Partei Gegenspieler im linken wie im rechten Lager hatte, dass die größte Bedrohung jedoch von der extremen Rechten kam. *Feuer, Eis und Gold* war im Grunde eine Fortführung der marktwirtschaftlichen Reform- und Öffnungspolitik in neuem Gewand, womit man viele einflussreiche Kräfte verprellt und sich nicht wenig Feinde gemacht hatte. Alte wie neue Linke waren gegen die Landprivatisierung gewesen, viele staatliche Großunternehmen störten sich an der Öffnung von Branchen, in denen sie vormals Monopole besessen hatten, der Wegfall der Restriktionen hatte den Wettbewerb belebt, die Möglichkeiten für Klüngeleien zwischen Wirtschaft und Funktionären beschnitten und es Letzteren schwerer gemacht, sich zu bereichern. Darüber hinaus hatte sich die Regierung vorgenommen, gesetzlich die Offenlegung des Privatvermögens von Funktionären zu erlassen und so Differenzen zwischen Bezügen und tatsächlichem Vermögen zu untersuchen. In einer durch und durch korrupten Regierungspartei machte man sich so keine Freunde. Viele der Betroffenen waren daher entschlossen, sie mit vereinten Kräften zu Fall zu bringen.

Machthungrige Karrieristen sind immer auf der Suche nach

den Schwachstellen der Machthabenden. Die größte Angriffsfläche, die die Regierung bot, war nichts Geringeres als der Bund mit Japan und die einstweilige Beilegung der Grenzkonflikte. Der Hass auf Japan war im Volk weit verbreitet und überspannte mehrere Generationen. Die plötzliche Verbrüderung mit dem Erzfeind – obgleich im Einklang mit den nationalen Kerninteressen – war für viele unerträglich. Die gemeinsame Erschließung der Grenzregionen konnte man leicht als schändliche Abgabe von Staatsgebiet auslegen. Die parteiinternen Karrieristen nahmen genau diese Punkte ins Visier. Sie wussten, dass man nur die nationalistische Stimmung anzufachen brauchte; wenn die Regierenden als das Ausland anbetende Kapitulationisten dastanden, denen man den Ausverkauf des Vaterlandes anlastete, dann waren ihre Tage gezählt; zumindest aber würde ihr Rückhalt in der Bevölkerung Schaden nehmen. Und wenn die restliche Welt den chinesischen Nationalismus aufbranden sah, würde sie das Land schnell als expansionistisches und aggressives Imperium wahrnehmen, als Beweis für die lange gepredigte »Chinesische Gefahr«. Sie würde sich dagegen rüsten und China keinen Glauben mehr schenken. Wenn die Regierung im In- und Ausland diskreditiert war, hatten die Aufwiegler erreicht, was sie wollten. Wenn das eine Weile so ging, fürchtete He Dongsheng, würden die Chinesen diesen sino-faschistischen Karrieristen anheimfallen.

Er bedauerte es sogar ein wenig, dass die Demokratiebefürworter verschwunden waren. Ohne sie als Zielscheibe richteten alte und neue Linke, Nationalisten, Kulturchauvinisten, Etatisten und die extreme Rechte ihre geballte anti-liberale Kraft direkt gegen die Regierung. Leider waren die als westlich orientiert geltenden liberalen Kräfte seit Ausbruch der weltweiten Wirtschaftseiszeit und dem Beginn des Goldenen Chinesischen Zeitalters in der Versenkung verschwunden. Ihre Ideen fanden in China keinen Markt mehr. Viele ehemals Liberale waren in sich gegangen und unterstützten jetzt größtenteils die amtierende pragmatisch-autoritäre Regierung. Der westliche Weg erschien ihnen nicht mehr gangbar, sie hatten das gegenwärtige chinesische Modell als bestmögliche Wahl anerkannt. Die noch übrig gebliebenen unverbesserlichen namhaften Freiheitsbefürworter hatte man effektiv mundtot gemacht, sie erschienen nicht in den Medien, durften weder publizieren noch Vorträge halten oder lehren. Nur im Internet gab es hie und da noch ein paar kleine Fische wie Xiaoxi, die durch die Maschen des Netzes schlüpften und in Guerillamanier ihre Stimmen erhoben.

Gott schütze die Partei

Es war eine sehr lange Nacht. Chen, Xiaoxi und Fang Caodi hatten eine stundenlange emotionale Achterbahnfahrt hinter sich und waren mit Informationen nur so bombardiert worden. Allmählich konnten sie nicht mehr. Zhang Dou, der sich um die Aufnahmetechnik kümmerte, war schon mehrmals kurz eingenickt.

Nur He Dongsheng schien immer munterer zu werden, je weiter die Nacht fortschritt. Seit Stunden redete er ununterbrochen, wie in einer Ein-Mann-Talkshow, er hielt nichts zurück, ließ einfach alles raus, was ihm in den Sinn kam. Schon lange hatte er sich nicht mehr so gut gefühlt! Unter normalen Umständen konnte er niemals über diese Dinge sprechen, das wusste er. Was er heute nicht preisgab, würde er für sich behalten müssen bis in den Sarg. Er war sich auch im Klaren darüber, dass er mehrere Becher Pekinger Leitungswasser getrunken hatte, was er normalerweise strikt vermied. Mit einer heftigen Reaktion war zu rechnen gewesen.

Unvermittelt musste er an einen Vorfall denken, der sich erst vor Kurzem zugetragen hatte, und er verspürte einen fast körperlichen Drang, Chen und den anderen auch davon ungefragt zu erzählen: »Ich will euch ein Staatsgeheimnis verraten, das gut gehütet wird. Stellt euch vor: Vor ein paar Tagen wollten Terroristen in eine streng geheime staatliche Fabrik eindringen und sie in die Luft jagen! Glücklicherweise bekamen die Sicherheitsbehörden vorher einen Hinweis und konnten sie an Ort und Stelle unschädlich machen. Das Erstaunliche daran war, dass diese sechs Terroristen zu einer faschistischen Gruppierung hier aus Peking gehörten und allesamt Studenten von Eliteunis wie PU oder Qinghua waren. Deshalb sahen wir uns gezwungen, die Sache zu verschleiern und als Todesursache einen Autounfall anzugeben. Ihre Familien haben noch heftig protestiert, weil sie die Leichen nicht zu sehen bekamen.

Ich erzähle euch das, weil ihr wissen sollt, dass in China bereits handfester Faschismus Wurzeln schlägt. Diese Studenten können nur durch einen Hintermann innerhalb der Partei von der geheimen Fabrik erfahren haben. Leute mit solchen Absichten sind längst keine eingefleischten Parteimitglieder mehr, geschweige denn Sozialisten. Das sind überzeugte Faschisten, nichts anderes.«

»War unter den Toten jemand mit Nachnamen Wei?«, fragte Xiaoxi besorgt.

He Dongsheng überlegte einen Moment. »Wei? Nein.«

»Sind Sie ganz sicher?«

»Ja. Wei ist ein seltener Name, ich würde mich auf jeden Fall daran erinnern, wenn er dabei gewesen wäre.«

Chen sah Xiaoxi aufatmen. Er fürchtete, He Dongsheng könnte fragen, wie sie auf den Namen kam, und stellte daher schnell die erstbeste Frage, die ihm einfiel: »Wie seid ihr zu dem Hinweis auf den Anschlag gekommen?«

»Du solltest unsere Sicherheitsbehörden nicht unterschätzen, Chen. Sie haben überall V-Männer. Wo Menschen sind, ist fast immer auch einer unserer Maulwürfe. Es erstaunt mich, dass gerade ihr uns entgangen seid …«

»Warum wollten sie über diese Fabrik sprechen?«, fragte Fang Caodi plötzlich sehr ernst.

He Dongsheng hatte heute schon die weltumspannende Strategie von *Feuer, Eis und Gold* und seinen »Friedensplan« vor ihnen ausgebreitet; es kam also nicht mehr darauf an, ob er über Details schwieg oder nicht.

»Ich will es einmal so sagen: Was uns in der Regierung von diesen Faschisten unterscheidet ist, dass wir im Volk Nächstenliebe statt Aggression fördern, während die Faschisten das genaue Gegenteil anstreben. In dieser Fabrik wird etwas hergestellt, was die Menschen fröhlich macht und sie mit Empathie erfüllt, sodass sie niemandem etwas zuleide tun möchten. Deshalb wollen die Faschisten sie zerstören. Reicht das als Antwort?«

Fang Caodi stellte intuitiv die Frage: »Geht es um die Chemiefabrik im Taihang-Gebirge in Hebei? Die ihren eigenen Flugplatz hat?«

He Dongsheng war überrascht: »Ihr seid wirklich nicht schlecht informiert! Sieht so aus, als würde unsere Geheimhaltung nicht völlig lückenlos funktionieren.«

»Was genau wird dort produziert?«, fragte Fang Caodi weiter. »Sie haben versprochen, uns jede Frage zu beantworten!«

»Warum auch nicht? Ich finde nichts Schlimmes an dem, was wir dort tun. Ihr habt wahrscheinlich noch nie etwas von MDMA gehört, aber Ecstasy, in dem MDMA enthalten ist, ist euch sicher ein Begriff. Wir produzieren dort MDMA der n-ten Generation: sanft, nicht süchtig machend, frei von Nebenwirkungen. Nach der Einnahme fühlt man sich blendend, die ganze Welt scheint von Liebe erfüllt, man möchte andere Menschen umarmen und ihnen die intimsten Dinge anvertrauen. Aber man bleibt gleichzeitig klar im Kopf und halluziniert nicht. Genau der Zustand, in dem ich gerade bin.«

»Eine so riesige Fabrik, nur um Ecstasy-Pillen herzustellen?« Fang Caodi sah ihn verständnislos an.

»Wir produzieren kein Ecstasy und schon gar keine Pillen. Es geht auch nicht um den Verkauf ins Ausland. China ist eine Supermacht, wir sind nicht Nordkorea, so etwas wäre völlig abwegig. Wir stellen diese Substanz nur für den Eigenbedarf her.«

»Wie in Huxleys *Schöne neue Welt*?«, fragte Chen dazwischen.

»Ich weiß, was du meinst. Aber es geht hier nicht um Science-Fiction. Wir haben ein *Büro zur Wahrung der Stabilität*, dort erforschen Experten alle möglichen Methoden der Stabilitätssicherung weltweit, von der Antike bis heute. Einer von ihnen hat sich mit Daten aus England beschäftigt und etwas Interessantes herausgefunden: Wusstest du, dass es im Ausland ganz normal ist, dass Jugendliche zu Silvester auf der Straße feiern und trinken und irgendwann anfangen, besoffen zu randalieren? Wenn du mal ein englisches Fußballspiel gesehen hast, dann weißt du, wie hoch das Gewaltpotenzial dort ist. Aber gegen Ende des vergangenen Jahrhunderts gab es für mehrere Jahre plötzlich einen drastischen Rückgang der Krawalle zu Neujahr. Es war genau die Zeit, in der Ecstasy in Mode kam. Tatsächlich wollten die Jugendlichen auf dieser Droge nur noch tanzen, Musik hören, sich umarmen, lieben und mit anderen über ihr Seelenleben reden. Das MDMA in den Ecstasy-Pillen ruft diesen Effekt hervor, ganz anders als Alkohol oder halluzinogene Drogen. Alkohol enthemmt, weckt das Bestialische in den Menschen und lässt sie leicht aggressiv werden; Halluzinogene lösen Sinnestäuschungen aus und beeinträchtigen die Fähigkeit zur sprachlichen Kommunikation. Das Stabilitätsbüro hat mit Hilfe des *Ha'erbin Institute of Technology* MDMA-Muster extrahiert. Anfangs gab es noch keine konkrete Verwendung dafür, man hat einfach ein wenig herumexperimentiert, wie die Q-Abteilung in den *James-Bond*-Filmen, und einen Haufen mehr oder weniger nützlicher Anwendungen entwickelt.

Bis das Politbüro schließlich den Feuer-Eis-und-Gold-Plan entworfen hat. Einige ständige Mitglieder äußerten die Befürchtung, dass der Effekt der Anti-Kriminalitätskampagne die Menschen resigniert und antriebslos werden lassen könnte, sodass sie sich beim zweiten Glied des Plans, den fünf großen Wirtschaftsreformen, nicht aktiv genug beteiligen würden. Man wünschte sich etwas, was die Menschen vergnügt und positiv stimmen konnte, ohne Aggressionen hervorzurufen und so der gesellschaftlichen Harmonie zu schaden. Ein Mann vom Staatsschutz, der an der *Harvard Kennedy School of Government* studiert und über Drogen geforscht hatte, meinte im Scherz, dass man für einen solchen Effekt die ganze Nation mit Methylendioxymethamphetamin vollpumpen müsste – abgekürzt MDMA.

So fing es an. Je länger man sich darüber unterhielt, desto machbarer schien es. Einer der Männer vom Politbüro sagte nach der Diskussion begeistert, er hätte nie gedacht, dass es auf dieser Welt ein so grandioses Mittelchen geben könnte. Was die Sache noch vereinfachte: In China wachsen weltweit die meisten Sassafrasbäume, aus deren Öl der Ausgangsstoff für die Herstellung von MDMA gewonnen wird. Ein interessanter Zufall. Zudem haben chinesische und westliche Untersuchungen ergeben, dass MDMA – in geringer Dosierung verabreicht – nicht gesundheitsgefährdend sein dürfte. Auch bei Langzeitstudien wurden keine unerwünschten Nebenwirkungen beobachtet. Es schien also nichts dagegen zu sprechen, die Bevölkerung auf diese Weise etwas aufzuheitern und dadurch die Stabilität des Landes zu sichern.

Wollte diese Regierung nicht Großes bewegen?

Gesagt, getan. In Hebei wurde eine Fabrik gebaut und mit der standardisierten Massenproduktion begonnen. Die Qualität wird von Wissenschaftlern streng überwacht. Die Substanz wird in alle staatlichen Trinkwasserreservoirs eingeleitet, Kuh- und Sojamilch, Fruchtsäfte und Softdrinks, Mineralwasser, Bier, Schnaps und Reiswein – alles wird mit MDMA versetzt. Die entlegenen Grenzregionen ausgenommen, werden dabei neunundneunzig Prozent der Stadtbevölkerung erreicht, bei der Landbevölkerung sind es immerhin noch über siebzig Prozent. Dabei ist die Dosis, die jeder Mensch zu sich nimmt, absolut minimal, in Bluttests lässt sie sich so gut wie nicht nachweisen. Den Leuten fällt überhaupt nichts auf, sie sind einfach nur ein wenig besser gelaunt, sonst nichts.

Aber das alles ist nur eine kleine, unterstützende Maßnahme – der Erfolg von *Feuer, Eis und Gold* liegt in der richtigen makroökonomischen Politik.«, schloss He Dongsheng.

Chen, Xiaoxi und Fang Caodi brach beim Zuhören der kalte Schweiß aus, und Chen begriff allmählich: »Kein Wunder, dass wir alle *high-lite-lite* sind …«

»Nein, neunundneunzig Prozent der Stadtbevölkerung sind rund um die Uhr zugedröhnt!«, sagte Fang Caodi.

Xiaoxi rief: »Wie könnt ihr uns bloß so bescheißen?«

He Dongsheng ließ sich nicht aus der Ruhe bringen: »Was hat die Partei nicht schon alles ohne das Wissen der Bevölkerung getan? Das ist von jeher so. Und wir sind auch nicht die einzigen, die Chemikalien ins Trinkwasser mischen, woanders macht man das auch. In Hongkong zum Beispiel, dort gibt man Fluoride ins Wasser, zur Kariesbekämpfung. Das alles geschieht nur zum Wohle des Volkes.«

»Nein, zur Verdummung des Volkes! Die Leute werden ruhig gestellt, damit ihr ungeschoren davonkommt und in Ruhe eure Politik durchziehen könnt!«

»Tja, das kann ich schwer leugnen.«

»Ihr habt euer Ziel erreicht, wieso hört ihr nicht auf?«, fragte Chen.

»Warum sollten wir?«, entgegnete He Dongsheng. »Ist doch alles wunderbar. Die breite Masse der Menschen ist gut gelaunt, die Gesellschaft in bester Harmonie. Was ist daran schlimm? China liegt inzwischen weltweit an der Spitze, was das Glücksempfinden der Bevölkerung angeht; die Zahl der religiösen Menschen steigt steil an, häusliche Gewalt und auch die Selbstmordrate unter Frauen in ländlichen Regionen ist deutlich zurückgegangen. Ist das etwa schlecht? Abgesehen davon erscheint es uns riskant, jetzt einfach aufzuhören. Vielleicht würden die Menschen dann plötzlich depressiv. Es gibt Berichte von Ausländern, die lange Zeit in China gelebt haben und nach der Rückkehr in ihre Heimat plötzlich nicht mehr mit sich und der Welt zurechtkommen. Sie denken den ganzen Tag nur daran, wie glücklich sie in China waren, und sehnen sich wieder zurück. Wir haben weltweit eine Menge solcher Freunde! Wann immer jemand etwas an China auszusetzen hat, sind sie zur Stelle, nehmen uns in Schutz und rufen: Wenn ihr mal eine Weile in China gelebt hättet, dann wüsstet ihr, wie glücklich die Menschen dort sind!«

»Aber es funktioniert nicht bei jedem. Drei von uns stehen nicht unter der Kontrolle von dem Stoff!«, bemerkte Fang Caodi.

»Ich sage euch, das Zeug ist toll, aber es ist nur ein kleiner Teil des Ganzen, kontrollieren können wir damit niemanden. Es hebt lediglich ein bisschen die Stimmung und die Menschen tun weiterhin, was sie tun sollen. Laut unserer Studien sprechen über neunundneunzig Prozent von ihnen positiv auf das Mittel an. Es mag sein, dass einige wenige aus verschiedenen Gründen nicht darauf reagieren, aber es reicht, dass die Masse der Leute gut drauf ist, die Mehrheit steckt die Minderheit mit ihrer Laune an. Natürlich gibt es auch Ausnahmen von der Ausnahme. Ich kann erkennen, wer wie ich zu dieser winzig kleinen Minderheit von Nicht-Glücklichen gehört. Ich trinke bewusst keine Getränke aus dem Inland, weil ich erleben will, wie es ist, wenn alle außer mir *high* sind. Heute habe ich mein Fasten gebrochen! Beim ersten Mal ist die Wirkung am stärksten. Seht mich an: Seitdem ich euer Wasser getrunken habe, hör ich gar nicht mehr auf zu plappern und erzähle Dinge, über die ich eigentlich gar nicht sprechen sollte!«

Zhang Dou, der die ganze Zeit über nicht einmal den Mund aufgemacht hatte, fragte plötzlich: »Wann habt ihr angefangen, das Zeug ins Wasser zu mischen? An welchem Tag war das?«

»Es gibt ein ganz genaues Datum: Es war am ersten Tag nach der dreiwöchigen Anti-Kriminalitätskampagne. An diesem Tag haben die Wasserwerke aller größeren Städte und Kreise zeitgleich damit begonnen, das Mittelchen unters Volk zu bringen, denn am nächsten Tag sollte das Goldene Zeitalter Chinas offiziell anlaufen, und so haben wir die Gemütslage der Bevölkerung behutsam und minimal angepasst …«

»Ich bring dich um!«, brüllte Zhang Dou und ging wie ein wild gewordenes Tier auf He Dongsheng los. »Ich bring dich um!« Er warf sich mit seinem mächtigen Körper auf ihn und begrub den schmächtigen Gefangenen unter sich.

Entsetzt versuchten Chen, Xiaoxi und Fang Caodi, ihn von He Dongsheng wegzuziehen, doch Zhang Dou war stark wie ein Bär und auch mit vereinten Kräften nicht aufzuhalten.

Sie riefen: »Zhang Dou, lass ihn los! Bist du verrückt geworden?!«

Zhang Duo hatte seine Hände um He Dongshengs Kehle gelegt und brüllte: »Du hast Miaomiao auf dem Gewissen! Du hast ihr das angetan!«

He Dongsheng lief blau an. Da hörten sie plötzlich einen schrillen Schrei. Zhang Dou löste seinen Würgegriff und wand den Kopf zur Tür. Miaomiao stand im Rahmen und sah ihn mit erbostem Blick an. Sie hielt einen Teller mit Keksen in der Hand.

Fang Caodi packte die Gelegenheit beim Schopf und zog Zhang Dou von He Dongsheng herunter.

Chen und Xiaoxi saß der Schreck noch in den Gliedern. Es hatte nicht viel gefehlt und He Dongsheng hätte den Angriff nicht überlebt. Er rang nach Luft.

Zhang Dou sagte mit schwacher Stimme: »Die sind schuld. Am Tag, als die Repressionskampagne aufhörte, ist sie krank geworden. Weil die da etwas ins Wasser getan haben!«

Heiser und außer Atem sagte He Dongsheng: »Verrückte! Ein Haufen Verrückte! Ihr …« Er wollte sagen: »Bringt mich ruhig um, wenn ihr euch traut!«, aber sein Verstand sagte ihm, dass es nicht unbedingt ratsam war, seinen Kidnappern solche Anregungen zu geben.

Chen gewann als erster seine Fassung zurück und brachte ihm ein Glas frisches Wasser. He Dongsheng vermied es, ihn anzusehen. »Ich lockere deine Fesseln. Du musst etwas trinken.« Von soviel Fürsorge war der Entführte beinahe gerührt.

Während Chen die Fesseln löste, sagte er: »Das eben war ein

Unfall, glaub mir. Die Hähne fangen schon an zu krähen, gleich dämmert es und die Nacht ist vorbei. Bald hast du es hinter dir.«

Er ließ ihn trinken und wandte sich an die anderen: »Habt ihr noch Fragen, die ihr stellen wollt?«

Da fiel es Fang Caodi ein: »Ja, natürlich, um ein Haar hätte ich es vergessen: der verschollene Monat! Genaugenommen waren es achtundzwanzig Tage, eine Woche Anarchie und drei Wochen Repression, wie Sie gerade selbst sagten. Bis auf Sie und uns drei hier kann sich niemand daran erinnern. Auch Herr Chen weiß es nicht mehr, stimmt's?«

»Ich kann mich in der Tat nicht erinnern«, antwortete dieser.

He Dongsheng begann zu kichern. Das Sprechen fiel ihm noch sichtlich schwer. Er schluckte, dann krächzte er: »Gebt mir noch etwas Wasser!«

»Was hat es damit auf sich, Herr He?«, fragte Fang Caodi weiter. »Hat es etwas mit der Vogelgrippeimpfung zu tun, die in dem Jahr alle bekommen haben? Es war kein Impfstoff, sondern ein Mittel, das Amnesie auslöst, nicht wahr? Steckt das Stabilitätsbüro dahinter?«

»Nein«, korrigierte ihn He Dongsheng, »das war wirklich nur ein Impfstoff gegen Vogelgrippe. Und insgesamt sind damals nicht mal hundert Millionen Menschen damit behandelt worden. Das Stabilitätsbüro hat kein Wundermittel, das Erinnerungen auslöschen kann. Wäre schön, wenn es so wäre. Dann könnte die Partei ihre eigene Geschichte nach Belieben umschreiben …«

»Aber wie habt ihr es dann gemacht?«, fragte Fang Caodi.

»Ist es das MDMA?«, fragte Xiaoxi.

He Dongsheng konnte ein erneutes Kichern nicht unterdrücken: »Ehrlich gesagt: Wir wissen es nicht! Wenn ihr mich nach der Ursache fragt, dann kann ich nur sagen: Wir haben absolut keine Ahnung; es ist uns selbst ein Rätsel! Ihr braucht nicht zu glauben, dass alles in unserer Macht steht. Vieles hätten wir auch nicht so erwartet. Den verschollenen Monat, von dem du redest, hätten wir uns nicht mal zu erträumen gewagt.«

»Machen Sie uns doch nichts vor … Wenn Sie es nicht wissen, wer dann?«, fragte Fang Caodi.

»Ich mache euch nichts vor! Ich verrate euch alles, was ich weiß.« Und als wäre er nicht gerade beinahe erwürgt worden, hob He Dongsheng zu einem letzten Vortrag an.

»Nach dem erfolgreichen Start von *Feuer, Eis und Gold* erschien ein Leitartikel in der *Renminribao,* der parteieigenen ›Volkszeitung‹, der mit den Worten begann: ›Mit Eintritt der Weltwirtschaft in die Feuer-und-Eis-Periode hat Chinas Goldenes Zeitalter offiziell begonnen …‹ Man hatte die beiden Begriffe eigentlich nur aus rhetorischen Gründen miteinander verbunden, doch ab jenem Tag wurde diese Formulierung in vielen anderen Berichten wiederholt und entwickelte sich zu einer stehenden Wendung, die inzwischen jedem ganz selbstverständlich über die Lippen geht.

Die Zentrale Propagandaabteilung vermerkte damals in einem Bericht, dass in den Medien und sogar im Internet kaum noch jemand die fraglichen achtundzwanzig Tage dazwischen erwähnte. Wir dachten, dass die Menschen es eben einfach nicht ertrugen, an die schmerzhafte Vergangenheit zu denken, und lieber nach vorn blickten. Oder schlicht zu beschäftigt damit waren, Geld zu verdienen und es wieder auszugeben.

Das war ein großer Vorteil für die Partei. Anarchie und Repression sind schließlich kein Ruhmesblatt; sie sind mit Blut befleckt – *sündhaft,* falls jemand von euch religiös ist. Also hat die ZPA die Gelegenheit beim Schopfe gepackt und die Diskussion über diese achtundzwanzig Tage bewusst vollends unterbunden. Ihr wisst ja, dass wir weltweit die fortschrittlichste Technologie zur Internetüberwachung besitzen. Und die traditionellen Medien trauen sich sowieso nicht, unsere Anweisungen zu missachten, die haben wir vollständig unter Kontrolle. Hinzu kommt, dass sich die Menschen seit Anbruch unseres Goldenen Zeitalters kaum
noch für den Westen interessieren. Die Bevölkerung liebt die

quietschbunte Medienlandschaft hierzulande, ausländische Zeitungen haben nur eine verschwindend kleine Leserschaft. So kam es, dass diese achtundzwanzig Tage, die ohnehin nur noch sehr wenige Menschen beschäftigten, gänzlich aus dem öffentlichen Diskurs verschwanden.

Und dann geschah etwas, was ich heute noch unglaublich finde: Immer mehr Menschen vergaßen die achtundzwanzig Tage einfach. Und das nicht nur vorübergehend; sie erlitten einen kompletten Erinnerungsverlust – ganz so, wie manche Menschen mit schmerzhaften Kindheitserfahrungen ihr Trauma komplett aus ihrem Gedächtnis löschen.

Die über Vierzigjährigen erinnern sich nach wie vor an die Kulturrevolution und die Studentenproteste von '89 – aber seit Beginn des Goldenen Zeitalters geht es allen so gut, dass kaum noch jemand an die dunklen Flecken in der Vergangenheit denkt; sie werden wie selbstverständlich ausgeblendet.

Doch die achtundzwanzig Tage haben die Leute nicht einfach nur ausgeblendet, sondern tatsächlich vergessen.

Ob es etwas mit dem Trinkwasser zu tun hat, kann ich nicht sagen. Für Zhongnanhai gibt es eine gesonderte Versorgung mit Wasser und Getränken, wir trinken nicht das Gleiche wie ihr. Sicher gibt es ein paar Leute bei uns, die da nachlässig sind und unbedacht alles Mögliche trinken oder sich gar bewusst am MDMA berauschen wollen, aber was ich sagen will, ist, dass die meisten Menschen dort sich an die achtundzwanzig Tage erinnern und ihnen der nahezu umfassende Gedächtnisschwund im Land nicht entgangen ist.

Als mir dieses Phänomen bewusst wurde, habe ich ihm in verschiedenen Kreisen nachgespürt. Das Ergebnis war immer dasselbe: Niedrige bis mittlere Funktionäre, Experten und Akademiker – sie alle hatten keinerlei Erinnerung mehr; so als hätten sie sich selbst einer Gehirnwäsche unterzogen. Dass etwas nur so kurz Zurückliegendes völlig in Vergessenheit gerät, ist in der Tat äußerst merkwürdig, für uns aber von unschätzbarem Wert.

Besser ging es nicht. Die damalige Führungsriege hatte seit jenen achtundzwanzig Tagen Blut an den Händen und ein Interesse daran, dass die Leute die Sache vergaßen. Also halfen wir ein wenig nach. Es gibt ja in den Bibliotheken alle Zeitungen nur noch in elektronischer Form, so war es ein Leichtes, die Geschichte der achtundzwanzig Tage umzuschreiben. Vor allem haben wir den Beginn des Goldenen Zeitalters in China um genau diesen Zeitraum vorverlegt, sodass er mit dem Eintritt in die weltweite Wirtschaftseiszeit zusammenfiel. Die eine Woche Anarchie und die dreiwöchige Repressionskampagne existieren nicht mehr. Erstaunlicherweise hat nicht nur niemand gegen diese Änderungen protestiert; sie sind sogar kaum jemandem überhaupt aufgefallen. Vereinzelt wurde die Sache im Ausland noch angesprochen, aber das haben wir weggefiltert. Aus der neuen Version wurde im Handumdrehen die einzig gültige, die historisch verbürgte Wahrheit. Ich selbst war völlig überrascht davon, wie leicht die Chinesen bereit waren, einen so radikalen Teil ihrer Geschichte einfach zu vergessen.

Was ich euch damit sagen will: Es stimmt zwar, dass die Propagandaabteilung der Partei nicht untätig war; aber wir haben unser Boot lediglich in die vorhandene Strömung gesetzt. Wenn die Menschen nicht hätten vergessen wollen, dann hätten wir sie niemals dazu zwingen können. Die Chinesen haben sich bereitwillig selbst ihre Amnesie-Pille verabreicht.«

Xiaoxi und Fang Caodi hakten aufgeregt nach: »Aber wie kann das sein? Es muss doch eine Erklärung dafür geben!«

»Wie ich schon sagte: Ich weiß es nicht! Vielleicht wollen die Menschen etwas so Schreckliches einfach vergessen, vielleicht sehnen sie sich einfach nach Zufriedenheit und Seelenfrieden. Vielleicht hat die Kommunistische Partei Chinas aber auch einfach Glück. Vielleicht haben die Chinesen es verdient, von der KP beherrscht zu werden, vielleicht waren sechzig Jahre einfach noch nicht genug. Wenn ich nicht Atheist wäre, würde ich wohl sagen: Es ist ein Wunder! Oder Karma! Oder der Wille Gottes.«

Xiaoxi und Fang Caodi saßen da und starrten niedergeschlagen ins Leere. He Dongsheng hingegen blickte wie ein Sieger in die Runde. Selbst Chen brauchte eine ganze Weile, bis er wieder zu sich kam und sah, dass es draußen bereits dämmerte. Er fing sich als Erster wieder und wandte sich an He Dongsheng: »Ich darf dich daran erinnern, dass es zwischen uns ein Übereinkommen gibt: gemeinsam leben oder zusammen sterben. Wir schweigen über alles, was heute Nacht passiert ist und führen unser Leben als Normalbürger weiter. Du folgst deiner politischen Laufbahn und scheffelst noch mehr Geld. Denk gründlich darüber nach. Meine Freunde, sofern ihr keine Einwände habt, schlage ich vor, wir lassen Herrn He jetzt nach Hause gehen.«

Als weder Xiaoxi noch Fang Caodi oder Zhang Dou etwas erwiderte, sagte Chen ruhig zu He Dongsheng: »Du bist ein freier Mann.«

He Dongsheng zögerte noch einen Moment, dann stand er auf und ging langsam zur Tür. Dort blieb er stehen, drehte sich um und blickte eindringlich ein letztes Mal in die Runde: »Glaubt ihr wirklich, mir ginge es um Macht und Geld? Was ich tue, tue ich einzig für mein Land und mein Volk!«

Die anderen schauten ihn regungslos an.

Leise fügte er hinzu: »Ob ihr es glaubt oder nicht.«

Dann ging er hinaus.

Kurz darauf hörte man seinen Geländewagen starten und davonfahren.

Chen, Xiaoxi und Fang Caodi waren in Gedanken versunken.

Zhang Duo sicherte die Filmaufnahme und gab jedem eine Kopie.

Schließlich stand Fang Caodi auf: »Also, wir sollten wohl langsam aufbrechen.«

»Ja, es wird Zeit«, sagte Chen.

»Kann ich Sie mit in die Stadt nehmen?«

»Nein, dank dir. Xiaoxi und ich können ein Taxi nehmen. Jetzt sieh zu, dass du loskommst!«

Fang Caodi umarmte die anderen zum Abschied, dann stieg er in seinen Jeep und fuhr davon.

Zhang Dou schaute besorgt: »Wird alles gut gehen, Herr Chen?«

»Die Chancen stehen fünfzig zu fünfzig, würde ich sagen.«

»Verstehe.«

»Pass gut auf Miaomiao auf«, sagte Xiaoxi.

Die drei umarmten sich.

Als sie das Haus verließen und zur Straße gingen, legte Chen den Arm um Xiaoxi: »Ich habe ein paar Freunde in Yunnan, die nicht *high-lite-lite* sind. Würdest du mit mir dorthin gehen? Deine Mutter nehmen wir natürlich mit, wenn du magst.«

Xiaoxi musste nicht lange nachdenken: »Nichts lieber als das!«

Von Osten her erstrahlte der Himmel bereits in hellem Glanz. Mit einer Hand die Augen bedeckend, liefen die beiden gemeinsam dem gleißenden Morgenlicht entgegen.

ENDE

INHALT

Erster Teil

Zweiter Teil

Dritter Teil

Yu Hua

China in zehn Wörtern

Eine Einführung

Aus dem Chinesischen von Ulrich Kautz

336 Seiten. Gebunden

China hat innerhalb kürzester Zeit einen Wirtschaftsboom erfahren, von dem andere Länder nur träumen. Aber ist dieser Traum wirklich träumenswert? Anhand von zehn Worten erzählt Yu Hua sehr persönlich und lebensnah vom heutigen China und warum er glaubt, dass nicht alles, was glänzt, Gold ist. Gnadenlos, aber auch wehmütig geht Yu Hua mit seinem Heimatland ins Gericht und eröffnet uns einen überraschenden Blick auf ein Land, von dem noch Einiges zu erwarten ist.

»Yu Hua erzählt vom kapitalistischen China,
als sei es ein tiefer Wald, schrecklich und zauberhaft.«
Elisabeth von Thadden, Die Zeit

Yu Hua
Brüder
Roman
Aus dem Chinesischen von Ulrich Kautz
Band 17868

»Brüder« ist die Kehrseite des Wirtschaftsrausches in China – traurig, klug und sagenhaft komisch. Alle wollen reich werden, mit allen Mitteln, seien sie noch so absurd. So auch die Brüder Li und Song. Der eine handelt mit Müll, der andere verkauft Gel zur Brustvergrößerung. Li scheffelt Millionen. Bruder Song ist besonnen, ein Schöngeist und ewiger Pechvogel. Ein bisschen zu gut für das moderne China – den wilden Kapitalismus. Yu Hua weiß um die Brisanz seines Landes, aber er weiß auch, dass man den Humor nie verlieren darf. »Brüder« ist eine schwarze Komödie voller Witz und Alltagsgroteske – großartig.

»Yu Hua schlägt die
chinesische ›Blechtrommel‹.«
Die Welt

Fischer Taschenbuch Verlag

fi 17868 / 1